Anna-Maria Aurel
Tödliches Verhängnis an der Sorgue

AF152161

Anna-Maria Aurel wurde 1974 in Innsbruck geboren. Sie lebt schon seit dreißig Jahren in Frankreich. Ihr Übersetzerstudium absolvierte sie in Lyon und Paris, ihr Tourismusstudium in Avignon und Arles. Mehrere Jahre arbeitete sie im Tourismusmanagement und im Immobilienbereich. Mit ihrem Mann, ihren beiden Kindern und ihrem Hund wohnt sie heute in der Kleinstadt Saint Remy de Provence. Dort ist sie als Reiseleiterin, Übersetzerin und Autorin tätig. Sie schreibt vor allem Krimis und Thriller, deren Handlung in Südfrankreich spielt. Der Auftakt der Krimireihe »Die Marseille Morde« erschien 2022 bei Lübbe. Anna-Maria Aurel übersetzt auch die Marseille-Krimireihe »L'Horloger« des französischen Autors Pierre Schreiber ins Deutsche.

Anna-Maria Aurel

Tödliches Verhängnis an der Sorgue

Provence-Krimi

PIPER

Mehr über unsere Autoren und Bücher:
www.piper.de

Wenn Ihnen dieser Krimi gefallen hat, schreiben Sie uns unter
Nennung des Titels »Tödliches Verhängnis an der Sorgue«
an empfehlungen@piper.de, und wir empfehlen Ihnen
gerne vergleichbare Bücher.

Wir behalten uns eine Nutzung des Werks für Text und Data Mining im
Sinne von § 44b UrhG vor.

ISBN 978-3-492-50811-7
© Piper Verlag GmbH, München 2024
Redaktion: Franz Leipold
Satz auf Grundlage eines CSS-Layouts
von digital publishing competence (München)
mit abavo vlow (Buchloe)
Covergestaltung: Giessel Design
Covermotiv: Bilder unter Lizenzierung von
Shutterstock.com genutzt
Printed in the EU

Die Karstquelle

Es war ein sonniger Sonntagmorgen Ende September. Im Tal herrschte eine erfrischend kühle, feuchte, für den frühen Herbst typische Atmosphäre. Die Ruhe war angenehm. Die kleinen Stände, die am Weg zur Quelle Eis, Postkarten und allen möglichen Ramsch verkauften, hatten noch nicht geöffnet, und nur wenige Leute spazierten Richtung Talenge.

»Ich komme am Morgen gerne hierher«, bemerkte Francis Valet und hob den Kopf, um die ungefähr zweihundert Meter hohen Kalkwände zu betrachten, die das enge Tal säumten und die von Karsthöhlen durchbohrt waren.

Seine Frau Elise nickte. »Jetzt ist es noch schön ruhig«, meinte sie.

Sie gingen an den uralten Platanen, hinter denen das Wasser grün schimmerte, vorbei Richtung Quelle, wo sich der über dreihundert Meter tiefe *Gouffre* befand, der Abgrund, in dem die Sorgue entsprang. Es handelte sich um eine der tiefsten Karstquellen Europas, und der Fluss, der aus ihr geboren wurde, barg unzählige Geheimnisse. Allein die leuchtend grüne Farbe der Sorgue, die auf eine spezielle Algenart zurückzuführen ist, verwunderte den Betrachter. Das besonders klare Wasser war außerdem seit jeher für industrielle Zwecke verwendet worden. Entlang des Ufers sah man immer wieder alte Wasserräder, die früher Papiermühlen angetrieben oder andere Fabriken mit Energie versorgt hatten, heutzutage jedoch als Dekor dienten.

Der Weg war nun nicht mehr asphaltiert, stieg ein wenig an und führte am Fluss entlang zur Quelle. Das Rauschen konnte man einige Minuten später nicht mehr hören, denn zu dieser Jahreszeit war nicht genug Wasser vorhanden. Die Quelle war nicht ganz voll, das Wasser floss an dieser Stelle unterirdisch Richtung Dorf, wo es einige hundert Meter weiter unten aus den Felsen sprudelte. Im Frühjahr jedoch, wenn in den Alpen die Schneeschmelze einsetzte und die Quelle voll war, schäumte der Fluss auch im hinteren Tal über die Steine.

Elise keuchte hinter Francis her. Sie waren beide schon 65 Jahre alt und vom guten Essen und vom Wein füllig geworden. Francis dachte mit Wehmut an die Zeit zehn Jahre zuvor, als er noch sehr viel gewandert war und eine hervorragende Kondition besessen hatte.

Als sie am Ende des Tales ankamen, konnten sie das Wasser nicht sehen. Trotz der relativ ergiebigen Regenfälle der vergangenen Woche war der Wasserstand nicht besonders hoch. Sie stiegen über den Zaun, der die Quelle begrenzte. Nach ein paar Schritten Richtung Abgrund erblickten sie das Loch, in dem das Wasser im Licht der Septembersonne, die hinter der Felswand hervorlugte, türkisblau leuchtete.

»Schön«, seufzte Elise, »und wir sind ganz allein.«

Sie gingen über das helle Kalkgestein ein wenig nach unten bis zum Rand der Quelle, wo der eigentliche Abgrund begann. Einige Meter unter ihnen befand sich der Quellteich, dessen Durchmesser ungefähr acht Meter betrug.

»Weißt du noch, diesen Winter«, bemerkte Francis, »da war hier, wo wir jetzt stehen, Wasser. Gleich hinter dem Zaun hat der See begonnen.«

In diesem Moment stieß seine Frau einen Schrei aus. Francis fuhr herum. Er befürchtete, dass Elise, die sich unmittelbar hinter ihm befand, auf dem steinigen Hang umgeknickt sei.

Doch Elise stand wie erstarrt da. Mit einem zitternden Finger zeigte sie auf den Quellteich. Francis folgte ihrem Blick und zuckte zusammen.

Im leuchtenden Türkisblau, ganz hinten, wo der Felsvorsprung seinen Schatten auf das Wasser warf, trieb etwas Großes, Schwarzes.

»Was ... Was ist das?«, stotterte Elise.

Ein eisiger Schauer lief über Francis' Rücken.

»Es sieht aus wie ein riesiges Tier. Ein Hund oder ein Wildschwein. Oder es könnte sogar ein Mensch in dunkler Kleidung sein.«

Mit Missbehagen bemerkte er, dass er seine Stimme nicht mehr im Griff hatte.

Hinter ihnen tauchten zwei junge Männer auf.

»Haben Sie ein Problem?«, fragte einer der beiden und warf Francis einen besorgten Blick zu. Er trug sein hellblondes Haar kurz geschnitten und wirkte sehr sportlich.

Francis brachte kein Wort heraus, deshalb wies er lediglich auf die Stelle, wo die seltsame dunkle Form im Wasser trieb, einige Meter unter ihnen.

Die beiden jungen Männer starrten auf die gegenüberliegende Seite des Quellteiches hinunter.

»*Merde!*«, rief der zweite, der eher klein und stämmig war und etwas längeres dunkles Haar hatte. »Das ist ein toter Mensch, der dort mit dem Gesicht nach unten im Wasser treibt! Und ... er ist gefesselt!«

Das Gesicht des jungen Mannes war leichenblass. Elise schrie von Neuem auf.

»*Putain ...*«, fluchte der Blonde stammelnd und zog sein Handy aus seiner Hosentasche.

Francis' Beine versagten, und er musste sich auf den Boden setzen. Es gelang ihm nicht, den Blick vom Quellteich abzuwenden. Nun konnte auch er die nackten Arme und Beine des Toten erkennen, der in einer seltsam verrenkten Pose im Wasser lag.

Die Leiche

Sylvie Montillet seufzte. Sie arbeitete nicht gern am Sonntag. Vor allem, wenn das Wetter so schön war wie an diesem Septembermorgen. Wie viel lieber wäre sie auf dem Wochenmarkt von Isle-sur-la-Sorgue herumgebummelt oder hätte ganz einfach nur auf ihrer Terrasse ausgespannt! Am Vorabend hatte sie ihre Familie in Orange besucht, und es war später geworden als geplant. Sie war erst um eins wieder zu Hause gewesen und musste bereits um sechs ihren Dienst antreten. Nun fühlte sie sich dementsprechend müde. Außerdem hatten in der Nacht mehrere unliebsame Ereignisse stattgefunden. Ein Unfall mit Fahrerflucht war gemeldet worden. Sylvie hatte soeben die Anzeige aufgenommen. Obwohl nur Sachschaden entstanden war, mussten sie und ihre Kollegin Carine Ferrières an diesem Morgen trotzdem versuchen, den Unfallverursacher aufzuspüren.

Noch dazu war in einem Gut im Nachbardorf Pernes-les-Fontaines während der Nacht eingebrochen worden; zwei Kollegen waren bereits dorthin gefahren.

Eine alleinstehende Frau, die ziemlich einsam auf dem Land lebte, hatte nicht weit von der kleinen Ortschaft Saumane entfernt in der Nacht die Gendarmerie gerufen, weil Jugendliche versucht hatten, in ihr Haus einzudringen. Die Gendarmen hatten die Bande zwar in die Flucht geschlagen, doch auch dieser Sache musste nachgegangen werden.

Sylvie wusste ganz genau, dass sie an diesem Sonntag keine ruhige Minute haben würde. Zu allem Überfluss schien ihre Kollegin und Partnerin Carine nicht besonders in Form zu sein. Sie war am Vorabend ausgegangen und hatte wohl zu viel getrunken.

Carine kam aus der Toilette, wo sie sich das Gesicht mit kaltem Wasser gewaschen hatte. Immer noch war sie weiß wie ein Laken und ihre türkisblauen Augen wirkten in ihrem Gesicht riesig, aber Sylvie musste zugeben, dass Carine trotz allem umwerfend aussah.

Carine war nicht nur hübsch, sie war mit ihren langen dunkelbraunen Haaren und ihrem fein geschnittenen Gesicht eine ausgesprochene Schönheit. Niemand hatte Augen wie sie, und wo immer Carine hinging, zog sie jede Menge Blicke auf sich.

Sylvie war das genaue Gegenteil ihrer Kollegin und Freundin: klobig, stämmig, mit einem breiten Gesicht. Trotz ihrer langen Haare wirkte sie relativ männlich. Kein Mann beachtete sie. Sylvie litt darunter, doch sie hoffte trotzdem darauf, eines Tages zu heiraten und eine Familie zu gründen. Sie würde denjenigen finden, der sie so mochte, wie sie war.

Sylvie erhob sich von ihrem Schreibtisch und wandte sich an ihre Kollegin. »Carine, ich befürchte, wir müssen raus!«

Leidend verzog die Freundin das Gesicht.

»Was hast du denn gestern getrunken?«, fragte Sylvie.

»Nicht besonders viel, aber viel Verschiedenes«, seufzte Carine. »Einen Aperol Spritz, eine Sangria, ein Glas Rotwein und dann einen Whiskey.«

Sylvie stöhnte auf. »Wie konntest du nur? Kein Wunder, dass dir heute schlecht ist!«

Carine zuckte mit den Schultern. »Es war ein Scheißabend.«

»Ach ... und Kevin?«

»Eben. Genau deshalb war es beschissen. Er ist langweilig und nicht besonders intelligent.«

Sylvie nahm diese Aussage schweigend zur Kenntnis.

Der besagte Kevin kam aus Nordfrankreich und arbeitete in einer Obst- und Gemüsefirma in Cavaillon. Carine hatte ihn eine Woche zuvor durch eine gemeinsame Freundin kennengelernt, und Kevin hatte sich verständlicherweise unsterblich in sie verliebt. Natürlich hatte er sich erhofft, dass er und Carine an diesem Samstagabend ein Paar würden, doch das war anscheinend nicht geschehen.

»Ich bin dann um halb zwölf gegangen, er wollte mich unbedingt begleiten, doch ich habe abgelehnt. Ich empfinde nichts für ihn. Bei mir muss es sofort funken, sonst wird das nichts.«

»Aha!« Mehr hatte Sylvie dazu nicht zu sagen.

Sie wusste wirklich nicht, auf welche Art von Typen Carine stand. Kein junger Mann schien in ihren Augen Gnade zu finden. Sylvie seufzte tief. Als sie nach dem Autoschlüssel griff, stürzte ihr Kollege Michel Bouvet in ihr Büro.

»Alarm in Fontaine-de-Vaucluse!«, rief er atemlos. »Im Quellteich treibt eine Leiche!«

»Eine … was?« Entsetzt wandte sich Sylvie dem Kollegen zu.

»Ja. Du hast richtig gehört. Eine Leiche. Ein gefesselter toter Mensch! Sieht nach Mord aus.«

Carine sah Michel einige Sekunden lang wie erstarrt an, dann stürzte sie in die Toilette, wo sie sich übergab.

Michel verzog das Gesicht. »Was hat sie denn? Ist doch nicht die erste Leiche, über die wir sprechen!«

»Nein, ihr war schon vorher übel«, meinte Sylvie. »Was sollen wir jetzt machen?«

»Ich habe den Kommandanten angerufen, obwohl er frei hat. Er ist bereits nach Fontaine-de-Vaucluse unterwegs und hat die Spurensicherung kontaktiert. Lass Carine hier, sie soll sich ums Telefon kümmern! Wir beide brechen gleich auf.«

»Carine, ich fahre mit Michel nach Fontaine-de-Vaucluse. Du bleibst hier!«, rief Sylvie in Richtung Toilette.

Sie hörte Carine schwach protestieren, reagierte aber nicht darauf, sondern lief sofort hinaus. Sie wollte es der Kollegin in ihrem Zustand nicht zumuten, den Anblick einer Wasserleiche ertragen zu müssen.

Michel Bouvet und Sylvie Montillet sprangen ins Auto und

rasten mit Blaulicht durch die geschäftige Stadt, in der wie jeden Sonntag der Markt und der Antiquitätenmarkt boomten, Richtung Fontaine-de-Vaucluse.

Dort angekommen, schien alles noch relativ ruhig.

»Ich glaube, wir müssen unten parken«, meinte Sylvie. »Wenn wir nach oben fahren, ist für die Spurensicherung und die Feuerwehr kein Platz mehr.«

Sie war sich ziemlich sicher, dass der Kommandant bereits die Feuerwehr kontaktiert hatte, um die Leiche aus dem Quellteich zu bergen.

Michel stellte den Wagen hinter dem Rathaus auf dem öffentlichen Platz ab. Der Parkwächter meinte, sie sollten das Gendarmerie-Auto links vom Eingang des Parkplatzes stehen lassen.

»Was ist eigentlich los?«, fragte er verwundert. »Vorhin ist gerade ein Gendarmerie-Auto mit Blaulicht hinauf zur Papiermühle gefahren!«

Sylvie senkte die Stimme. »Anscheinend wurde in der Quelle eine Leiche entdeckt. Aber sagen Sie im Moment niemandem etwas davon!«

»*Puuuutain!*« Der junge Mann hielt sich die Hand vor den Mund. »Eine Leiche ... Hier bei uns in Fontaine! Das ist doch nicht möglich!«

»Anscheinend schon!« Michel grinste schief.

Dann eilten Sylvie und er Richtung Quelle. Die meisten Geschäfte und Verkaufsstände öffneten gerade, und die Geschäftsleute sahen ihnen verwundert hinterher. In diesem winzigen Ort fielen zwei Gendarmen in Uniform so früh am Sonntagmorgen natürlich auf. Einige Minuten später kamen sie am Ende des Tales an.

Vor dem Zaun, der die Quelle begrenzte, standen schon einige Leute, die lautstark miteinander diskutierten. Sylvies Kollegen Simon Bellando und Dominique Monnier befanden sich mit vier weiteren Personen auf der anderen Seite des Zaunes. Kommandant Jean Calcin telefonierte einige Meter von ihnen hektisch und trat dabei von einem Fuß auf den anderen. Er beendete das Gespräch und kam auf Sylvie und Michel zu. Die beiden anderen Kollegen folgten ihm. »Gut, dass ihr da seid. Du bleibst hier bei mir, Sylvie.«

Dann wandte sich Calcin an die drei männlichen Gendarmen: »Schickt alle Leute nach unten. Sperrt unten beim Restaurant am Wasser den Weg, damit die Feuerwehr und die Spurensicherung bei ihrer Arbeit nicht behindert werden!«

Die vier Personen, die die Leiche entdeckt hatten – zwei junge Männer um die dreißig und ein älteres Ehepaar –, wollten den Weisungen der Gendarmen nicht gehorchen. Sie bestanden darauf, zu bleiben und zuzusehen, wenn der Tote aus dem Wasser gezogen wurde. Jean Calcin ging zu ihnen und begann, auf sie einzureden. Schließlich einigte man sich darauf, dass die vier sich ein wenig weiter oben hinstellen und der Arbeit der Feuerwehr und der Spurensicherung von Weitem zusehen durften. Doch alle anderen Leute mussten zum Restaurant hinuntergehen. Die Ausländer, die vor Ort waren, akzeptierten die Anordnungen der Gendarmerie ohne Murren, die paar anwesenden Franzosen verliehen jedoch ihrem Unmut lautstark Ausdruck. Eine Touristenattraktion so einfach zu sperren, nur weil ein Gegenstand in der Quelle trieb, das war in ihren Augen unerhört! Sylvies Kollegen hatten den Besuchern anscheinend den Blick auf die Quelle verwehrt und ihnen nicht mitgeteilt, um welche Art von *Gegenstand* es sich handelte.

Sylvie stieg zum Rand des Abgrunds hinunter und konnte bald erkennen, was dort einige Meter von ihr, direkt am Fuß des überhängenden Kalkfelsens, an der Wasseroberfläche trieb. Es bestand kein Zweifel, dass es sich um einen gefesselten Menschen handelte. Die junge Gendarmin fröstelte. Wer war dieser Tote, der einem so makabren Verbrechen zum Opfer gefallen war?

Die Kollegen von der Spurensicherung, zwei Männer und zwei Frauen, waren angekommen, begrüßten den Kommandanten und Sylvie, machten Fotos von der Quelle, ihrer Umgebung und dem im Wasser treibenden Körper und meinten dann, dass die Feuerwehr die Leiche nun bergen könnte.

Daraufhin kamen vier Feuerwehrmänner mit ihrer Ausrüstung, darunter Seile, Pickel und ein Schlauchboot, den Weg heraufgeeilt.

Sylvie kannte zwei von ihnen vom Sehen. Sie waren ungefähr in ihrem Alter, knapp dreißig, und gehörten zu den sportlichsten Burschen der Stadt. Sie nickten dem Kommandanten und Sylvie zu und machten sich sofort ans Werk.

Es ging relativ schnell. Das Schlauchboot wurde ins Wasser hinuntergelassen, zwei Männer seilten sich an der Felswand ab und stiegen direkt ins Boot.

Der jüngste Techniker, der relativ sportlich wirkte, begleitete sie. Sylvie sah ihm an, dass ihm beim Abseilen ziemlich mulmig zumute war. Die beiden Feuerwehrmänner, die ihn von oben sicherten, grinsten einander voller Genugtuung an. So durchtrainiert und furchtlos wie sie waren die Gendarmen natürlich nicht!

Sobald die drei Männer im Boot saßen, paddelten sie die paar Meter auf die Leiche zu. Bald waren sie unter dem Felsvorsprung angekommen, und der Techniker schoss einige Minuten lang Fotos.

Sylvie spürte, wie ihr Herz schneller zu schlagen begann, als die beiden Feuerwehrmänner schließlich ins Wasser griffen und die Leiche umdrehten. Zum Vorschein kam ein bläulich-weißes Gesicht. Sie hielt den Atem an.

Jean Calcin starrte in den Abgrund und sah zu, wie die drei Männer die Leiche ins Boot hievten. Wieder fotografierte der Techniker. Am Ufer begannen die beiden anderen Feuerwehrmänner bereits, Vorbereitungen zu treffen, um den Toten nach oben zu ziehen. Sylvie fiel auf, dass es sich bei der Leiche um einen relativ schmächtigen, braunhaarigen Mann in dunkler Sportkleidung – kurze Hose und T-Shirt – handelte, dessen Arme und Beine aneinandergefesselt waren. Gekrümmt wie ein Embryo lag er im Schlauchboot. Irgendwann, nach vielem Manövrieren und Herumschreien, hatten sie den Leichnam endlich nach oben gebracht. Sogar die Feuerwehrmänner, die doch an einiges gewöhnt waren, schienen von seinem Anblick schockiert zu sein.

»Wir lassen ihn hier liegen«, sagte der Einsatzleiter zu Calcin und den Technikern, und Sylvie hörte, dass seine Stimme zitterte. »Wir rühren ihn nicht mehr an.«

Die Leiche befand sich in einem fürchterlichen Zustand. Sylvies Magen verkrampfte sich, und sie spürte, wie ihr die Galle hochkam. Dominique, der gerade eben von der Absperrung zur Quelle zurückgekommen war, würgte einige Meter hinter ihr ebenfalls, und die Hände des Kommandanten zitterten wie Espenlaub.

»Er ist es!« Jeans Stimme war kaum hörbar.

»Wer ... er?«, fragte Sylvie bange. Das Gesicht sagte ihr nichts. Allerdings war es sehr entstellt, vollkommen aufgeschwemmt und halb verwest. In den kurzen braunen Haaren hingen grasgrüne Algen. Sie musste den Blick abwenden.

»Der Sohn des Trüffelkönigs, der im Juni verschwunden ist. Den wir tagelang gesucht haben. Der Schuldirektor. Der Cousin von Luis.«

Sylvies Hand fuhr an ihren Mund. Sie unterdrückte einen Schrei.

Der verschwundene Grundschuldirektor Pierre Pinet, den sie ab Ende Mai überall gesucht hatten! Tot. Ertränkt. Gefesselt. In einer der tiefsten Karstquellen Europas. Aber warum?

»Und nun?«, fragte Sylvie ihren Vorgesetzten. »Nun ermitteln wir?«

Er schüttelte den Kopf.

»Nein. Wir geben den Fall ab. An die PJ.«

»An wen?«

»Die *Police Judiciaire,* die regionale Kriminalpolizei aus Marseille. Ich kann den Fall nicht übernehmen. Das Opfer ist der Cousin meines wichtigsten Mitarbeiters. Und der Sohn eines Mannes, mit dem wir schon genügend Probleme hatten. Wir haben gute Chancen, den Fall loszuwerden. Der Staatsanwalt kommt in wenigen Minuten und wird eine Entscheidung treffen.«

»Ach ...« Sylvie war ernüchtert. Obwohl der Tod dieses Mannes sie erschütterte und die fürchterliche, nur ein paar Meter von ihnen liegende entstellte und aufgeschwemmte Leiche sie abstieß, hatte sie dennoch gehofft, wieder einmal einen interessanten Fall bearbeiten zu dürfen.

Ihr Vorgesetzter schien ihre Enttäuschung zu bemerken.

»Dass wir ihn abgeben, heißt noch lange nicht, dass wir gar nicht mehr daran arbeiten. Die PJ schickt uns einen oder mehrere Ermittler. Wahrscheinlich werden sie unsere Hilfe trotzdem brauchen.«

Sylvie fand es reichlich seltsam, dass nun Leute aus Marseille ermitteln sollten, die mit den Verhältnissen vor Ort nicht vertraut waren und weder die Gegend noch ihre Einwohner kannten. Andererseits war es vielleicht besser, dass jemand an dem Fall arbeitete, der mit Pierre Pinets Vater Charles, dem berühmt-berüchtigten Trüffelkönig, bisher nichts zu tun hatte.

Bald verabschiedeten sich die Feuerwehrmänner, und die vier Leute von der Spurensicherung fuhren mit ihrer Arbeit fort.

Der Kommandant sprach vor sich hin in sein Smartphone. Er nahm seine eigenen Kommentare auf, um alle Details und Eindrücke in Erinnerung zu behalten.

»Dunkle kurze Sportkleidung, Adidas-Socken, schwarze Adidas-Joggingschuhe, eine Sportuhr am Arm ...«

Sylvie erinnerte sich. Der Mann war eines Abends Ende Mai beim Joggen verschwunden. Er war in Isle-sur-la-Sorgue als Schulleiter ziemlich bekannt gewesen, und die Gendarmerie hatte zusammen mit unzähligen freiwilligen Helfern damals zwei Wochen lang nach ihm gesucht. Fast alle Gendarmen hatten ihn gekannt. Carine war als Kind in die Schule gegangen, in der er unterrichtet hatte. Dominiques Kinder besuchten dieselbe Schule, in der Pinet zehn Jahre zuvor Direktor geworden war, und er war auch bei mehreren Vereinen im Ort Mitglied gewesen. Pierre Pinet war geschieden gewesen, hatte jedoch zum Zeitpunkt seines Verschwindens mit einer Lehrerin seiner Schule zusammengelebt.

Er galt als ein Mann, über den man nichts Negatives sagen konnte. Ganz im Gegensatz zu seinem Vater. Der Trüffelkönig, der einige Kilometer von Isle-sur-la-Sorgue im Regionalpark Luberon lebte, war umso berüchtigter. Er war steinreich aufgrund seines Landbesitzes, der Trüffelwälder, der Lavendelfelder, der Weingärten und er zählte zu den wichtigsten und einflussreichsten Bauern der Gegend. Allerdings hatte er bereits im Gefängnis gesessen, weil er zwanzig Jahre zuvor einen jungen Mann erschossen hatte, der in der Nacht in einem seiner Wälder Trüffeln ausgegraben hatte.

Im Luberon war Pinet alles andere als beliebt, häufig hatte er Probleme mit seinen Nachbarn. Er galt als streitlustig, aufbrausend und korrupt. Sylvie überlegte: Konnte der Tod des Sohnes auf die Machenschaften des Vaters zurückführen sein?

Der Capitaine

Mathieu Dubois saß in seinem Büro im Kommissariat von Marseille und kämpfte sich seufzend durch einen Stapel Papiere. Er kümmerte sich nicht gern um administrativen Kram, aber ihm blieb keine Wahl. Es war in dieser Woche etwas ruhiger, und der Capitaine widmete sich all den Aufgaben, die er nicht erledigen konnte, wenn er sich mitten in einer Ermittlung befand. Er war sich sicher, dass er bald wieder in irgendeine Vorstadt aufbrechen musste, deshalb wollte er einiges wegschaffen, bevor der nächste Dealer erschossen wurde. Und tatsächlich kam eine Viertelstunde später sein Vorgesetzter, Kommissar Léautier, durch die Tür seines Büros und setzte sich Mathieu gegenüber auf den Sessel.

»Du hast seit zwei Tagen nichts zu tun«, begann der Kommissar.

Mathieu zuckte mit den Schultern. Diese Art, das Gespräch zu eröffnen, behagte ihm nicht besonders. Wahrscheinlich wollte sein Vorgesetzter ihm wieder eine komplexe Aufgabe übertragen.

»Ich habe einen recht interessanten Fall für dich. Es geht darum, außerhalb von Marseille eine Mordermittlung durchzuführen. Eher eine Seltenheit, weil wir normalerweise hier so eingespannt sind. André und Damien können dich begleiten und falls nötig, kriegst du weitere Unterstützung. Aber ich will, dass du dich ab sofort in dem besagten Ort niederlässt und dich in den Fall gut einarbeitest.«

Christophe Léautier fiel selten mit der Tür ins Haus, meistens schwafelte er eine Weile, bevor er mit den Details herausrückte. Diesmal schien er es ziemlich eilig zu haben, weil er relativ schnell zur Sache kam. Er reichte Mathieu ein Foto. Der Capitaine zuckte zurück. *Dieu*, das sah ja grausam aus! Ein gefesselter Körper mit einem weißlich-bläulichen, zur Unkenntlichkeit aufgedunsenen Gesicht, der zusammengekrümmt auf einem Kalkfelsen lag. Der Mann trug dunkle Sportkleidung, Hände und Füße waren mit einer starken Schnur aneinandergebunden.

»Nicht schön, hä?«, meinte der Kommissar.

Mathieu sah ihn fragend an.

Christophe Léautier schmatzte ein paarmal. Er machte es gern spannend, wenn er einem seiner Ermittler einen neuen Fall übertrug.

»Ein braver Bürger. Ein Grundschuldirektor aus Isle-sur-la-Sorgue. Wurde aus der Karstquelle von Fontaine-de-Vaucluse geborgen. Er war seit Ende Mai verschwunden. Vermutlich hat ihn jemand beim Joggen überfallen, gefesselt und in der Quelle versenkt. Die Rechtsmedizin hat herausgefunden, dass er ertrunken ist. Er war also noch nicht tot, als er ins Wasser geworfen wurde.«

»Ist die Quelle ... tief?«, wagte Mathieu zu fragen.

Kommissar Leautier sah ihn durchdringend an und senkte die Stimme, wahrscheinlich, um seiner Erklärung noch mehr Spannung zu verleihen.

»Die Quelle wird *der Abgrund* genannt. Sie ist ein dreihundert Meter tiefes Loch. Eine der tiefsten Karstquellen Europas.«

»Was ...?«

»Ja, doch sie hat viele Vorsprünge und Hohlräume. Die Leiche lag wahrscheinlich nicht in dreihundert Metern Tiefe. Auf jeden Fall wurde der Mann gefesselt in die Quelle geworfen und lag dort mehrere Monate. Und dann ... du weißt ja selbst, die Verwesungsgase im Körper müssen die Leiche an die Oberfläche getrieben haben. Vor drei Tagen wurde sie dann von Spaziergängern entdeckt, wie sie direkt unter der Wasser-

oberfläche geschwommen ist. Jemand muss den Mann sehr gehasst haben, um ihm so einen Tod zu bescheren.«

»Allerdings.«

Der Fall war interessant. Außerdem fand die Ermittlung im
ländlichen Milieu statt, was Mathieu, der zumeist in gefährli-
chen Vorstädten unterwegs war, sehr schätzte.

Die Frage war nun, warum die regionale Kriminalpolizei
eine Ermittlung leiten sollte, die normalerweise die örtliche
Gendarmerie übernahm.

Der Kommissar schien die Gedanken seines Capitaines zu
lesen.

»Die Situation ist schwierig dort in der Kleinstadt Isle-sur-
la-Sorgue«, erklärte er. »Der Tote war ein angesehener Bürger, ein Schuldirektor, sehr aktiv im Vereinsleben der Kleinstadt, allgemein sehr beliebt. Doch er stammt aus einer berühmt-berüchtigten Familie im Luberon, nicht weit von der
Kleinstadt entfernt. Sein Vater ist einer der reichsten Bauern
der Gegend. Trüffel, Lavendel, Wein, alles, was Geld bringt.
Großgrundbesitzer. Man nennt ihn den Trüffelkönig. Und dieser Mann hatte bereits Probleme mit der Justiz. Er hat vor
zwanzig Jahren einen jungen Mann erschossen, weil dieser
ihm Trüffeln stehlen wollte. Er hat vier Jahre im Gefängnis gesessen, die Familie des Jungen hat Rache geschworen. Und der
Trüffelkönig ist in der Gegend kein beliebter Mann. Er hatte
Streitigkeiten mit Nachbarn, führte Prozesse mit anderen
Bauern, der Aufenthalt im Gefängnis hat ihn äußerst streitlustig gemacht.«

»Aber warum sollte deshalb jemand seinen Sohn töten?«,
unterbrach Mathieu seinen Vorgesetzten. »Es wäre doch viel
logischer, sich an ihm selbst zu vergreifen.«

»Da bin ich nicht deiner Meinung«, widersprach Léautier.
»Das Schlimmste für einen Menschen ist, sein Kind zu verlieren. Dieser Mann war der jüngste Sohn des Trüffelkönigs und
der Einzige, der nicht mit ihm arbeitete. Der ältere Sohn und
die Tochter managen den landwirtschaftlichen Betrieb zusam-

men mit dem Vater. Doch der jüngere befand sich weit vom Anwesen entfernt – geografisch und idealistisch gesehen. Er wollte mit dem Ganzen nichts zu tun haben. Und vielleicht hat jemand dem unbeliebten Kapitalisten beweisen wollen, dass Geld keine Garantie für Sicherheit ist?«

Mathieu zuckte mit den Schultern und sah seinen Vorgesetzten zweifelnd an.

»Nun ja, das ist lediglich eine Theorie«, meinte dieser. »Es kann auch etwas ganz anderes dahinterstecken.« Er schwieg einen Moment lang, ehe er fortfuhr: »Und das Wichtigste habe ich dir noch nicht gesagt. Im Prinzip ist es die Brigade von Isle-sur-la-Sorgue, die diese Ermittlung durchführen sollte, doch der Kommandant hat darum gebeten, sie abgeben zu dürfen. An uns.«

»Ach so?«, fragte Mathieu erstaunt.

Es kam sehr selten vor, dass die Gendarmerie einen Kriminalfall freiwillig an die PJ abgab. Manchmal wurde eine Ermittlung den Gendarmen weggenommen, weil sich die Lösung eines Falls hinauszögerte und die Bevölkerung unruhig wurde. Doch die Gendarmen hielten an ihrer Kompetenz als Ermittler in Kriminalfällen im ländlichen Bereich eifersüchtig fest. Deshalb war es äußerst ungewöhnlich, dass dieser Kommandant den Fall loshaben wollte und ihn nicht an eine andere Brigade, sondern an die PJ abgab.

»Der Cousin des Opfers arbeitet in der Brigade von Isle-sur-la-Sorgue und ist nach dem Kommandanten einer der wichtigsten Gendarmen dort. Ein Adjutant. Dem Kommandanten ist das alles viel zu verfänglich mit dem Trüffelkönig, dessen krimineller Vergangenheit und dessen Neffen. Daher will er jemanden von außen, der die Ermittlung leiten soll. Doch die Gendarmen sind bereit, dir zu helfen. Wichtig ist, dass du dich reinkniest. Dass du dort Präsenz zeigst. Ich bezahle dir ein Zimmer oder eine Ferienwohnung. Du brichst ab morgen nach Isle-sur-la-Sorgue auf!« Christophe Léautier erhob sich. »Du kannst André und Damien haben. Gérald bleibt hier bei uns.«

Nachdem der Kommissar Mathieus Büro verlassen hatte, wusste der Capitaine nicht, ob er sich über die unverhoffte Ermittlung auf dem Land freuen sollte oder ob es eher angebracht war, besorgt zu sein. Er sah sich im Internet Fotos der Fontaine-de-Vaucluse – der besagten Karstquelle – und des Städtchens Isle-sur-la-Sorgue an und musste zugeben, dass es sich um eine wahre Bilderbuchlandschaft handelte. Keine Luftverschmutzung, keine schmutzigen Straßen, keine dicht besiedelten Vorstädte, keine Staus. Dafür schöne Natur, zahlreiche Obstgärten, schmucke Dörfchen, viel Grün und viel Wasser.

Doch andererseits begab sich Mathieu nun in ein Gebiet, das ihm komplett fremd war. Er kannte die Leute, die Gepflogenheiten und die Dörfer nicht, und auch die Landschaft war ihm ziemlich fremd. Er war noch nie in Isle-sur-la-Sorgue oder Fontaine-de-Vaucluse gewesen und erst einmal im Regionalpark Luberon in der Stadt Apt.

Isle-sur-la-Sorgue befand sich gerade mal 90 Kilometer von Marseille entfernt im Hinterland der Mittelmeerküste, vom Kommissariat in einer guten Stunde Fahrt zu erreichen. Mathieu hätte jeden Tag hin- und herpendeln können. Doch der Kommissar hatte seinen Wunsch nur allzu deutlich gemacht, dass Mathieu vor Ort bleiben sollte.

Mathieu dachte an Martha und seufzte tief. Er lebte nun seit dreieinhalb Jahren mit seiner Freundin zusammen; vorher hatten sie in Paris gewohnt, sich jedoch beide zwei Jahre zuvor nach Marseille versetzen lassen. Martha Rainier war Lehrerin, hatte sehr geregelte Arbeitszeiten und konnte sich ihre Vorbereitung für den Unterricht so einteilen, wie sie es wollte. Mathieus Arbeit war eine ständige Konfliktquelle in ihrer Paarbeziehung. Martha warf Mathieu vor, zu viel zu arbeiten. Dabei war er schon Polizist gewesen, als sie einander kennengelernt hatten; außerdem hatte er in Paris nicht weniger gearbeitet als in Marseille.

Doch nun war diese Situation seit einem halben Jahr zu

einem Problem geworden. Mathieu fand, dass Martha sich sehr verändert hatte. Aus dem fröhlichen jungen Mädchen war eine berechnende, etwas verbitterte Frau geworden. Sie verhielt sich ihm gegenüber besitzergreifend und war eifersüchtig. Er fragte sich oft, ob nicht er selbst an dieser Situation schuld war. Vielleicht schenkte er Martha zu wenig Beachtung und Zuwendung, sodass sie sich seiner Liebe nicht mehr sicher war? Sie hatten es bereits erwogen, eine Familie zu gründen. Und Martha behauptete, dass sie darauf hinarbeiten mussten, die idealen Bedingungen zu schaffen, um Kinder großzuziehen. Mathieus Arbeit war familienfeindlich, das wiederholte Martha ständig. Sie schlug ihm immer wieder vor, den Job zu wechseln. Doch das war für Mathieu keine Option. Er liebte seine Arbeit bei der Polizei, er hatte die Aufnahmeprüfung zum Lieutenant geschafft, hatte seit einigen Monaten den Dienstgrad Capitaine und wollte Karriere machen. Sein Ziel war, in einigen Jahren die interne Prüfung zum Kommissar zu absolvieren. Er wusste, dass er ein guter Ermittler war und dass er auch eine gewisse Begabung dafür besaß, seine Mitarbeiter anzuleiten und zu koordinieren. Im Moment verzichtete er lieber auf eine Familie als auf seine Arbeit. Und so, wie sich die Situation in den letzten Monaten entwickelt hatte, wollte Mathieu mit Martha ohnehin keine Familie mehr gründen. Viel eher fasste er eine Trennung ins Auge.

Auch Martha sprach häufig davon, ihn zu verlassen.

»Dann gehe ich!«, war bei ihr zu einem geflügelten Wort geworden, und Mathieu hatte in letzter Zeit zumeist geantwortet: »Ja, dann geh eben! Dann meckert wenigstens niemand mehr, wenn sich mein Dienstplan wieder einmal ändert oder wenn ich eine intensive Ermittlung zugeteilt bekomme.«

Mathieu arbeitete wie seine Kollegen, die anderen Lieutenants und Capitaines, weitaus mehr als die in Frankreich für Angestellte üblichen 35 Wochenstunden. Seine Arbeitszeiten waren unregelmäßig, und wenn er ermittelte, zählte er die Stunden nicht. Das war es, was Martha so unendlich grämte.

Dass ihm die Arbeit wichtiger war als ihre Beziehung. Mathieu ertappte sich dabei, sich davor zu fürchten, Martha erklären zu müssen, dass er sich einige Tage – oder Wochen? – in Isle-sur-la-Sorgue niederlassen müsste und nur hin und wieder zu Hause vorbeischauen könnte.

Doch dann musste er zugeben, dass die Perspektive, eine Woche oder länger ohne seine Lebensgefährtin verbringen zu können, ihn Erleichterung spüren ließ. Er schüttelte unwillig den Kopf. Was war nur aus ihrer damaligen Verliebtheit geworden?

Mathieu zwang sich, seine Gedanken wieder auf die Arbeit zu lenken, und stand auf, um seine Kollegen Damien Falquier und André Fleuret über die neue Ermittlung zu informieren und sich weitere Informationen zu dem Fall von seinem Vorgesetzten zu holen.

Der Fall Christian Lantier

Claude Lantier ließ die Zeitung sinken und sah seine Frau an. »Er ist nicht freiwillig verschwunden, wie die meisten es vermuteten, er wurde ermordet!«

Sie nickte langsam. »Der arme Mann. Kann ja gar nichts dafür. Da wollte sich gewiss jemand an seinem Vater rächen. Pierre Pinet war immer schon ganz anders als der Rest der Familie. Nicht geldgierig wie sie alle, viel sozialer, für andere da. Warum ausgerechnet er?«

Claude brummte unwillig. Es war ihm im Prinzip vollkommen egal, dass es das einzige Mitglied der Familie getroffen hatte, das nicht so war wie der Rest. Doch es verschaffte ihm Genugtuung, dass derjenige, der ihm und seiner Familie so schlimmes Leid zugefügt hatte, nun genau dieselben Schmerzen zu spüren bekam wie er selbst. Auch sein Sohn war ermordet worden. Der einzige Unterschied war, dass Claude Lantier den Mörder seines Sohnes kannte, während Charles Pinet keine Ahnung hatte, von wem Pierre umgebracht worden war.

Claude war sich bewusst, dass er und seine beiden anderen Söhne verdächtig waren. Gewiss würde der Besuch der Gendarmen nicht lange auf sich warten lassen. Eigentlich wunderte er sich, dass sie ihn noch nicht befragt hatten. Die Motivation, den Mörder zu finden, musste doch in der Brigade von Isle-sur-la-Sorgue sicher groß sein. Der Adjutant Luis Gache war der Cousin des Opfers, gewiss raste er schon durch den ganzen Luberon, um den Fall aufzuklären. Umso seltsamer war es, dass er und seine Familie bisher von seinem Besuch verschont geblieben waren.

Claudes Leben war ziemlich genau vor zwanzig Jahren aus den Fugen geraten, als Charles Pinet Claudes jüngsten Sohn Christian erschossen hatte, der in einem seiner Eichenwälder in der Nacht nach Trüffeln gegraben hatte. Was Christian gemacht hatte, war Diebstahl gewesen. Die Bauern setzten die Trüffeln an und warteten mehr als zehn Jahre, bis diese unterirdischen Pilze endlich groß genug waren, um geerntet zu werden. Trüffeln wurden zu horrenden Preisen gehandelt. Und Charles Pinet, der aufgebrachte Eigentümer, hatte geschossen. Ohne Rücksicht auf Verluste. Er hatte Christian tödlich getroffen, dessen Komplize hatte es geschafft zu flüchten.

Christian war kein einfacher Junge gewesen. Er war ein fauler und aufmüpfiger Schüler, hatte sich in schlechter Gesellschaft befunden, war auf Abwege geraten und hatte begonnen, krumme Dinge zu drehen. Nach seiner Pflichtschulzeit hatte er kaum gearbeitet. Obwohl er in einer Zeitarbeitsfirma eingeschrieben war, die ihm lediglich einige schlecht bezahlte Jobs vermittelte, hatte er immer Geld gehabt. Mit verschiedenen Kollegen hatte er gedealt, gestohlen und Einbrüche verübt. Seine Eltern hatten gewusst, was er so getrieben hatte, ohne es ihm konkret nachweisen zu können. Heute machte Claude sich selbst schlimme Vorwürfe. Er hätte der Höllenfahrt seines Sohnes ein Ende bereiten und hart durchgreifen sollen! Dann wäre Christian noch am Leben. Er hätte ihn zwingen sollen, eine Ausbildung zu machen, anstatt bei dieser Zeitarbeitsfirma herumzuhängen.

Doch Christian war damals schon neunzehn gewesen, und Claude hatte keinen Einfluss mehr auf ihn gehabt. Christian wäre ausgezogen, wenn er ihn unter Druck gesetzt hätte – mit dem Ergebnis, dass Claude das letzte bisschen Kontrolle über seinen Jüngsten auch noch verloren hätte.

Und dann war die fatale Nacht gekommen. Gegen zwei Uhr morgens hatte es bei Claude und Anne-Marie Lantier geläutet. Schlaftrunken war Claude aus dem Bett getaumelt und hatte Christian verflucht, der gewiss wieder einmal seinen Schlüssel vergessen oder verloren hatte. Claude konnte die Szene jederzeit mit allen ihren Details vor seinem inneren Auge abrufen und wie einen Film abspielen. Er erlebte sie regelmäßig von Neuem in seiner Erinnerung.

Vor der Tür standen zwei Gendarmen, die ihn schweigend ansahen.

»Monsieur Lantier, dürfen wir kurz hereinkommen?«, fragte der ältere der beiden schließlich.

Claude nickte nur wie erstarrt. Hinter ihm war seine Frau aufgetaucht, sie hatte ein Wollkleid über das Nachthemd gezogen. »Ist es wegen Christian?«, fragte sie die Beamten mit schwacher Stimme. »Was hat er diesmal angestellt?«

»Bitte lassen Sie uns in die Küche gehen«, sagte der Gendarm bestimmt, »wir werden es Ihnen erklären.«

Claude sah das Entsetzen in den Augen seiner Frau, und auch er spürte Beklemmung. Die beiden Gendarmen warteten, bis sich die Eheleute hingesetzt hatten, dann begann der eine mit belegter Stimme zu sprechen.

»Es tut uns leid, aber ... Ihr Sohn Christian ist erschossen worden. Bei einem Diebstahl.«

Anne-Marie schrie auf. Claude war wie erstarrt. Das konnte nicht wahr sein! Er befand sich mitten in einem Albtraum. Und zugleich sagte er sich, dass er so etwas schon seit Langem befürchtet hatte. Christian war kriminell und hatte nun dafür bezahlt.

»Er hat vor zwei Stunden in einem Trüffelwald herumgegraben. Der Eigentümer ist gekommen und hat geschossen. Es war nicht das erste Mal, dass bei ihm Trüffeln gestohlen wurden. Die Diebe haben jedes Mal seinen Wald verwüstet, einfach aufs Geratewohl im Dunkeln gegraben. Der Mann ist wohl durchgedreht. Wir haben ihn umgehend verhaftet.«

Claude konnte sich noch immer nicht bewegen. Er sah sich selbst am Küchentisch sitzen, neben seiner Frau und den beiden Gendarmen. Er war wie gelähmt. Wie aus weiter Ferne hörte er einen lauten, lang gezogenen Schluchzer. Anne-Marie.

»Ich rufe einen Arzt«, meinte der Gendarm entschlossen,

und Claude fragte sich, wo er mitten in der Nacht auf dem Land einen Arzt herbekommen wollte.

»Wer ...? Wo ...?«, gelang es Claude, schließlich zu stammeln.

Der Gendarm schwieg einen Moment lang. Dann sagte er: »Charles Pinet im Luberon.«

Es war noch schlimmer als gedacht. Der steinreiche Trüffelkönig, der Einbrecher ganz einfach über den Haufen schoss, wie ein Krimineller? Und Claude begann zu brüllen. Es tat gut, aus dieser Erstarrung zu erwachen. »Dieser elende Kapitalist! Dieser steinreiche Schweinehund! Elendiger Mörder! Wegen ein paar Trüffeln!« Er wusste, dass er sich nicht mehr unter Kontrolle hatte, heulte und schrie. Die beiden Gendarmen versuchten vergeblich, ihn zu beruhigen, bis irgendwann der Notarzt kam und ihm eine Beruhigungsspritze verabreichte.

Damit hatte die Zeit des Nebels begonnen – ein grauer, grausamer Dunst, der sich auf sein Gemüt gelegt hatte. Erst bei Charles Pinets Prozess war Claude wiedererwacht. Er hatte sich einen Rechtsanwalt genommen. Dieser hatte für ihn einen hohen Schadenersatz ausgehandelt und in Zusammenarbeit mit dem Staatsanwalt für Pinet sechs Jahre Gefängnis erreicht. Doch Claude wollte kein Geld. Er wollte keinen Schadenersatz. Das Leben seines Sohnes konnte man nicht in Euro bemessen. Das Einzige, was er wollte, war, Pinet lebenslänglich im Gefängnis zu wissen. Sechs Jahre waren eine lächerlich geringe Strafe gewesen! Zumal sie wegen guter Führung auf knappe vier reduziert worden waren.

Monsieur Pinet würde seine Schuld niemals bezahlen. Hatte Claude gedacht. Doch irgendjemand hatte Christian gerächt. Claude lief ein Schauer über den Rücken, wenn er an seine beiden anderen Söhne dachte. Sie hatten mit den Eltern gelitten, ihr Hass auf den alten Pinet war unermesslich. Und wenn nun einer von ihnen beiden in die Sache verwickelt war?

Martha

Wie vorhergesehen, tobte Martha, als sie von Mathieus Ermittlung in Isle-sur-la-Sorgue erfuhr.

»Was? Du willst die ganze Woche dortbleiben?« Ihre Augen waren zu winzigen Schlitzen geworden. »Und wie lange soll diese Ermittlung dauern?«

Mathieu zuckte mit den Schultern. »Keine Ahnung. Bis wir den Mörder dieses Lehrers gefunden haben.«

»Wie kannst du mich nur so bald nach Schulbeginn allein lassen?«

Mathieu seufzte. Martha war ein wenig weltfremd. Er war nur einer von Tausenden jungen Leuten, die viel arbeiteten. Außerdem hatten Martha und er noch keine Kinder, daher fand er ihr Gejammer nicht wirklich angebracht.

»Du bist erwachsen«, meinte er trocken, »und kannst selbst auf dich aufpassen. Ich habe keine Wahl. Mein Boss schickt mich dorthin.«

»Ach so«, fauchte sie, »so siehst du also unsere Beziehung. Wir sehen einander kaum, und du arbeitest nur. Wahrscheinlich betrügst du mich auch bei der Arbeit!«

»Du bist vollkommen durchgeknallt. Wir sind fast nur Männer. Und ich habe wirklich keine Zeit, dich zu betrügen. Und noch weniger Lust dazu.«

Sie sah ihn mit Tränen in den Augen an.

Mathieu versuchte, seine Stimme sanfter klingen zu lassen.

»Was ist eigentlich los, Martha? Du weißt doch, dass ich dir treu bin. Aber seit einem halben Jahr gibst du immer solche Bemerkungen von dir, ich würde dich betrügen.«

»Du bist ... so oft nicht da ... du arbeitest ... so viel ... wir haben so wenig Zeit miteinander«, schluchzte sie.

Mathieu seufzte wieder. »*Chérie,* das Leben ist so. Die meisten jungen Leute arbeiten viel. Auch Frauen. Du hast einen Job, bei dem du dir die Arbeit größtenteils selbst einteilen kannst, du hast auch lange Ferien. Aber dir muss bewusst sein, dass nur wenige erwerbstätige Leute so viel Freizeit genießen wie du.«

Er verkniff sich hinzuzufügen, dass Martha eine Arbeit gewählt hatte, bei der sie nicht besonders viel verdiente und nie viel verdienen würde. Hätte er das getan, dann würde sie ihm wieder einmal vorrechnen, dass er weit unter dem Mindestlohn arbeitete bei seinem mittelmäßigen Gehalt und den unzähligen Stunden, die er für seine Arbeit aufbrachte.

»Ich möchte, dass du dir auch so eine Arbeit suchst. Ich will Kinder mit dir. Aber nicht, wenn du ständig unterwegs bist und dich in Gefahr begibst.«

»*Chérie,* du hast immer schon gewusst, dass ich Polizist bin und bleiben werde. Ich habe die Aufnahmeprüfung zum Capitaine geschafft, die nicht einfach ist. Ich will ganz ehrlich mit dir sein. Ich werde meinen Job nicht wechseln. In ein paar Jahren werde ich versuchen, zum Kommissar aufzusteigen; mein Gehalt wird sich fast verdoppeln, aber dann werde ich auch nicht weniger arbeiten. Aber du weißt, dass wir die Zeit, die uns bleibt, sinnvoll miteinander verbringen. Und vor allem weißt du, dass ich dir treu bleibe.«

»Und die Familie? Wie sollen wir da Kinder haben, wenn du nie da bist? Dann wäre ich ja sozusagen Alleinerzieherin.«

»Martha, Tausende haben in dieser Situation Kinder und schaffen es trotzdem.«

Sie sah ihn langsam an. »Ehrlich gesagt, Mathieu, ich will keine solche Situation. Ich brauche nicht viel Geld zum Leben. Ich will keine Reisen um die Welt, ich brauche keine Markenkleidung und kein großes Haus. Aber ich wünsche mir Lebensqualität. Und dazu gehört auch, dass der Vater meiner Kinder anwesend ist.«

In der Tat war Martha sehr genügsam. Schon als Studentin war sie mit wenig Geld erstaunlich gut zurechtgekommen. Sie hatte keine teuren Vorlieben. Auch für Mathieu war nicht sein Verdienst das Wichtigste. Doch er liebte seine Arbeit, trotz der schlimmen Erfahrungen, die er häufig machte, und der Gefahr, der er zuweilen ausgesetzt war. Seine Arbeit als Ermittler war sein Leben, seine Leidenschaft, die ihm niemand nehmen konnte. Wahrscheinlich passten ihre jeweiligen Lebensmuster nicht zusammen – und nun, wo es darum ging, den nächsten Schritt zu machen und eine Familie zu gründen, mussten sie eine Entscheidung treffen?

Martha sprach das aus, was Mathieu dachte: »Wahrscheinlich müssen wir überlegen, ob wir unter diesen Umständen noch zusammenbleiben wollen. Wir sind jetzt beide dreißig, in dem Alter, in dem man jemanden finden soll, der im Hinblick auf Arbeit und Beziehung dieselbe Einstellung hat.«

Mathieu nickte. »Du hast recht. Diese Zeit, in der wir getrennt sind, sollten wir dazu nutzen, das zu überdenken.«

Wenn Martha über seine Äußerung überrascht war, dann ließ sie sich nichts anmerken. Mathieu war nicht klar, ob sie ihn mit ihren Drohungen, sich von ihm zu trennen, nur unter Druck setzen wollte oder ob sie wirklich daran dachte ihn zu verlassen. Ihm selbst war auf jeden Fall klar, dass es mit ihrer Beziehung nicht so weitergehen konnte. Entweder Martha akzeptierte seine Arbeit und die damit verbundenen Schwierigkeiten, oder er lebte lieber allein. Und trotzdem überfiel ihn eine gewisse Trauer, als er seine Sachen packte, um nach Isle-sur-la-Sorgue aufzubrechen. Martha war nicht die Richtige für ihn und er spürte Sorge. Gab es bei seiner Arbeit überhaupt eine richtige Frau? Oder war die Arbeit bei der Polizei so familienfeindlich, dass alle Beziehungen zum Scheitern verurteilt waren?

Die Ermittler aus Marseille

»In einer Stunde kommen die drei Leute aus Marseille«, verkündete der Kommandant. »Wir machen ein gemeinsames Briefing und stehen ihnen für Fragen zur Verfügung. Wenn sie uns brauchen, dann helfen wir ihnen. Ist das klar?«

»Natürlich«, wagte Sylvie zu erwidern. »Aber ich dachte, wir sollten den Fall komplett abgeben? Ich verstehe unsere Rolle nicht ganz.«

Jean Calcin bedachte sie mit diesem für ihn gewohnt väterlich-strengen Blick, den er immer dann aufsetzte, wenn Sylvie mit dem Haarspalten begann.

»Nun«, meinte der Kommandant, »die PJ braucht alle Informationen, die wir ihnen geben können. Und sie benötigen gewiss auch Ratschläge. Wir haben natürlich die Kompetenzen, um den Fall zu lösen, aber wir sind befangen. Luis' Cousin wurde ermordet, Luis' Onkel hatte schon mit der Justiz Probleme und bereitet immer wieder Schwierigkeiten in der Gegend. Deshalb ist es besser, wenn jemand anderes die Verantwortung für all das übernimmt, was in nächster Zeit aufgedeckt werden wird. Es ist der Capitaine ...« er sah auf seine Papiere, » ... Dubois, der in der Kriminalabteilung von Kommissar Léautier bei der PJ Marseille arbeitet. Wir alle wollen den Fall so schnell wie möglichst lösen, und ich brauche Hilfe von außen. Was sagst du dazu, Luis?« Er wandte sich an seinen Adjutanten, der keine Gefühlsregung zeigte.

Zu Sylvies Erstaunen nickte Luis jedoch nach ein paar Sekunden und meinte: »Du hast recht, Jean. Ich will in diesem Fall nicht ermitteln. Ich möchte mich gern aus den Ermittlungen raushalten. Ihr müsst kein Blatt vor den Mund nehmen. Ich weiß, wie mein Onkel ist, und ich will beruflich nichts mehr mit ihm zu tun haben. Soll der Capitaine aus Marseille sich mit ihm die Hände schmutzig machen. Übrigens, ihr wisst es vielleicht nicht, er ist nicht mein richtiger Onkel. Meine Mutter ist nur seine Halbschwester. Und die beiden haben keinen Kontakt. Sie hat ihr Erbteil damals vor über dreißig Jahren an ihn verkauft und sich aus seinen Machenschaften komplett herausgehalten. Was mich betrifft, ihr wisst, dass ich erst vor zwei Jahren hierher versetzt wurde. Also habe ich mit diesem Teil der Familie nicht viel zu tun. Und ich wünsche es auch nicht, mich um sie zu kümmern oder mit ihnen in Verbindung gebracht zu werden.«

Sylvie bemerkte, dass Luis sich nervös über die Nase strich. Das war bei ihm ein Tick, immer dann, wenn er sich nicht wohlfühlte. Sie kannte den Adjutanten nun schon seit zwei Jahren, und es wunderte sie nicht, dass er mit dem zweifelhaften Onkel, der schon wegen Totschlags im Gefängnis gesessen hatte und der Gendarmerie auch aufgrund anderer Dinge negativ aufgefallen war, nicht viel zu tun haben wollte.

Jean räusperte sich. »Ich kann das verstehen. Schließlich ist Charles Pinet ja kein einfacher Mann. Ich werde versuchen, dich aus dieser Ermittlung rauszuhalten. Ich bitte dich nur, etwaige Fragen über deine Familie und andere Leute aus der Gegend genau zu beantworten, wenn das nötig ist. Die Damen und Simon sollen sich um die drei Kollegen von der PJ kümmern, falls sie Hilfe brauchen. Ist das in Ordnung für euch?«

Die fünf anwesenden Gendarmen nickten. Dominique schien etwas enttäuscht, nicht bei der Mordermittlung dabei zu sein, denn er hatte den Direktor der Schule seiner Kinder sehr geschätzt. Außerdem war er dabei gewesen, als man die Leiche des Direktors geborgen hatte.

»Du kannst sicher auch manchmal helfen«, flüsterte Sylvie ihrem Kollegen beschwichtigend zu.

»Und noch etwas«, meinte Jean. »Wir drängen uns nicht

auf. Wir bieten Capitaine Dubois unsere Mitarbeit an und geben ihm alle für ihn nötigen Informationen. Falls er jedoch lieber allein mit seinen beiden Kollegen weitermachen will, dann darf er das. Und unsere sonstige Arbeit hat natürlich Vorrang. Wenn wir Zeit haben, helfen wir der PJ, ansonsten muss der Capitaine warten. Gibt es noch Fragen?« Nachdem sich niemand meldete, verließen alle den Raum.

»Na, da bin ich ja mal neugierig«, raunte Sylvie Carine zu, als die beiden in ihr Büro gingen.

Carine zuckte mit den Schultern. »Ich glaube, am besten ist es, ihnen alle relevanten Informationen zu geben und sie dann ermitteln zu lassen. Aber ich denke wie Luis. Ich will mit dem Ganzen gar so nicht viel zu tun haben. Luis und ich sind von hier, wir kennen alle. Der Mord an Pierre Pinet reißt bestimmt uralte Wunden auf.«

»Ja«, meinte Sylvie, »und andererseits ist es gut für uns, euch dabei zu haben. Ihr erinnert euch vielleicht an das eine oder das andere.«

»Ich war damals, als das mit Christian Lantier geschehen ist, ein Kind, und Luis arbeitete in Martinique. Aber natürlich kennen die Leute uns und unsere Familien. Was manchmal von Vorteil ist, aber nicht immer.«

Carine verzog das Gesicht, und Sylvie musste an das Schicksal ihrer Freundin denken. Carine hatte keine Familie mehr. Ihr Vater hatte seine Frau und die Kinder verlassen, als Carine noch sehr klein gewesen war. Ihr älterer Bruder hatte sich umgebracht, als sie vierzehn gewesen war. Ihre Mutter war daraufhin zur Alkoholikerin geworden und wenige Jahre später an einer Überdosis Schlaftabletten gestorben. Carine hatte nur mehr eine Tante, der sie sehr nahestand, und deren elfjährige Tochter Amélie, die für Carine wie eine kleine Schwester war.

Carine und Sylvie waren eng befreundet. Sie arbeiteten miteinander, wohnten auch nebeneinander, gezwungenermaßen, weil alle Gendarmen in Dienstwohnungen, sogenannten Kasernen, untergebracht waren. Deshalb kannte jeder Gendarm auch die Familien seiner Kollegen. Sylvie lebte gern in der Dienstwohnung, sie erkannte vor allem den bedeutenden finanziellen Vorteil. Eine so große und gepflegte Wohnung hätte sie sich in der Gegend niemals leisten können!

Carine und Sylvie begannen, sich um die verschiedenen Stapel der Anzeigen zu kümmern, die sich auf ihren Schreibtischen türmten. Sylvie ordnete die zu bearbeitenden nach Dringlichkeit, Carine gab die abgeschlossenen in Archivschachteln.

Es war ruhig an diesem Morgen. Am Vortag und in der Nacht war so gut wie nichts geschehen. Keine Unfälle, keine Drogengeschichten, keine Einbrüche. Das war selten.

Zwanzig Minuten später betrat Kommandant Calcin mit drei jungen Männern das geräumige Büro, in dem ein Teil seiner Gendarmen saß.

»Ich stelle euch Capitaine Mathieu Dubois und die Agenten André Fleuret und Damien Falquier vor.«

Er nannte den Polizisten auch die Namen aller seiner Mitarbeiter.

Die drei jungen Männer schüttelten den Gendarmen die Hand. Sylvie war überrascht. Capitaine Dubois schien sehr jung, er war ungefähr in ihrem Alter. Die Männer waren alle drei gut aussehend, schlank, muskulös und sportlich. Sie erinnerten an die Titelhelden aus manchen Fernsehkrimis. Sie waren in enge Jeans, dunkle T-Shirts, Jeansjacken und Turnschuhe gekleidet. Bei der PJ hatten sie das Privileg, keine Uniformen tragen zu müssen. Die beiden Agenten hatten Carine erspäht und konnten den Blick nicht mehr von ihr wenden. Ihr Vorgesetzter, der Capitaine, benahm sich sehr professionell, bedankte sich beim gesamten Team für den Empfang und meinte, er hoffe, den Anforderungen der Ermittlung gerecht zu werden.

Der Kommandant befahl ihnen allen, sich in den Besprechungsraum zu begeben. Jean, die drei Polizisten aus Marseille, Luis, Sylvie, Carine, Dominique und Simon setzten sich um den großen Tisch, dann brachte Marc Follet, der jüngste Gendarm der Brigade, der noch im Training war, ihnen Kaffee und Croissants.

Jean Calcin wandte sich an den Capitaine. »Haben Sie die nötigen Unterlagen von Ihrem Vorgesetzten bekommen und sich in den Fall eingelesen?«

Dieser nickte. »Ja, danke, ich bin schon recht gut informiert.«

»Und welchen Eindruck macht der Fall auf Sie?«, fragte der Kommandant.

Der Capitaine grinste schief. »Grausam. Wie der Mann gefesselt in dieser tiefen Quelle versenkt wurde. Sehr kreativ, muss ich sagen. Der Mord hat für mich etwas Symbolisches. Es geht um einen Abgrund. Und um Wasser. Und ich frage mich, was der Mörder diesem Mann vorzuwerfen hatte. Ich habe auch gehört, dass es sich um eine Rache am Vater handeln könnte. Aber sich aus diesem Grund auf diese Weise an seinem Sohn, einem beliebten Lehrer, zu vergreifen, das scheint mir nun doch etwas abwegig. Ich persönlich frage mich, ob dieser Vorzeigebürger nicht irgendetwas Schlimmes zu verbergen hatte.«

Carine warf Sylvie einen besorgten Blick zu. Sylvie beschlich wieder dieses unangenehme Gefühl. Gegen Pierre Pinet war im Mai eine Anzeige eingegangen. Die Eltern eines Schulkindes hatten ihm sexuelle Belästigung ihres Sohnes vorgeworfen, hatten aber am folgenden Morgen die Anzeige zurückgezogen. Carine und Sylvie hatten die Familie noch einmal aufgesucht, um sicherzugehen, dass die Anklage wirklich grundlos gewesen war. Die Eltern hatten sich sehr beschämt gezeigt und erklärt, ihr Sohn habe die sexuelle Nötigung nur erfunden. Die beiden Gendarminnen fragten sich natürlich, wie ein Zehnjähriger einen sexuellen Übergriff erfinden kann, und hatten die Sache an die DDASS, das Sozialamt, weitergeleitet. Die Ärztin und der Psychologe der DDASS hatten dem Jungen psychologische Betreuung verordnet. Der Psychologe hatte herausgefunden, dass der Elfjährige unglaublich viel Zeit im Internet verbrachte und teilweise auf Webseiten ging, auf denen er nichts verloren hatte. Noch dazu hing er oft mit Vierzehnjährigen herum und hatte einiges aufgeschnappt. Der Psychologe hatte auch bemerkt, dass Paul Lagoc einen Hang zum Lügen besaß. Genau deshalb war es zum Zusammenstoß mit seinem Lehrer gekommen: Weil er einem Freund eine Schandtat angedichtet hatte. Pierre Pinet hatte den Jungen bestraft, woraufhin dieser seiner Mutter gegenüber behauptet hatte, der Direktor habe ihm sein Geschlechtsteil gezeigt und ihn gezwungen, es zu berühren.

Calcin schien auch daran zu denken, denn er erzählte dem Capitaine davon.

Dieser runzelte die Stirn und fragte: »Und früher? Hat es diesbezüglich nie etwas gegeben? Der Mann hat ja sein Leben lang als Lehrer gearbeitet.«

Alle Blicke schweiften zu Luis, der sich räusperte.

»Nein. Es wurde Pierre diesbezüglich nie etwas vorgeworfen. Die Kinder mochten ihn sehr, er war ein guter und leidenschaftlicher Lehrer, ein ausgezeichneter Pädagoge. Ohne irgendwelche dunklen Geschichten.«

Jean wandte sich Carine und Dominique zu.

»Carine, du wurdest auch von ihm unterrichtet. Hast du nie etwas bemerkt?«

Carine schüttelte bestimmt den Kopf. »Nie. Ich persönlich mochte ihn nicht so besonders, weil ich ihn ungerecht fand, aber das ist eine andere Geschichte.«

»Meine Kinder und ihre Freunde haben nie etwas verlauten lassen«, meinte Dominique. »Heute spricht man ja sehr viel über solche Dinge. Fast zu viel. Vielleicht hat der Junge diese Geschichte deshalb erfunden.«

»Gut. Also geht es anscheinend nicht in diese Richtung«, stellte der Capitaine fest. »Aber es kann ja auch etwas anderes sein, was mit seiner Arbeit nichts zu tun hatte. Er war geschieden, lebte aber mit einer Lehrerin zusammen, so viel ich gelesen habe.«

Jean nickte. »Seit drei Jahren. Seine Frau hat ihn bereits vor fünfzehn Jahren verlassen.«

Der Kommandant erzählte Mathieu Dubois als Nächstes im Detail von den Problemen des Trüffelkönigs, vor allem informierte er den Capitaine über die Sache mit Christian Lantier.

»Da kann schon was dahinter sein«, meinte der Capitaine nachdenklich. »Der Vater soll seinen Sohn in einem fürchterlichen Zustand sehen.«

Sylvie beschloss, sich zu melden. »Wenn ich mir erlauben darf ... Mir scheint, das Ziel war, dass der Sohn auf Nimmerwiedersehen im Abgrund verschwindet. War ja Pech, dass er wieder an die Oberfläche gekommen ist. Vier Monate, nachdem er verschwunden war!«

Capitaine Dubois nickte nachdenklich. »Da haben Sie durchaus recht. Es war nicht Pech, es war Chemie. Die meisten Körper kommen irgendwann an die Oberfläche. Daran hat der Mörder wahrscheinlich nicht gedacht. Oder er hat den Körper irgendwie beschwert, und die Gewichte haben sich von der Leiche gelöst. Wohl eher eine persönliche Fehde als das organisierte Verbrechen, das wir in Marseille so gut kennen.«

Jean Calcin zeigte den Polizisten aus Marseille noch ein paar Skizzen und Fotos, gab ihnen außerdem die Dokumente bezüglich der Akte Lantier–Pinet und erklärte dem Capitaine, dass Carine, Sylvie und Simon ihm zur Verfügung standen, wenn er noch Fragen hatte.

Mathieu Dubois bedankte sich und wandte sich an Luis. »Dürfte ich mich mit Ihnen bald eingehender unterhalten? Der Tote war Ihr Cousin, deshalb würde ich Ihnen gerne Fragen über die Familie und über seine Person stellen.«

Luis nickte. »Wann immer Sie wollen.«

»Ich melde mich bei Ihnen. Ich möchte jetzt den Fundort der Leiche sehen und die sagenhafte Sorgue.«

»Kommen Sie, wann Sie wollen in unsere Büros«, bot Jean

an. »Wir haben einen Raum für Sie, in dem sich zwei Schreibtische und zwei Computer befinden. Wir sind daran gewöhnt mit Kollegen von anderen Dienststellen zusammenarbeiten.«

»Danke. Wir werden hauptsächlich hierbleiben, müssen aber hin und wieder ins Büro nach Marseille. Wir haben auch vor, uns eine Ferienwohnung zu suchen.«

»Ich kenne eine gute Adresse«, meinte Luis. »Hier in Isle-sur-la-Sorgue, ein wenig außerhalb des Zentrums.«

Er sah in seinem Mobiltelefon nach und kritzelte eine Telefonnummer auf einen Zettel. »Rufen Sie da mal an! Die Saison ist fast vorbei, die haben vielleicht was frei.«

Der Capitaine bedankte sich. Sylvie fand Luis sehr zuvorkommend, wenn sie daran dachte, dass er mit dem Fall eigentlich nichts zu tun haben wollte. Sie drehte den Kopf zu Carine, um ihr spöttisch zuzulächeln, doch ihre Freundin bemerkte es nicht. Carine war ganz auf den Capitaine fixiert. Sie bedachte ihn mit einem Blick, den Sylvie bei ihr noch nie wahrgenommen hatte. Bewundernd und mit leuchtenden Augen betrachtete sie diesen Mann. Zugleich war Sylvie bewusst, dass der blonde Polizist Carine mit den Augen geradezu verschlang. Er war wohl sehr von ihr fasziniert, während sie nur Augen für seinen Vorgesetzten hatte!

Jean Calcin befahl Sylvie und Carine, mit den drei Ermittlern zur Quelle zu fahren und ihnen genau zu zeigen, wo und wie Pinets Leiche gefunden worden war.

Sylvie stand auf, um den Autoschlüssel zu holen.

»Wollt ihr mit uns fahren?«, wandte sie sich an den Capitaine.

»Nein, ich denke, wir folgen euch in meinem Wagen. Beamte der *Police Nationale* sollen nicht in Gendarmerie-Autos steigen«, meinte Mathieu Dubois augenzwinkernd, beeilte sich jedoch hinzuzufügen: »Nein, es geht darum, dass wir lieber unabhängig sind. Wir organisieren uns zu Mittag die Ferienwohnung.«

Als Sylvie mit Carine im Auto saß, fragte sie die Freundin: »Und? Dein erster Eindruck?«

Carine hob den Daumen und lächelte.

»Sie sind alle drei sehr gut aussehend«, bemerkte Sylvie hinterhältig. »Vor allem der Blonde.«

Carine hatte seine schmachtenden Blicke bestimmt bemerkt.

»Mir gefällt der Capitaine am besten. Er ist es!«, sagte Carine nur.

»Was ist er?«, entgegnete Sylvie verwirrt.

Carine sah sie ungeduldig von der Seite an.

Mon Dieu, Sylvie, ich habe dir doch erklärt, dass ich auf einen besonderen Mann warte. Dass es gleich funken muss, sonst wird das nichts. Und bei ihm … nun, da spüre ich dieses Gefühl. Er gefällt mir, er ist mir unheimlich sympathisch, er zieht mich an, ich will ihn.«

Sylvie übersah vor Überraschung beinahe ein Auto, das im Kreisverkehr fuhr, und musste scharf bremsen.

»Aber Carine! Du kennst ihn doch gar nicht! Du weißt nichts über ihn. Du hast noch nicht einmal mit ihm gesprochen.«

Sie fand Carines Einstellung reichlich albern. Sie selbst glaubte nicht an die Liebe auf den ersten Blick. Man muss jemanden näher kennenlernen, war ihre Meinung. Erst dann kann man ihn einschätzen.

Fontaine-de-Vaucluse

»Und wie findet ihr die Gendarmen?«, fragte Mathieu seine beiden Kollegen, als sie im Auto saßen.

»Super!«, meinte Damien. »Sie sind wirklich sympathisch. Und dieses Mädchen!« Er sah spöttisch in den Rückspiegel zu André, der auf dem Rücksitz saß. »André ist jetzt schon voll verknallt. Aber auch ich muss zugeben, dass ich noch nie ein hübscheres Mädchen gesehen habe. Sogar in der fürchterlichen Uniform der Gendarmen sieht sie super aus. Zum Glück haben die eine Uniform an, sonst könnte keiner mehr arbeiten!«

»Ja, das ist wirklich eine Mega-Bombe!«, meinte André. »Ihr könnt mich beneiden, denn ich bin der Einzige von uns dreien, der Single ist.«

»Ach, bist du derzeit Single?«, fragte Mathieu André. Er wusste, dass André gerne jede Menge Beziehungen hatte und selten länger mit einer Freundin zusammenblieb. Er war ein Frauenheld.

»Nicht mehr lange«, grinste André.

Auch Mathieu musste sich eingestehen, dass Carine eine Schönheit war. Er konnte sich nicht erinnern, jemals eine anmutigere Frau gesehen zu haben. Was ihn am meisten beeindruckte, war die türkisblaue Farbe ihrer Augen.

»Glaubst du, dass es Kontaktlinsen sind?« Damien schien seine Gedanken zu lesen.

»Keine Ahnung, kannst sie ja fragen«, meinte Mathieu. »Aber der Rest des Teams? Was glaubt ihr? Werden sie uns helfen?«

»Ich denke, ja!«, antwortete Damien. »Der Kommandant

klang doch sehr kooperativ, und auch der Cousin des Opfers ist zuvorkommend. Die andere Frau scheint einen ziemlich scharfen Verstand haben und wirkt sympathisch, auch wenn sie aussieht wie ein Trampel.«

Mathieu seufzte. Es würde schwierig werden, die beiden Kollegen zu motivieren, sich auf das Wesentliche zu konzentrieren und sich nicht von der äußeren Erscheinung der Gendarminnen ablenken zu lassen. Dem Capitaine fehlte die Anwesenheit einer Frau in seinem Team, vor allem für weibliche Zeugen hätte er manchmal eine Polizistin gebraucht. Doch er war sich nicht sicher, ob Damien und André der Anwesenheit einer Kollegin bei der Arbeit gewachsen sein würden.

»Schöne Gegend«, bemerkte Damien. »So malerisch. Und das Wasser ...«

Sie fuhren durch die Kleinstadt Isle-sur-la-Sorgue und passierten eine Brücke; rechts plätscherte der Fluss an Trauerweiden vorbei, links befand sich das Stadtzentrum hinter einem großen Wasserbecken, von dem zwei Kanäle ausgingen.

»Das ist doch auch die Sorgue, nicht wahr?«, wollte André wissen.

Mathieu nickte. »Sie entspringt einige Kilometer von hier, in den Felsen von Fontaine-de-Vaucluse; dann teilt sie sich mehrmals und bewässert die gesamte Ebene. Hier links gehen zwei Kanäle weg und umfließen die Altstadt. Deshalb heißt der Ort die Insel auf der Sorgue. Man nennt ihn auch das Venedig der Provence oder das Venedig des Vaucluse, wegen der vielen kleinen Kanäle, die ihn durchqueren. Und wie ihr wisst, sind wir hier im Département Vaucluse.«

»Mann, Boss, du kennst dich aber aus!«, meinte André spöttisch.

»Ich habe mich natürlich vorbereitet«, erwiderte Mathieu und seufzte. Was war ihm anderes übriggeblieben?

Nach einigen Minuten Fahrt durch die Geschäftszone der Kleinstadt befanden sie sich auf einer kleinen Straße, die Obstgärten und Felder durchquerte; wenig später kamen sie nach

Fontaine-de-Vaucluse, wo sie auf einem asphaltierten Platz hinter dem kleinen Rathaus parkten. Der Ort war von hohen Felswänden umgeben.

»Jetzt müssen wir ein Stück zu Fuß gehen«, erklärte Carine, als sie die Autos verließen. »Aber es ist nicht weit.«

Sie sah Mathieu an, und dieser konnte André gut verstehen. Carines Blick aus türkisblauen Augen raubte ihm den Atem.

»Viele Geschäfte hier«, bemerkte Damien.

»Oh, ja«, erwiderte Sylvie. »Hier wird viel Ramsch verkauft. Und dann gibt es auch die Shopping-Galerie, die derzeit leider ziemlich verfällt. Die meisten Geschäfte suchen Mieter, und das Ganze wirkt etwas schäbig.« Sie zeigte auf ein Gebäude, das sich vor ihnen entlang des Weges zur Quelle am Flussufer erstreckte. »Wir können später durchgehen, dann habt ihr alles gesehen. Am anderen Ende befindet sich eine alte Papiermühle, in der gezeigt wird, wie früher Papier hergestellt wurde. Sie wird durch Wasserkraft angetrieben.«

Mathieu bemerkte, dass Sylvie diejenige der beiden Gendarminnen war, die den Ton angab. Sie war wohl einige Jahre älter als Carine und wirkte kompetent und scharfsinnig.

André versuchte natürlich, Carine in ein Gespräch zu verwickeln, was ihm jedoch nicht gelang. Carine beachtete ihn einfach nicht. Er schien für sie nicht zu existieren, genauso wenig wie Damien. Wenn sie etwas sagte, wandte sie sich ausschließlich an Mathieu. Sie zeigte auf ein großes Wasserrad. »Hier ist die Papiermühle. Mal sehen, ob sie ab Mittag Vorführungen machen.« Dabei sah sie den Capitaine aus ihren wundervollen Augen an. Er grinste. Die beiden jungen Frauen behandelten ihn und seine Kollegen wie Touristen, denen sie den Aufenthalt möglichst interessant gestalten wollten.

Sie gingen den Fluss entlang Richtung Talenge und hörten das angenehme Rauschen des Wassers. Hinter uralten Platanen mit dicken Stämmen leuchtete die Sorgue dunkelgrün.

»Lustige Farbe«, bemerkte Mathieu.

Carine nickte. »Das ist eine Wasserpflanze, die am Grund

der Sorgue wächst. Das Wasser ist kalt. Dreizehn Grad, dieselbe Temperatur das ganze Jahr.«

»Das ganze Jahr?«, fragte Damien verwundert. »Aber ich habe gelesen, dass man im Sommer hier Kanu und Kajak fährt und teilweise auch schwimmt.«

»Natürlich«, erwiderte Carine, »bei dreizehn Grad kann man gut schwimmen.«

Das Tal wurde enger, der Weg stieg an, und plötzlich war der Fluss nicht mehr zu sehen.

»Wo ist denn das Wasser hin?«, wollte Damien wissen.

»Es fließt unterirdisch durch«, erklärte Sylvie. »Hier sprudelt nur Wasser drüber, wenn die Quelle voll ist. Im Winter und im Frühjahr. Die Steine sind grün. Das ist Moos, das im Sommer vertrocknet und wieder wächst, sobald das Wasser zurückkommt.«

»Beeindruckend!« Mathieu ließ seinen Blick nach oben schweifen, wo sich steile Felswände über dem Tal erhoben. Sie waren voller Löcher, wo das Regenwasser die Kalkfelsen ausgewaschen hatte.

»Dieser Ort heißt das geschlossene Tal«, erklärte Carine, wobei sie wie immer Mathieu ansah. »*Vallis Clausa*. Daher kommt auch der Name unseres Départements, Vaucluse«.

Sie waren am Ende des Tales bei der Quelle angekommen. Hinter einem Zaun führte ein Loch aus Kalkstein in die Tiefe, dessen Rand ziemlich flach war. Das Wasser konnte man nicht sehen. Fünf Personen standen ein paar Meter hinter der Abzäunung und blickten in den eigentlichen Abgrund hinunter. Carine und Sylvie stiegen über den Zaun.

»Hier sind Verbotsschilder, aber trotzdem nähert sich jeder der Quelle«, erklärte Sylvie. »Diese Schilder sind nur angebracht, um anzuzeigen, dass man auf eigene Gefahr ins Loch hinuntersteigt.«

Die Männer folgten ihnen. Sie stiegen über den Kalkfelsen leicht bergab zu dem Ort, wo das Loch abrupt tiefer wurde.

Nun sah man das Wasser einige Meter weiter unten türkisblau schimmern.

»Im Winter ist hier, wo wir stehen, der Quellteich«, meinte Carine. »Derzeit führt die Quelle wenig Wasser, aber auf jeden Fall mehr als im Sommer, denn es hat letzte Woche ausgiebig geregnet. Dort hinten«, sie zeigte auf eine Eisenleiste, die an der Felswand befestigt war, »ist das Sorgometer, das den Wasserstand misst. Der höchste Wasserstand war im Jahr 1967, einen halben Meter oberhalb der Eisenleiste.«

»Die Leiche«, unterbrach Sylvie die Kollegin, »wurde dort gegenüber in der Zone gefunden, wo der Felsvorsprung das Wasser ganz dunkel erscheinen lässt. Direkt unterhalb der Wasseroberfläche. Die Feuerwehrmänner haben den Toten geborgen. Mit einem Boot und Seilen sind sie da in wenigen Minuten hinunter.«

Mathieu sah nachdenklich zu der Stelle im Wasser, einige Meter unter ihnen, die von dem überhängenden Felsen überragt wurde. Welche seltsame Kraft hatte die Leiche dort hingetrieben, nachdem sie monatelang in irgendeinem Hohlraum des Abgrundes gelegen war? Er selbst hätte nicht mit einem Boot dort unten im Quellteich herumpaddeln wollen. Allein der Gedanke an die Tiefe der Quelle jagte ihm einen Schauer über den Rücken.

»Seltsam, dieser Mord. Sehr aufwendig. Also, stellen wir uns das Szenario vor. Der Täter fesselt das Opfer hier am Rand des Abgrundes und stößt es hinunter. Aber wie hat er es bis hier herauf bekommen?«, wandte er sich an Sylvie.

Sie erklärte: »Pierre Pinet hatte die Gewohnheit, am Abend, wenn kein Mensch mehr unterwegs war, joggen zu gehen. Er wohnte seit Kurzem hier in Fontaine-de-Vaucluse. Am Eingang des Dorfes. Sehr oft ist er Richtung Quelle gelaufen. Der Täter hat ihn wahrscheinlich beobachtet und ist ihm gefolgt. Dann hat er ihn mit einer Waffe bedroht und ihn gezwungen, sich an den Rand des Abgrundes zu begeben, wo er ihn gefesselt hat. Im Mai sah es hier ein wenig anders aus als jetzt, denn die Quelle war voller.«

»Es könnten auch mehrere Täter gewesen sein«, warf André ein. »Nicht einfach, einen Mann ganz allein zu fesseln.«

»Pierre Pinet war relativ klein und sehr schmächtig«, fügte Sylvie hinzu. »Ein normal gebauter Mann war auf jeden Fall stärker als er. Er war zwar sportlich und zäh, aber ein Leichtgewicht.«

»Um welche Uhrzeit ist er verschwunden?«, fragte Mathieu.

»Seine Freundin hat uns um elf am Abend angerufen, weil er noch immer abgängig war. Er war nicht daheim gewesen, als sie gegen neun nach Hause gekommen war. Das hat sie nicht beunruhigt, er ging oft am Abend und manchmal sogar bei Einbruch der Nacht noch joggen. Erst als er um zehn noch nicht zu Hause war, hat sie sich allmählich Sorgen gemacht. Sie hat an den fehlenden Sportschuhen gesehen, dass er zum Joggen aufgebrochen war, doch sie wusste nicht, ob er taleinwärts oder vom Dorf weg Richtung Isle-sur-la-Sorgue gelaufen war. Am nächsten Morgen begann die Suchaktion. Die Sorgue wurde teilweise sondiert, weil man befürchtete, dass er weiter unten den Fluss entlanggelaufen, ausgerutscht und ungünstig gefallen sei. Keiner hat ihn an diesem Abend gesehen. Nach zwei Wochen hat man die Suche aufgegeben.«

»Hätte man ihn denn nicht gefunden, wenn er weiter unten ins Wasser gefallen wäre? Der Fluss ist ja nicht tief!«

Carine antwortete: »Im Mai führte die Sorgue wie schon gesagt viel Wasser. Die Strömung war stark.«

»Und hier im Quellteich hat man nicht gesucht?«, fragte Mathieu.

Sylvie erklärte: »Man hat gesucht, am Rande der Quelle. Doch man ist nicht in den Abgrund hinuntergetaucht. Es gab damals zwei Hypothesen: Entweder Pinet war beim Laufen gestürzt und ins Wasser oder sonst irgendwo in einen Graben gefallen, oder er war freiwillig verschwunden.«

»Aber wenn er abgehauen wäre, dann hätte er doch seine Papiere und andere Dinge mitgenommen?«

»Eben! Allerdings könnte man sich immer einen zweiten Personalausweis machen lassen!«

»Gab es irgendetwas, was Pinet zum Verschwinden hätte bewegen können?«

»Ja. Die Anzeige Paul Lagocs und seiner Eltern. Es war im Dorf nicht bekannt, nur wir wissen davon, doch es hat Pinet sicher tief getroffen. Außerdem war Pinet ein Asien-Fan. Er verbrachte jedes Jahr mindestens zwei Wochen in Thailand beim Tauchen. Tiefseetauchen. Deshalb die Theorie, er könnte stillschweigend dorthin verschwunden sein. Obwohl seine Lebensgefährtin dem widersprochen hat. Für sie stand fest, dass ihm etwas passiert sein musste.«

Mathieu hielt inne. Die Tatsache, dass der Mann, der so gerne getaucht hatte, in dieser tiefen, klaren Quelle versenkt worden war, stellte für ihn ein weiteres Symbol dar.

»Aber der Täter ist ein Risiko eingegangen. Er hat den Mann am Abend verfolgt und abgepasst. Es war noch hell. Ein Passant hätte daherkommen können«, warf Damien ein.

»Abends ist hier in der Talenge anscheinend nichts los«, erwiderte Carine. »Die Hundebesitzer gehen weiter unten spazieren, dort befindet sich gegenüber den Restaurants ein kleiner Park. Es kommen nur tagsüber Touristen hierher. Der Täter wusste sicher Bescheid.«

»Ich kann mich irren«, sagte Mathieu, »aber für mich ist viel Symbolisches bei diesem Mord dabei.«

»Könnte es etwas mit einer Sekte zu tun haben? Mit Satanismus?« fragte André eifrig.

Mathieu zuckte mit den Schultern. »Wir haben keinen Hinweis darauf. Aber wir werden die Vereinstätigkeiten dieses Direktors gut durchfilzen.«

Nach kurzer Zeit gingen sie den Weg wieder hinunter. Einige Spaziergänger und Touristen kamen ihnen entgegen. Sie durchquerten die Papiermühle, die ziemlich verlassen dalag, und die Shoppinggalerie, deren Blütezeit definitiv vorbei war. Mehr als die Hälfte aller Geschäfte standen leer. Es war Mittag, und sie beschlossen, in einem Café direkt am Wasser zu essen. Sie setzten sich an einen Tisch mit Blick auf die Sorgue. Mathieu und die beiden Frauen bestellten ziemlich reichhaltige Salate, André und Damien Steaks mit Pommes Frites. Mathieu entschied sich wie meistens für seinen Lieblingssalat, *Chèvre Chaud,* einen grünen Salat mit Toasts, die mit warmem Ziegenkäse belegt waren.

»Was ist das dort oben?« Damien zeigte auf eine Burgruine, die sich oberhalb des Dorfes auf einem Kalkvorsprung erhob. »Kann man da rauf?«

»Das ist die ehemalige Burg der Bischöfe von Cavaillon aus dem Mittelalter«, antwortete Sylvie. »Man kann hinaufsteigen, es ist aber sehr unwegsam.«

Mathieu spürte Carines Blick. Sie saß ihm direkt gegenüber.

»Kennen Sie die Gegend?«, fragte sie ihn.

»Nein, ich war noch nie hier«, antwortete Mathieu. »Ich habe noch nicht viel gesehen, aber ich finde es sehr malerisch. Und dieses Wasser … Das ist ein kostbares Gut, hier im trockenen Hinterland der Provence.«

»Woher kommt das Wasser?«, funkte André dazwischen und versuchte, Carines Blick einzufangen – ohne Erfolg.

Zu Mathieu gewandt, erklärte Carine: »Das Einzugsgebiet der Quelle ist riesig. Es handelt sich um ein unterirdisches Becken, das an die tausend Quadratkilometer groß ist. Das Wasser kommt von den Südalpen, vom Lure-Gebirge nördlich des Luberon und vom Plateau von Sault, dem Kalkplateau östlich von hier.«

»Die Quelle ist ein Phänomen«, ergänzte Sylvie. »Man hat im 19. Jahrhundert mit der Erforschung begonnen und ist zwanzig Meter hinuntergetaucht. Dann tauchte man Anfang des 20. Jahrhunderts dreißig und vierzig Meter hinunter, in den Fünfzigerjahren siebzig und in den Achtzigerjahren bis zu zweihundertfünf Meter. Weiter kam man nicht, denn es wurde zu eng. Man hat schließlich Roboter hinuntergelassen und erreichte eine Tiefe von knapp dreihundertzehn Metern.«

Mathieu war fasziniert von der Quelle und der Atmosphäre des Ortes. Und am meisten beeindruckte ihn diese Kollegin, die ihn mit ihren wunderbaren Augen verschlang. Er musste aufpassen, damit er nicht vergaß, dass er zum Arbeiten hier war und relativ schnell Ergebnisse erzielen sollte.

Während des Mittagessens bot Mathieu als Ermittlungsleiter an, einander doch zu duzen, was die beiden jungen Frauen gerne akzeptierten. Sie erzählten den Kollegen noch einiges über geschichtliche Begebenheiten des Ortes. Über die Legende des Monsters, *Couloubre* genannt, das in der Quelle gelebt hatte und von einem Bischof namens Véran verjagt worden war. Über die Päpste, denen die *Ebene der Grafschaft*, wie die Gegend genannt wurde, bis zur französischen Revolution gehört hatte, und über den italienischen Poeten Francesco Petrarca, der im Mittelalter in diesem Ort gelebt hatte. Er hatte sich nach Fontaine-de-Vaucluse zurückgezogen, um zu schreiben, aber auch um dem dekadenten Avignon der Päpste zu entfliehen. Er soll sich auf den ersten Blick unsterblich in Laure aus Noves verliebt haben, die er in Avignon beim Verlassen einer Kirche gesehen hatte. Sie hatte ihn zu einem seiner bekanntesten Werke inspiriert, den *Canzoniere*, eine Sammlung von über dreihundert Liebesgedichten.

»Nun, das existiert, die Liebe auf den ersten Blick«, meinte André und sah Carine schmachtend an.

»Ja, da bin ich mir sicher«, erwiderte sie, wandte jedoch ihren Blick nicht von Mathieu, der innerlich aufseufzte. Zugleich erinnerte er sich daran, dass er später unbedingt Martha anrufen musste, um ihr zu zeigen, dass er an sie dachte. Er hatte Angst, sie zu vergessen.

Als Mathieu, Damien und André im Auto saßen, um nach Isle-sur-la-Sorgue zurückzufahren, meinte Damien: »Es ist wirklich schön hier. Wie im Bilderbuch. Alles wirkt so klar, so grün ...«

»... und so türkisblau«, seufzte André. »Habt ihr gesehen, die Quelle, sie hat dieselbe Farbe wie ihre Augen!«

Damien warf André im Rückspiegel einen Blick zu. »Ich würde mal sagen, du schlägst sie dir besser aus dem Kopf. So wie es aussieht, hast du null Chancen bei ihr. Für Mathieu hingegen scheint sie sich wirklich zu interessieren.«

Er wandte sich seinem Vorgesetzten zu. »Hast du bemerkt, wie sie dich ansieht?«

Mathieu seufzte. »Ja, habe ich. Aber ich bin zum Arbeiten hier. Mit einer Kollegin eine Affäre zu beginnen ist verfänglich.«

»Und außerdem bist du so gut wie verlobt«, bemerkte André vorwurfsvoll.

»Ja, es scheint so.« Mathieu beschloss, sich seinen Kollegen anzuvertrauen, und erzählte ihnen vom jüngsten Streit mit Martha.

»Was?«, rief André. »Die spinnt doch! Nach der schwierigen Aufnahmeprüfung und der Ausbildung zum Capitaine sollst du auf deine Arbeit verzichten?«

»Sie hat schon recht«, seufzte Mathieu. »Unsere Arbeit ist familienfeindlich. Und beziehungsfeindlich. Aber ich kann mir nicht vorstellen, etwas anderes zu tun.«

»Wir können uns auch nicht vorstellen, einen anderen Vorgesetzten zu haben als dich«, meinte André. »Obwohl ich dich im Moment hasse, weil Carine nur auf dich abfährt. Aber ich gebe nicht auf. Ich werde sie heute oder morgen Abend zum Essen einladen!«

Die Brigade Isle-sur-la-Sorgue

Sylvie und Carine wurden von den Kollegen grinsend empfangen.

»Ah, manche haben Glück«, feixte Simon, »spazieren mit gut smarten Jungs in der Natur herum, während wir hier Kleinarbeit machen.«

»Und wie sind sie sonst? Sympathisch?«, wollte Dominique wissen.

»Sehr«, meinte Sylvie. »Vor allem der Capitaine.«

Sie zwinkerte Carine zu, die vorgab, sie zu ignorieren.

»Gut so! Wir sollen ja in den nächsten Tagen unter seiner Leitung arbeiten«, meinte Simon.

Sylvie sah, dass sich Dominiques Gesicht bei den Worten des Kollegen verfinsterte. Er wäre gern an Simons Stelle gewesen. Sylvie setzte sich an ihren Computer und fuhr damit fort, die Akten abzulegen, die sich auf dem Schreibtisch türmten. Dominique und Simon mussten Richtung Luberon aufbrechen, wo zwischen Isle-sur-la-Sorgue und Cabrières in einem großen Anwesen eingebrochen worden war, und die beiden Frauen hatten das Büro für sich allein. Carine erhob sich und kam zu Sylvies Schreibtisch.

»Der Blonde«, begann sie, »Andre, hat mir schon eine SMS geschickt. Er hat mich für heute Abend zum Essen eingeladen.«

»Klar«, meinte Sylvie und spürte einen Stich von Eifersucht. »Er scheint mir ein richtiger Casanova zu sein.«

»Aber ich interessiere mich nicht für ihn!«, rief Carine verzweifelt. »Allerdings könnte ich die Einladung annehmen und versuchen, so viel wie möglich über Mathieu herauszufinden. Ob er eine Freundin hat, woher er kommt. Wir wissen gar nichts über ihn!«

»Wenn du meinst«, erwiderte Sylvie seufzend.

Das Gerede über Mathieu wurde ihr langsam ein wenig zu viel. Carine war regelrecht besessen von ihm.

»Glaubst du, dass er eine Freundin hat?«, hakte sie nach.

Sylvie zuckte ungeduldig mit den Schultern. »Woher soll ich das wissen, ich bin trotz allem keine Hellseherin.«

Carine seufzte. *Mon Dieu,* Sylvie, es ist das erste Mal in meinem Leben, dass ich mich wirklich verliebt habe. Dabei hast du recht. Ich weiß nichts über ihn.«

Sie ging wieder zu ihrem Schreibtisch und massierte sich die Schläfen.

Kommandant Calcin betrat ihr Büro.

»So? Wie ist es gelaufen?«, fragte er.

»Gut«, meinte Sylvie. »Sie haben unsere Telefonnummern und melden sich, wenn sie etwas brauchen. Außerdem hat es mit der Ferienwohnung geklappt, die Luis ihnen empfohlen hat; sie bleiben im Moment vor Ort. Morgen beginnen sie, Zeugen zu befragen. Später will Mathieu Dubois noch einmal vorbeikommen und sich weitere Unterlagen holen, die er braucht, vor allem aus der Akte Charles Pinet. Er will wohl gleich durchstarten.«

»Klar, sie sind zum Arbeiten hier und müssen den Fall schleunigst aufklären«, meinte Jean. »Ihr wisst ja, wie das ist, wenn man unter Druck steht. Ich wünsche ihnen viel Glück. Vor allem mit Claude Lantier und Charles Pinet. Vielleicht finden sie etwas, was wir übersehen haben.«

»Bereite du ihm die Zeitungsartikel vor!«, forderte Sylvie Carine auf, nachdem der Kommandant ihr Büro verlassen hatte. »Geh ins Archiv und hole, was er verlangt hat!« Sie gab ihr die Liste. »Dann kannst du danach kurz mit ihm allein sein.«

Carine lächelte, nickte und machte sich auf den Weg.

Sylvie ging die Dateien durch, die sie in den vorigen Tagen

für die Ermittlung der PJ unter Luis' Anleitung angefertigt hatte: Die Liste der Personen, die das Opfer gekannt hatten, die Liste der Vereine, bei denen der Direktor Mitglied gewesen war, und seine Freizeitbeschäftigungen.

Charles Pinet hatte Luis bereits angerufen, vor Wut weinend, und wissen wollen, warum die Befragungen aller Personen im Luberon, vor allem seiner *Feinde,* in den vergangenen zwei Tagen noch nicht begonnen hatten. Daraufhin hatte Luis seinem Onkel geantwortet, dass der Fall an die Kriminalpolizei aus Marseille abgegeben worden war. Charles hatte getobt und geschrien, Luis solle sich um seine Familie gefälligst selbst kümmern, doch Luis hatte ihm geduldig erklärt, dass nur Fälle höchster Priorität von der Kriminalpolizei bearbeitet würden. Ein Ermittler sei ausschließlich für diesen Fall zuständig. Und die Gendarmerie würde ihm helfen, so gut es ging. Das hatte den Trüffelkönig etwas beschwichtigt.

»Wenn es ihm passt, dann bin ich seine Familie«, hatte Luis Sylvie erklärt, »ansonsten will er nichts von uns wissen. Vor allem, wenn es um finanzielle Dinge ging, musste sich meine Mutter immer auf die Hinterfüße stellen.«

Er sprach damit wohl den Erbschaftsstreit an, der Luis' Eltern viel Geld und viele Nerven gekostet hatte.

»Bei ihm dreht sich alles ums Geld«, hatte der Adjutant Sylvie erklärt, »und er glaubt, dass man sich mit Geld alles kaufen kann. Bei seinem Prozess wegen Lantier damals hat er versucht, den Staatsanwalt und den Richter zu bestechen. Was nicht geklappt hat. Es wäre fast zu einem Justizskandal gekommen, weil ein Journalist Wind davon bekommen hat. Er hat auch schon probiert, uns, die Gendarmen, zu bestechen, als sein Nachbar Anzeige gegen ihn erstattet hat, weil er eine Mauer auf dessen Grundstück gestellt und so seinen eigenen Grund vergrößert hat. Schließlich hat er dem Nachbarn eine Geldsumme angeboten, und dieser hat den Preis nach oben getrieben.«

Dem Trüffelkönig hatte sein Aufenthalt im Gefängnis nicht

gutgetan. Seither war er noch korrupter geworden. Es wurde gemunkelt, dass er im Gefängnis von Avignon wichtige Kontakte zum Drogenmilieu geknüpft habe. Der Mann hatte offensichtlich auch Schwierigkeiten, seine Aggressionen im Zaum zu halten. Eineinhalb Jahre zuvor hatte er in einem Lavendelfeld auf einen Chinesen geschossen, der beim Fotografieren ein paar Blüten abgerissen hatte. Er hatte den Mann zwar verfehlt, doch die Touristengruppe war in Panik davongestürmt. Als der Busfahrer der Gruppe Anzeige erstattet hatte und Luis mit drei seiner Kollegen zu seinem Onkel gekommen war, hatte dieser gemeint: »Ach, ich wollte dieses Pack doch nur erschrecken! Die respektieren gar nichts! Und auch wenn ich ihn getroffen hätte … es gibt ohnehin zu viele Chinesen!«

Charles Pinet wurde damals vor Gericht gestellt und musste eine Geldstrafe zahlen. Und sein älterer Sohn, der ihm eigentlich sonst treu ergeben war, hatte monatelang nicht mehr mit ihm gesprochen, weil sein Vater *so ein verdammter Trottel* war. Pinet Senior hatte seine Jagdlizenz seit seinem Gefängnisaufenthalt verloren. Doch er hatte das Gewehr seines Sohnes François verwendet, um auf den Chinesen zu schießen, was François ihm nur schwer verziehen hatte.

Der Sohn und vor allem die Tochter waren, wie Luis erzählt hatte, erpicht darauf, ihren Vater im Zaum zu halten, um ihre Geschäfte nicht zu gefährden. Doch das schien ihnen bisher nicht gelungen zu sein. Alle paar Monate hatte die Gendarmerie von Neuem mit dem Trüffelkönig zu tun gehabt. Pinet herrschte als Patriarch in seinem Gut, allerdings schien er mit zunehmendem Alter körperlich zu verfallen. Er war bereits über siebzig und nicht mehr der Gesündeste. Seine nervöse Art bereitete ihm Kreislaufprobleme, seine Wutanfälle wurden seit dem Verschwinden seines Jüngsten immer wieder von Weinkrämpfen unterbrochen. Und nun hatte Pierres Tod ihn vollkommen aus der Bahn geworfen. Sylvie hoffte, dass die Tage des Patriarchen gezählt waren und dass er nun vielleicht erwog, sich endlich zur Ruhe zu setzen.

Ermittlungsarbeit

Mathieu hatte ein Ferienhaus an der Sorgue gefunden. Genau genommen, handelte es sich um zwei Ferienwohnungen, eine Garçonnière im Parterre, die er für sich beansprucht hatte, und eine Wohnung mit einem Zimmer und einer Wohnküche mit Schlafcouch in der darüberliegenden Etage, die er den Kollegen zugeteilt hatte.

»Aber wenn ich heute Abend in Begleitung komme?«, hatte André eingewandt, woraufhin Damien gefeixt hatte: »Dann teilen wir.«

André hatte ihn böse angefunkelt. Damien hatte André das Zimmer überlassen und gemeint, er würde im Wohnzimmer auf der Couch übernachten.

Am frühen Abend saß Mathieu mit Carine im Besprechungsraum der Brigade. Sie hatte ihm am Nachmittag einige Zeitungsartikel herausgesucht und gab ihm weitere Informationen über das Opfer und dessen Familie. Ihre Kollegin Sylvie hatte ihm außerdem Listen ausgedruckt. Der Capitaine wusste nun, welchen Freizeitbeschäftigungen der Direktor nachgegangen und bei welchen Vereinen er Mitglied gewesen war, und vor allem, wen er gekannt hatte. Diese Liste war allerdings sehr lang. Pierre Pinet schien ein sehr rühriger und geselliger Mensch gewesen zu sein.

»Sein Begräbnis hat gestern in Cavaillon stattgefunden«, erklärte Carine. »Es waren eine Menge Leute dort. Wir waren anwesend, um herauszufinden, ob jemand sich auffällig benimmt, aber auch, um die Presse ein wenig in Schach zu halten. Für die ist das natürlich ein gefundenes Fressen. Der Trüffelkönig, der schon im Gefängnis war, als trauernder Vater, und sein Sohn, der Vorzeigebürger, als ertränktes Mordopfer. Wir haben den Presseleuten mitgeteilt, dass die PJ die Ermittlung übernimmt. Ich habe dir auch Zeitungsausschnitte vorbereitet, damit du dich ein wenig informieren kannst. Bald werden die Journalisten dir auflauern.«

»Ach«, seufzte Mathieu, »habt ihr solche auf dem Land auch?«

»Natürlich«, erwiderte Carine. »Sie kommen aus Avignon. *La Provence*. Und der *Dauphiné Libéré*. Und die Radiosender ...«

Mathieu bemerkte, dass Carine jedes Mal, wenn sie ihm einen Zeitungsausschnitt oder ein Blatt Papier gab, es so einzurichten versuchte, dass ihre Finger sich berührten. Dabei lächelte sie vage. Sie war sich gewiss bewusst, dass sie umwerfend aussah und welche Wirkung sie auf Männer hatte.

»Vielen Dank, Carine«, sagte Mathieu »Du hilfst mir sehr.«

»Nun, vielleicht kannst du dich einmal revanchieren«, entgegnete sie lächelnd und strich mit ihrem Zeigefinger über seine Hand, in der er einen Artikel der Tageszeitung *La Provence* hielt.

Doch in diesem Moment kam Luis Gache durch die Tür herein. Carine zog ihre Hand schleunigst zurück und rückte ein wenig von Mathieu ab.

Der Adjutant sagte: »Sie wollten, dass ich Ihnen ein bisschen was über meinen Onkel erzähle. Ist es Ihnen morgen gleich in der Früh um halb neun recht?«

Mathieu bejahte dankend.

»Wollen Sie die ganze Nacht wach bleiben?«, fragte Luis und zeigte auf den Stapel Papier, der sich vor Mathieu türmte.

»Ist schon vorgekommen«, erwiderte Mathieu. »Wenn ich eine Ermittlung zugeteilt bekomme, darf ich keine Zeit verlieren.«

»Ich weiß«, sagte Luis, »es ist bei uns auch nicht anders. Deshalb wohnen wir ja nebenan. Dann können wir sogar die

Nächte im Büro verbringen, selbst wenn wir nicht Dienst haben.« Er lachte grimmig.

Mathieu ergriff die Gelegenheit, zu flüchten. Er hatte keine Ahnung, wie er auf Carines Angriffe reagieren sollte. Rasch verabschiedete er sich von den beiden Gendarmen, verließ die Brigade, stieg in sein Auto und fuhr zur Ferienwohnung. Als er dort ankam, erfuhr er, dass Carine Andrés Einladung zum Abendessen akzeptiert und ein kleines Restaurant im Stadtzentrum als Treffpunkt vorgeschlagen hatte. Mathieu fühlte sich ernüchtert und erleichtert zugleich.

Am Abend, als er die verschiedenen Akten durchwälzte, konnte er nicht aufhören, an diese faszinierende junge Frau zu denken. Immer wieder drängte sich ihm ihr Bild auf. Und nun saß sie im Restaurant André gegenüber und bohrte ihre türkisblauen Augen in seinen Blick. Wahrscheinlich strich ihr Finger in diesem Moment über Andrés Hand. Mathieu hatte überhaupt keine Lust, sich die Szene vorzustellen. Er wusste, dass der gut aussehende und charmante André bei den Frauen meistens das erreichte, was er wollte.

Damien war in der Wohnung über Mathieu. Der Capitaine hatte ihm einige Papiere zum Durchlesen gegeben, doch im Moment telefonierte Damien. Sicher mit seiner Freundin.

Plötzlich fiel Mathieu Martha ein. Er hatte vergessen, sie anzurufen! Er wählte schnell ihre Nummer, sie meldete sich mit gedämpfter Stimme.

»Also doch«, meinte sie sarkastisch.

»Ich war vorher nie allein und wollte Zeit haben, in Ruhe mit dir zu sprechen«, log Mathieu. Dabei hasste er sich selbst.

»Okay. Ich dachte, du hättest mich vergessen.«

»Aber nein! Es ist ziemlich kompliziert. Riesenermittlung. Viele Zeugen. Ich muss vorankommen. Dann bin ich bald wieder in Marseille.«

»Ja.« Martha schwieg.

»Und wie war es bei dir?«

»In Ordnung. Nichts Besonderes.«

Ich wünsche dir, glücklich zu werden, hätte Mathieu fast gesagt, denn Martha klang unglücklich und angefressen.

Sie hatte ihm nichts mehr zu sagen, zeigte ganz deutlich, dass sie beleidigt war, und Mathieu fühlte sich schuldig. Weil er nicht bei ihr war, aber auch wegen Carine. Weil sie ihm nicht mehr aus dem Kopf ging.

Bald beendete er das Telefongespräch und atmete auf. Er begann wieder zu lesen und machte sich Notizen, wenn ihm etwas wichtig erschien. Zuallererst ging er die Details des Autopsieberichts noch einmal durch. Allerdings war die Leiche so entstellt und mitgenommen gewesen, dass es unmöglich war, gewisse Dinge mit Sicherheit festzustellen. Der Rechtsmediziner vermutete, dass der Mann durch Ertrinken gestorben war, denn er hatte am Körper keine Wunden finden können. Was Mathieu daraufhin schließen ließ, dass er entweder von mehreren Personen überwältigt worden war oder dass ihn derjenige, der ihn dann gefesselt hatte, zuerst mit einem Elektroschocker außer Gefecht gesetzt hatte. Was die Fesseln betraf, so hatte der Mörder – oder die Mörder – mit einer sehr geläufigen Gartenschnur aus Jute gearbeitet. Dem Bericht der Spurensicherung nach waren zuerst die Hände des Opfers gefesselt worden, dann die Beine, und schließlich waren Hände und Beine aneinandergebunden worden. Der Täter hatte präzise gearbeitet, die Hand- und Fußgelenke mehrmals umwickelt und mehrere Knoten gemacht. So, als würde er befürchten, das Opfer könne sich befreien. Das Ziel des Mörders oder der Mörder war anscheinend, Pierre Pinet in der Quelle der Sorgue qualvoll ertrinken zu lassen. Warum bloß? Was hatte sich der Mann zuschulden kommen lassen?

Mathieu begann, sich mit Pinets beruflicher Karriere zu befassen. Pierre Pinet war ein beliebter Lehrer gewesen und galt als kompetenter Direktor, es hatte in seiner Schule nur wenige unliebsame Zwischenfälle gegeben. Einmal hatte ein Schüler eine Gehirnerschütterung erlitten, weil er in der Pause mit dem Kopf auf den Asphalt des Schulhofes gefallen war. Die Eltern hatten Anzeige gegen die Schule erstattet, weil die Aufsichtspflicht vernachlässigt worden war. Doch es war zu keiner Gerichtsverhandlung gekommen.

Ein Jahr zuvor war ein Lehrer von Pinet angezeigt worden, weil er einem Schüler eine Ohrfeige verabreicht hatte. Pinet hatte ein Disziplinarverfahren erwirkt, weil er gefunden hatte, dass der Kollege regelmäßig an *gewalttätigen Anfällen* litt. Der Lehrer hatte daraufhin die Schule verlassen.

Zwei Lehrerinnen hatten Pinet gedroht, zum Arbeitsgericht zu gehen, weil er sie bis sechs Uhr abends für die Schüleraufsicht eingeteilt hatte, was im Vertrag, den sie mit der *Education Nationale*, der Schulbehörde, unterschrieben hatten, nicht vorgesehen war.

Die Mutter eines Schülers hatte mehrmals mit Pinet gestritten, weil er ihrer Meinung nach zu streng benotete, vor allem in der letzten Klasse der Grundschule. Das beeinträchtigte die Schüler, die auf private Mittelschulen wechseln wollten, weil diese nur eine bestimmte Anzahl von Plätzen anboten und deshalb auf den Notendurchschnitt achteten.

Andere Eltern hatten ihm vorgeworfen, zu viel zu schimpfen und die Schüler einzuschüchtern. Einmal war der Schuldirektor von einem Rom, ein anderes Mal von einem Nordafrikaner bedroht worden und hatte die Gendarmen gerufen.

Und schließlich gab es da natürlich Paul Lagocs Anzeige. Paul hatte behauptet, Pinet habe ihn in sein Büro geholt, um ihm in Mathematik etwas zu erklären. Er habe die Tür des Büros abgesperrt, habe Paul die Hose und die Unterhose ausgezogen und ihn gestreichelt. Dann habe er Paul seinen eigenen Penis gezeigt und ihm befohlen, ihn zu berühren. Doch allem Anschein nach hatte das Kind diese sexuelle Belästigung nur erfunden.

Bis auf diese Sache konnte Mathieu nichts besonders Belastendes in Pierre Pinets beruflicher Laufbahn finden. Die meisten Leute lobten den Direktor. Er hatte in mehreren Vereinen mitgewirkt und sogar selbst einen Verein gegründet. Dessen Zielsetzung war es, Schüler zu fördern, deren Niveau in Französisch zu schlecht war, um dem Unterricht folgen zu können. In der Schule, aber außerhalb der Schulstunden, bekamen diese Kinder Nachhilfe von verschiedenen Lehrern. Flüchtlinge, Roma-Kinder und Kinder aus nordafrikanischen Familien, in denen nur Arabisch gesprochen wurde, profitierten davon. Alle Lehrer waren sich einig, dass es sich um eine ganz tolle Initiative handelte, die die Qualität des Unterrichts für Lehrer und Schüler verbesserte. Weiterhin war Pinet noch Mitglied beim Musikverein gewesen, er hatte Saxofon gespielt. Und er war auch im Festkomitee von Isle-sur-la-Sorgue aktiv, das anscheinend sehr viele Veranstaltungen organisierte, und beim örtlichen Läuferverein und beim Ruderverein dabei gewesen. Mathieu seufzte neidisch. So ein Vereinsleben konnte sich ein Polizist nicht erlauben! Marthas Argumente bezüglich der Lebensqualität fielen ihm wieder ein. Doch er beschloss im selben Atemzug, nun jeden Tag entweder am Morgen oder am Abend joggen zu gehen. Auch wenn das dem Schuldirektor kein Glück gebracht hatte, wollte er dennoch die gute Luft auf dem Land genießen.

Gegen zehn hörte Mathieu im oberen Stockwerk, wie die Tür ging. Gleich darauf vernahm er Stimmen. André schien schon wieder da zu sein und sprach mit Damien. Mathieu verzichtete darauf, bei den beiden zu klopfen und André zu fragen, wie es gelaufen war. Dass der Kollege so früh von seinem Rendezvous zurückkehrte, war sicher kein gutes Zeichen. Mathieu verspürte eine gewisse Genugtuung.

Er las bis spät in die Nacht die Akte über den Fall Charles Pinet und verstand, warum sein eigener Neffe lieber nichts mit dem Trüffelkönig zu tun haben wollte. Dieser Mann hatte ja wirklich einiges auf dem Kerbholz – und was den Gendarmen bekannt war, stellte wahrscheinlich nur die Spitze des Eisberges dar! Mathieu beschloss, einen richterlichen Befehl für die Überwachung aller Konten und Telefone des Trüffelkönigs zu erwirken.

Irgendwann nickte der Capitaine über seinen Akten ein und raffte sich dazu auf, ins Bett zu gehen.

Amélies Gedanken

Es war schon nach Mitternacht, doch Amélie Pontier konnte nicht schlafen. Sie war nervös, weil sie am nächsten Morgen in der Schule einen Englischtest hatte. Den ersten, seit sie in die Mittelschule gekommen war. Noch dazu war sie seit Sonntag ziemlich aufgewühlt, weil man die Leiche ihres ehemaligen Schuldirektors, der bereits Ende des Schuljahres spurlos verschwunden war, aus der Quelle von Fontaine-de-Vaucluse gefischt hatte. In der Schule wurde nur mehr darüber gesprochen. Und Amélie führte das große Wort, weil sie über alle Details Bescheid wusste, die den Tod des Direktors betrafen. Ihre Cousine war diejenige, die herauszufinden versuchte, was geschehen war und wer den Direktor getötet hatte. Carine arbeitete als Gendarmin, und Amélie war stolz auf sie, wenn sie sie in ihrer Uniform durch die Stadt gehen oder in einem Gendarmerie-Auto sitzen sah. Carine war außer den Praktikanten, die noch in Ausbildung waren, die jüngste Gendarmin in Isle-sur-la-Sorgue, und sie war so zauberhaft schön.

Amélie wollte auch so bezaubernd sein wie Carine, doch leider sah sie ganz anders aus als ihre Cousine. Nur Amélies Oma, die nicht mehr lebte, und ihre Tante und ihr Cousin, die auch schon tot waren, hatten diese türkisfarbenen Augen gehabt. Amélies Oma war sehr krank geworden, als Amélie ein kleines Kind gewesen war. Sie war vor langer Zeit gestorben, und Amélie hatte sie nicht gekannt.

Amélie hatte ihre Mutter gefragt, warum ihr Cousin und ihre Tante so früh gestorben waren. Und die Mutter hatte erklärt, dass sie unter einer schrecklichen Krankheit gelitten hatten, die man Depression nennt. Eine Krankheit, die einen sehr traurig macht, so traurig, dass man nicht mehr leben will. Beide hatten sterben wollen und sich umgebracht. Amélies Cousin David war im Frühjahr an dem Ort, wo der Fluss sich in zwei Arme teilte und wo im Sommer die großen Jungen und Mädchen badeten, in die Sorgue gesprungen und hatte sich davontreiben lassen. Die Tante hatte viel Alkohol getrunken, jeden Tag. Eines Tages hatte sie den Alkohol mit Schlaftabletten vermischt und war am nächsten Morgen tot im Bett gelegen. Und nun befanden sie sich beide im Himmel, bei Gott. Wie die Oma und der Direktor. Doch Carine hatte gemeint, beim Direktor wisse man das nicht so genau. Denn der Direktor war vielleicht getötet worden, weil er etwas Schlimmes getan hatte. Was das sein sollte, wusste Amélie nicht. Sie wusste nur, dass Paul sich vor dem Direktor gefürchtet hatte. Dabei hatte der Direktor Paul sehr gern gehabt. Amélie war eifersüchtig gewesen, weil Paul vom Direktor seit jeher viel mehr Beachtung bekommen hatte als sie selbst. Doch Paul hatte den Direktor gehasst. Er hatte etwas Fürchterliches erfunden, und seine Eltern waren zu Carine in die Brigade gegangen, um es den Gendarmen zu sagen. Carine hatte Amélie erklärt, dass Paul erzählt hatte, der Direktor habe ihn sexuell missbraucht. Er habe ihn zwischen den Beinen gestreichelt und ihm seinen Penis gezeigt.

Paul hatte das erfunden, weil der Direktor mit ihm geschimpft hatte, wegen des Streits mit Kylian!

Carine hatte Amélie höchst vertraulich davon erzählt und ihr zehnmal eingeschärft, sie dürfe mit niemandem darüber sprechen, nur die Gendarmerie wisse Bescheid. Und sie hatte Amélie gefragt, wie Paul auf so etwas gekommen sei. Doch Amélie hatte ihrer Cousine nicht weiterhelfen können. Sie war über Pauls Lüge entsetzt gewesen.

Und Paul war von einem Tag auf den anderen aus ihrer Klasse verschwunden. Er hatte im Juni die Schule nicht mehr besucht und ging nun in eine private Mittelschule in Avignon.

Amélie hatte ihn einige Tage zuvor an der Bushaltestelle gesehen und die Straße überquert, um mit ihm zu sprechen. Doch Paul hatte sich abgewandt, mit einem Freund geredet und so getan, als würde er Amélie nicht kennen. Gewiss ahnte er, dass sie wusste, welche fürchterliche Lüge er erfunden hatte! Der Direktor war zwei Wochen nach Pauls Anzeige verschwunden. Er war überall gesucht worden, und machen hatten vermutet, dass er einfach weggegangen sei, ohne irgendjemandem zu sagen, wohin. Doch in Wahrheit war der Direktor ermordet worden. Und nun hatte Carine sehr viel zu tun. Und Amélie fragte sich, ob es Paul gewesen war, der den Direktor getötet hatte. Amélie wusste, dass Paul Freunde hatten, die älter waren als er und die das geschafft hätten. *Araber,* wie die anderen zu sagen pflegten. Nordafrikaner, wie Mutter und Carine sie nannten.

Amélie fand es schade, dass sie nicht mehr mit Paul sprechen konnte. Sie hatte Paul sehr gemocht, war sogar in ihn verliebt gewesen. Paul war der schönste und netteste Junge der Klasse gewesen. Doch er hatte Amélie anscheinend sehr schnell vergessen. Amélie fragte sich, ob das auch geschehen wäre, wenn sie so bildhübsch wie ihre Cousine wäre. Wahrscheinlich gefiel sie Paul nicht, weil sie unscheinbar war. Oder vielleicht war Paul ein Mörder und wollte nur noch mit denen sprechen, die ihm beim Mord geholfen hatten? Er hatte den Direktor so sehr gehasst, dass er seinen Eltern eine Lüge erzählt hatte. Bestimmt war er dafür bestraft worden. Und hatte dann den Direktor getötet.

Die Gedanken rasten durch Amélies Kopf und sprangen immer im Kreis herum. Sie fand es ziemlich seltsam, wie beängstigend alles erschien, wenn man schlaflos im dunklen Zimmer lag. Zuweilen dachte sie auch an die englische Grammatik und daran, wie sehr sie sich vor dem Test fürchtete. Obwohl ein Englischtest im Vergleich zu einem Mord eine Kleinigkeit war. Auf jeden Fall war Amélie unendlich nervös; erst in den frühen Morgenstunden schlief sie ein.

Der Adjutant

André war sehr schlechter Laune. Als Mathieu ihn und Damien am Morgen begrüßte, brachte er kein Wort heraus, sondern knurrte seinen Vorgesetzten nur an. Damien sah Mathieu sich das Lachen verbeißend an und machte eine Handbewegung, mit der er dem Capitaine zu verstehen gab, dass Andrés Rendezvous am Vorabend ein Reinfall gewesen war. Mathieu verspürte wieder diese Genugtuung, auch wenn er lieber mit einem motivierten und gut gelaunten Kollegen gearbeitet hätte.

»Also gut«, meinte er zu Damien gewandt, »ihr beide fahrt zur Schule, die sich ganz in der Nähe der Gendarmerie befindet, und beginnt damit, schon mal Pinets Kollegen zu vernehmen. Ich möchte mich ein wenig mit Luis unterhalten, dem Neffen des Trüffelkönigs, und komme dann ebenfalls zur Schule. Wir haben heute sehr viel zu tun. Ihr wisst sicher, dass es eilt, denn wir können nicht ewig hier bleiben und euer Wochenende steht vor der Tür.«

»Ich möchte ohnehin zurück nach Marseille«, brummte André böse.

Mathieu sah ihn scharf an. »Wir haben einen Mord aufzuklären. Wir sind hier nicht im Cluburlaub. Wenn du keine Lust hast, dann geh ins Kommissariat arbeiten, und Gérald soll ab Montag kommen. Kannst dich bis heute Abend entscheiden!«

Daraufhin drehte der Capitaine sich um, ließ André mit Damien vor dem Ferienhaus stehen und ging zu seinem Auto. Andrés Gefühle waren nicht sein Problem, er hatte genügend andere Sorgen.

Luís wartete bereits im Besprechungszimmer der Brigade mit einem Kaffee und Croissants auf Mathieu. Der Adjutant und der Capitaine vereinbarten zu Anfang des Gespräches, einander zu duzen.

Mathieu erklärte: »Ich habe über deinen Onkel schon einiges in den verschiedenen Akten gelesen und würde dir gern ein paar Fragen über die Familie Pinet stellen. Du kennst sie ja von allen hier in der Brigade am besten.«

Luis zuckte mit den Schultern. »Kennen, na ja. Ich habe sie in meiner Kindheit vielleicht fünfmal gesehen. Und seit ich als Gendarm hierhergekommen bin höchstens zehnmal.« Er seufzte und fuhr dann fort: »Vor allem habe ich als Kind viel über sie gehört. Ich war dann über 25 Jahre nicht hier in der Gegend, sondern habe zuerst in Martinique, dann in Neukaledonien und in den letzten Jahren in der Normandie gearbeitet.«

Mathieu hob bewundernd die Brauen. »Super Karriere.«

»Ja, es war schön. Und ich habe viele Punkte für meine Pension gesammelt. Aber ich hatte mittlerweile eine Familie gegründet. Kinder, die gute Schulen besuchen sollten. Und meine Frau wollte gern zurück in den Süden. Allerdings bin ich mir nicht sicher bin, ob es ideal ist, dass ich ausgerechnet hierher versetzt wurde.« Luis strich sich gedankenverloren über seinen grau werdenden, kurz gestutzten Bart. Mathieu schätzte den Mann auf knappe fünfzig Jahre; er war stark gebaut, mit einem gut aussehenden Gesicht und dichtem schwarz-grauem Haar. Die Uniform verlieh ihm eine gewisse Autorität, die durch seinen kräftigen Körperbau und seine Größe noch betont wurde.

»Wie ist deine Einstellung zu diesem Teil deiner Familie?«

Luis lachte grimmig. »Nun ... wie gesagt, als Kind habe ich meine Cousins und meine Cousine kaum einmal gesehen. Auch meinen Onkel kannte ich nicht wirklich. Aber gehört habe ich viel über ihn. Beim Abendessen redeten die Eltern oft über Charles und darüber, was er gerade wieder angestellt hatte. Mutter hatte einen langen Erbschaftsstreit mit ihm. Sie hatte ihn schließlich gewonnen, er hat sie jedoch viel Geld und Nerven gekostet. Charles und meine Mutter haben sich nie verstanden. Charles hat sie nicht wirklich als seine Schwester angesehen. Mutter war das uneheliche Kind von meinem Großvater. Charles' Mutter, die fünf Jahre vor Charles' Vater an Magenkrebs gestorben ist, hat immer gegen sie und ihre Mutter gehetzt. Doch mein Großvater hat sich viel um meine Mutter gekümmert, sie besucht, ihr Geschenke gemacht und hat auch mir und meiner Schwester kleine Mitbringsel gekauft. Für Großvater war es sehr wichtig, dass meine Mutter ihren Teil des Erbes erhalten sollte. Großvater starb, als ich acht war und Lucie, meine Schwester, sechs.

Und dann ging es los mit dem jahrelangen Prozess und dem Geschimpfe über den Onkel, denn Charles wollte meiner Mutter ihr Erbteil unterschlagen. Es gab Abendessen, da wurde nur über ihn gesprochen. Mich interessierten diese Geschichten brennend, außerdem lenkten sie von meinen Schandtaten in der Schule und meinen ziemlich mittelmäßigen Noten ab. Onkel Charles war für mich zu einer Legende geworden, zu einer Art Monster von Loch Ness. Ich wollte ihn endlich wiedersehen. Ich konnte mich nicht mehr an ihn erinnern und stellte mir einen großen bösen Mann mit struppigen Haaren und einem dichten Bart vor. Als ich ihn dann einmal bei der Bank mit dem Vater traf und einen adretten grau melierten Mann vor mir hatte, war ich sehr enttäuscht. Später sah ich ihn manchmal zu verschiedenen Anlässen, doch Mutter und er luden einander nie ein. Sie hatten seit dem Erbschaftsstreit, bei dem meine Eltern sich schließlich durchgesetzt hatten, keinen Kontakt mehr zueinander. Meine Cousins und meine Cousine kannte ich überhaupt nicht. Ich ging sofort nach dem Abitur zur Gendarmerie und verließ die Gegend. Hin und wieder hörte ich über Charles erzählen, vor allem dann, wenn ich, meistens an Weihnachten, nach Hause kam, aber ich habe ihn nicht mehr gesehen. Und vor zwanzig Jahren geschah das mit dem jungen Lantier. Charles hat auf den 19-jährigen Christian geschossen; er wusste nicht, wer sich in seinem Trüffelwald befand, ahnte nur, dass es sich um Diebe handelte. Er verletzte Christian Lantier tödlich. Anschließend fand die Gerichtsverhandlung statt, und er kam ins Gefängnis. Sechs Jahre hat er gekriegt. Nach weniger als vier Jahren war er wieder auf freiem Fuß.

Ich wurde vor zwei Jahren hierher versetzt. Und es gab kein Vierteljahr, in dem wir nicht irgendein Problem mit meinem Onkel hatten. Streitigkeiten mit Nachbarn, Beschwerden über Touristen, die in Felder hineingingen, der Schuss auf die chinesische Gruppe ...«, Luis hielt seufzend inne. »Du kannst dir sicher vorstellen, dass man solche Verwandten nicht schätzt, gerade in unserem Beruf. Es ist sehr ländlich hier und alles spricht sich sehr schnell herum. Zum Glück wissen die meisten von den Problemen meiner Eltern mit Charles, und wir werden nur am Rande mit ihm assoziiert.«

Mathieu nickte. Er spürte, dass Luis das Bedürfnis hatte, sich seinen Frust die Familie Pinet betreffend von der Seele zu reden. Er konnte sich gut vorstellen, dass der Adjutant gerne in Martinique oder Neukaledonien geblieben wäre, mit seinen schwierigen Verwandten mehr als zehntausend Kilometer entfernt.

»Und dein Cousin und deine Cousine? Welche Beziehung hast du jetzt zu ihnen?«

Luis zuckte mit den Schultern. »Sie sind sehr höflich mir gegenüber. Sehr entschuldigend. Ich spüre, dass sie sich vor ihrem Vater fürchten. Davor, was er als Nächstes anstellen wird. Ich glaube, sie haben es nicht leicht. Sie müssen wahrscheinlich ständig die Wogen glätten, zwischen dem Patriarchen und allen anderen vermitteln. Vor allem Émilie, meine Cousine. Mein Cousin François ist ein wenig einfältig; er macht sich nicht so viel daraus, wenn sein Vater wieder einmal ausflippt.«

»Aber er ist ein erfolgreicher Bauer und Geschäftsmann, dein Onkel, nicht wahr?«, fragte Mathieu.

»Allerdings«, gab Luis zu. »Er hatte viele Ländereien und das schöne Gut vom Vater bekommen. Diese Felder waren seit Generationen in der Familie. Er hat einiges an Land sehr vorteilhaft verkauft. Und er hat die Trüffelproduktion vorangetrieben. Es ist auch nicht einfach, Lavendel, Trüffel und Wein gleichzeitig zu produzieren. Er ist der Einzige in der Gegend, der das geschafft hat. Er hat das Unternehmen ausgebaut, und heute führt es Émilie sehr gut. Doch sein Problem ist seine aufbrausende und unbeherrschte Art. Seine Streitsucht und seine korrupten Aktionen.«

»Hat er bereits versucht, euch zu bestechen?«

»Mehrmals«, meinte Luis. »Er hat uns Geld angeboten, damit wir eine Anzeige gegen ihn nicht aufnehmen. Außerdem hat er versucht, vor zwanzig Jahren am Gericht von Avignon den Richter und den Staatsanwalt zu bestechen. Um ehrlich zu sein, er hat es sehr plump gemacht. Ich war ein bisschen enttäuscht von ihm.«

»Er hat sich sicher einen guten Anwalt genommen?«

»Ja, zum Glück für ihn. Sonst hätte er mehr als vier Jahre hinter Gittern verbracht.«

»Und dein Cousin Pierre, hast du ihn gut gekannt?«

»Ja, eigentlich kannte ich ihn am besten von allen, weil wir beide hier in Isle-sur-la-Sorgue gearbeitet haben und er auch bis vor Kurzem hier gewohnt hat. Er war immer sehr freundlich. Wir trafen uns gelegentlich bei verschiedenen Veranstaltungen und manchmal hat er mir ein Bier und den Kindern eine Cola bezahlt, weil ich ihm geholfen habe, wenn er in der Schule Schwierigkeiten hatte. Er hat mich mehrmals gerufen. Einmal ist der Vater eines Schülers, ein Rom gekommen, und hat ihn mit dem Messer bedroht; der Grund dafür war keinem bekannt. Ein weiteres Mal wurde Pierre von einem Algerier bedroht, weil die Schulkantine keine Halal-Menüs anbot. Dabei kann der Direktor nichts dafür, die Kantine wird von der Gemeinde gemanagt.« Luis seufzte. »Er hatte es nicht immer leicht. Dabei war er sehr sozial eingestellt, hat die Roma und die Araber immer verteidigt. *Sie sind nicht alle so ...*, hat er gemeint, *nur leider fallen uns diejenigen auf, die sich so benehmen.* Er war wirklich ein guter Mensch. Keine Ahnung, warum jemand ihn so sehr hasste.«

»Und diese Geschichte mit dem sexuellen Missbrauch?«

»Ja das, das hat ihn tief getroffen. Denn der Junge, der das behauptet hat, war ein Schüler, dem Pierre in Mathematik helfen wollte. Und Pierre fragte sich voller Sorge, woher der Junge diese Idee hatte. Wie er dazu gekommen ist, so einen Vorwurf zu formulieren.«

»In den Schulen spricht man ja häufig über solche Dinge«, warf Mathieu ein.

»Ja, das stimmt. Sogar Carine, Sylvie und ich sind einmal in Pierres Schule gegangen und haben einen Workshop gemacht, ich mit den Jungs und Carine und Sylvie mit den Mädchen. Über sexuelle Belästigung und diese ganzen Dinge.«

»Ich habe die Anzeige gesehen. Der Junge hat den sexuellen Übergriff im Detail beschrieben. Das finde ich besorgniserregend.«

»Ja, aber denk an die vielen Skandale, die es gegeben hat, weil Leute zu Unrecht angeklagt wurden. Früher sprach man über solche Dinge nicht, und heute gibt es Lehrer, die beschuldigt werden, weil man zu viel davon spricht. Wo ist das richtige Maß? Wir sind auf jeden Fall dieser Sache nachgegangen, doch niemals vorher hat es so einen Vorwurf gegen Pierre gegeben, die DDASS hat auch nicht mehr herausgefunden, und der Junge hat sich schließlich reumütig entschuldigt.«

»Na ja.« Mathieu spürte, dass er dennoch Zweifel hegte.

Ihm kam ein Gedanke. »Ist der Junge von einem Arzt untersucht worden?«, fragte er den Adjutanten.

»Ja. Doch Paul hat niemals von einer Vergewaltigung gesprochen. Also konnte man keine Spuren feststellen. Allerdings haben die Eltern lange herumdiskutiert, bis der Junge mit einem Psychologen sprechen konnte. Die DDASS musste sie dazu zwingen, sie regelrecht bedrohen.«

Mathieu beschloss, diese Leute in die Zange zu nehmen. Irgendetwas war an dieser Sache faul.

Vielleicht war Paul in seiner eigenen Familie sexuell missbraucht worden und hatte mit seiner Lüge darauf anspielen wollen?

»Aber außer der Gendarmerie und der Familie wusste niemand von der Anzeige, nicht wahr?«, fragte Mathieu Luis.

Dieser schüttelte den Kopf. »Nein. Anscheinend wussten nur wir und Pierre Pinets Stellvertreterin in der Schule davon. Ich kann mich gut erinnern, und du hast es sicher in den Aufzeichnungen gelesen. Die Mutter kam am 20. Mai mit dem Jungen, um Anzeige zu erstatten. Simon hat die Anzeige aufgenommen. Ich war bestürzt, konnte es aber nicht glauben und beschloss zu warten. Am nächsten Tag kamen die Eltern früh am Morgen mit Paul wieder und zogen die Anzeige zurück. Carine und Sylvie fuhren dann noch einmal zu ihnen, um sicher zu sein, dass es dem Jungen gut ging und dass er nicht von irgendjemandem bedroht worden war. Sie alarmierten die DDASS. Und genau zehn Tage später verschwand Pinet.«

»Ja ...«, Mathieu sprach nun das aus, woran er schon am Vorabend gedacht hatte. »Und stell dir mal vor, wenn sie sich nach der Anzeige überlegt haben, selbst mit ihm abzurechnen, anstatt die Sache der Justiz zu überlassen?«

Luis sah ihn an. »Es könnte sein. Ich habe auch schon daran gedacht. Aber das musst du herausfinden.«

»Und glaubst du, dass es ausgeschlossen ist, dass dein Cousin Pierre pädophil war?«

»Für mich klingt es nicht glaubwürdig. Ich kenne ihn nicht so gut, aber er ist seit über zwanzig Jahren Lehrer und es hat noch nie einen Zwischenfall gegeben. Außerdem hat er nicht das Profil eines Pädophilen.«

»Pädophile verstecken sich oft sehr gut«, meinte Mathieu. »Ich will nicht sagen, dass er es war, aber ich versuche, alle Hypothesen mit einzubeziehen. Und ich habe mit dem Thema meine Erfahrungen.«

Dem Capitaine lief ein Schauer über den Rücken, wenn er an die beiden Fälle dachte, bei denen er mit Pädophilen zu tun gehabt hatte. Beide waren normale, angenehme und von allen geschätzte Männer gewesen, keine Sonderlinge am Rande der Gesellschaft. Beide waren verheiratet gewesen und hatten ein morbides, kriminelles Doppelleben geführt. Einer der beiden hatte ein kleines Mädchen sexuell missbraucht und getötet, der andere jahrelang mehrere Kinder vergewaltigt.

Mathieu verabschiedete sich bald, nachdem er sich bei Luis bedankt hatte.

»Gern geschehen. Komm nur wieder, wenn du noch Informationen brauchst. Ich halte mich lieber von der Sache fern und lasse meine sehr kompetenten Kolleginnen mit dir arbeiten. Aber ich bin da, wenn ihr meine Hilfe benötigt.«

Als Mathieu das Gebäude der Gendarmerie verließ und in sein Auto steigen wollte, stand plötzlich Carine vor ihm. Sie trug hautenge Jeans und ein weißes T-Shirt, durch das er ihren BH sehen konnte. Natürlich sah sie umwerfend aus, doch nun nahm Mathieu ihre Traumfigur noch besser wahr. Es kam ihm in den Sinn, dass sie es absichtlich so eingerichtet hatte, ihn *zufällig* zu treffen, damit er sie in dieser Aufmachung sehen konnte. Strahlend begrüßte sie ihn.

»Carine, was machst du denn hier? Ohne Uniform?«

»Ich habe heute frei. Aber dafür muss ich am Wochenende arbeiten.«

»Ich auch«, erwiderte Mathieu. »Ich fahre morgen Mittag nach Marseille und mache dann dort im Büro weiter.«

»Aber du teilst dir das selbst ein, nicht?«

»Na ja, eigentlich sollte ich nonstop arbeiten. So viel zur Einteilung!« Mathieu seufzte.

»Da bin ich ja besser dran als du.«

»Ich muss jetzt zur Schule«, erklärte Mathieu. »Wir wollen mit Pierre Pinets Kollegen und dann mit seiner Freundin sprechen.«

»Die arme Frau!«, sagte Carine.

Mathieu nickte. »Ziemlich verzwickt, die ganze Sache. Mal sehen, wie lange wir brauchen, bis wir etwas herausfinden.«

»Ich hoffe, sehr lange!« Carine näherte sich ihm und streichelte seine Hand. Dabei lächelte sie ihn an. Mathieu zuckte zurück und wollte ihr erklären, dass zwischen ihnen nie etwas laufen würde. Doch sie hatte sich bereits abgewandt und war schon dabei, auf ihr Haus zuzugehen, wobei sie ihm noch zuwinkte. »Viel Glück! Und melde dich, wenn du etwas brauchst!«

Mathieu sah ihr kopfschüttelnd nach. Er war noch nie so unverschämt direkt von einer Frau angebaggert worden. Und vor allem nicht von einer, die etliche Jahre jünger als er und eine absolute Schönheit war.

Die Lebensgefährtin des Opfers

Léa Marceau sah verzweifelt auf ihr Handy, das nicht aufhören wollte zu läuten. Es war Muriel Cartier, die seit Pierres Verschwinden die Schule leitete.

Muriel wusste, dass Léa das Handy vor sich liegen hatte. Deshalb rief sie immer wieder an. Doch Léa stand seit Sonntag unter Schock. Sie hatte Beruhigungsmittel bekommen und konnte kaum sprechen. Sie fühlte sich wie in einem Albtraum.

Nun kam eine SMS. *Die Polizei ist auf dem Weg zu dir. Ein Capitaine der PJ Marseille und zwei seiner Mitarbeiter.*

Natürlich. Darauf hatte Léa gewartet. Dass die Ermittlung begann. Sylvie Montillet hatte ihr erklärt, dass die PJ den Fall übernehmen würde, weil er höchste Priorität hatte und es wegen Pierres Vater außerdem besser war, dass nicht die Gendarmerie ermittelte.

Léa zog sich schnell an und schminkte sich notdürftig. Bald schon läutete es an der Tür. Sie ließ sich Zeit, ehe sie öffnete. Vor ihr standen drei junge Männer: der Capitaine und seine Kollegen.

»*Bonjour*, Madame Marceau«, sagte derjenige, der anscheinend ein wenig älter war als die beiden anderen. Er schüttelte ihr die Hand. Léa fand ihn für einen Ermittlungsleiter reichlich jung. »Mathieu Dubois«, stellte er sich vor, »und das sind meine beiden Kollegen Damien Falquier und André Fleuret. Wir von der PJ haben die Ermittlungen bezüglich des Todes Ihres Lebensgefährten aufgenommen. Zuallererst möchten wir Ihnen unser herzliches Beileid aussprechen.«

Léa murmelte ein *Danke* und ließ die drei Männer ins Haus.

Sie bemerkte, dass der Capitaine sie besorgt ansah. Ihre Augen waren geschwollen und gerötet, und die dunklen Augenringe ließen ihr Gesicht wenig attraktiv erscheinen. Es war ihr einerlei.

Sie setzten sich in die Küche, und der Capitaine begann, Léa Fragen zu stellen. Wenn sie antwortete, kritzelte der schwarzhaarige Polizist eifrig mit. Der Blonde machte gar nichts, starrte nur trübsinnig vor sich hin.

»Glauben Sie, dass Ihr Freund irgendwelche Probleme hatte, über die er nicht mit Ihnen gesprochen hat oder sprechen wollte? Dass er irgendetwas vor Ihnen verheimlichte?«

Léa nickte. »Ja, das glaube ich. Die letzten sechs Monate vor seinem Verschwinden waren nicht einfach. Wir waren im Winter auf Urlaub in Thailand, und er benahm sich ... seltsam.« Léa musste schlucken, wenn sie an Pierres Verhalten während ihres Aufenthaltes in Phuket dachte. Es hatte sie verletzt und verunsichert.

»Ja? Inwiefern seltsam?«, fragte der Capitaine, als Léa nicht sofort weitersprach.

»Wir waren auf der Insel Phuket. Anfangs war der Urlaub harmonisch und entspannt. Ich habe einen Tauchkurs gemacht, wir sind auch geschnorchelt, aber dann plötzlich meinte Pierre, er wolle auf der anderen Seite der Insel tauchen und würde drei Tage abwesend sein. Er habe ein ganz tolles Programm gefunden und wolle das unbedingt machen. Ich solle mich inzwischen in der Hotelanlage entspannen. Ich könne nicht mit, weil dieser Ausflug nur erfahrenen Tauchern vorbehalten sei. Ich war unangenehm überrascht, habe ihm aber nichts gesagt. Und während dieser Tauchexpedition hat sich Pierre nicht bei mir gemeldet. Er hatte mir die Nummer der Agentur gegeben, die aber nicht funktionierte, und er selbst war nicht zu erreichen, sein Telefon blieb ausgeschaltet. Drei Tage lang. Und dann war er plötzlich wieder da und tat so, als sei nichts gewesen.« Wieder schluckte Léa. In den letzten Tagen ihres Urlaubs und in den Wochen danach hatte sie Pierre als äußerst abweisend erlebt. Er hatte sie nicht mehr berührt, kaum mehr mit ihr gesprochen – beinahe so, als hätte sie etwas falsch gemacht. Dabei war er es gewesen, der drei Tage lang einfach verschwunden war! Er hatte sie zwar beschwichtigt, ihr schöne Unterwasserfotos gezeigt und ihr versprochen, dass sie ihn im kommenden Jahr begleiten könnte, doch seine Worte hatten hohl geklungen.

»Und danach? Ist ihnen nach dem Urlaub etwas aufgefallen?«, wollte der Capitaine wissen.

»Pierre blieb in den Wochen danach abweisend. Er war in seiner Freizeit mit seinen Vereinsaktivitäten sehr beschäftigt, und ich habe ihn kaum gesehen. Und gegen Ende des Schuljahres kam plötzlich diese Anzeige gegen Pierre, die dann auch sofort wieder zurückgezogen wurde. Das hat Pierre tief getroffen. Es hing nämlich mit dem Förderunterricht für schwächere Schüler zusammen, den Pierre gratis am Nachmittag organisierte. Er versuchte, Paul Lagoc in Mathematik zu helfen ...«

»Und bisher hat es mit diesem Förderunterricht nie Probleme gegeben?«, unterbrach sie der Capitaine.

Léa schüttelte den Kopf. »Nein, warum auch? Wir wechselten uns ab, Pierre, andere Kollegen und ich. Wir halfen vor allem ausländischen Schülern in Französisch. Die meisten Eltern waren uns dankbar, und die Schüler machten wirkliche Fortschritte.«

Der Blonde starrte Léa nachdenklich an, der Schwarzhaarige kritzelte etwas in sein Büchlein, der Capitaine nickte.

»Und zehn Tage nach dieser Anzeige ist Pierre beim Joggen verschwunden«, fuhr Léa fort.

»Er hat Ihnen am Morgen nichts gesagt? Dass er irgendwohin gehen, jemanden treffen wolle?«

»Nein. Er hat nur gemeint, wenn ich heimkomme, würde er wahrscheinlich beim Joggen sein und er wolle nicht groß etwas essen, ich brauche nichts für ihn vorzubereiten. Ich hatte an dem Abend einen kleinen Aperitif mit dem Nähverein, bei dem ich Abendkurse gebe, und war gegen neun wieder hier. Anfangs dachte ich mir nichts, als Pierre nicht daherkam. Doch dann, irgendwann gegen zehn, wurde ich unruhig und rief verschiedene Bekannte an, die in der Nähe wohnen. Sein Handy lag auf dem Tisch, er nimmt es nie zum Joggen mit. Spätabends haben wir die Gendarmerie benachrichtigt, und am nächsten Morgen begann die Suche.«

Léa kam nicht umhin aufzuschluchzen.

Der Capitaine nickte. »Kommen wir noch einmal auf den Urlaub im letzten Winter zurück. War es das erste Mal, dass Ihr Lebensgefährte sich so benahm?«

»Ja. Wenn wir bisher miteinander weggefahren sind, dann verbrachten wir unsere gesamte Urlaubszeit zusammen.«

»Waren Sie vorher schon einmal mit ihm auf den Inseln tauchen gewesen?«

Léa schüttelte den Kopf. Bisher war Pierre im Winter mit Freunden nach Thailand aufgebrochen, während sie mit Freundinnen in den Skiurlaub gefahren war. Doch im dritten gemeinsamen Jahr hatten sie dieses Ferienziel, das Pierre so sehr liebte, gemeinsam ansteuern wollen.

»Es war unsere erste gemeinsame Fernreise. Wir sind drei Jahre zusammen und im Sommer viel weggefahren, aber nie nach Thailand. Dorthin ist Pierre bisher immer nur mit seinen Tauchkollegen.«

Der Capitaine kniff die Augen zusammen. »Können Sie mir die Telefonnummern dieser Kollegen geben?«, fragte er sie.

»Ich …« Léa durchfuhr es siedend heiß, dass sie diese Kollegen, über die Pierre zuweilen gesprochen hatte, überhaupt nicht kannte. Sie waren nicht aus der Gegend, und Pierre hatte sie nie eingeladen. Sie kannte von Tom, Jacques und Roland lediglich die Vornamen, hatte aber keine Ahnung, wo sie lebten. Ihre Nachnamen wusste sie nicht, ebenso wenig, wie die drei aussahen, weil sie nur Unterwasserfotos von ihnen gesehen hatte, auf denen sie ihre Tauchmasken trugen. Das Handy! Die Gendarmen hatten es ihr zurückgebracht, und Léa holte es, um es dem Capitaine zu geben. Dort würde er vielleicht die Nummern dieser Männer finden, deren Vornamen sich der schwarzhaarige Polizist notiert hatte.

Capitaine Dubois meinte: »Danke. Wir werden es mitnehmen.«

»Seine E-Mails und Webseiten haben die Gendarmen schon durchgesehen, nicht wahr?«, fragte sein schwarzhaariger Kollege.

Der Capitaine nickte. »Ja. Nichts Erwähnenswertes.«

»Er verbrachte wenig Zeit am Computer und verwendete diesen nur, um E-Mails für seine Vereinstätigkeiten zu schreiben und seine Urlaube zu buchen«, erklärte Léa, doch dann fiel ihr etwas ein. »Haben die Gendarmen auch den Laptop durchsucht? Er hatte einen Laptop, den nur er verwendete und den ich seit Anfang Juni nicht mehr gesehen habe. Vielleicht sollten Sie einmal nachfragen. Ein MacBook, das schon über zehn Jahre alt ist.«

Der Capitaine und der schwarzhaarige Polizist blätterten in ihren Notizen.

»Von einem Laptop war nie die Rede«, meinte der Capitaine. »Sie haben nur den Computer der Schule und Ihren gemeinsamen Computer hier durchsucht.«

»Wie konnte ich das nur vergessen!«, sagte Léa und wunderte sich, warum dieser kleine Computer ihr erst jetzt wieder einfiel. »Vielleicht hat er ihn weggeräumt? Oder weggeworfen? Er verwendete ihn selten, meistens lag er in unserem Arbeitszimmer herum.«

Einmal hatte sie ihn benützen wollen und bemerkt, dass er durch ein Passwort geschützt war. Zögernd erzählte sie Capitaine Dubois davon. Sie hatte Pierre ein- oder zweimal vor dem Laptop sitzen gesehen, und beide Male hatte er ihn sofort zugeklappt, als sie in den Raum gekommen war. Damals hatte sie sich nichts dabei gedacht, doch jetzt störte sie die Erinnerung daran zutiefst.

Der Capitaine blickte sie interessiert an. »Da haben wir vielleicht einen Hinweis. Ich frage noch einmal bei den Gendarmen nach. Auf Facebook war er ja nicht besonders aktiv, soviel wir wissen. Insta und Twitter verwendete er gar nicht.«

Léa schüttelte den Kopf. »Nein. Wir mögen diese Social Media nicht besonders. Er hat aber für seine Vereine auf Facebook ein wenig Werbung gemacht, für den Läuferverein, zusammen mit Freunden, für das Festkomitee und den Verein für Französisch. Sie können sich diese Seiten gern ansehen.«

Der schwarzhaarige Polizist notierte.

»Waren Sie bei den Vereinen mit dabei?«, fragte der Capitaine.

»Ich habe ihm für die Französischnachhilfe viel geholfen, Lehrer gesucht und selbst unterrichtet. Es lief sehr gut. Und ich habe seit seinem Verschwinden damit weitergemacht. Es wäre schade, das alles aufzugeben.« Léas Stimme versagte. Sie wusste nicht, ob sie weitermachen wollte. Ob sie die Kraft dazu haben würde, weiterhin gemeinnützige Arbeit zu tun. Sie wusste ja nicht einmal, wann sie zu ihrer Klasse zurückkehren würde. Die Schüler hatten ihr am Vortag auf Muriels Initiative hin geschrieben, ihr Blumen geschickt, ihr Bilder gemalt. Doch sie konnte sich nicht vorstellen, in ihrem Zustand vor die Klasse zu treten.

Der Capitaine und der schwarzhaarige Polizist stellten noch einige Fragen über ihre Beziehung zu Pierres Familie, die Léa nicht oft gesehen hatte. Pierres Geschwister und sein Vater hatten sich Léa gegenüber stets höflich, aber distanziert verhalten, und sie selbst hatte ebenfalls nicht das Bedürfnis verspürt, sie näher kennenzulernen.

Die Polizisten fragten sie außerdem, ob sie etwas über irgendwelche illegalen Geschäfte wisse, die der Trüffelkönig seit seinem Gefängnisaufenthalt anscheinend betreibe. Doch Pierre hatte Léa diesbezüglich nie etwas erzählt. Sie wusste auch nicht, ob er selbst über die Tätigkeiten seines Vaters auf dem Laufenden gewesen war. Allerdings war da jetzt die Geschichte mit dem Computer. Vielleicht hatte Pierre dieses MacBook benutzt, um mit dem Vater illegale Geschäfte zu betreiben? Warum sonst sollte Pierre einen geheimen, mit einem Passwort geschützten Computer haben?

»Es ist möglich«, meinte der Capitaine, als sie es zögernd erwähnte. »Es gibt aber auch andere Gründe, warum Leute durch Passwörter geschützte Computer haben. Vor allem Männer.«

Er vermied es, sie anzusehen, sondern kritzelte etwas in sein Büchlein. Léa zuckte zusammen. Sie dachte wieder an die Anzeige. An die Anschuldigung. Jemand, der sexuell abwegig ist, hat einen Computer, dessen Passwort kein anderer kennen darf. Damit man nicht sehen kann, welche Webseiten er besucht.

»Als Ihr Freund von einem Schüler des sexuellen Missbrauchs beschuldigt wurde, waren Sie sich ganz sicher, dass er unschuldig war?«

Léa schnappte nach Luft schnappte, und der Capitaine sagte beruhigend: »Es tut mir leid, aber ich muss diese Frage stellen.«

»Ja. Ich habe es nie ins Auge gefasst, dass er es wirklich hätte tun können«, erwiderte Léa. »Er war zu normal. Er hat nie solche Tendenzen gezeigt.« Zugleich jedoch dachte sie an seine körperliche Distanz in den vorhergehenden Monaten, und ihr Herz zog sich schmerzlich zusammen. Aber dann sagte sie sich, dass es dafür sicher einen anderen Grund gegeben hatte. Pierre war so lange Lehrer gewesen, und es hatte nie irgendwelche Zwischenfälle gegeben. Sein Kontakt zu den Kindern war natürlich und ungezwungen gewesen. Man hatte ihm einzig und allein vorgeworfen, manchmal übermäßig streng zu sein und zu Ungerechtigkeit zu neigen.

»Er hatte keine Kinder«, bemerkte Capitaine Dubois »und Zeugen haben der Gendarmerie mitgeteilt, seine vorhergehende Beziehung sei zerbrochen, weil er keine Kinder wollte. Vor fünfzehn Jahren hat seine Frau ihn deshalb verlassen. Sind Sie darüber auf dem Laufenden?«

»Ja, es stimmt, er wollte selbst keine Kinder haben. Er arbeitete die ganze Zeit mit Kindern, machte das gern, wollte aber sein Leben so weiterleben wie bisher, mit seinen Vereinstätigkeiten und seinen Reisen. Vor allem aber hat er immer wieder betont, es sei heutzutage unverantwortlich, Kinder in die Welt zu setzen, mit der Umweltverschmutzung, dem Klimawandel und der problematischen Weltwirtschaft. Und ich bin da ganz seiner Meinung. Wir beide glauben nicht an die Zukunft der Menschen, auch wenn wir alles versucht haben, um sie zu verbessern.« Léa verstummte. Sie wollte den Männern nicht sagen, dass sie selbst keine Kinder bekommen konnte. Sie hatte sich damit abgefunden, aber wollte das nicht an die große Glocke hängen.

Bald verabschiedeten sich die drei Polizisten, nachdem der Capitaine Léa gebeten hatte, sich zu melden, falls ihr noch etwas einfiel. Er hatte sie auch gebeten, den Computer noch einmal zu suchen. Die Sache mit dem Laptop war in der Tat seltsam. Léa glaubte, ihn sogar nach Pierres Verschwinden noch in seinem Arbeitszimmer gesehen zu haben. Oder war es nur ihre Erinnerung, die ihr einen Streich spielte?

Pauls Lüge

Manon Lagoc spürte einen schalen Geschmack im Mund. Ihre Hände zitterten, ihr Atem ging schneller. Ihr war nun klar, dass sie selbst und ihr Mann zu den Hauptverdächtigen für Pierre Pinets Tod zählten.

Die Polizisten waren gekommen und hatten sie befragt. Drei junge Männer, Angehörige der PJ Marseille. Und sie spielte deshalb in der Ermittlung eine Rolle, weil sie damals, als Paul seine Lüge erfunden hatte, sofort zu den Gendarmen gerannt war, ohne weitere Fragen zu stellen. Warum hatte sie nicht mit Paul und ihrem Mann vorher darüber gesprochen, Paul genauer ausgefragt? Aber ihr Sohn hatte so traumatisiert gewirkt! Doch am nächsten Tag hatte er weinend gestanden, dass er diese Geschichte nur erfunden hatte, weil der Direktor so ungerecht zu ihm gewesen war.

Manon war vollkommen ratlos gewesen. Sie hatte die ganze Nacht nicht geschlafen und voller Zorn und Angst an diesen Direktor gedacht. Und dann stellte sich heraus, dass der Mann unschuldig war? Jacques hatte nicht viel gesagt, nur, dass sie sofort reagieren mussten. Auf der Stelle waren Jacques und sie mit Paul zu den Gendarmen gefahren, um die Anzeige zurückzuziehen. Die Gendarmen hatten Paul ins Gewissen geredet, ihm klargemacht, dass es sehr schlimm sei, solche falschen Anschuldigungen zu formulieren, dass man damit das Leben eines Menschen zerstören könne. Sie hatten auch wissen wollen, woher Paul diese Idee hatte. Paul hatte etwas von großen Jungen vor der Schule gestammelt. Er wisse ihre Namen nicht, aber es sei ihre Idee gewesen, so eine Geschichte zu erfinden.

Manon war entsetzt gewesen. Und sie hatte in den folgenden Tagen alle möglichen Probleme bekommen. Die beiden Gendarminnen, die bei ihnen aufgetaucht waren, um noch einmal mit Paul zu sprechen, die Beamten des Sozialamtes, der DDASS, die ihn befragt hatten, der obligatorische Arztbesuch und das psychologische Gutachten.

Der Psychologe hatte ein besorgniserregendes Porträt von Paul erstellt. Seiner Meinung nach neige Paul zu Mythomanie; er würde Dinge, die er hörte, einfach wiederholen, nicht aus Bosheit, sondern um andere Dinge zu rechtfertigen, beispielsweise schulische Misserfolge oder Streitigkeiten mit Freunden. Manon hatte das schon bemerkt. Paul log sie oft an und war in den letzten Monaten sehr schwierig geworden. Seine schulischen Leistungen hatten im vorigen Schuljahr sehr zu wünschen übrig gelassen. Regelmäßige Gespräche mit dem Psychologen hatten Paul während des Sommers geholfen, sein inneres Gleichgewicht wiederzufinden und die Mittelschule gut zu beginnen. Eine private Mittelschule in Avignon hatte Paul trotz seiner miserablen Noten genommen. Und im Sommer hatte die Familie fantastisches Glück: Manons Mann hatte im Lotto 200.000 Euro gewonnen. Mehr Geld als notwendig, um das alte Haus, das sie zwei Jahre zuvor gekauft hatten, komplett renovieren zu lassen. Sie konnten sich sogar einen Pool leisten und waren im Sommer in die USA geflogen. Die Bauarbeiten hatten Ende August begonnen, und Manon war voller Zuversicht gewesen.

Doch seit Sonntag ging von Neuem alles schief. Die Leiche des Direktors war gefesselt in der Quelle von Fontaine de Vaucluse gefunden worden, und die drei Männer der PJ Marseille waren gekommen und hatten Fragen gestellt. Sie wollten auch mit Paul sprechen, dieser war aber zum Glück an diesem Morgen in der Schule gewesen. Doch sie würden wiederkommen, da war sich Manon ganz sicher. Vielleicht sogar schon am nächsten Morgen. Als Manon Paul zwei Tage vorher erzählt hatte, dass der Direktor tot sei, war ein seltsamer Ausdruck auf dem Gesicht ihres Sohnes zu sehen gewesen. Bestürzung vermischt mit kaum versteckter Freude. Paul hatte den Direktor anscheinend wirklich gehasst. Er behauptete, sein Sündenbock gewesen zu sein. Immer wenn irgendetwas Unliebsames in der Klasse vorgefallen war, hatte er Paul dafür bestraft.

Manon hatte die Schule angerufen, die Stellvertreterin des Direktors Muriel Cartier, und hatte ihr von diesen älteren Jungen erzählt. Doch Paul kannte nicht einmal ihre Namen, und Madame Cartier hatte erklärt, dass diese Jungen nicht aus ihrer Schule kämen, sondern ins *Collège,* in die Mittelschule, gingen und nur in der Nähe der Grundschule herumhingen. Aber sie würde den Kollegen, der die Mittelschule leitete, darüber informieren. Das hatte allerdings nichts ergeben. Manon hatte Paul nach dem unliebsamen Zwischenfall mit dem Direktor in den letzten Wochen des Schuljahres aus der Schule nehmen müssen. Doch Paul hätte sogar in die Schule zurückkehren können, denn nur zehn Tage nachdem Manon mit Paul zu den Gendarmen gegangen war, war der Direktor von einem Tag auf den anderen spurlos verschwunden. Manon hatte sich anfangs schuldig gefühlt. Vielleicht war der Mann woandershin gezogen, ohne es jemandem zu sagen, weil ihre Anschuldigung für ihn so traumatisierend gewesen war? Doch nun, da Pierre Pinet tot war, ahnte Manon, dass er in etwas Kriminelles verstrickt gewesen war. Man hatte keine Ahnung, ob er nur ein Opfer oder vielleicht auch ein Täter war, und wahrscheinlich hing die Sache gar nicht mit der Schule zusammen.

Die Fragen des Capitaines aus Marseille hatten Manon dennoch vollkommen aus dem Gleichgewicht gebracht.

Es war ihr schnell klar geworden, welchen Verdacht er hegte: dass ihr Mann ihren Sohn dazu gebracht hatte, seine Anklage zu widerrufen, damit er selbst mit dem Direktor abrechnen konnte. Sie hatte in diesem Moment begriffen, dass ihre Namen auf der Liste der verdächtigen Personen standen. Und das alles wegen einer verdammten Lüge ihres vorpubertären Sohnes!

Das Venedig des Vaucluse

Damien und Mathieu spazierten auf der Suche nach einem kleinen Restaurant durch das Städtchen Isle-sur-la-Sorgue. Mathieu musste zugeben, dass der malerische Ort einen besonderen Charme hatte. Das Stadtzentrum wurde von den zwei Hauptarmen der Sorgue umflossen, und überall traf man auf winzige Kanälchen. Plötzlich befanden sich die beiden Männer in einer Straße, die einen kleinen Kanal entlangführte, in dem sich im Abstand von jeweils hundert Metern mehrere alte Wasserräder drehten.

»Schau mal, wie schön!«, rief Mathieu.

Damien teilte die Begeisterung seines Vorgesetzten keineswegs. »Ja, aber diese Straße ist menschenleer. Und ohne Restaurants. Während ich verhungere. Das Frühstück war heute weder üppig noch gemütlich.«

Mathieu lachte. »Ich hatte genug zu essen. Aber ihr wolltet nicht zu mir kommen.«

»Ich konnte nicht. Aus Solidarität mit André.«

»Was ist denn eigentlich vorgefallen zwischen Carine und ihm?«

»Nun, André hat gestern Abend bereits nach wenigen Minuten herausgefunden, dass Carine ihn nur getroffen hat, um ihn über dich auszufragen. Sie wollte alles wissen. Ob du eine Freundin hast, wie alt du genau bist, seit wann du in Marseille bist, und so weiter. André hat ihr einiges über dich erzählt, allerdings sicher nicht verschwiegen, dass du mit Martha zusammenlebst. Carine hat sich dann bei ihm bedankt und wollte ihm sogar sein Essen bezahlen. Schließlich haben sie sich aber die Rechnung geteilt. Natürlich hatte sich André den Abend anders vorgestellt.« Damien verbiss sich das Lachen.

Mathieu war bestürzt stehen geblieben. »Ach, nein, welch ein Durcheinander! Dabei habe ich nichts getan, um Carines Zuneigung zu gewinnen. Ich will sie nicht! Ich lebe mit meiner Freundin zusammen und leite hier die Ermittlung.«

Damien grinste. »Aber sie will dich. Und ich befürchte, du wirst nicht lange widerstehen. Außer wenn du vollkommen kurzsichtig oder gar blind bist.«

»Nein, das bin ich nicht. Natürlich sieht sie umwerfend aus, und sie wirkt auch sehr sympathisch. Aber es passt nicht.«

Mathieu war etwas ratlos. Die Arbeit gestaltete sich so schon schwierig genug; wenn er jetzt noch André beruhigen und Carine abwehren musste, dann kostete ihn das alles unnötige Energien und brachte ihn von der Ermittlung ab, für die er der Hauptverantwortliche war.

Die beiden Männer fanden bald wieder zurück zum Hauptkanal und beschlossen, in einem kleinen Restaurant direkt am Wasser zu essen. Es erwies sich als eine hervorragende Adresse. Der provenzalische Teller mit Stücken der regionalen Cavaillon-Melone, Brötchen mit *Tapenade,* der provenzalischen Olivenpaste, *Anchoiade,* der Anchovi-Paste, Salat und kandierten Tomaten war wunderschön zubereitet, und der Besitzer zeigte sich als ein leutseliger Mann.

»Ach, Sie sind wohl da, um Antiquitäten zu kaufen? Aus Paris?«

»Antiquitäten?«, fragte Mathieu verwirrt.

»Na klar! Wir haben hier auf der anderen Seite des Kanals über dreihundert Antiquitätenhändler, die Freitag, Samstag und Sonntag ihre Geschäfte öffnen, und jeden Sonntag gibt es einen großen Antiquitätenmarkt. Isle-sur-la-Sorgue ist Frankreichs zweitgrößte Stadt für Antiquitätenhandel. Leute aus der ganzen Welt kommen wegen der Läden hierher.«

Nun erinnerte sich Mathieu, über die Antiquitätenhändler

gelesen zu haben und auch an einigen Geschäften vorbeige-
fahren zu sein, die seltene Objekte verkauften.

»Kommen Sie von weit her?«, wollte der Mann wissen.

»Marseille«, antwortete Mathieu.

»Ach, und jetzt sind Sie über das Wochenende hier? Oder
nur ein kleiner Ausflug?«

Mathieu und Damien warfen einander einen Blick zu.

»Nun«, meinte Mathieu langsam. »Wir sind von der PJ Marseille. Und wir sind hier, um den Mord am Schuldirektor
Pierre Pinet aufzuklären.«

»Na, so was!« Der Restaurantbesitzer staunte sie mit offenem Mund an. »Sie sind also die PJ? So jung und schon so
kompetent! So was ... grausiger Fall. Ich kannte ihn, diesen
Mann. Netter Mensch. Aber der Vater! Über den hört man
nichts Gutes. Ist sicher eine Familiengeschichte. Da können
Sie Gift drauf nehmen.«

Die Frau des Restaurantbesitzers trat vor die Tür und wies
ihren Mann zurecht, doch endlich weiterzuarbeiten; die Terrasse sei voll, falls er das nicht bemerkt hatte.

Doch der Mann war außer sich vor Begeisterung.

»Komm her, *Poulette*«, wies er sie an. »Weißt du, wer die
beiden jungen Herren sind?«

Seine Frau schüttelte nur ungehalten den Kopf.

»Die sind von der PJ, der regionalen Kriminalpolizei. Müssen den Mord an Pinet aufklären«, posaunte der Restaurantbesitzer.

Mathieu sah verstohlen um sich. Er wollte diskret bleiben.
Doch die anderen Gäste waren wohl Touristen. Sie reagierten
nicht auf das Geschrei des Mannes.

Die Frau war nicht im Geringsten beeindruckt.

»Na, viel Glück«, schnaubte sie. »Mit dem alten Pinet möchte ich nichts zu tun haben. Haben Sie ihn schon getroffen?«

Mathieu und Damien verneinten.

»Ein Kotzbrocken ist er. Will bei der Bank nicht anstehen,

sondern vor allen anderen abgefertigt werden. Weil er angeblich Millionen auf dem Konto hat.«

Wütend schnaubte sie und fuchtelte mit den Händen.

»Und der Sohn, der war wohl so ein Wolf im Schafspelz. Getarnt als Lehrer, um mit dem Vater krumme Dinge zu drehen. Kokain ...«

»Kokain?«, fragte Damien verwundert.

»Ja, gewiss. Dort im Gefängnis hat der Alte sich mit der Mafia aus Marseille angefreundet. Und seitdem ...« Sie mimte das Geldzählen.

»Aber *Poulette*, beruhige dich, dieser Lehrer war doch ein anständiger Mensch.«

»Hör auf, mich *Poulette* zu nennen«, fauchte die Frau. »Und merk dir eines! Jemand, der wie ein anständiger Mensch wirkt, muss noch lange keiner sein.«

Mit diesen Worten drehte sie sich um und ging eiligen Schrittes zurück ins Restaurant.

Ihr Mann lachte. »Sie sieht immer alles so schwarz.«

Doch Mathieu wusste aus Erfahrung, dass der letzte Satz, den die Frau gesagt hatte, mehr als treffend war.

Nachdem sie bezahlt und dem Wirt versprochen hatten, bald wiederzukommen, überquerten sie den Kanal und spazierten zu ihrem Auto. Sie wollten an diesem Nachmittag noch mit Claude Lantier und mit Charles Pinet sprechen. Dazu fuhren sie aus dem Gebiet von Isle-sur-la-Sorgue hinaus in den Regionalpark Luberon, in dieses Tal des Calavon voller Kirschbäume, Lavendelfelder, Olivenhaine und Weinberge, das östlich des Städtchens lag.

André war vor der Mittagspause mit Pinets Mobiltelefon und dem Computer, den sie in der Schule sichergestellt hatten, nach Marseille gefahren, um diese Geräte gemeinsam mit dem Informatiker der PJ zu durchsuchen. Die Gendarmen hatten das schon Monate vorher getan, doch nun besaßen die Ermittler neue Erkenntnisse und mussten sich weitere Fragen stellen. Mathieu hatte jedoch wenig Hoffnung, dass sie auf den

Computern etwas finden würden. Pierre Pinet war eventuellen verbotenen Aktivitäten im Internet oder via E-Mail sicherlich auf dem Laptop nachgegangen, der verschwunden war.

Claude Lantiers Gedanken

»Wir wussten, dass die Polizei kommen und Fragen stellen wird. Allerdings haben wir die Gendarmen erwartet, Pinets Neffen und seine Brigade. Ich bin angenehm überrascht, dass der Kommandant Calcin die Ermittlung an die PJ abgegeben hat«, sagte Claude zu den beiden jungen Männern, die bei ihm und seiner Frau waren, um sie zu befragen.

Er fand die beiden zwar reichlich jung, aber sie schienen kompetent und waren unvoreingenommen.

»Der Kommandant und drei seiner Gendarmen helfen uns«, erklärte der Capitaine. »Aber Charles Pinets Neffe will mit der Sache nicht viel zu tun haben.«

Claude lachte freudlos. »Kann man verstehen. Er hat keine Lust, mit den Händen in der Scheiße zu wühlen. Wenn man Charles Pinets Umfeld durchfilzt, kommt zu viel Dreck an die Oberfläche – und er weiß das.«

Claudes ganzes Leben war geprägt von diesem Hass auf Charles Pinet, der seinen jüngsten Sohn getötet hatte. Er machte vor dem Capitaine keinen Hehl daraus, sagte ihm klar und deutlich, dass er die Gefängnisstrafe von sechs Jahren, die die sich auch noch auf vier reduziert hatte, als ungenügend einstufte, dass er fand, Charles Pinet hätte mindestens doppelt so lange sitzen müssen. Jeder im Luberon wusste, dass er fünfzehn Monate zuvor auf die Chinesengruppe geschossen hatte. Es gab einige Lavendelbauern, die das ebenfalls gerne getan hätten. Wenn im Juni und Juli der Lavendel blühte, trampelten die Touristen durch die Felder, machten ihre blöden Fotos und einige erdreisteten sich sogar, Blüten abzureißen.

Charles Pinet war nicht beliebt, doch seine Aktion, die ein Jahr zuvor groß in den Medien beschrieben worden war, hatte eine Diskussion über den Tourismus zur Lavendelblüte ausgelöst. Dafür waren dem Trüffelkönig trotz allem viele Bauern dankbar. Wie zwanzig Jahre zuvor die Trüffel, hatte er nun den Lavendel verteidigt. Durch Christians Tod war die Polizei auf das Problem der Trüffeldiebstähle aufmerksam geworden und hatte begonnen, in gewissen Gegenden zu patrouillieren. Seit diesem schlimmen Ereignis hatten im Luberon fast keine Trüffeldiebstähle mehr stattgefunden. Christian hat dafür sein Leben verloren, dachte Claude bitter, für so einen Blödsinn.

Der Capitaine war bereits über die Details von Charles Pinets damaliger Gerichtsverhandlung auf dem Laufenden. Die Medien hatten tagelang über den Prozess berichtet, vor allem, weil Charles Pinet versucht hatte, bei Gericht einige Leute zu bestechen.

Capitaine Dubois wollte wissen, ob Claude seit der Gerichtsverhandlung, dem Urteil und der Entlassung des Trüffelkönigs versucht hatte, etwas gegen diesen zu unternehmen.

»Nein«, antwortete Claude unwirsch. »Nichts Legales. Denn die Sache ist gelaufen. Er hat seine zu kurze Strafe abgesessen. Und nichts Illegales, weil ich selbst nicht eingelocht werden möchte.«

»Und Ihre Söhne, Monsieur Lantier?«

Claude schluckte. Für seine Söhne konnte er nicht geradestehen. Er wusste, dass Maurice, sein Ältester, Pinet einmal gesehen hatte, wie er in das Gebäude der Bank Caisse d'Epargne von Isle-sur-la-Sorgue ging; kurzerhand schlitzte er ihm die Autoreifen auf. Dabei hatte er sich eine Jacke über den Kopf gezogen, um nicht erkannt zu werden, denn es war am helllichten Tag gewesen und das Auto hatte auf der geschäftigen Hauptstraße von Isle-sur-la-Sorgue direkt am Kanal geparkt. Passanten hatten Maurice gesehen, aber keiner war fähig gewesen, ihn aufzuhalten, und keiner hatte ihn erkannt. Doch das erzählte Claude den Polizisten der PJ natürlich nicht.

Claude hatte Maurice allerdings zur Rede gestellt und ihn gewarnt: »Solche Aktionen können schlimm ausgehen, wenn du erwischt wirst.« Doch insgeheim hatte er sich über den Mut seines Sohnes gefreut.

»Meine Söhne sind voller Hass auf Pinet«, antwortete Claude dem Capitaine. »Doch sie würden niemals zu Gewalt greifen, weil sie nicht ins Gefängnis wollen. Und außerdem haben wir Pierre Pinet, der sozial eingestellt ist und mit Charles Pinets Unternehmen nichts zu tun hat, wirklich nichts vorzuwerfen. Wir hätten uns eher am alten Pinet selbst vergriffen. Wir hätten ihn gerne selbst leiden sehen. Nicht seinen Sohn.«

»Aber er hat Ihren Sohn getötet? Sie hätten ihm rein theoretisch gesehen Gleiches mit Gleichem vergelten können.«

»Wenn ich das hätte tun wollen, hätte ich den jungen Mann sicher nicht in einer dreihundert Meter tiefen Quelle versenkt, sondern das so angestellt, dass man ihn möglichst baldigst gefunden hätte. Mir scheint, seine Leiche wurde eher durch Zufall entdeckt.«

»Ja, da haben Sie recht«, gab der Capitaine zu. Er hakte nach: »Was machen Ihre Söhne beruflich? Ich müsste mit ihnen ebenfalls sprechen.«

»Maurice, der Ältere, ist Ingenieur und arbeitet südlich von Avignon in einer I-Tech-Firma. Der Jüngere, Fred, besitzt ein Restaurant im Stadtzentrum von Isle-sur-la-Sorgue.«

Claude nannte den Polizisten widerwillig den Namen des Restaurants. Fred würde der Besuch der PJ während des Abendservices nicht zusagen, doch die Familie Lantier musste gute Miene zum bösen Spiel machen.

Capitaine Dubois wollte auch noch wissen, ob Claude Pierre Pinet gekannt hatte.

»Vom Sehen, ja. Und vom Hörensagen. Er hatte im Ort einen sehr guten Ruf, war sehr gemeinnützig und sozial unterwegs. Ganz das Gegenteil des Vaters. Aber mein Sohn, der das Restaurant führt, kann Ihnen sicher mehr über ihn erzählen. Die beiden haben einander persönlich gekannt.«

Claude seufzte. Pinet und er hatten beide ihren jüngsten Sohn verloren, diese Tatsache stach ins Auge. Gewiss wurde überall schon hinter vorgehaltener Hand getratscht. Claude hatte sie bemerkt, die seltsamen Blicke von Leuten, die er flüchtig kannte, als er nach Isle-sur-la-Sorgue zur Apotheke gefahren war. Zum Glück war die Kleinstadt mittlerweile schon so groß, dass längst nicht mehr jeder wusste, wer er war, und Claude lebte weit außerhalb der Stadt. Seine Nachbarn kannten ihn und hielten alle zu ihm. Er besaß ein Anwesen und ein paar Felder, allerdings weitaus weniger als Charles Pinet. In jüngster Zeit ließ er die meisten seiner Felder brach liegen, denn keiner seiner Söhne war interessiert daran, sie zu bebauen. Claude hoffte, die Hälfte in Kürze an einen Nachbarhof verpachten zu können. Er war zu alt, um seinen Hof zu bewirtschaften. Es fehlte ihm die Energie. Seit Christians Tod war Claude ein gebrochener Mann.

Das Reich des Trüffelkönigs

»Die Leute müssen lernen, die Bauern und ihren Besitz zu respektieren. Der Tourismus ist gut und schön, aber das geht nicht, dass die Touristen einfach in Lavendelfelder hineinrennen und dort alles zertrampeln – und schlimmer noch, Blüten abreißen. Und dieser Übertourismus, den wir zur Lavendelblüte hier haben, ist pervers. Wie die Heuschrecken fallen die Gruppen über unsere Felder her!«

Mathieu nickte nur. Darauf hatte er nichts zu erwidern.

Charles Pinet zeigte Mathieu und Damien sein gesamtes Gut. Sie waren überrascht, dass sie von ihm äußerst freundlich und respektvoll empfangen wurden. Der Mann hatte ihnen wortreich erklärt, dass er wirklich auf sie zählte, um den Mörder seines Sohnes zu finden. Mathieu hatte ihm versichert, dass er nur dafür da war und vor Ort bleiben würde, bis der Fall geklärt war. Dabei hatte er sich bang gefragt, wie lange das wohl sein würde.

Der Trüffelkönig sah jünger aus als seine 74 Jahre und erschien äußerst gepflegt. Er war ein Bauer, der zwar selbst noch auf seinen Feldern und in seinen Trüffelwäldern Hand anlegte, aber auch zeigte er, dass er zu den Vermögenden der Gegend gehörte. Er trug Markenkleidung, seine weißen und leicht gewellten Haare waren sauber geschnitten, sein Bart schön gestutzt, seine Haut und seine Hände gepflegt; der Mann hatte wenige Falten, dafür, dass er so viel Zeit im Freien verbrachte. Mathieu musste zugeben, dass Charles Pinet eine bestimmte Ausstrahlung besaß und sehr charmant sein konnte, wenn er das wollte. Seine schlechten Seiten würden er und

Damien an diesem Nachmittag wohl kaum kennenlernen. Diese würde erst dann zutage treten, wenn die Ergebnisse ihrer Ermittlung ausblieben.

»Und dieser Lavendel?«, fragte Mathieu. »An wen verkaufen Sie ihn? An die Parfümindustrie? Die Destillerien?«

»Das ist Lavandin«, erklärte Pinet. »Eine Lavendelart, aus der ätherisches Öl gewonnen wird, das der Haut besonders wohltut, vor allem bei Insektenstichen. Wir haben eine große Destillerie nicht weit von hier, die unser Kunde ist, außerdem verkaufen wir unseren Lavandin an Seifenfabriken. Aber der Lavendel ist für mich nur ein Nebenprodukt. Mein Geld verdiene ich im Trüffelhandel und mit dem Wein.«

»Und die Felder?«, wollte Damien wissen. »Wann blühen die?«

»Nur einen Monat im Jahr. Mitte Juni bis Mitte Juli. Dann muss geschnitten werden. Deshalb haben wir ja im Frühsommer diesen riesigen Touristenansturm, wegen der kurzen Blütezeit.«

»Das ist hier während der Lavendelblüte sicher schön anzusehen«, meinte Mathieu und versuchte, sich das riesige, leicht hügelige Feld in blauviolett leuchtender Pracht vorzustellen.

»Klar! Ich habe Glück, meine Felder sind ein wenig weiter von der Hauptstraße entfernt. Doch die Reiseleiter und Chauffeure wissen Bescheid, und die Busse kommen trotzdem.« Der alte Mann verzog verächtlich das Gesicht.

Mathieu beschloss, vorerst nicht über den Angriff auf die Chinesengruppe zu sprechen.

»Und die Trüffeln? Läuft es gut?«

Pinet schüttelte gedankenverloren den Kopf. »Es läuft weniger gut als früher. Das Klima ... Wir haben zu große Hitzewellen. Und zu wenig Wasser. Ich kann mich nicht beklagen, weil ich sehr viele Wälder besitze. Aber ich habe keine Ahnung, wie es weitergehen wird.«

Sie waren in einem Hain angekommen, in dem lauter junge Eichen standen.

»Das sind Weißeichen«, erklärte Pinet. »Die habe ich vor sechs Jahren gepflanzt und mit Trüffeln geimpft. Das ist ein langwieriger Vorgang. Bis ein Baum Trüffeln liefert, muss man zehn bis fünfzehn Jahre warten. Ich erzähle Ihnen das, damit Sie einen Eindruck davon bekommen, was solche Trüffeln wert sind. Ich möchte mich nicht rechtfertigen, wegen des Unfalls mit dem jungen Lantier, aber das Trüffelzüchten ist sehr aufwendig.«

Mathieu vermied es, Damien anzusehen. Pinet bezeichnete Christian Lantiers Tod als *Unfall.*

»Wir haben immer Trüffeln, weil wir, mein Vater und ich, ständig neu gepflanzt haben. Nach zehn bis fünfzehn Jahren liefern einige Bäume Trüffeln. Sie wissen ja, dass die Trüffeln unterirdische Pilze sind, die zwanzig bis fünfzig Zentimeter unter der Bodenoberfläche wachsen, nahe den Wurzeln der Bäume. Ich verwende Hunde für die Suche, die die Trüffeln aufspüren, wenn sie so weit sind. Die Diebe graben in der Nacht drauflos. Sie graben alles aus! Auch Trüffeln, die noch nicht reif sind. Sie machen alles kaputt und verursachen einen Riesenschaden, während sie selbst nur einen kleineren Gewinn haben. Verstehen Sie? Das ist eine Arbeit von Jahren, die diese Kerle in einer Nacht vernichten! Da können Sie sich vorstellen, dass unsereins durchdreht!«

Pinet war immer lauter und aufgeregter geworden und hatte mit den Händen wild zu gestikulieren begonnen.

Mathieu beschloss, vorsichtig zu antworten. »Man kann es verstehen. Aber Sie haben das Leben eines Mannes ausgelöscht.«

Pinet blieb stehen und lachte bitter.

»Das Problem ist, dass ich mich selbst verteidigen muss. Den Gendarmen sind die Diebstähle ziemlich egal. Außerdem finden sie, dass ich ohnehin so reich bin, dass ich diese paar Trüffeln gar nicht brauche. Ich habe viel Besitz, das stimmt. Aber es gibt keinen Grund, jemanden zu bestehlen, nur weil er reich ist. Wo kämen wir denn da hin? Das wäre die garantierte Anarchie!«

»Natürlich«, erwiderte Mathieu. »Und oft ist die Polizei nicht schnell genug. Aber man darf leider nicht zur Selbstjustiz greifen.«

»Wenn ich dem jungen Lantier und seinem Komplizen nicht hinterher geschossen hätte, dann wären die einfach entkommen. Es war nämlich nicht das erste Mal, dass sie bei mir waren. Sie haben mir schon zwei Wälder umgegraben, und ich hatte dadurch einen Verlust von jeweils 10.000 Euro.«

»10.000 Euro?«, fragte Damien ungläubig.

Pinet nickte. »Es handelt sich um die Wintertrüffel, die sehr geschmacksintensiv ist. Eine Wintertrüffel in der Größe einer Kinderfaust kostet an die hundert Euro. Der junge Lantier und der andere Nichtsnutz sind Anfang Dezember mehrmals gekommen und haben mir die am weitesten vom Haus entfernten Trüffelwälder verwüstet. Die Ernte des gesamten Winters dieser beiden Wälder haben sie mir vernichtet! Deshalb sind wir, mein Sohn, zwei seiner Freunde und ich, in den folgenden Nächten Wache gestanden. Und da sind die Nerven mit mir durchgegangen. Aber nun zu etwas Erfreulicherem!«

Pinet bedeutete, den beiden Männern zu warten und verschwand in Richtung Haus.

»Ist ja ein ganz umgänglicher Mensch«, murmelte Damien.

»Sicher, er will uns für sich gewinnen«, erwiderte Mathieu, »dabei kann er sich gewiss denken, dass wir über seine Schandtaten im Detail Bescheid wissen.«

»Versucht, sich zu rechtfertigen«, meinte Damien.

In diesem Moment kam ein schwarzer Labrador auf die beiden Männer zugerannt. Damien, der Hunde liebte, streckte ihm sofort die Hände entgegen. Mathieu war froh darüber, denn er hatte vor Hunden im Allgemeinen eher Angst und streichelte sie nicht gern.

»Mann, genau so einen hätte ich gerne!« Damien streichelte den Labrador.

»Und was hindert dich daran?«, fragte Mathieu.

»Ich möchte zuerst einen Garten. Aber das ist in Marseille gar nicht so einfach.« Der Kollege seufzte.

Da konnte Mathieu ihm nur zustimmen.

Charles Pinet näherte sich mit schnellen Schritten.

»Ach, ich sehe, dass Sie bereits mit Emi Bekanntschaft gemacht haben. Sie ist unsere beste Trüffelhündin. Und sie wird uns jetzt zeigen, was sie kann. Emi!«

Pinet winkte den Hund zurück Richtung Haus, Damien und Mathieu folgten.

»Ich habe drei Trüffeln vergraben, denn derzeit gibt es leider nichts zu ernten. Und Emi wird sie finden. Um Ihnen zu zeigen, wie das geht. Emi!« Pinet deutete zu den Bäumen, und die Hündin begann, am Boden herumzuschnuppern. Bald begann sie zu graben, die Erde flog nach allen Seiten.

Als die Hündin die Trüffel im Maul hatte, stürzte sich Pinet auf sie und rief: »Gib her, Emi, brave Emi!«

Er ging vor ihr in die Hocke, streichelte sie, streckte ihr einen Keks hin und nahm ihr die Trüffel aus dem Maul.

»Sie hätte natürlich Lust, die Trüffel zu fressen, deshalb muss ich ihr etwas als Ausgleich anbieten«, erklärte Pinet. »Sie ist so abgerichtet, dass das funktioniert.«

»Das ist genial!«, rief Damien begeistert.

Auch Mathieu, der mit Hunden nichts am Hut hatte, sah, dass zwischen dem Hund und seinem Besitzer eine ganz besondere Beziehung bestand. Emi wiederholte das Ganze noch zweimal.

»Die Hunde sind so abgerichtet, dass sie nur einer Person folgen. Das ist meine Hündin. Mein Sohn hat zwei Hündinnen, zwei helle Labradordamen. Neben den Trüffeldiebstählen gibt es auch die Entführung der Trüffelhunde. Allerdings kann mit unseren Hunden kaum jemand etwas anfangen. Als ich ins Gefängnis kam, nach dem Unfall, da konnte mein Sohn mit meinem Hund nicht arbeiten. Daher musste ein Freund mit seinem Trüffelhund kommen, bis mein Sohn einen abgerichtet hatte. Das ist sehr langwierig. Die werden schon als Welpen mit Trüffeln ernährt und erlernen die Trüffeljagd spielerisch.«

Emi stand schwanzwedelnd vor Charles Pinet und sah erwartungsvoll zu ihm auf.

»Es ist zu Ende, Emi«, seufzte dieser, »wir müssen auf die Wintertrüffeln warten. November ...«

Sie gingen langsam auf Pinets Haus zu.

»Mein Sohn kümmert sich mit mir um die Trüffeln, meine Tochter um den Wein. Sie wissen sicher, dass wir östlich und südlich von hier an die zweihundert Hektar Weinreben haben. Beide Appellationen, AOC Ventoux und Luberon. Sie kommen beide ohne mich zurecht. Ich ... werde aufhören. Was mit Pierre geschehen ist, hat mich komplett aus der Bahn geworfen. Und ich frage mich, ob es nicht meine Schuld ist. Wegen Lantier ... Oder wegen der Nachbarn.«

Mathieu sah, dass Pinets Augen feucht waren. Der Mann war genau wie Lantier vom Tod seines Sohnes gebrochen worden, auch wenn er viel energievoller wirkte als der Vater des ermordeten Trüffeldiebes.

Damien sah Pinet enttäuscht an. Er hatte gehofft, dass die Show mit der Hündin länger dauern würde. Doch Mathieu war froh, endlich wieder zum Thema zurückzukommen. Sie waren nun schon über eine Stunde mit Pinet in den Feldern unterwegs und hatten nur über Trüffeln und Lavandin gesprochen.

»Monsieur Pinet, ich war vorher bei Monsieur Lantier. Er hasst Sie. Doch er hat Ihrem Sohn nichts vorzuwerfen gehabt. Er hat ihn als einen korrekten Menschen bezeichnet. Claude Lantier hätte sich eher an Ihnen als an Pierre vergriffen. Pierre war ja hier nie wirklich anwesend, oder?«

Charles Pinet schüttelte den Kopf. »Pierre war viel beschäftigt, aber in ganz anderen Sphären als ich. Er hat sich nie ums Geld geschert. Er wollte ein fixes Gehalt, um überleben zu können, aber das große Geld zu verdienen interessierte ihn nicht. Sie wissen sicher, dass er viel lieber seinen Hobbys und wohltätigen Zwecken nachging. Er war das, was man als einen guten Menschen bezeichnet. Das Gegenteil von mir. Er hat so einen Tod nicht verdient. Ich viel eher. Denn ich habe mir Feinde geschaffen. Wie ich es auch drehe und wende, ich kenne niemanden, der Pierre hassen könnte. Mich dagegen hassen bestimmt die meisten Leute hier.«

»Warum, Monsieur Pinet? Was haben die Nachbarn gegen Sie?«

»Nun, wir haben Streitigkeiten. Was Land betrifft. Der Bauer östlich von hier liegt mit mir seit Urzeiten im Zwist wegen einem Stück Land, das historisch gesehen wir beide beanspruchen können. Er hat Weinreben gepflanzt, die habe ich ihm ausgerissen, dann habe ich Lavandin gepflanzt, den hat er mir vernichtet. Im Moment liegt das Feld brach.«

»Um wie viel Land geht es dabei?«

»An die fünftausend Quadratmeter.«

»Und sind Sie vor Gericht gegangen?«

»Ja. Wir warten auf die Verhandlung.«

»Nun, das ist Gezänk. Aber ich kann mir nicht vorstellen, dass deshalb jemand Ihren Sohn töten könnte. Auch nicht wegen der Mauer.«

»Ach, der andere Nachbar! Ja, der hat bekommen, was er wollte, viel Geld für ein paar Quadratmeter Land, weil ich mich mit der Mauer geirrt habe. Doch er hasst mich trotzdem. Dann ist da noch der auf der anderen Seite der Felder an der Straße, dessen Hund immer in meinen Lavendelfeldern war und eines Tages spurlos verschwunden ist. Natürlich hat er mich verdächtigt, aber ich habe dem blöden Köter nichts angetan.«

»Nun, Sie haben mit vielen Leuten Konflikte, aber meiner Meinung nach wollte sich der Täter an Ihrem Sohn rächen, nicht an Ihnen. Sie wissen ja, dass man als Lehrer und Direktor Feinde hat, für die man teilweise nichts kann. Ein Kind hat Ihren Sohn der sexuellen Belästigung bezichtigt. Sind Sie darüber auf dem Laufenden?«

Monsieur Pinet nickte düster. »Ja, das bin ich. Aber der Junge war wohl gestört. Pierre war sehr verzweifelt und meinte, es sei eine schlimme Sache, obwohl er sich nichts vorzuwerfen habe.«

»War er verunsichert? Hatte er Angst?«

»Angst? Ja. Er meinte, wenn es irgendjemand herausfände, dann sei er in Gefahr. Seine Arbeit, seinen guten Ruf, er konnte alles verlieren! Nur wegen einer einzigen Verleumdung. Jemand kann ihn aufgrund eines Gerüchtes getötet haben. Sie wissen ja, wie schnell das geht, wenn jemand ein Gerücht in Umlauf setzt.«

»Doch die Anzeige wurde zurückgezogen«, warf Mathieu ein, »und außer den Gendarmen und einigen Kollegen Pinets wusste niemand davon.«

Pinet sah Mathieu grimmig an. »Mindestens zehn Personen wussten davon. Das heißt, das Gerücht hat sich gewiss verbreitet. Sicher haben ein Drittel der Leute, die darüber auf dem Laufenden waren, nicht geschwiegen. Ob Gendarmen oder Lehrer. Und als mein Sohn dann verschwand, wurde gelästert, er habe die Gegend still und heimlich verlassen, weil er nun entdeckt war. Ein Verrückter hat ihn wahrscheinlich umgebracht. Obwohl die Eltern dieses Jungen ihn entlastet haben. Denen war das Ganze natürlich zu blöd. Warum sind sie auch gleich zur Polizei gerannt, bevor sie sich mit dem Jungen eingehender unterhalten haben?«

»Nun, Monsieur Pinet, im Moment haben wir keine Spur. Doch ich hoffe, dass sich das schnell ändern wird. Ich würde auch gerne mit Ihrem anderen Sohn, Ihrer Tochter und Ihren Angestellten sprechen. Wir müssen mit allen reden, die nur irgendwie mit Ihnen oder mit Ihrem Sohn zu tun gehabt haben.«

Mathieu seufzte. Die Arbeit, die vor ihm lag, war kolossal. Und sie waren nur zu dritt!

Aus Sylvies Sicht

Sylvie saß allein im Büro, als die beiden Polizisten der PJ eintraten. Sie war erstaunt, sie zu sehen, denn sie hatte gedacht, die beiden würden am Freitagabend zurück nach Marseille fahren.

»Ach, ihr seid noch immer hier? Noch nicht in Marseille?«

Der Capitaine schüttelte den Kopf. »André und unser vierter Kollege Gérald sind in Marseille. Aber wir haben hier zu viel zu tun.«

»Und wie war es mit dem Trüffelkönig?«, fragte Sylvie die beiden voller Neugier.

»Er ist sehr freundlich und charmant«, erklärte Dubois. »Hat uns Sommertrüffeln probieren lassen, uns Trüffelöl und Wein geschenkt und uns sein gesamtes Gut gezeigt. Doch wir werden noch einmal hinfahren, um ebenfalls mit seinen Kindern zu sprechen.«

Mathieu fragte: »Könnten wir die Anzeigen der Nachbarn sehen, die gegen Pinet eingegangen sind? Anscheinend hat er ja wohl mit jedem Nachbarn Zoff.«

»Ja, allerdings.« Sylvie verzog das Gesicht. »Ich suche sie dir im Computer und schicke sie dir. Vier Anzeigen in den letzten zwei Jahren. Da gibt es diesen Grundstücksstreit, aber der wird jetzt vor Gericht ausgetragen. Dann war mit dem anderen Nachbarn das Problem mit der Mauer, das geklärt wurde. Pinet hat bezahlt. Und da war auch der Nachbar, der Pinet beschuldigte, seinen Müll in den Feldern der Nachbarn abzuladen. Pinet hat das anscheinend einmal gemacht, hat aber dann damit aufgehört. Und dann das mit dem Hund. Monsieur Millet zeigte den Trüffelkönig an, weil er glaubte, dass dieser seinen Hund getötet habe. Carine und ich sind hingefahren und haben mit allen Nachbarn gesprochen. Der Hund war nicht mehr auffindbar und alle verdächtigten Pinet, mit dem Verschwinden des Schäfermischlings Jacky etwas zu tun zu haben. Pinet hatte nämlich den Nachbarn bedroht. Dessen Hund Jacky riss immer aus und lief in Pinets Lavendelfelder.«

»War vielleicht ein chinesischer Hund«, meinte Damien.

»Oder Chinesen haben ihn im Feld erwischt«, mutmaßte Mathieu. »Die essen ja angeblich Hunde.«

Sylvie musste lachen. Sie sah, dass Damien sich vor Lachen bog. »Man kann über alles Witze machen«, meinte sie, »aber es war damals nicht lustig. Carine, die den alten Pinet persönlich kennt, war sich sicher, dass er den Hund einfach erschossen hatte. Sie behauptete damals auch, wenn Lantiers Komplize nicht entkommen wäre, hätte Pinet Lantiers Leiche sicher verschwinden lassen.«

»Aber er bezeichnet es als Unfall«, meinte Damien.

»Wenn Sie seine Aussage lesen, dann können Sie das glauben. Doch Christian Lantiers Komplize Serge Mauron sagte ganz etwas anderes. Seiner Erzählung nach hat Pinet einfach geschossen, als er im Wald etwas hörte, ohne jegliche Vorwarnung. Und Serge Mauron sei daraufhin sofort weggelaufen. Charles Pinet habe ihm noch zweimal hinterher geschossen. Der Trüffelkönig hat dann selbst die Gendarmen gerufen, um den *Unfall* zu melden. Serge Mauron hat am folgenden Morgen in der Gendarmerie in Cavaillon ausgesagt, und seine Version stimmt nicht mit Charles Pinets Erzählung überein. Aber das habt ihr ja sicher alles gelesen.«

Mathieu Dubois nickte. »Allerdings. War gestern meine Abendlektüre. Wir gehen dann mal. Ich denke, wir statten heute Abend Claude Lantiers zweitältestem Sohn Frédéric einen Besuch in seinem Restaurant ab. Vielleicht isst man dort gut. Zwei Fliegen auf einen Schlag.«

»Ja, gute Idee«, meinte Sylvie und dachte bei sich, ob sie Carine vielleicht mitteilen sollte, wo sie die Kollegen an diesem Abend finden konnte.

Die beiden Polizisten wandten sich schon zum Gehen, als Mathieu noch etwas einzufallen schien: »Sylvie, uns fehlt offensichtlich ein Computer. Pinets Lebensgefährtin erzählte uns von einem geheimen Laptop, von dem er nicht wollte, dass sie ihn benützte. Er war mit einem Passwort geschützt und ist nirgends im Haus zu finden. Sie glaubt, ihr hättet ihn mitgenommen.«

Sylvie überlegte. Einen Laptop? Sie konnte sich im Haus des Direktors nur an den großen Computer erinnern. Pinet hatte ihn mit seiner Freundin geteilt, weshalb die Gendarmen ihn Léa sehr bald zurückgebracht hatten. Und in der Schule hatten sie den Computer der Direktion ebenfalls analysiert. Doch von einem Laptop war keine Spur gewesen.

»Ein MacBook«, erklärte Damien.

»Ich werde Carine noch einmal danach fragen. Doch wenn wir den Laptop gesehen hätten, hätten wir ihn auf jeden Fall mitgenommen. Und sein Telefon habt ihr doch auch nach Marseille geschickt?«

»Ja«, meinte Mathieu. »Wir erledigen jetzt die Arbeit, die ihr schon bei seinem Verschwinden gemacht habt, noch einmal, mit den neuen Erkenntnissen, die wir nun haben. Was denkst du über seine Freundin Léa? Verdächtigst du sie nicht?«

Sylvie schüttelte den Kopf. Wenn sie jemanden absolut nicht verdächtigte, dann war das Pinets Lebensgefährtin, die ihr wirklich schockiert und mit den Nerven am Ende erschien.

»Nein, Léa Marceau auf keinen Fall. Meiner Meinung nach ist der Täter ein Mann. Welche Frau würde es schaffen, einen Mann so zu fesseln und zur Quelle der Sorgue zu schaffen?«

»Und wenn ihr jemand geholfen hat? Wenn sie nach Pauls Anklage an Pinets Schuld geglaubt hat und ihn eliminieren wollte?«

Sylvie konnte verstehen, warum Mathieu diese Möglichkeit ins Auge fasste. Er hatte Léa eben erst kennengelernt und vermutete vielleicht, dass sie eine hervorragende Schauspielerin war. Sie selbst hatte Léa in den vorhergehenden Wochen oft gesehen, und ihr schienen die Verzweiflung und Ratlosigkeit dieser Frau vollkommen echt.

Damien und Mathieu verabschiedeten sich bald. Sylvie rief Carine an, um ihr vom Besuch der beiden zu erzählen.

»Gut, ich werde eine Runde durch die Stadt machen, in die Richtung des Restaurants *Civette*. Dort werden sie sicher irgendwo zu finden sein.«

»Ich an deiner Stelle würde ihm nicht nachlaufen«, riet Sylvie, »ich würde einfach warten. Er ist ja sicher noch eine Weile hier.«

»Ich renne ihm nicht nach. Ich tue so, als würden wir uns ganz zufällig treffen. Kommst du mit?«

»*Ma Chérie*, ich arbeite heute bis um elf. Da wird der Herr Capitaine bereits schlafen.«

»Ach, schade!«

Carine verabschiedete sich, und Sylvie legte auf. Sie wusste nicht, was sie denken sollte.

Mathieu hatte eine Freundin in Marseille und leitete die Ermittlung. Er war nicht nach Isle-sur-la-Sorgue gekommen, um sich in ein Liebesabenteuer zu stürzen und würde Carine wahrscheinlich abblitzen lassen. Andererseits beruhigte es Sylvie, dass Carine eine junge Frau war, die sich wie alle anderen verlieben konnte.

Doch sie selbst konnte das alles nicht wirklich einschätzen. Sie fand sich so hässlich, dass sie es sich verbot, an Männer zu denken. Vielleicht kam eines Tages einer daher, der genauso unattraktiv, dicklich und unscheinbar war wie sie und der sie aufgrund ihrer Intelligenz und ihrer Großzügigkeit lieben würde?

In Frankreich hieß es, jeder Topf würde schon seinen Deckel finden. Und Sylvie hoffte, dass dieses Sprichwort auch irgendwann auf sie selbst zutreffen würde.

Ein Abend in der Stadt

Claude Lantiers Sohn Frédéric war nicht sonderlich erbaut darüber, dass Mathieu und Damien mit ihm über die Familie Pinet sprechen wollten, doch er willigte ein und setzte sich kurz zu ihnen an den Tisch. Sein Restaurant *La Civette* befand sich ganz am Ende des Kanals, nicht weit vom Bahnhof und vom Boulevard Victor Hugo, nur ein paar Häuser vom Restaurant entfernt, in dem Mathieu und Damien zu Mittag gegessen hatten. Es war ein hübsches kleines Café-Bar-Restaurant mit einer schönen Terrasse, das ein paar Gerichte nach provenzalischer Art anbot.

An diesem Abend gab es eine *Soupe au Pistou*, eine traditionelle Gemüsesuppe, die man nur in den Sommermonaten und im frühen Herbst bekam. Es handelte sich um eine Suppe, in die man grüne, weiße und rote Bohnen sowie Kartoffeln, kleine Schinkenwürfel und vor allem viel Basilikum gab. Die Zubereitung der Pistou-Suppe war in der Provence eine richtige Kunst, und Frédéric Lantier erklärte, er habe sie an diesem Abend selbst gekocht. Sein Restaurant lief gut, er konnte sich nicht beklagen.

»Wir müssen alle befragen, die mit Charles Pinet irgendwie zu tun hatten«, begann Mathieu. »Und Sie haben ja auch seinen Sohn Pierre persönlich gekannt.«

»Allerdings«, antwortete Frédéric Lantier. »Er kam manchmal mit seiner Freundin zum Essen hierher. Und einmal, da kam er zum Kaffeetrinken, und wir hatten Zeit zum Reden. Ich war mit ihm immer sehr freundlich, weil ich ihn nicht als Mitglied dieser korrupten Familie dort im Luberon ansehe. Er war bescheiden, sozial eingestellt und mit einem meiner guten Freunde im Ruderverein. Und an dem besagten Morgen hat er sich bei mir für das entschuldigt, was sein Vater uns angetan hat. Er hat sich seit jeher von seinem Vater distanziert, und mir schien, er sah den Alten nicht viel und hatte nichts mehr mit ihm zu tun.«

»Was sagte man sonst so über ihn, hier im Ort?«, fragte Mathieu.

»Nur Gutes. Dieser Verein, den er gegründet hat ... Nun, manche fanden ihn zu sozial mit den Flüchtlingen, den Arabern und den Roma. Bei einigen lohnt so viel Mühe nicht, nur damit sie Französisch lernen, wo die meisten das ohnehin nicht wirklich wollen. Aber der Direktor war auch hier beim Festkomitee sehr aktiv. Die organisieren im Sommer ein Blumenfest und einen schwimmenden Markt auf der Sorgue, zu Ostern einen riesigen Markt mit den Antiquitätenhändlern und viele andere Events. Sie sehen ja, wenn man so schöne Kanäle hat, kann man besondere Paraden veranstalten. Also wie gesagt, über den Direktor Pinet habe ich nie etwas Negatives gehört. Aber dafür umso mehr über seinen Vater.«

»Sie hassen ihn natürlich.«

Der Mann sah Mathieu langsam an. »Das kann man sagen. Er hat unser Leben zerstört. Meine Eltern sind gebrochene Leute. Christian war ... schwierig. Er war kriminell. Wir ahnten, was er machte. Maurice und ich haben öfter versucht, ihm ins Gewissen zu reden, aber es half nichts. Er hätte sich mit der Zeit wahrscheinlich geändert, wäre reifer geworden. Er war ja erst neunzehn. Doch Pinet hat einfach drauflos geballert ... und er würde es wieder tun, da bin ich mir sicher.«

»Hatten Sie jemals den Drang verspürt, sich an ihm zu rächen?«

»Natürlich hatte ich das. Ich habe mir für den Typen alles Mögliche vorgestellt. Aber zwischen sich etwas vorstellen und es dann durchführen liegen Welten. Ich würde nie etwas tun, was mich selbst zu einem Kriminellen macht, denn damit könnte ich nicht leben.«

»Und Ihr Bruder?«

»Mein Bruder genauso. Er hat einen gut bezahlten Job als Ingenieur, ist glücklich verheiratet und Vater eines kleinen Jungen. Er würde das alles niemals um der Rache willen riskieren. Und wie schon gesagt, falls doch, dann würden wir uns an der richtigen Person rächen. An demjenigen, der die Schuld trägt.«

»Und was glauben Sie, wer könnte den Direktor umgebracht haben und warum?«

Der Restaurantbesitzer zuckte mit den Schultern. »Keine Ahnung. Vielleicht hatte er Probleme mit Leuten, von denen wir nichts wissen? Oder jemand will den Vater einschüchtern. Man sagt ja, dass dieser im Gefängnis Kontakte zum Drogenmilieu geknüpft hat.«

Mathieu fuhr auf. Genau das hatte auch schon die Frau des anderen Restaurantbesitzers behauptet! Wahrscheinlich war das ein Gerücht, das in Isle-sur-la-Sorgue umging.

In diesem Moment näherte sich der Kellner seinem Chef.

»Fred, da sind zwei Mädchen. Die Nachbarin, Florence, möchte gerne auf der Terrasse mit ihrer Freundin essen, aber der Platz ... Glaubst du, man könnte hier, wo du sitzt, den Tisch wegschieben?«

Der Restaurantbesitzer schien erleichtert über die willkommene Unterbrechung. Nun konnte er endlich zurück in die Küche zur Pistou-Suppe! Er sprang auf.

»Meine Herren, ich muss leider wieder arbeiten. Wenn Sie noch etwas brauchen, dann melden Sie sich jederzeit. Und guten Appetit! Ich empfehle Ihnen meine Pistou-Suppe! Léo, schieb den Tisch ein wenig nach rechts!«

Der Besitzer hastete ins Restaurant.

»War wohl nicht der richtige Zeitpunkt«, meinte Damien. »Das Restaurant ist voll. Das nächste Mal kommen wir am Vormittag zum Kaffee.«

»Nun, ich denke, wir haben alles erfahren, was wir wollten. Viel mehr hat der gute Mann wahrscheinlich nicht zu sagen.«

Der Kellner trat an den Tisch. »Hier, meine Damen! Wir haben noch einen kleinen Platz gefunden. Es ist zwar etwas eng, doch die beiden Herren haben sicher nichts dagegen.«

Mathieu sah, dass Damien an ihm vorbei jemandem spöttisch zulächelte. »Na, du hast nicht lange gebraucht, um uns zu finden!«

Er drehte sich um und erblickte Carine, die mit einer anderen jungen Frau einige Meter hinter ihm stand. Er spürte, dass sein Herz bei ihrem Anblick einen Sprung tat. Sie trug eine lange bunte Tunika und Leggings mit Turnschuhen, ihre Haare fielen in seidenen Strähnen auf ihre Schultern, und ihr Gesicht war dezent geschminkt – sie sah einfach bezaubernd aus.

Damien zwinkerte Mathieu verschwörerisch zu.

Der Kellner, der den Tisch deckte, meinte: »Ah, Sie kennen sich. Dann muss ich die Tische gar nicht auseinanderschieben?«

»Nein, alles bestens so«, zwang sich Mathieu zu antworten.

»Nun, ich hoffe, wir stören euch nicht!«, rief Carine fröhlich.

»Aber nein«, erwiderte Mathieu, »irgendwann muss es zu Ende sein mit der Arbeit.« Er deutete damit an, dass er nicht wünschte, vor Carines Freundin über den Fall zu sprechen, und Carine schien seinen Wink zu verstehen.

»Natürlich. Wir hatten ja noch keine Zeit, miteinander über Privates zu sprechen. Das ist Florence, eine meiner Schulfreundinnen. Sie wohnt gleich nebenan und ist hier ein gern gesehener Gast.«

»Sehr erfreut, Florence«, meinte Damien. »Also kannst du uns die Pistou-Suppe empfehlen?«

»Ach, gibt es die heute?«, fragte Florence. »Auf jeden Fall empfehle ich sie euch!«

Florence war ungefähr gleich alt wie Carine, um die fünfundzwanzig, hübsch, jedoch nach Mathieus Geschmack viel zu stark geschminkt.

»Also«, erklärte Carine ihrer Freundin, »das sind die beiden, von denen ich dir erzählt habe. Die wegen der Ermordung des Direktors ermitteln. Wir helfen ein wenig, aber es ist Mathieu, der die Verantwortung für die Ermittlung trägt.« Wieder ließ sie ihren Blick über ihn gleiten, wie sie es so gerne tat, und Mathieu spürte, dass ihm flau im Magen wurde. Mensch, du bist doch kein Teenager, schalt er sich, aber es half nichts. Carine brachte ihn vollkommen aus dem Gleichgewicht. Diese Augen ...

»Wo ist eigentlich André?«, fragte sie. Mathieu ahnte, dass das eine rhetorische Frage war. Sylvie hatte ihr sicher Bescheid gesagt, als sie ihr davon erzählt hatte, wo Mathieu den Abend zu verbringen gedachte. Carine war gewiss nicht zufällig in dieses Restaurant gekommen!

»Er ist zurück nach Marseille«, erwiderte Mathieu.

»Dort hat er mehr Erfolg«, fügte Damien hinzu.

»Ach, André, das ist der von gestern?«, fragte Florence. Sie schien über alles bestens auf dem Laufenden zu sein.

»Er ist ein Casanova«, meinte Damien. »Und nicht gewöhnt daran, eine Abfuhr zu kriegen.«

»Das bin ich auch nicht«, erwiderte Carine.

Der Kellner trat wieder an den Tisch. »Hast du ihnen alles erklärt, Florence?«, fragte er.

»Ich habe ihnen erklärt, dass eure Pistou-Suppe köstlich schmeckt«, erwiderte sie.

»Also viermal?«, wollte der junge Mann wissen.

Alle bejahten. Dazu bestellten sie ein *Pichet de rosé*, einen Krug Hauswein. Es war für Ende September besonders warm, und alle Terrassen waren voll.

»Ferienstimmung«, meinte Florence. »Doch leider muss ich morgen arbeiten.« Sie erzählte, dass sie ein wenig außerhalb des Zentrums eine Boutique für Damenkleidung führte. Sie plauderten über die Arbeit und über das Städtchen Isle-sur-la-

Sorgue. Die jungen Frauen stellten den Männern auch Fragen über Marseille, und Mathieu berichtete über die schwierigen Verhältnisse in den Vorstädten und das angenehme Stadtviertel, in dem er lebte. Dabei fuhr ihm ein Stich ins Herz, weil er an Martha dachte. Er hatte keine Ahnung, ob sie auf ihn wartete. Er hatte sie dafür bestraft, dass sie so kurz angebunden war, und sie nicht mehr angerufen. Nun war es an ihr, sich bei ihm zu melden. Wenn sie sich trennten, dann würde er die Wohnung im Stadtviertel Roucas Blanc, ganz in der Nähe der berühmten Basilika Notre Dame de la Garde, aufgeben müssen. Sie war zu groß und zu teuer für ihn allein.

Die Pistou-Suppe kam bald, sie schmeckte vorzüglich. Carine allerdings ließ mehr als die Hälfte übrig.

»Ich habe keinen Hunger«, beteuerte sie, und Mathieu fragte sich, ob sie das machen musste, um so schlank zu bleiben, wie sie es war. Ihre Freundin Florence aß mit gutem Appetit. Sie bestellten noch einen halben Liter Roséwein und wurden zunehmend heiterer. Mathieu spürte, dass es ihm guttat, ein wenig zu entspannen.

Der Kellner kam, um das Geschirr abzuräumen. »Was ist los?«, fragte er Carine. »Hat es nicht geschmeckt?«

»Doch«, beeilte sich Carine zu erwidern, »aber ich habe keinen großen Hunger.«

»Ah, du bist verliebt«, stellte der Kellner fest.

»Ganz genau«, spottete Florence, und Damien lachte.

Mathieu bemerkte, dass Carine ein wenig rot geworden war. Nach einem letzten Pichet Roséwein stand Florence auf. »Ich muss leider heim. Ich bin müde von dem langen Tag, und morgen geht's in aller Früh weiter.«

»Wir arbeiten morgen auch«, erklärte Carine. »Wenn das ein Trost ist. Geh nur, ich bezahle deinen Teil, wie abgemacht. Du bist das nächste Mal wieder dran.«

»Merci!« Florence entfernte sich vom Tisch und winkte den beiden Männern zu. »Nett, euch kennengelernt zu haben. Ich hoffe, bis bald!«, rief sie, bevor sie verschwand.

»Wir kennen uns schon ewig«, erzählte Carine. »Florence ist eine meiner besten Freundinnen. Wir waren bereits miteinander im Kindergarten. Auch deshalb bin ich froh, nach Isle-sur-la-Sorgue versetzt worden zu sein. Wegen der Familie und der langjährigen Freunde.«

»Ja, es ist nicht immer einfach bei der Gendarmerie«, bemerkte Mathieu. »Sie versetzen euch gerne hierhin und dorthin.«

Carine nickte. »Ich mache mir da keine Illusionen. Ich bin sicher nicht ewig hier. Aber ich glaube, es ist möglich, weiterhin in der Gegend zu arbeiten, wenn man das wünscht. Avignon, Cavaillon, Orange ... Da bin ich ja nicht aus der Welt!«

Sie bezahlten die Rechnung, die sie sich aufteilten, verließen das Restaurant und nahmen die Brücke über den Kanal zum Hauptboulevard. Die Luft war lau und angenehm. Die Lichter spiegelten sich im Wasser. Carine ging neben Mathieu, ihre Arme berührten sich. Mathieu spürte, dass ein unwirkliches Gefühl sich seiner bemächtigte. Es war wie in einem Traum. Er befand sich an einem lauen Spätsommerabend in diesem malerischen Ort, mit der schönsten Frau der Welt an seiner Seite.

Das Einzige, was ihn mit der Realität verband, war Damien, der neben ihm ging und seiner Freundin eine SMS schrieb, um das gemeinsame Wochenende zu organisieren.

Als sie am Boulevard angekommen waren, meinte Carine: »Ich bin zu Fuß da. Ich muss geradeaus weiter.«

»Ich begleite dich ein Stück«, bot Mathieu an. »Kommst du auch mit, Damien?«

Der Kollege schüttelte grinsend den Kopf. »Nein, ich lasse euch allein.« Vielsagend sah er Mathieu an, winkte ihnen zu und verschwand.

»Danke, das ist nett«, sagte Carine.

»Das ist normal. Ich plaudere gern noch ein bisschen mit dir – als guter Freund.«

»Ja, ich habe es verstanden«, meinte Carine, doch ihr Blick

sagte ganz etwas anderes. »Ich weiß, dass du mit deiner Freundin zusammenlebst, verlobt bist und bald heiraten wirst.«

»Nun, was das Letztere betrifft, hat André ein wenig gelogen. Ich lebe mit meiner Freundin zusammen, doch die Heirat ist in weite Ferne gerückt.«

»Ach so? Und warum?«

»Wir haben Probleme, was meine Arbeit betrifft. Meine Freundin findet, dass ich zu wenig daheim bin, und seit sechs Monaten gibt es deshalb Spannungen. Sie weiß nicht mehr, ob sie mit mir zusammenbleiben will.«

»Ach ... Das tut mir leid für dich. Ehrlich.« Im Gehen berührte Carine seine Hand, und der Kontakt mit ihrer warmen Haut fuhr Mathieu wie ein Stromschlag durch den ganzen Körper.

»Das muss dir nicht leidtun. Sie ist Lehrerin. Sie hat nicht dasselbe Lebensmuster wie ich. Wir können reagieren, bevor es zu spät ist. Wenn wir Kinder hätten, dann wäre alles komplizierter. Dann könnte ich nicht einfach sagen, ich gehe, wir passen nicht zusammen.«

»Nun, wenn du sie verlässt, dann weißt du, dass ich da bin«, sagte Carine leise und nahm seine Hand.

Mathieu atmete tief durch. »Carine, ich mag dich. Du bist intelligent, liebenswürdig und wunderschön. Aber ... im Moment müssen wir warten.«

Er drückte kurz ihre Hand, zog seine jedoch langsam wieder weg.

»Ich weiß.«

Schweigend gingen sie weiter.

Dann gab Mathieu sich einen Ruck. Er musste mit ihr kurz über die Ermittlung sprechen. »Entschuldigung, Carine, wenn ich dir eine Frage die Arbeit betreffend stelle. Das sollte nach einem so angenehmen Abend eigentlich nicht geschehen, aber ich stehe unter schrecklichem Zeitdruck.«

Carine sah ihn an. »Kein Problem. Ich bin froh, wenn ich dir helfen kann.«

»Pierre Pinets Freundin hat von einem Computer gesprochen, einem Laptop, dessen Inhalt sie nicht sehen durfte. Er war mit einem Passwort geschützt, und Pierre Pinet klappte ihn zu, sobald sie sich ihm näherte, wenn er darauf arbeitete. Nun aber ist dieser Laptop spurlos verschwunden. Sagt dir das etwas? Ein MacBook?«

Carine blieb stehen und schien einen Moment lang zu überlegen.

»Nein«, sagte sie langsam. »Ich kann mich nur an einen großen Computer erinnern. Einen Dell. Ein MacBook bei Pierre Pinet?«

»Ja. Ein MacBook, das schon an die zehn Jahre alt sein muss. Wer ist außer Sylvie und dir noch in das Haus, nachdem Pierre Pinet verschwunden war?«

»Eigentlich waren wir alle dort. Das gesamte Team. Warum, Mathieu? Was glaubst du, was es mit diesem Computer auf sich hat?«

»Geheime Aktivitäten. Ansonsten hätte Pierre Pinet ihn nicht versteckt und mit einem Passwort geschützt. Aber ich kann mir keinen Reim darauf machen.«

»Und wer sollte den Laptop stehlen? Und warum?«

»Tja, das frage ich mich auch. Wer war außer euch nach seinem Verschwinden im Haus?«

Carine zuckte mit den Schultern. »Freunde. Bekannte. Aber wahrscheinlich nicht im Obergeschoss.«

»Und wenn Pinets Mörder danach mit dem Schlüssel in sein Haus eingedrungen ist und dort den Computer entwendet hat?«

Carine seufzte und zuckte mit den Schultern. »Leicht möglich, aber wir haben damals nichts gefunden, was hätte daraufhin deuten können. Allerdings sind wir damals von der Hypothese eines Unfalls ausgegangen und haben nicht an einen Mord gedacht. Sonst hätten wir vielleicht das Haus nach fremden Fingerabdrücken abgesucht. Ich kann mir auf diese Sache auch keinen Reim machen«, meinte sie. »Ich hoffe, Sylvie und ich haben nicht etwas Grundlegendes übersehen.« Auf einmal schien sie besorgt.

»Ich glaube nicht, dass ihr einen Fehler gemacht habt«, beruhigte Mathieu sie. »Der Computer war wahrscheinlich schon weg, als ihr ins Haus gekommen seid.«

Sie waren an der Gendarmerie angekommen und blieben vor dem Tor stehen, hinter dem sich die Dienstwohnungen der Gendarmen befanden.

»Gute Nacht, Carine«, sagte Mathieu. »Wir sehen uns nach dem Wochenende.«

»Es wird ein langes Wochenende. Voller Arbeit. Ohne dich.« Einen Moment lang schien es so, als wolle Carine sich in Mathieus Arme stürzen, dann küsste sie ihn nur kurz auf die Wange, entfernte sich einige Schritte, winkte ihm zu und verschwand durch das Tor.

Mathieu ging zurück zu seiner Wohnung. Er spürte kaum die warme Nacht, fühlte sich vollkommen aufgewühlt. Am liebsten hätte er kehrtgemacht und wäre zu Carine gegangen, hätte sie in die Arme genommen und geküsst. Oder sie angerufen. Doch er musste sie mindestens dieses Wochenende aus seinen Gedanken verbannen. Wenn das nur so einfach gewesen wäre! Stunde um Stunde lag Mathieu in dieser Nacht wach und wälzte sich von einer Seite zur anderen. Immer wieder sah er Carine vor sich, hörte ihre sanfte Stimme und dachte an ihre wundervollen türkisblauen Augen. Doch dann kam die Erinnerung an die gemeinsame Zeit mit Martha, an die schönen Erlebnisse, die sie miteinander verbanden, und Mathieu war klar, dass er Martha nicht fallen lassen konnte.

Am Morgen stand seine Entscheidung: Er lebte nun drei Jahre mit Martha zusammen. Er würde alles daransetzen, um ihre Beziehung zu kitten. Gleich am Abend würde er sie zum Essen einladen. Und sollte es nicht klappen, so hatte er zumindest versucht, ihre Beziehung zu retten.

Carines Geheimnis

Als Amélie am Samstagmorgen voller Unlust über ihren Hausaufgaben saß, tauchte Carine auf. Sie war schon für die Arbeit
angezogen, denn sie hatte ab elf Dienst.

Amélie beschwerte sich bei ihr über die komplizierten Aufgaben in Mathe, aber Carine lachte nur. »Ich kann mich erinnern, ich habe Mathe auch immer gehasst. Leider kann ich dir
dabei überhaupt nicht helfen.«

»Wie geht eure Ermittlung bezüglich Pinet voran?«, fragte
Amélies Mutter ihre Nichte.

Carine seufzte. Sie hatte Amélie und ihrer Mutter schon erklärt, dass sie ihnen keine Details erzählen durfte, weil eine
Ermittlung etwas Gendarmerie-Internes und somit geheim
war. Etwas hatte Carine jedoch zu berichten. Ein neuer Polizist war gekommen, der für die Ermittlung zuständig war. Er
arbeitete bei der PJ, der Kriminalpolizei in Marseille, und war
ein richtiger Inspektor, ein sogenannter Capitaine. Er trug keine Uniform wie Carine und die anderen Gendarmen, sondern
arbeitete in Zivil, wie Carine erklärte. Er trug Jeans, Turnschuhe und eine Jeansjacke. Und er sah sehr gut aus.

Nachdem Amélies Mutter zu ihrem Englischkurs gefahren
war, fragte Carine Amélie: »Willst du, dass ich dir ein Geheimnis anvertraue?«

»Oh, ja!«, rief Amélie begeistert.

Bisher hatte Carine mit ihr noch nie ein Geheimnis geteilt.
Nur mit ihrer Mutter hatte sie oft leise geredet und war ver-
stummt, wenn Amélie dazugekommen war. Carine und Mama
hatten vor Amélie eine Menge Geheimnisse gehabt. Doch nun

wollte Carine ihr etwas anvertrauen. Das bewies, dass sie jetzt groß war.

»Aber du weißt, wie das mit Geheimnissen ist, Amélie?«

»Ja. Man behält sie für sich. Man sagt sie keinem weiter.«

»Ganz genau. Und dieses Geheimnis, das ich dir jetzt anvertraue, das erzählst du nicht einmal deiner Mama, in Ordnung?«

»Klar.« Amélie spürte, wie schnell ihr Herz klopfte.

»Also«, Carine sah sie an und Amélie bemerkte, dass die Wangen ihrer Cousine ganz rot waren. »Dieser Polizist aus Marseille, der Chef der drei … er ist … nun … ich finde ihn …«

»Ja?« Amélie war ungeduldig geworden.

»Ich bin in ihn verliebt! Ich habe ihn gesehen und habe mich sofort in ihn verliebt. Auf den ersten Blick!«

»Oh!« Amélie mochte Liebesgeschichten! Echte Liebesgeschichten, nicht so komplizierte und verkorkste wie bei Paul und ihr. Sie konnte gut verstehen, dass Carine sich in einen Polizistenchef verknallt hatte, der aus Marseille kam, gut aussah und sportlich angezogen war. Außerdem war er sicher sehr intelligent und mutig! Und er war gewiss genauso in Carine verliebt. Denn eine schönere und nettere Frau als Carine war nirgends zu finden. Außerdem suchten sie gemeinsam nach dem bösen Mörder des armen Direktors. Sie waren beide Helden, die gegen das Böse kämpften.

»Und er?«, fragte Amélie aufgeregt. »Hat er dich schon geküsst? Hast du schon Blumen von ihm bekommen?«

Carine schüttelte den Kopf, wobei sie traurig lächelte.

»Weißt du, Amélie, wenn man älter wird, ist das nicht mehr so einfach. Er hat bereits eine Freundin. Er teilt eine Wohnung mit ihr.«

»Ach, nein!« Amélie spürte die Enttäuschung im eigenen Herz. »Aber dann … geht das nicht!«

»Nun, er kann sie verlassen und mit mir zusammen sein. Aber ich weiß nicht, ob er das tun wird.«

Amélie schüttelte missmutig den Kopf. Die Geschichte gefiel

ihr nicht mehr. Der Polizist, der mit seiner Freundin zusammenlebte und der diese wegen Carine verlassen sollte ... Sie mochte solche Verwicklungen nicht. Sie wollte, dass die Leute niemandem etwas Böses antaten, dass sie niemand anderen verletzten und verließen. Sie dachte an Paul. Er war ein Lügner. Doch sie bekam ihn nicht aus dem Kopf. Sie erzählte Carine von ihm. Sie wollte die Cousine trösten und erklärte: »Mir geht es wie dir. Paul will mich nicht. Seit seiner Lüge spricht er nicht mehr mit mir.«

Carine sah sie aus ihren wundervollen stechenden Augen an. In ihrem Blick bemerkte Amélie etwas, was sie alarmierte. War es Angst? Zorn? Trauer? Auf jeden Fall war es nichts Gutes, was Amélie in diesem türkisen Blau las.

»Amélie«, sagte Carine leise, ohne den Blick von ihr zu wenden. »Du darfst nicht mehr mit Paul sprechen. Du musst ihn vergessen!«

»Wa ... warum?«, stotterte Amélie erschrocken.

»Amélie, hör mir gut zu, mit Paul ist etwas nicht in Ordnung. Wir wissen noch nicht, ob er gelogen hat oder ob ihm wirklich jemand etwas angetan hat. So oder so ist die Sache schlimm. Er hat schwere Probleme. Und wir müssen herausfinden, welche. Doch bis es so weit ist, sollst du dich ihm nicht nähern. Hast du verstanden, Amélie?«

Amélie nickte. Sie war zutiefst erschrocken.

»Versprich es mir, Amélie. Versprich mir, dass du ihn meiden wirst!«

»Ich ... Ich verspreche es ... aber ...«

»Ich weiß, Amélie. Du bist verliebt in ihn. Aber ...«

»Glaubst du, dass er es war, der den Direktor getötet hat? Mit seinen älteren Freunden? Den Nordafrikanern?«

Carine sah Amélie erstaunt an.

»Nein, Amélie! Ein Mord dieser Art wurde sicher nicht von Jugendlichen verübt. Aber auch, wenn Paul kein Mörder ist, so ist mit ihm etwas nicht in Ordnung, und du musst ihn vergessen.«

»Ich versuche es. Und du? Kannst du deinen Polizisten vergessen, der schon eine Frau hat?«

»Nein«, seufzte Carine. »Ich hoffe, dass er sich von ihr trennt.«

»Und ich ...«, wagte Amélie zu sagen, »... hoffe, dass ihr das mit Paul bald klären werdet.«

Carine seufzte tief. »Was immer es ist, Amélie, Paul ist dem Bösen sehr nahe. Du begibst dich in Gefahr, wenn du mit ihm sprichst!«

Amélie zuckte zusammen. In diesem Moment wäre sie gerne in Tränen ausgebrochen. Carine hatte die Worte *böse* und *Gefahr* verwendet. Im Zusammenhang mit Paul! Obwohl sie wenige Sekunden zuvor behauptet hatte, dass Paul gewiss kein Mörder war!

Was war das nur für eine komplizierte Welt? Warum gab es keine schönen und romantischen Liebesgeschichten? Und warum war es so schwierig, herauszufinden, ob jemand gut oder böse war?

In Marseille

Das Auto flitzte auf der A7 Richtung Marseille.

»Was denkst du über den Jungen?«, wollte Damien wissen.

»Er ist definitiv nicht ganz astrein. Die Situation ist schwierig. Entweder wir haben es mit einem vollkommen verstörten Pubertierenden zu tun, oder jemand hat ihm tatsächlich etwas angetan. Auf jeden Fall fühlte sich der Junge bei dem Gespräch mit uns nicht wohl.«

»Das ist klar, denn er hat so oder so einmal gelogen. Entweder am Anfang oder am nächsten Morgen, als die Anzeige zurückgezogen wurde.«

»Allerdings ...« Mathieu sah Paul vor sich, der sich unter den Blicken der Polizisten gewunden hatte. Sie hatten dem Jungen erklärt, dass seine Lüge nun, da Pierre Pinet tot war, noch einmal bedeutungsvoller geworden sei. Der Direktor war nämlich vielleicht deshalb ermordet worden, weil irgendjemand gedacht hatte, dass er kriminell und pädophil gewesen war. Mathieu hatte bei seinen Worten Tränen in Pauls Augen schimmern sehen, doch der Junge hatte sie tapfer hinuntergeschluckt. Er hatte sich noch zweimal bei den Polizisten entschuldigt, unter den vergrämten Blicken seiner Eltern.

»Und die Eltern? Was denkst du über sie?«, fragte er den Kollegen.

Damien zuckte mit den Schultern. »Die Mutter ist vollkommen aus dem Häuschen. Sehr verunsichert. Weiß nicht, was sie denken soll. Ihr Sohn ... ein Lügner, der solche fürchterlichen Dinge erfindet und dessen Lüge vielleicht Mitschuld am Tod des Direktors trägt.«

Mathieu überlegte. Die Reaktion der Mutter schien ihm ziemlich normal. Jede Mutter der Welt würde so reagieren wie sie. Doch ihm bereitete der Vater Probleme. Er hatte, was ihn betraf, ein seltsames Gefühl. Er hatte den Mann beobachtet, wenn er Paul eine Frage gestellt hatte. Es war ihm so erschienen, als wolle der Vater dem Jungen die Antworten einflüstern, Pauls Antworten lenken.

Er teilte seine Gedanken Damien mit.

»Das stimmt«, meinte der Kollege, »der Vater schien mir sehr gestresst. Fast so, als müsse die Familie eine Prüfung bestehen.«

»Nehmen wir mal an«, begann Mathieu langsam, die Mutter rennt vollkommen überstürzt zur Gendarmerie. Der Vater hingegen will das Ganze selbst regeln. Er fordert den Jungen auf, die Anzeige zurückzuziehen, und tötet den Direktor. Wäre das nicht ein Motiv?«

»Selbstjustiz? Könnte sein«, erwiderte Damien. »Nur ... Es wäre zu riskant gewesen, weil die Mutter bereits zur Gendarmerie gegangen war. Mir scheint dieser Sachverhalt fast zu einfach. So eindeutig sind unsere Fälle nie.«

»Denk daran, der Direktor hätte nie gefunden werden sollen. Er hätte unten bleiben sollen. Auf jeden Fall werde ich genau überprüfen, wo Pauls Eltern am Abend von Pinets Verschwinden waren.«

»Vielleicht solltest du ihre Konten auch überprüfen. Hast du gesehen, was die für eine Baustelle daheim haben? Aus einem kleinen Einfamilienhaus wird eine Luxusvilla gemacht. Swimmingpool, Anbau, Natursteinverkleidung, neue Küche, das ganze Haus wird umgebaut.«

Mathieu nickte. Das gesamte Haus war eine Baustelle gewesen. Was hatte Paul gesagt? Sein Vater hatte 200.000 Euro im Lotto gewonnen?

Es hatte zwar sicher nichts mit seinem Fall zu tun, aber Mathieu beschloss zu prüfen, ob das stimmte oder ob das Geld von woanders herkam. Vielleicht war ja der Vater wie sein Sohn ein begnadeter Lügner? Er arbeitete in der Immobilienbranche, wo noch immer einiges an Schwarzgeld herumgeschoben wurde. Und das Unwohlsein des Vaters während der Befragung war vielleicht auch darauf zurückzuführen, dass der Mann steuerlich gesehen einiges zu verbergen hatte? Auf jeden Fall hatte Monsieur Lagoc so gut wie kein Alibi für den Abend von Pierre Pinets Verschwinden. Er hatte ausgesagt, er sei an diesem Abend in Manosque gewesen, wo er mit einer Baufirma ein Immobilienprogramm besichtigt habe, und sei gegen acht am Abend nach Hause gefahren. Seine Frau hatte behauptet, dass er um halb zehn heimgekommen war. Man fuhr von Manosque nach Isle-sur-la Sorgue eine gute Stunde. Nun, vielleicht würde sein Handy das bestätigen, was der Mann angegeben hatte.

Mathieu seufzte. Im Büro wartete sehr viel Arbeit auf ihn. Er würde André Anfang der Woche mit Gérald im Kommissariat in Marseille lassen, um Nachforschungen anzustellen.

An der Mautstelle in Lançon de Provence herrschte nicht viel Verkehr, sodass Mathieu direkt durch die Videomaut brausen konnte.

»In einer halben Stunde bist du zu Hause«, sagte er zu Damien, »und kannst in die Calanques aufbrechen.«

Es war auch an diesem Wochenende ungewohnt warm; sicher war es noch gut möglich, im Meer zu baden.

»Und du? Keine Eile heimzukommen?«, fragte Damien.

»Ich muss heute soundso noch ins Büro«, erwiderte Mathieu. »Es gibt für mich leider kein wirkliches Wochenende.«

»Und Martha?«, fragte der Kollege vorsichtig. »Keine Eile, sie zu sehen?«

Mathieu ahnte, was Damien wissen wollte. Er fragte sich bestimmt, was am Vorabend zwischen Carine und ihm passiert war.

Mathieu seufzte. »Martha hat sich nicht mehr gemeldet. Sie ist sehr sauer auf mich. Weil ich dort in Isle-sur-la-Sorgue bleibe. Aber ich habe mir außer meiner Arbeitswut nichts vorzuwerfen. Ich habe Carine heimbegleitet, mehr nicht. Wirklich ...«

»Aha!« Damien schien ihm nicht zu glauben.

Und Mathieu fühlte sich trotz allem schuldig. Wegen seiner Gedanken und Gefühle. Er hatte sich die ganze Nacht lang vorgestellt, wie es wäre, Carine in den Armen zu halten. Schon das allein war ein Verrat an Martha! Auch wenn er Carine widerstanden hatte.

Nachdem er Damien vor dem Kommissariat, wo dessen Auto stand, abgesetzt hatte, beschloss Mathieu, erst einmal heimzufahren. Das schöne Wetter sorgte für Stau auf der Corniche, der Straße, die die Küste entlangführte. An den Stränden herrschte ein ziemliches Gewimmel, viele Autofahrer suchten Parkplätze. Das Meer sah einladend aus. Es glitzerte hellblau, und die Kalkfelsen der Frioul-Inseln leuchteten ihm weiter hinten weiß entgegen. Mathieu wendete, um über die kleinen Straßen weiter von der Küste entfernt in sein Stadtviertel zu gelangen. Er hatte es nun doch eilig, nach Hause zu kommen. Er wollte Martha anbieten, an den Strand zu gehen. Er würde den restlichen Tag mit ihr verbringen und nur am nächsten Morgen ein wenig im Büro arbeiten.

Als Mathieu die Wohnung aufschloss, bemerkte er sofort, dass Martha nicht zu Hause war. Er fühlte sich ernüchtert. Da hatte er so gute Vorsätze für dieses Wochenende gefasst, und nun war seine Freundin fort! Der Capitaine seufzte, als er seine sonnendurchflutete Wohnung betrachtete. Er hatte keine Lust, sie aufzugeben. Vom Wohnzimmer aus sah er das Grün von Palmen und Platanen im Garten des Wohnblocks, und von seinem Schlafzimmer hatte er Blick auf den gegenüberliegenden Hügel, eines der Villenviertel der Stadt Marseille.

Als Mathieu an den Tisch der Wohnküche trat, sah er dort einen Zettel liegen.

Bin mit Nadine nach Nizza gefahren. Bleibe das ganze Wochenende. Ich brauche Zeit zum Überlegen und du offensichtlich auch. M.

Das *offensichtlich* störte Mathieu. Er fragte sich, ob Martha ahnte, dass er Gefühle für eine andere Frau hegte. Frauen hatten ja anscheinend einen sechsten Sinn für so etwas. Er seufzte. Seine guten Vorsätze waren im Eimer. Martha würde er das ganze Wochenende nicht zu sehen bekommen. Allmählich begriff er, dass die Sache ernst war.

Martha dachte wirklich daran, ihn zu verlassen.

Im Évêché

Im Kommissariat war es an diesem Samstagnachmittag sehr ruhig. Auf seinem Schreibtisch sah der Capitaine die Papiere liegen, die André ihm am Vortag vorbereitet hatte. Der Kollege hatte ihn angerufen und ihm mitgeteilt, dass er weder auf Pierre Pinets Mobiltelefon noch auf seinen Computern etwas Ausschlag gebendes gefunden hatte. Die Kontaktdaten der *Kollegen*, die mit ihm bisher nach Thailand gefahren waren, schienen auf dem Telefon nicht zu existieren. André hatte auch keine Fotos von irgendwelchen Freunden am Strand von Thailand auf dem Handy gefunden. Pierre Pinet hatte während seiner Urlaube anscheinend nur Sonnenuntergänge fotografiert und Unterwasserfotos geschossen.

Die Liste der Anrufe, die der Direktor in den Tagen vor seinem Verschwinden getätigt hatte, lag neben Mathieus Computer. André hatte seinem Vorgesetzten einen zusammenfassenden Bericht geschrieben. Pierre Pinet hatte vor allem mit dem Festkomitee kommuniziert, per E-Mail und per Telefon, denn in der folgenden Woche waren zwei wichtige Sitzungen angestanden, die die Ereignisse des Sommers, vor allem den schwimmenden Markt, betrafen.

Er hatte auch mit verschiedenen Freunden telefoniert und zuweilen mit seinen Kollegen und den Lehrern für die Französischnachhilfe. Doch André hatte bemerkt, dass Pierre Pinet ab dem Tag, an dem Pauls Mutter zur Gendarmerie gegangen war, um Anzeige gegen ihn zu erstatten, sehr oft seinen Vater kontaktiert hatte. Eine Woche lang hatten die beiden mehrmals pro Tag miteinander gesprochen; dann, mehrere Tage vor Pierre Pinets Verschwinden, plötzlich nicht mehr. Mathieu fand das reichlich seltsam, denn im Allgemeinen hatte der Mann seinen Vater nicht besonders oft angerufen. Doch André würde Anfang der Woche auch Charles Pinets mobile Daten bekommen. Pierre Pinet hatte Ende Mai zweimal die Gendarmen kontaktiert, wahrscheinlich hatte er mit Luis gesprochen, um zu erfahren, was mit der Anzeige geschehen war.

Mathieu war sich ziemlich sicher, dass alles von dieser Anzeige ausgegangen war. Paul hatte Pierre Pinet der sexuellen Nötigung bezichtigt, und wie durch Zufall war der Direktor zehn Tage später plötzlich verschwunden.

Doch für den Capitaine konnte das kein Zufall sein!

Mathieu beschloss, sich auf Paul und seine Familie zu konzentrieren und auch die Anrufe dieser Leute genau checken zu lassen. André hatte am Vortag trotz seines Grolls gegen seinen Chef gewissenhaft gearbeitet. Er hatte genau nachgeprüft, welche E-Mails Direktor Pinet bekommen hatte, doch da war nichts Besonderes dabei. Nach seinem Verschwinden hatten viele Leute aus den verschiedenen Vereinen ihm geschrieben und ihn gebeten, sich zu melden. Genauso auf der Facebook-Seite seines Vereins. Und seit dem Fund seiner Leiche wurden jede Stunde Kommentare gepostet. Ständig kamen neue Meldungen, meistens Beileidsbekundungen und Nachrufe. Mathieu sah sich an, was geschrieben wurde. Pierre Pinet war beliebt gewesen, daran bestand kein Zweifel. Sogar der Bürgermeister von Isle-sur-la-Sorgue hatte einen Nachruf für Pierre Pinet auf den Facebook-Seiten aller Vereine verfasst, in denen der Direktor Mitglied gewesen war.

Doch plötzlich stutzte der Capitaine. Ein Facebook-Benutzer, der nicht mit Foto vertreten war und einen nordafrikanischen Namen trug, hatte, gespickt mit Rechtschreibfehlern, geschrieben: *Jeter bekomt, was er verdint. Inch'Allah.*

Jeder bekommt, was er verdient? Mathieus Herzschlag begann, sich zu beschleunigen, wie immer, wenn er etwas entdeckte, von dem er glaubte, dass es ein neues Licht auf einen Fall werfen könnte. Hani Benami hieß der Verfasser dieses Kommentars. Sein Profil war nichtssagend, er hatte nur sehr wenige Freunde und schien Facebook ansonsten kaum zu benutzen.

Mathieu nahm sein Telefon und wählte die Nummer der Gendarmen. Dominique hob ab. Er hörte sich Mathieus Erklärung schweigend an und meinte dann, er würde ihn zu Carine durchstellen, da sie sich um den Mord an Pinet kümmerte. Er selbst kannte diesen Namen nicht, es handelte sich wohl nicht um einen regelmäßigen *Kunden* der Gendarmen.

Carine meldete sich mit fröhlicher Stimme. »Ach, Mathieu, ich dachte, du bist mit deiner Freundin unterwegs!«

»Nein, sie ist an die Côte d'Azur gefahren. Ich sitze im Büro ...«

»Das klingt nicht so gut. Für deine Beziehung, meine ich.«

Mathieu konnte Carines unterschwellige Freude darüber hören, dass er allein im Kommissariat arbeitete und nicht mit Martha zusammen war. Doch er ging nicht auf ihre Bemerkung ein.

»Ja, und ich habe auf Facebook etwas Seltsames entdeckt.« Er erklärte ihr, was er gefunden hatte, und buchstabierte ihr den Namen des Benutzers.

»Ach ja!« Carine schien nun auch auf Facebook zu sein. »Seltsam. *Inch'Allah* ... Dieser Typ scheint Pinet etwas Bestimmtes vorzuwerfen. Ich kenne ihn nicht.«

»Ein Nordafrikaner.«

»Nun ja, vielleicht hatte er in der Schule Zwist mit dem Direktor. Die Eltern, und nicht nur die Nordafrikaner, werden ja oft sehr aggressiv, wenn ein Lehrer ihre Kinder schimpft oder gar bestraft.«

»Klar. Doch ich möchte mit diesem Mann sprechen. Wir müssen herausbekommen, was genau er gegen den Direktor hat. Kannst du ihn finden?«

»Eventuell. Und was bekomme ich dafür?«, fragte sie verschmitzt.

»Ich lade dich an einem Abend nächste Woche zum Essen ein.«

»Oh ... wie André?«

»Ja, wie André.«

Dabei dachte er bei sich, dass ihr gemeinsamer Abend sicher anders enden würde als der, den sie mit seinem Kollegen verbracht hatte.

Sie plauderten noch einige Zeit. Mathieu fiel es schwer, sich von Carine zu verabschieden. Es war zu angenehm, ihre Stimme zu hören. Zum Glück war sie weit genug weg und musste das ganze Wochenende arbeiten. Sonst hätte er ihr vielleicht angeboten, sich am Abend zu treffen.

Nachdem Mathieu aufgelegt hatte, stand sein Freund und Kollege, Capitaine Luc Garnier, in der Tür seines Büros.

Luc fragte ihn, ob er nach der Arbeit ein Bier trinken gehen wolle. Mathieu bejahte erfreut. Auch er hatte wie Luc keine Lust auf einen einsamen Samstagabend. Sie beschlossen, den Abend in einer Bar des Einkaufszentrums *Les Terrasses du Port* zu verbringen. Mathieu freute sich auf einen Abend mit Luc, doch eine Stunde wollte er bis dorthin noch arbeiten.

Er bemerkte, dass Carine ihm auf Facebook eine Freundschaftsanfrage geschickt hatte. Er betrachtete ihr Profilbild und ihre anderen Fotos. Sie sah auf allen ihren Bildern wie ein Fotomodell aus.

Mathieu las noch seine Notizen durch, die er zu Andrés und Damiens Befragungen der Lehrer und der Vereinskollegen des Direktors gemacht hatte. Er beschloss, den Lehrer zu kontaktieren, der von Pierre Pinet suspendiert worden war, weil er einen Schüler geschlagen hatte. Leider hob der Mann aber nicht ab. Mathieu wollte auch der Sache mit dem Rom nachgehen, der den Direktor bedroht hatte. Mit den Roma war nicht immer gut Kirschen essen, aber irgendeinen Grund musste das ja haben, dass der Mann mit dem Messer auf den Direktor hatte losgehen wollen und von zwei Lehrern, Luis und einem anderen Gendarmen schließlich hinausgeworfen worden war. Es war vonseiten Pierre Pinets zu keiner Anzeige gekommen, doch drei Lehrer hatten André und Damien unabhängig davon berichtet. Es kam zuweilen vor, dass Eltern den Direktor oder einen Lehrer aggressiv ansprachen, doch tätlich wurde kaum einer. Mathieu schrieb an Carine, damit sie auch den Rom ausfindig machte.

Roma und Araber?, schrieb Carine zurück. *Du hast aber ein nettes Programm nächste Woche!*

Mathieu wusste, dass die Gendarmen die Roma und die Nordafrikaner im Allgemeinen nicht schätzten. Zu viele Probleme hatten sie mit ihnen, und das nicht nur in Großstädten.

Bin daran gewöhnt, antwortete Mathieu.

Dir einen schönen Abend!, schrieb Carine und fügte drei Herzen hinzu.

Dir ebenfalls, antwortete er, doch vermied er Emojis mit Herzen. Stattdessen setzte er einen Smiley dazu.

Dann versuchte Mathieu, Martha zu erreichen. Doch es meldete sich lediglich der Anrufbeantworter. Er hinterließ ihr eine kurze Nachricht, sagte, dass er im Kommissariat sei und sie am folgenden Abend gerne zum Abendessen ausführen würde, wenn sie rechtzeitig heimkäme. Er bat um Rückruf.

Gegen sieben verließ Mathieu sein Büro. Das Kommissariat, *l'Évêché* genannt, weil das Gebäude früher als Bischofspalast gedient hatte, befand sich hinter der Kathedrale von Marseille. Diese stand direkt am Meer zwischen den Fährenterminals und dem Altstadtviertel, eine riesige, im 19. Jahrhundert im neoromanisch-byzantinischen Stil erbaute Kirche mit mächtigen Kuppeln. Nicht weit davon war einige Jahre zuvor das große Einkaufszentrum erbaut worden, das mehrere Bars besaß, deren Terrassen Blick auf das Meer boten.

Es war so warm wie am Abend zuvor, und auf der Terrasse wimmelte es vor Besuchern. Mathieu und Luc hatten zum Glück noch einen Tisch in einer ruhigen Ecke ergattert, doch um die Theke standen Trauben von Leuten, die den lauen Abend an der Küste genossen, und die Bar schien mit jeder Minute voller zu werden.

Luc erzählte von seiner gegenwärtigen Ermittlung in der Vorstadt la Castellane, wo ein Siebzehnjähriger erschossen worden war. Mathieu berichtete von seinem Fall, von seinen Problemen mit Martha, von der Zusammenarbeit mit den Gendarmen und von Carine. Er zeigte Luc ein Foto der jungen Gendarmin, sein Kollege meinte: »Unglaublich, so eine Schönheit, die hätte bestimmt anderweitig Karriere machen können. Da würde nicht einmal ich nein sagen. Und auf dich fährt sie ab? Gratuliere!« Über Mathieus Probleme mit Martha äußerte sich Luc nicht. Mathieu hatte bemerkt, dass Luc und Martha einander nie besonders geschätzt hatten. Martha hatte den kettenrauchenden Luc mit seiner hageren Figur, seinem zerfurchten Gesicht und seinen Augenringen immer als einen »verwegenen Sheriff« bezeichnet, und Luc hatte Mathieu immer nur dann besucht, wenn Martha nicht zu Hause gewesen war.

Die beiden Freunde tranken Bier, aßen ein paar Tapas, sahen sich den Sonnenuntergang an und spazierten bei Anbruch der Dunkelheit an der Kathedrale vorbei Richtung Kommissariat, wo ihre Autos standen.

Sie würden einander am nächsten Tag im Büro wiedersehen.

»Franck kommt morgen auch zur Arbeit«, meinte Luc. »Wir können zusammen zu Mittag essen.«

Mathieu war froh über die Anwesenheit der Kollegen. Er spürte, dass er nicht mehr daran gewöhnt war, allein zu sein. Als er in die Wohnung kam, wurde ihm eng ums Herz. Martha war natürlich nicht da, und sie hatte sich auch nicht gemeldet.

Mathieu versuchte um zehn Uhr abends noch einmal, sie zu erreichen, doch wiederum meldete sich nur der Anrufbeantworter. Als er sich gegen halb elf ins Bett legte, piepte sein Telefon. Eine SMS. Endlich schrieb Martha ihm!

Mathieu zuckte zusammen, als er die Nachricht las.

Du fehlst mir. Ich denke an dich, ich hoffe, es geht dir gut. Carine. Zwanzig rote Herzen daneben.

Er beschloss, nicht zu antworten. Doch die SMS hinderte ihn trotzdem am Einschlafen.

Montagmorgen

Mathieu trat aus dem Justizpalast von Avignon auf die Straße. Er hatte den Staatsanwalt Robert Fréchel, den für diese Ermittlung zuständigen *Procureur*, getroffen und sich länger mit ihm unterhalten. Es handelte sich um einen erfahrenen Beamten, der kurz vor der Pensionierung stand. Er kannte den alten Pinet sehr gut und glaubte, dass dieser in die Sache bezüglich der Ermordung seines Sohnes verwickelt war. Seiner Meinung nach war der Direktor Pinet aufgrund von Aktivitäten des Vaters, an denen er teilgenommen hatte, umgebracht worden.

»Lassen Sie den Mann auf keinen Fall aus den Augen!«, riet er Mathieu. »Und sehen Sie seine Konten und Telefonanrufe genau durch! Bei solchen Leuten sagt oft ein Konto sehr viel. Und natürlich auch die Telefonnummern, die er wählt.«

Er meinte, er würde den Untersuchungsrichter verständigen, damit sie sofort die Verfügung für die Banken und die Telefongesellschaft bekamen. Der Staatsanwalt war auch dafür, Paul Lagocs Familie komplett durchzufilzen – um auf Nummer sicher zu gehen, wie er sagte. Doch diese Spur schien ihm weniger relevant. Er hatte sich, wie es schien, auf den Trüffelkönig eingeschossen.

»Mann, wenn Sie wüssten, was hier los war, als der Prozess wegen Christian Lantier stattfand. Ein guter Freund, der leider mittlerweile an Krebs gestorben ist, war damals der zuständige Staatsanwalt. Und der alte Pinet hat tatsächlich versucht, alle zu bestechen! Er hat einem jeden von ihnen hunderttausend Euro angeboten. Keine Ahnung, woher der so viel Geld hat! Sicher hat er Ländereien im Luberon teuer verkauft, viel

Schwarzgeld eingesteckt und es irgendwo in Steuerparadiesen deponiert. Mein Freund hat ihm erklärt, dass man die Justiz nicht so einfach bestechen kann, dass sie ein weitläufiger Apparat ist, wo alle zusammenarbeiten, Richter, Staatsanwälte, Gerichtsschreiber. Außerdem war da noch der Anwalt der Anklage. Das war ein Jahrhundertprozess! *Mon Dieu*, da war jede Menge Presse anwesend. Unglaublich! Und dieser Mann – er hat Theater gespielt. Das Ganze war für ihn ein Unfall, und auch sein Anwalt sprach immer nur von einem Unfall. Mein Freund, der Staatsanwalt, der Anwalt der Anklage und die Familie Lantier schäumten vor Wut! Und nun ist Pinets eigener Sohn das Opfer. Das Leben ist schon seltsam.«

Ja, das Leben ist seltsam, dachte Mathieu oft, wenn er die Ermittlungen in einem Fall abgeschlossen hatte. Meistens geschahen ziemlich unvorhergesehene Dinge. Und diesmal wurde er das Gefühl nicht los, dass irgendjemand in der Nähe war, der alles beobachtete. Dieser Jemand hatte den Mord an Pierre Pinet genau geplant und nichts dem Zufall überlassen. Pierre Pinet war aus einem bestimmten Grund auf diese Art gestorben. Das Wasser, der Abgrund, die Fesseln ...

Nach dem Treffen mit dem Staatsanwalt fuhr Mathieu die gut erhaltenen Stadtmauern der ehemaligen Papststadt entlang und erinnerte sich an die zwei Tage, die er mit Martha ein Jahr zuvor in dieser Stadt verbracht hatte. Sie hatten den riesigen mittelalterlichen Papstpalast besucht, waren auf den Domfelsen spaziert, um von dort den Blick auf die Rhône, die berühmte Brücke von Avignon und das Umland zu genießen und hatten das südliche Flair der Gässchen und Plätze genossen. Es war eine schöne Erinnerung, die Wehmut in ihm weckte. Mathieu hatte Martha am Wochenende nicht gesehen.

Er hatte ihr eine SMS geschickt. *Wir müssen reden. Ich akzeptiere dein Schweigen nicht. Wir können uns trennen, aber so nicht.*

Sie hatte geantwortet: *Ich bleibe bei Nadine. Für mich ist alles gesagt. Ich bin dabei zu überlegen, ob ich mit dir weitermachen will oder nicht. Du wirst es nächste Woche erfahren.*

Auch ich überlege, hatte Mathieu geantwortet.

Er bereitete sich seelisch darauf vor, sich von Martha zu trennen und von ihrer gemeinsamen Wohnung zu verabschieden. Es tat weh. Er wusste nicht, ob es schmerzte, weil er dieses bisher recht bequeme Leben nicht aufgeben wollte, weil er an den Erinnerungen hing oder weil er Martha geliebt hatte.

Das Telefon riss ihn aus seinen Gedanken. Es war Carine.

Sie fragte ihn, wie sein Wochenende gelaufen war.

»Arbeitsam«, meinte er. »Und deines?«

»Ebenfalls«, erwiderte sie. »Ich habe wirklich das ganze Wochenende gearbeitet und bin am Samstagabend nicht einmal weggegangen ... Und deine Freundin?«

»Habe ich nicht gesehen.«

Mathieu wollte nicht kurz angebunden klingen, doch er vermied es lieber, mit Carine über Martha zu sprechen. Sie schien es zu spüren.

»Ach so«, meinte sie und fuhr dann fort: »Ich habe dir die beiden Kontakte unserer Lieblingskunden herausgesucht. Der Rom lebt in einem Wohnwagen am Rand der Stadt, Route de Carpentras, nicht zu verfehlen. Der Nordafrikaner wohnt in den Sozialbauten. Ich schicke dir die Adresse.«

»Danke, Carine. Ich schulde dir ein Abendessen. Wann hast du Zeit?«

»Morgen?«

»Okay, morgen. Such uns ein schönes Restaurant!«

Mathieu verabschiedete sich von ihr und meinte, er würde noch bei ihnen im Büro vorbeikommen. Er spürte, wie sein Herz beim Gedanken an sie schneller schlug.

Der Capitaine rief Damien an, der in Isle-sur-la-Sorgue mit Pierre Pinets Vereinskollegen sprach. Damien sollte ihn begleiten, wenn er dem Rom einen Besuch abstattete.

»Nichts Neues?«, fragte er den Kollegen, als dieser vor dem Bahnhof von Isle-sur-la-Sorgue in sein Auto sprang.

Damien schüttelte den Kopf. »Alles ganz harmonisch im Vereinsmilieu. Alle haben ihn geschätzt. Wohin fahren wir? Zu einem Rom?«

Mathieu nickte. »Zu demjenigen, der Pinet mit dem Messer bedroht hat. Und dann zu einem Nordafrikaner, der etwas nicht so Nettes über ihn auf Facebook geschrieben hat.«

Mathieu erklärte Damien, was er entdeckt hatte.

»Mann, ich wusste nicht, dass ein Grundschuldirektor bei diesen Leuten noch unbeliebter sein kann als wir Polizisten!«

Mathieu lachte. Doch das Lachen verging ihm, als er nördlich von Isle-sur-la-Sorgue das Lager der Roma sah. Nicht weit von der Straße standen acht Wohnwagen in einem Feld. Ein riesiger schwarzer Hund bellte ihnen entgegen. Mathieu fluchte leise, doch Damien lockte das Tier heran und begann es zu streicheln. Mathieu wurde sich erneut bewusst, dass der Kollege eine besondere Begabung im Umgang mit Hunden besaß. Der Vierbeiner sprang ihnen schwanzwedelnd hinterher, als sie auf die Wohnwagen zugingen. Eine dicke, ungepflegte Frau trat vor die Tür des einzigen schönen großen Wohnmobils und sah sie herausfordernd an. Natürlich erkannte sie auf den ersten Blick, dass sie Polizisten waren.

»*Bonjour*, Mathieu Dubois und Damien Falquier, PJ Marseille«, begann Mathieu. »Wir müssten Diggo Reyes sprechen. Nichts Tragisches. Nur eine Zeugenaussage.«

»Wir verraten niemanden!«, posaunte die Frau. »In unserer Gemeinschaft verrät man einander nicht.«

»Es geht nicht um Ihre Gemeinschaft, Madame«, meinte Mathieu, »es geht um einen Lehrer. Um den Direktor Pierre Pinet.«

»Ach ...«

Mathieu hatte keine Ahnung, ob die Frau wusste, um wen es sich handelte, doch sie rief in ihrem undefinierbaren Dialekt in den Wohnwagen hinein. Ein riesiger übergewichtiger Mann um die vierzig trat vor die Tür.

»Sie wollen wissen, was mit dem Wichser geschehen ist?«, fragte er.

Mathieu und Damien sahen einander ratlos an.

»Ja ... Eigentlich sind wir deshalb hier«, erwiderte Mathieu.

»Ich weiß es nicht!« Der Rom lachte schallend.

Mathieu sah ihn ernst an. »Nun, das hätte uns auch gewundert, wenn Sie es wüssten. Aber ich möchte erfahren, warum Sie ihn letztes Jahr mit dem Messer bedroht haben.«

»Och, das! Nun, mein Gilo, mein Jüngster, sollte dortbleiben und Französisch lesen lernen. Ich habe gesagt okay, obwohl ich das nicht nötig finde, dass man lesen kann, doch es machte dem Direktor Freude. Aber Gilo ist vom Direktor nicht gut behandelt und sogar einmal bestraft worden. Dabei war das nicht einmal die Schule. Es war freiwillig! Nun, ich habe überreagiert, okay, okay, ich habe mich dann auch entschuldigt. Die Wichser sind gekommen, die Gendarmen, ich habe ihnen erklärt, dass Kinder bei uns das Wichtigste sind, kein Schimpfen, kein Bestrafen, sie dürfen tun, was sie wollen. Vor allem, wenn sie freiwillig lesen lernen.«

»Ach so.«

Mathieu glaubte dem Mann kein Wort. Der Rom war ein schlechter Schauspieler; es war offensichtlich, dass er log.

»Nur deshalb haben Sie den Direktor mit dem Messer bedroht?«, fragte Damien. »Wegen so einer Kleinigkeit?«

»Nun ja, du weißt, bei uns zeigt man schnell einmal das Messer. Das ist wie bei euch die Pistole. Ihr schießt auch nicht sofort, wenn ihr jemanden bedroht.«

Damien schnappte nach Luft. »Aber nein ...«, begann er.

Der Rom unterbrach ihn. »Das heißt, ich wollte ihm nichts tun. Gar nichts. Nur, dass mein Sohn respektiert wird.«

»Okay«, sagte Mathieu langsam. »Und warum nennen Sie ihn dann einen Wichser?«

»Ich nenne alle Wichser. Auch euch, wenn ihr weg seid.«

»Charmant«, murmelte Damien.

Mathieu seufzte: »Gut, dann wüssten wir das auch. Übrigens, Sie haben ein schönes Wohnmobil.«

Er sah, dass alle anderen Wohnwagen rundum viel schäbiger waren als das brandneue Modell, in dem dieser Mann lebte.

»Ich habe letztes Jahr im Lotto gewonnen und habe mir vor sieben Monaten das da gekauft. Wohnen ist wichtig. Wohnen mit Komfort.«

»Tja, allerdings«, meinte Mathieu. »Gut, dann gehen wir wieder. Danke für Ihre Auskunft!«

Als sie zum Auto kamen, meinte Damien: »Vielleicht sollten wir hier auch einmal einen Lottoschein kaufen. Die gewinnen alle im Lotto.«

»Nein, die haben alle dieselbe Ausrede für gestohlenes oder illegales Geld«, knirschte Mathieu. »Irgendwas ist faul mit dem da, aber wir wissen aus Erfahrung, dass Leute wie er oft irgendetwas zu verstecken haben und der Polizei aus Prinzip nicht die Wahrheit sagen.«

Er gab die Adresse, die Carine ihm geschickt hatte, ins Navi ein. Kurze Zeit später fanden sie den Wohnblock, in dem der Nordafrikaner Hani Benami lebte.

Eine junge Frau mit einem Kopftuch öffnete und sah sie erschrocken an.

»*Bonjour,* Capitaine Dubois und Agent Falquier, Police Judiciaire Marseille«, stellte Mathieu sich und seinen Kollegen vor. »Wir müssten Monsieur Benami sprechen. Es geht um eine Zeugenaussage.«

Die Frau sah ihn unsicher an. »Tut mir leid, ist nicht hier. Ist Marokko und kommt Mittwoch wieder.«

Der Capitaine fluchte innerlich. Er beschloss, die Dame, die ohnehin schon sehr verunsichert war und kaum Französisch sprach, nicht weiter zu peinigen, und gab ihr seine Karte.

»Er soll mich bitte anrufen, wenn er wieder da ist. Ich muss mit ihm reden. Er riskiert nichts. Es geht nicht um ihn, sondern um eine Information. Verstehen Sie?«

Die Dame nickte und sah ihn betrübt an. »Ich ihm sagen. *Au revoir.*«

Langsam schloss sie die Tür, während Mathieu und Damien sich abwandten.

»Nun ... Wir müssen warten.«

Mathieu knirschte mit den Zähnen. Er konnte sich das Warten nicht wirklich leisten.

Als er und Damien zur Brigade kamen und aus dem Auto stiegen, eilte ein junger Mann ihres Alters auf sie zu. Beflissen streckte er Mathieu die Hand entgegen.

»Monsieur Dubois, *bonjour.* Ich bin Daniel Feuillet, Journalist bei der *Provence* in Avignon. Ich würde gerne wissen, wie Ihre Ermittlung vorangeht.«

Mathieu seufzte. Carine hatte es ihm ja schon prophezeit! Immerhin wurde er in Isle-sur-la-Sorgue wesentlich weniger von der Presse belästigt als in Marseille. Vielleicht auch deshalb, weil die Gendarmen und der Staatsanwalt bereits am Montag nach dem Auffinden der Leiche eine große Pressekonferenz abgehalten hatten. Doch nun musste er die Fragen des Journalisten beantworten. Er bedeutete Damien, schon mal vorauszugehen, und setzte sich ins Auto des jungen Mannes, um ihm zu erzählen, was er bisher herausgefunden hatte. Er wusste ganz genau, was er Feuillet mitteilen durfte. Details waren gefragt, jedoch nur unbedeutende. Und im Prinzip hatten sie ja noch keine wirkliche Spur.

Pauls Geständnis

Amélie war sehr zufrieden. Sie hatte in Englisch die beste Note der Klasse bekommen. Neunzehn von zwanzig Punkten. Wie würde ihre Mutter sich freuen!

Sie schrieb ihrem Vater, während sie von der Schule nach Hause spazierte, um ihm die gute Nachricht mitzuteilen. Als Amélie gerade das Smartphone wieder in ihrer Schultasche verstaut hatte, zuckte sie zusammen. Paul saß vor ihr auf einer Bank, die neben dem Kanal stand, den sie entlanggehen musste. Er war ganz allein. Sie reagierte zu spät und konnte ihm nicht mehr ausweichen.

»Hallo ...«, sagte sie und wollte schnell an ihm vorbeihuschen. Doch Paul sprang auf und packte ihre Hand.

»Komm! Schnell! Wir gehen da hinter den Busch!«

Amélie hatte Angst. Sie dachte an Carine. Daran, dass ihre Cousine gesagt hatte, Paul sei dem Bösen sehr nahe und es sei gefährlich, mit ihm zu sprechen. Daran, dass sie selbst damals in der Nacht vor dem Englischtest geglaubt hatte, Paul und die Nordafrikaner hätten den Direktor getötet.

»Hier kann uns keiner sehen«, flüsterte Paul, als sie einige Meter weiter hinter einem großen Strauch standen, der am Wasser wuchs. »Es tut mir leid, Amélie. Ich bin nicht mit dir beleidigt. Ich mag dich sehr, aber ich darf nicht mit dir sprechen. Ich darf mit keinem von der früheren Schule reden.«

»Ich darf auch nicht mit dir sprechen«, erwiderte Amélie mit zitternder Stimme. »Meine Cousine, du weißt ja, die Gendarmin, hat es mir verboten.«

»Weil ich ein Lügner bin. Weil ich sie zweimal angelogen habe. Und sie weiß es.«

»Wa... warum hast du sie angelogen?«

»Das mit dem Direktor ... Er hat es wirklich getan. Ich habe das nicht erfunden. Ich wollte, dass es aufhört. Deshalb habe ich es Mama gesagt.«

Amélie war wie erstarrt.

»Was ... hat er genau getan?«

»Ich kann es nicht beschreiben. Zu schreckliche Dinge. Er hat mir seinen Schwanz gezeigt, ich musste ihn anfassen ... es war so eklig. Und er hat immer gesagt, das ist unser Geheimnis, ich darf mit keinem darüber sprechen ...«

Pauls Stimme versagte, und Amélie schrie leise auf. Der Direktor war ein Monster gewesen! Aber warum hatte er so etwas Seltsames getan?

»Aber Papa ... Er hat gesagt, der Direktor wird bezahlen. Er wird uns viel Geld geben, wenn ich sage, dass ich gelogen habe. Und ich habe getan, was Papa wollte. Aber dann ist deine Cousine gekommen. Mit einer anderen Gendarmin. Und sie haben gesagt, dass ich es unbedingt erzählen muss, wenn mir der Direktor etwas getan hat. Dass es sonst auch anderen Kindern passieren kann. Dass er bestraft werden muss. Aber Papa hat mir erklärt, die Strafe ist das Geld, und wir werden in die USA fliegen! Und da habe ich deine Cousine angelogen. Und ich habe in ihren Augen gesehen, dass sie mir nicht glaubt. Dann hat sie mich noch einmal abgepasst. Allein. Als Mama mich einkaufen geschickt hat. Und hat gefragt, ob ich ihr nicht lieber doch die Wahrheit sagen möchte. Aber ich bin weggelaufen. Ich hatte solche Angst. Vor dem Direktor. Vor der Polizei. Vor Papa. Vor allen. Und dann ... dann war er plötzlich weg. Und jetzt ist er tot. Es geschieht ihm recht. Er hat fürchterliche Dinge getan. Und jetzt suchen sie den, der ihn getötet hat. Aber ich will gar nicht, dass sie ihn finden!«

Amélie sah, dass Paul weinte. Es musste wirklich schlimm gewesen sein, wenn er, der sonst so tapfer war, weinte.

Sie nahm seine Hand. »Es ist vorbei, Paul. Du musst jetzt nicht mehr die Wahrheit sagen. Er ist ohnehin tot.«

»Doch«, schluchzte Paul. »Jetzt sind da die beiden Polizisten, die denjenigen suchen, der ihn getötet hat. Sie kommen immer wieder und fragen mich. Und sie fragen Papa, ob er den Direktor getötet hat«, schluchzte Paul. »Am liebsten würde ich weglaufen, Amélie. Oder sterben.«

Amélie erschrak. »Nein, Paul, nein! Nicht sterben!«

Sie legte ihre Arme um seinen Hals und flüsterte in sein Ohr: »Ich möchte, dass wir eines Tages verliebt sind. Und einander küssen.«

Paul schluchzte noch ein wenig in ihre Schulter. Sie spürte feuchte Tränen auf ihrem Hals. Es war angenehm, seine Haut auf ihrer zu spüren. Seinen Körper so nahe.

Sie wusste, dass sie noch immer in ihn verliebt war. Trotz Carines Warnung. Sie spürte, dass Paul sich beruhigte. Bald flüsterte er in ihr Ohr.

»Soll ich versuchen?«

»Was?«

»Dich zu küssen?«

Amélie spürte, wie ihr Herz beinahe stehen blieb. Sie drehte ihr Gesicht zu ihm und irgendwann spürte sie seine Lippen, die ihre berührten. Es war angenehm, viel schöner, als sie es sich je vorgestellt hätte! Sie lachte und entfernte sich ein wenig von Paul.

»Es ist nicht schwierig. Es ist schön, oder?«

»Ja. Aber keiner darf wissen, dass wir gesprochen haben, Amélie. Und dass ich dich geküsst habe!« Paul drückte ihre Hand. »Du darfst niemandem etwas davon erzählen.«

»Okay.«

»Wir brauchen ein Versteck. Wo wir uns heimlich sehen können.«

»Ich überlege.«

»Ich auch.«

Amélie gab Paul ihre Handynummer. Sie versprachen, einander oft zu schreiben, bevor sie sich verabschiedeten. Paul drückte noch einmal Amélies Hand, dann nahm er seine Schultasche und lief schnell davon. Amélie trat langsam hinter dem Busch hervor und sah sich um. Sie konnte kaum glauben, was geschehen war. Wie ein Traum erschien es ihr. Ein schöner Traum. Aber gleichzeitig ein Albtraum. Was sollte Paul jetzt nur tun? Sie konnte ihm nicht helfen. Sie konnte Carine nicht davon erzählen. Weil diese ihr gesagt hatte, sie dürfe auf keinen Fall mit Paul sprechen. Und ihrer Mutter hatte sie es auch eingeschärft. Amélie fühlte, dass Paul und sie in etwas hineingeraten waren, was eigentlich nur Erwachsene betraf. Das mit dem Schwanz, an so etwas sollten Kinder doch gar nicht denken! War es das, was Carine das Böse nannte? Und die Gefahr?

Der verschwundene Hund

Wenn Martin Millet an das Verschwinden seines Hundes dachte, kamen ihm jedes Mal die Tränen. Er hatte nie ein liebenswerteres Tier gekannt als Jacky. An dem Tag, an dem Martins Frau gestorben war, hatte er Jacky aus dem Tierheim geholt. Martin hatte sich dort auf Anhieb in den Schäferhund-Mischling verliebt.

Das Zusammenleben mit Jacky war schön gewesen. Doch wenn Martin mehrere Stunden weggefahren war und ihn in seinem eingezäunten Grundstück gelassen hatte, war Jacky jedes Mal ausgerissen, durch die gesamte Gegend gestreunt, hatte jedoch am Abend wieder vor dem Tor gestanden. Jacky war in der gesamten Nachbarschaft bekannt gewesen, und mancher hatte den Hund gefüttert, wenn er bei ihm vorbeikam. Nur einer hatte Jacky gehasst: Charles Pinet, der zwar einein-halb Kilometer von Martin entfernt wohnte, dessen Felder jedoch an Martins Wiese grenzten. Wenn Jacky ausgerissen war, war er gern in den Lavendelfeldern des Trüffelkönigs umhergestreift. Und für Charles Pinet war Jacky ein rotes Tuch gewesen. Pinet hatte Martin mehrmals angesprochen, wenn er ihn beim Spazierengehen getroffen hatte. Er wollte Jacky nicht mehr durch seine Felder streunen sehen. Lavendel war eine sensible Pflanze, die nicht zertrampelt werden sollte. Charles Pinet hatte Martin zwei Monate vor Jackys Verschwinden auch einmal angerufen und gesagt: »Behalte deinen Köter bei dir. Sonst knalle ich ihn ab.«

Und irgendwann hatte der Trüffelkönig den Hund eliminiert, ihn wahrscheinlich erschossen, wie den jungen Lantier.

Doch es gab keine Zeugen, und er hatte es sicher geschafft, Jackys Kadaver auf Nimmerwiedersehen irgendwo verschwinden zu lassen. Es war am Anfang des Winters gewesen, im Dezember. Die gesamte Nachbarschaft hatte Jacky tagelang gesucht, ohne Erfolg. Alle ahnten, was geschehen war, doch Beweise gab es keine. Martin hatte Anzeige erstattet; zwei junge, nette Gendarminnen waren gekommen, doch man hatte Charles Pinet nichts nachweisen können.

Deshalb hatte Martin nur traurig gelächelt, als er in der Zeitung gelesen hatte, dass Charles Pinets Sohn spurlos verschwunden war. Vielleicht gab es doch eine Gerechtigkeit?

Und nun war Pierre Pinet gefunden worden. Im Quellteich von Fontaine de Vaucluse treibend, gefesselt, in Joggingkleidung. Martin konnte sich darauf keinen Reim machen. Er zog daraus den Schluss, dass jemand den Alten genauso sehr hasste wie er. Oder dass der Junge genauso ein Arschloch gewesen war wie der Alte.

Und nun war die PJ bei Martin, zwei schneidige junge Polizisten aus Marseille, die sich im Luberon wahrscheinlich hinten und vorne nicht auskannten, aber wirklich ausnehmend nett waren. Martin hatte selten so freundliche junge Leute getroffen. Die beiden hörten ihm geduldig zu, als er über Jacky sprach.

Irgendwann meinte der Dunkelhaarige: »Haben Sie sich denn keinen neuen Hund geholt?«

»Nein«, erwiderte Martin verwundert. »Ich kann nicht. Das wäre Verrat an Jacky.«

»Aber nein. Ganz im Gegenteil. Es wäre ein gutes Werk. Die Käfige in den Tierheimen quellen über!«

Sein braunhaariger Kollege, der sich als der Ermittlungsleiter Capitaine Dubois vorgestellt hatte, unterbrach den Dunkelhaarigen bald seufzend.

»Monsieur Millet«, sagte er. »Sie glauben, dass Pinet Ihren Hund eliminiert und entsorgt hat. Was wissen Sie sonst über ihn? Haben Sie ihn öfter gesehen? Mit ihm gesprochen?«

Martin schüttelte den Kopf. »Nein, ich kenne ihn kaum. Er hat mir nur immer gedroht. Und mir schien es, als habe er mir extra aufgelauert. Auf mich gewartet, um mit mir über Jackys Ausflüge in seine Felder zu sprechen. Dabei habe ich es versucht. Ich habe den Zaun höher gebaut. Ich habe Jacky angebunden. Doch er hat es immer wieder geschafft auszureißen, sobald ich auch nur einkaufen gefahren bin. Und immer in Pinets Felder ...«

Der Polizist seufzte wieder. »Und abgesehen davon wissen Sie über Ihren Nachbarn nichts?«, hakte er noch einmal nach.

Martin zuckte mit den Schultern. »Er hat riesige Felder und Trüffelwälder, in denen er gern spazieren geht. Er ist überall und nirgends.«

»Und seine Kinder?«

»Denjenigen, der getötet wurde, kannte ich gar nicht. Er kam anscheinend so gut wie nie hierher. Die beiden anderen kenne ich vom Sehen. Höflich, aber vollkommen desinteressiert an uns allen. Die Pinets waren immer schon besonders. Sie haben sich nicht mit den normalen Leuten hier im Luberon vermischt. Man sah sie auch nie im Dorf.«

»Okay, Monsieur Millet. Sollte Ihnen noch etwas einfallen, rufen Sie mich bitte an!«

Der Capitaine gab Martin eine Karte.

»Soll ich mit Ihnen fahren, einen Hund aussuchen?«, bot der junge Polizist an.

Sein Kollege starrte ihn an, als sei er verrückt.

»Warum nicht?«, fragte Martin. Der junge Mann hatte recht. Schließlich hatte er Jacky lange genug betrauert. Nun wollte er etwas Gutes tun, indem er wieder einen Hund adoptierte, der in einem Käfig lebte.

Der junge Mann lächelte zufrieden. »Ich werde Sie, sagen wir mal, gegen fünf Uhr abholen. Wir sprechen noch mit den anderen Nachbarn, dann fahren wir los und suchen Ihnen einen schönen Hund aus!«

Ein Durchbruch

Mathieus Mobiltelefon läutete. Es war André. Der Kollege war vollkommen aufgeregt. »Ich habe etwas entdeckt! Das heißt, ich habe sogar mehrere Dinge entdeckt! Heute Vormittag habe ich die Informationen bekommen und gleich alles durchgesehen ... «

»Ja?« Mathieu fuhr zur Seite, um sich Notizen zu machen.

»Bist du allein? Ist Damien nicht mit dir unterwegs?«

Mathieu seufzte. »Nein, Damien hat seinen Job gewechselt und ist zum Sozialarbeiter geworden. Er fährt mit einem Zeugen, der den alten Pinet verdächtigt, seinen Hund getötet zu haben, ins Tierheim. Er will ihm helfen, einen neuen Köter zu finden.«

»Ach, der und seine Hunde-Besessenheit! Würde mich nicht wundern, wenn er dort für sich selbst auch einen holen würde.«

»Das würde uns gerade noch fehlen!«, entfuhr es Mathieu.

André lachte, meinte dann jedoch: »Also, kommen wir zur Sache. Ich habe natürlich überprüft, wo alle möglichen Beteiligten waren, als Pierre Pinet verschwunden ist. Mittels der Mobiltelefone. Keiner war in Fontaine-de-Vaucluse. Weder der alte Lantier noch seine Söhne oder Pauls Eltern, wobei man ein Telefon natürlich zu Hause lassen kann. Doch ich habe auch die Telefonanrufe der Pinets und der Lagocs durchgesehen. Und siehe da, der alte Pinet hat Pauls Vater Jacques Lagoc dreimal angerufen, zweimal am Abend, als die Anzeige erstattet wurde, einmal drei Tage danach. Seltsam, nicht?«

Mathieu griff sich überrascht an den Kopf. Das war ja wirklich eine Entdeckung!

»Warte mal ... Diese Leute kannten einander nicht. Und Charles Pinet ruft Pauls Vater an?«

»Wahrscheinlich, um mit ihm zu verhandeln. Damit dieser die Anzeige zurückzieht. Denn am folgenden Morgen hat Paul den Gendarmen gesagt, dass er gelogen hat. Warum sollte Charles Pinet sonst mit Pauls Vater sprechen?«

»Aber warum hat sich da der alte Trüffelkönig eingemischt?«

»Weil er etwas von Erpressung und Bestechung versteht. Sein Sohn fragt ihn um Rat, und er nimmt die Sache in die Hand. Und ich habe einen Verdacht. Hör gut zu. Ich habe die Konten dieser Leute angesehen. Von Pauls Familie und vom Trüffelkönig. Nichts Besonderes. Doch es scheint offensichtlich, dass der Trüffelkönig Konten in Luxemburg hat, auf denen das Schwarzgeld ruht. Er hat in den vergangenen Monaten immer wieder eine Luxemburger Nummer angerufen. Und genauso an dem Tag, an dem die Anzeige gegen seinen Sohn zurückgezogen wurde. Ich habe außerdem den Beweis dafür, dass Pierre und Charles Pinet am Samstag danach in Luxemburg waren. Ihre mobilen Daten verraten es. Deshalb habe ich meine Theorie: Sie haben dort die 200.000 Euro, die Pauls Vater angeblich im Lotto gewonnen hat, von einem Konto abgehoben und in bar zu Pauls Familie gebracht. Als Dank dafür, dass die Anzeige zurückgezogen wurde. Die Geldsumme, die Pauls Vater im Lotto gewonnen hat, scheint auf dem Konto nicht auf. Hingegen wurden in den letzten Monaten immer wieder Bargeldsummen auf Jacques Lagocs Konto eingezahlt.«

Mathieu atmete tief ein! Die Teile des Puzzles fügten sich zusammen! Doch wenn es so war, wie André dachte, dann hieße das, dass Pierre Pinet schuldig war. Wenn nämlich die sexuelle Nötigung nur eine Erfindung des Jungen gewesen wäre, dann hätte eine Drohung genügt.

»Wow, André. Danke ... super Arbeit!«

»Das ist noch nicht alles«, unterbrach ihn der Kollege. »Ich habe auch auf Pierre Pinets Kontoauszügen seltsame Dinge entdeckt. Vor zwei Jahren ... Da war er in Thailand. Tauchen, wie er sagte. Er hat dort mehrmals Geld abgehoben. Ziemlich fette Summen. Doch das war nie in Tauchzentren. Ich kenne Thailand, weil ich schon dreimal dort war. Einmal war er mitten im Rotlichtviertel von Bangkok, in dem berühmt-berüchtigten Stadtteil, in dem es auch Kinderprostitution gibt. Und einmal in Patong Beach, im Sex-Mekka der Insel Phuket. Und er hat wohl seiner Freundin gesagt, er sei auf irgendwelchen Inseln zum Tauchen. Auch letzten Winter, als er während des Urlaubs mit seiner Freundin drei Tage lang verschwunden war, hat er Geld in Patong Beach abgehoben. Ich verdächtige ihn, pädophil gewesen zu sein; deshalb ist er immer nach Thailand gepilgert. Und seine angeblichen Tauchkollegen haben niemals existiert. Was Kontakte zum Drogenmilieu angeht, habe ich nicht das Geringste entdeckt, weder Geldsummen noch Anrufe. Doch das scheint jetzt ohnehin nicht mehr relevant. Weil wir nun wissen, in welche Richtung es geht.«

Mathieu frohlockte. »Ja ... bravo, André, wirklich bravo! Also ist es so, wie ich es von Anfang an im Gefühl hatte! Der brave und soziale Vorzeigebürger ist ein Schwein, und jemand hat ihn deshalb umgebracht. Jetzt müssen wir die Liste seiner Opfer finden!«

Auf einmal verstand Mathieu auch, warum der Rom, mit dem sie am Morgen gesprochen hatten, ein so schönes Wohnmobil besaß. Auch er hatte *im Lotto gewonnen,* genauso wie Pauls Eltern! Und zwar, nachdem er Pinet mit dem Messer bedroht hatte. Und wer noch? Was war in der Vergangenheit geschehen? Derjenige, der Pierre Pinet in die Quelle geworfen hatte, hatte vielleicht eine uralte Rechnung beglichen ...

Nun kannte Mathieu die Richtung, in die er ermitteln musste, und konnte Pinets Nachbarschaft erst einmal außen vor lassen. Der gestrige und der gegenwärtige Tag, an denen er mit Pinets Kindern und den Nachbarn gesprochen hatte, waren besonders anstrengend gewesen. Die Nachbarn hatten Damien und

Mathieu im Detail erzählt, was Charles Pinet ihnen angetan hatte, und es war dabei meist um Haarspalterei gegangen.

Mathieu hatte auch mit dem Lehrer gesprochen, den Pierre Pinet entlassen hatte, weil er anscheinend gewalttätig gewesen sei. Der Mann lebte jetzt in der Bretagne und arbeitete in einer Mittelschule als Sekretär. Er hatte zugegeben, dass er Fehler gemacht hatte, weil oftmals die Nerven mit ihm durchgegangen waren. Im Nachhinein fand er, dass Pierre Pinet das Richtige getan hatte, indem er seine Entlassung erwirkt hatte. Doch er hatte auch gemeint, dass der Direktor Pinet ihm nie ganz geheuer gewesen sei. Zu idealistisch, zu wohltätig, den Kindern zu sehr zugewandt. Wenn jemand sich so verhielt, dann steckte da meistens etwas anderes dahinter. Mathieu hatte diese Aussage radikal gefunden, doch nun musste er zugeben, dass der ehemalige Lehrer recht behalten hatte.

Der Capitaine verabschiedete sich von seinem Kollegen, bat ihn, am nächsten Tag nach Isle-sur-la-Sorgue zu kommen, und fuhr zur Gendarmerie. Dort hielt er auf dem Parkplatz einen Moment lang inne, bevor er das Gebäude der Brigade betrat. Er dachte an den Adjutanten Luis Gache. Hatte Luis eine Ahnung davon gehabt, dass sein Cousin pädophil gewesen war? Mathieu beschloss, seine Entdeckungen zum jetzigen Zeitpunkt nur dem Kommandanten, Carine, Sylvie, Dominique und Simon mitzuteilen und sie zu bitten, Luis vorerst zu verschonen. Er würde zum Trüffelkönig und zu dessen Familie zurückkehren und sie mit seiner Entdeckung konfrontieren müssen. Mathieu und Damien hatten an diesem Tag mit Charles Pinets Sohn und der Tochter gesprochen. Der Sohn war sehr zurückhaltend gewesen, und Mathieu hatte rasch erkannt, dass der Vater ihn komplett beherrschte. François Pinet arbeitete mit dem Vater in den Trüffelwäldern. Er wusste nichts, hatte keine Ahnung von irgendetwas und wollte nicht für den Vater verantwortlich sein. Was den Bruder betraf, so verdächtigte François Pinet *irgendwelche Araber oder Gitans.* Denn sobald ein schlimmes Verbrechen geschah, waren es immer sie. Mathieu hatte es bei dieser rassistischen Rede fast die Sprache verschlagen. Er hatte auch gesehen, dass die Wände in François Pinets Büro, in dem er sie empfangen hatte, mit Plakaten der Partei *Rassemblement National* beklebt waren. Das hieß, dass er sich ganz offen zu den Rechtsextremen bekannte. Gewiss hatte es deshalb mit seinem jüngeren Bruder, der ein überzeugter Sozialist gewesen war, häufig Reibereien gegeben!

Die Schwester hatte beteuert, sie habe keine Ahnung, wer Pierre hätte ermorden wollen, aber sie schloss es nicht aus, dass es mit dem schwierigen Charakter des Vaters zusammenhing. Im Moment versuchte sie, ihren Vater an die Côte d'Azur zu schicken, damit er dort seinen wohlverdienten Ruhestand genoss.

Mathieu und Damien hatten bei ihren Worten gegrinst. Sie hatten im Gespräch mit dem Trüffelkönig wahrgenommen, dass dieser seine Landwirtschaft und seine Felder liebte und um nichts in der Welt von seinem Anwesen weggehen würde.

Mathieu durchschaute bald, dass Pinets Tochter diejenige war, die das ganze Anwesen zusammenhielt und die Geschäfte führte. Sie war gewiss maßgeblich daran beteiligt, dass sich das Unternehmen trotz der klimabedingten Verluste im Trüffelgeschäft so gut entwickelt hatte. Sie war eine etwas kalt wirkende, sehr gepflegte Fünfzigjährige, die immer sehr überlegt sprach und nichts dem Zufall zu überlassen schien. Sie lebte nicht auf dem Anwesen, sondern bewohnte mit ihrer Familie – ihren zwei Kindern und ihrem Mann – eine schöne Villa fünfzehn Kilometer weiter östlich, am Fuß des Felsens von Roussillon. Es war klar, dass sie ihr Unternehmen lieber ganz allein geführt hätte und dass der Vater für sie ein Klotz am Bein war. Doch die gute Frau durfte nicht vergessen, wer das alles geerbt und ausgebaut hatte. Sie hatte ihren jüngeren Bruder in den letzten Jahren kaum gesehen, weil sie beide viel um die Ohren gehabt hatten und in vollkommen verschiedenen Bereichen beschäftigt gewesen waren. Doch sie hatte seine Sichtweise respektiert und ihn bewundert. Sie selbst hatte nie Lust verspürt, sich sozial zu engagieren. Sie fand, dass der Bruder einen solchen Tod nicht verdient hatte. Jedes andere Familienmitglied ja, aber nicht er!

Nun fragte Mathieu sich, wie viel die Familie vom *Problem* des jüngsten Familienmitglieds gewusst hatte. Zumindest Charles Pinet musste es bekannt gewesen sein, sonst hätte er nicht seinen Sohn mit einer großzügigen Geldspende unterstützt. Aber die Geschwister? Und Luis?

Langsam trat Mathieu ins Büro, in dem Carine, Sylvie und Dominique saßen.

Carines Gesicht leuchtete auf, als sie ihn sah. Dominique nickte ihm zu.

Sylvie bemerkte: »Hallo! Du siehst ja vollkommen abgekämpft aus! War wohl anstrengend, dieser Tag im Luberon?«

»Kann man sagen.«

»Und deine Kollegen?«, wollte sie wissen.

Mathieu seufzte. »André arbeitet im Büro in Marseille. Damien ist mit Monsieur Millet, dem Zeugen, dessen Hund verschwunden ist, ins Tierheim gefahren, um einen neuen Hund zu holen. Das gehört zwar nicht zu unseren Aufgaben, aber er verspürte wohl zu viel Mitleid mit diesem Mann.«

»Oh!« Sylvie lächelte. »Das ist aber nett. Das hätten wir damals tun sollen, Carine. Wir sind ja zu ihm, letztes Jahr, als er Anzeige erstattet hat. Er hat so sehr geweint. Damien hat genau das Richtige getan.«

Mathieu schnaubte ungeduldig. »Nun, es ist ja wirklich schön, dass er so sozial ist, aber ich bräuchte ihn hier, denn ich bin ziemlich im Stress. André hat nämlich im Büro in Marseille einiges herausgefunden. Und ich möchte mit euch und mit dem Kommandanten darüber sprechen. Aber nur mit euch. Es muss vorläufig unter uns bleiben.«

Die drei sahen ihn ernst an.

»Das heißt ... ohne Luis?«, kombinierte Sylvie sofort.

Mathieu nickte. »Luis soll es im Moment nicht erfahren.«

Sylvie nickte und erhob sich, um ihren Chef zu holen.

Inzwischen reichte Carine Mathieu ein Glas Wasser. Sie lächelte ihm zu, als ihre Finger sich flüchtig berührten, und Mathieu spürte die wohlbekannten Schmetterlinge im Bauch.

»Nun, Sie haben etwas herausgefunden, was die Ermittlung in eine bestimmte Richtung lenkt?«, fragte Jean Calcin, nachdem er Mathieu begrüßt hatte. Er bedeutete ihm, Platz zu nehmen.

»Ganz genau.« Mathieu setzte sich auf den Stuhl, der vor Sylvies Schreibtisch stand, nahm einen Schluck aus dem Glas und erzählte von Andrés Erkenntnissen. Alle hörten ihm ungläubig zu.

»Also doch«, sagte Sylvie mit erstickter Stimme, »also war er doch pädophil. Und Paul hat nie gelogen. Das arme Kind!«

»Wir haben es versucht«, meinte Carine, »wir haben die DDASS informiert. Was hätten wir sonst noch tun können? Auch der Psychologe hat es nicht herausgefunden.«

»Oder vielleicht doch?«, meinte Jean nachdenklich. »Psychologen unterliegen ja auch der Schweigepflicht.«

»Ich glaube eher«, bemerkte Mathieu, »dass die Eltern Paul gezwungen haben, auch den Psychologen anzulügen. Für ihn irgendeine Geschichte zu erfinden.«

»Und so viel ich verstehe«, fasste Jean zusammen, »hat der Trüffelkönig der Familie Geld gegeben, damit der Junge die Anklage zurückzieht.«

»Ja, es scheint so. Alle Zeichen deuten darauf hin. Und sie sind nicht die ersten.«

Mathieu erzählte von dem Rom, den sie am Morgen vernommen hatten.

Alle sahen ihn betreten an.

»*Mon Dieu*«, sagte der Kommandant nach einem Schweigen. »Also war der Direktor Pinet nicht der, für den alle ihn gehalten haben. Er war ein Wolf im Schafspelz. Und sein Vater hat ihn gedeckt. Wer außer uns weiß noch davon?«

Die Familie Lagoc

Manon hatte das Gefühl, dass um ihren Hals eine Schlinge lag, die sich langsam immer mehr zuzog. Die Polizisten waren gekommen und hatten Paul vernommen. Und sie hatte verstanden: Sie waren verdächtig. Verdächtig des grausamen Mordes am Direktor Pinet. Wegen Pauls Lüge. Woher hatte Paul das Wissen, um solch einen Vorfall zu erzählen? Bekamen die Zehnjährigen solche Informationen jetzt schon im Internet? Sie wollte Paul die Geschichte mit den älteren Jungen nicht glauben. Sie wusste nicht mehr, wo sie stand, wusste nicht mehr, wie sie ihre Kinder schützen sollte – vor unrichtigen Informationen, schädlichen Bildern und falschen Ideen. Paul hatte nach dem Besuch der beiden Polizisten geweint. Sie hatte sie nicht gemocht, diese Männer. Da waren ihr die beiden Frauen lieber gewesen, die im Mai gekommen waren, auch wenn sie ihnen die DDASS auf den Hals gehetzt hatten. Manon und ihre Familie hatten dadurch viele Probleme bekommen, doch zumindest war Paul von einem Psychologen begutachtet worden, zu dem er noch immer ging, und sie hatten herausgefunden, dass sie seine Internetaktivitäten kontrollieren mussten.

Der Bau nervte Manon ebenfalls. Es gab im ganzen Haus kein Fleckchen, wo sie ungestört sein konnte. War es wirklich nötig, das alles so schnell zu machen? Was war nur in ihren Mann gefahren? Seit er im Lotto gewonnen hatte, stand er unter Dauerstress, als müsse er das Geld so schnell wie möglich loswerden!

Paul kam nach Hause. Er hatte sich verspätet. Vielleicht hatte er wieder ältere Kinder getroffen?

»Wo warst du, *Trésor?*«, fragte sie ihn.

»In der Schule. Wo sonst?«

»Ja, aber du bist eine Viertelstunde später dran als sonst. Du weißt, wir wollen es nicht, dass du mit irgendjemandem von hier sprichst.«

»Ich habe mit niemandem gesprochen. Der Bus war ein wenig verspätet, und·ich bin langsam gegangen«, murrte Paul. »Kann ich mir Kekse nehmen?«

»Ja«, antwortete sie seufzend. »Und iss auch einen Apfel.«

Paul holte sich die Kekse, nahm einen Apfel aus der Obstschüssel und setzte sich an den Küchentisch.

»Wie war es in der Schule?«, fragte sie ihn.

Er zuckte mit den Schultern. »Okay.«

»Sind die Lehrer nett?«

»Ja.«

Paul hatte im letzten Grundschuljahr disziplinäre Probleme gehabt. Doch nun schien alles bestens zu laufen. Seit er in die neue Schule ging, bekam er erstaunlicherweise gute Noten, obwohl er die lange und ermüdende Fahrt von Avignon nach Hause auf sich nehmen musste. Manon war darüber erleichtert. Vielleicht würde sich mit ihrem Sohn trotz seiner fürchterlichen Lüge alles wieder einrenken.

Sie hörte ein Auto vorfahren und seufzte. Jetzt kreuzten wieder irgendwelche Arbeiter auf! Es war wirklich schwierig, sie zu managen. Sie kamen und gingen, wie sie wollten, und hielten die Zeiten, die abgemacht waren, nicht ein.

Sie sah, dass Paul, der gerade in einen Keks beißen wollte, zum Fenster hinausblickte und zusammenzuckte.

»Sie sind wieder da«, sagte er mit dünner Stimme.

Sie folgte seinem Blick und sah die beiden Polizisten aus Marseille auf das Haus zukommen.

Am liebsten hätte sie sich verbarrikadiert. Doch sie erhob sich und ging zur Haustür.

Langsam öffnete sie. Die beiden Männer blickten sie ernst an.

»*Bonsoir,* Madame Lagoc«, begann der Capitaine. »Es tut mir leid, Sie jetzt noch zu stören, aber wir müssen dringend mit Ihnen reden. Und mit dem jungen Mann ...«

»Paul ist ... er ist sehr durcheinander. Und er hat Angst vor Ihnen. Er hat gelogen, aber ich finde, dass wir ihn nicht ständig von Neuem befragen sollten.«

Der Capitaine schüttelte den Kopf. Er sah an ihr vorbei zu Paul, der hinter ihr aufgetaucht war.

»Paul hat nicht gelogen. Er hat die Geschichte mit dem Direktor nicht erfunden. Jemand hat ihn gezwungen, am nächsten Tag zu lügen. Wir haben das gerade eben herausgefunden. Und sind auf dem schnellsten Weg hierhergekommen.«

Manon sah die beiden Männer mit offenem Mund an.

»*Madame,* haben Sie Paul befohlen, dass er die Anzeige zurückziehen soll? Und ihm versprochen, dass er dafür Geld bekommt?«

Sie zuckte zusammen und schüttelte sprachlos den Kopf.

»Ich ... Nein!«

»Und woher kommt dieses Geld, das dazu dient, das Haus zu renovieren?«

Der Capitaine machte eine ausladende Handbewegung.

»Es ... mein Mann hat im Lotto gewonnen! Das haben wir Ihnen bereits gesagt.« Ihre Stimme zitterte.

»Und Sie meinen, wir haben nicht bemerkt, dass dieses Geld niemals auf Ihrem Konto war? Wenn man im Lotto gewinnt, bekommt man das Geld überwiesen. Wir wissen genau, dass Charles Pinet Ihnen dieses Geld in bar vorbeigebracht hat. Als Dank für Ihr Schweigen. Er und Pierre Pinet haben es in Luxemburg geholt. Einige Tage vor Pierre Pinets Verschwinden.«

Manon glaubte, in Ohnmacht zu fallen. Sie hielt die Hand vor den Mund und schluchzte auf.

Da stand plötzlich Paul neben ihr.

»Mama weiß nichts davon«, sagte er laut und klar. »Papa hat das mit dem Geld gemacht. Und wir haben Mama angelogen.«

Manon zuckte zusammen und starrte ihren Sohn ungläubig an.

Der Capitaine wandte sich Paul zu. »Komm, Paul, wir setzen uns hin, und du erzählst uns genau, was geschehen ist. Von Anfang an.«

Wie in Trance folgte Manon den Männern und Paul in die Küche. Sie ließ sich auf einen Stuhl fallen. Ihre Beine trugen sie nicht mehr. Jacques hatte sie verraten! Sie alle! Er hatte sie betrogen. Er hatte Paul gezwungen, etwas Schlimmes zu verheimlichen, und die Justiz geblendet! Er hatte mit einem Pädophilen und Kinderschänder Geschäfte gemacht. Sie spürte, wie heiße Tränen über ihre Wangen rannen. Pauls Worte drangen wie durch einen dichten Nebel an ihr Ohr.

»Papa ist am Abend, als ich mit Mama bei den Gendarmen gewesen bin, zu mir ins Zimmer gekommen. Er hat gesagt, dass das ganz schrecklich ist, was der Direktor getan hat, doch dass er bezahlen würde. Und wir würden reich werden. Ich muss nur sagen, dass ich gelogen habe. Ich habe gesagt, nein, Papa, ich will nicht als Lügner dastehen, aber Papa hat mir viele Dinge versprochen. Wir würden in die USA fliegen, diesen Sommer noch, dort würden wir alles machen, was ich will, und er würde mir alle Disney-Souvenirs kaufen, die ich möchte. Ich würde auch einen Computer bekommen. Und er hat Wort gehalten. Wir waren in Florida, Disneyworld, bei den Krokodilen, am Strand und in super Hotels mit Rutschbahnen. Und als wir heimgekommen sind, stand in meinem Zimmer der Computer.«

Manon schrie auf. Sie hatte mit Jacques gestritten. Weil sie nicht verstanden hatte, warum er Paul, der eine so fürchterliche Lüge erfunden hatte, noch dazu derart verwöhnte. Nun verstand sie alles! Sie war so naiv und gutgläubig gewesen. Und Jacques war ein Monster!

Sie stürzte sich auf Paul und nahm ihn in die Arme.

»Ach, mein Liebes, es tut mir so leid, du hättest Hilfe gebraucht. Du bist kein Lügner und ich ...«

Ihre Stimme erstickte in den Tränen. Sie drückte ihn an sich.

»Es macht nichts, Mama. Das ist nicht deine Schuld. Mir tut es leid. Verzeih mir!«, sagte Paul leise.

Manon hielt ihren Sohn zitternd an sich. In ihrem Kopf rasten dunkle Gedanken kreuz und quer. Sie hörte nach einer Weile, dass der Capitaine sich räusperte.

»Entschuldigung, aber wir würden gerne das Gespräch zu Ende führen. Wir werden Sie nicht mehr lange stören.«

Manon löste sich langsam von Paul und setzte sich wieder auf ihren Sessel, verwirrt, gedemütigt und verzweifelt.

Der Capitaine sah Paul eindringlich an. »Paul, du weißt, dass es mit der Justiz nicht so läuft, wie dein Vater es dir erklärt hat. Wenn jemand etwas Schlimmes tut, dann reicht es nicht, dass er bezahlt. Dann kommt er vor Gericht. Dort wird bei einem Prozess festgestellt, welche Strafe angemessen ist, ob er bezahlen muss oder ins Gefängnis kommt. Der Direktor, sein Vater und dein Vater haben sich über die Justiz hinweggesetzt, das heißt, sie haben etwas entschieden, was sie nicht hätten entscheiden dürfen. Und das Opfer warst du. Denn wir haben dich als Lügner angesehen. Und keiner hat mit dir über das gesprochen, was der Direktor mit dir gemacht hat. So etwas darf kein Erwachsener mit einem Kind tun! Es handelt sich um ein schlimmes Verbrechen. Und wir wissen, dass der Direktor es auch mit anderen Kindern gemacht hat. Irgendjemand hat den Direktor getötet, wahrscheinlich deshalb. Weil er bemerkt hatte, dass der Direktor Kinder missbrauchte und dafür nie bestraft wurde, weil sein Vater, der sehr reich ist, ihn freikaufte.«

»Ist sein Vater ein König?«, fragte Paul.

Der Polizist lächelte. »Nein. Man nennt ihn hier den Trüffelkönig, weil er durch Trüffeln sehr reich geworden ist. Er ist ein Bauer und Unternehmer, der sehr viel Land besitzt.«

Paul richtete sich auf und meinte: »Ich finde es gut, dass jemand den Direktor getötet hat. Vor allem, wenn er diese ekligen Dinge mit vielen anderen Kindern gemacht hat. Wer das getan hat, ist ein Held. Ich finde nicht, dass man ihn bestrafen sollte.«

Der Polizist sah Paul an und lächelte grimmig.

»Ja, Paul. Aber die Justiz muss auch hier entscheiden. Man darf sich nicht freikaufen, aber man darf auch nicht einfach jemanden bestrafen oder gar töten, weil er jemand anderem Leid zugefügt hat. Wir haben ein System, das sich darum kümmert und für das wir, die Gendarmerie und die Polizei, arbeiten. Und deshalb müssen wir jetzt denjenigen finden, der den Direktor getötet hat.«

»Ich hoffe, dass Sie ihn nicht finden werden«, murmelte Paul kaum hörbar, aber Manon hatte es trotzdem verstanden und die Polizisten sicher auch.

Doch sie reagierten nicht darauf; stattdessen ergriff der andere, jüngere Mann das Wort. »Paul, soll ich dir etwas zeigen? Ich habe etwas in meinem Auto, was dir sicher gefällt!«

Manon sah, dass Paul zurückzuckte. Er wollte gewiss mit keinem Mann mehr allein sein.

»Natürlich kommt deine Mama mit«, fügte der Polizist schnell hinzu. Er stand auf und ging zu seinem Auto. Manon, Paul und der Capitaine folgten ihm vor das Haus. Manon sah, dass er die Hintertür des Wagens öffnete. Ein braunes Knäuel sprang aus dem Wagen und bewegte sich auf sie zu.

»Ein Hund, wie süß!« Paul ging in die Knie, und das Tier sprang ihm in die Arme. Es handelte sich um eine undefinierbare Rasse. Der Vierbeiner war dunkelbraun, buschig, mit einem kleinen spitzen Kopf und kurzen Beinen. Manon hätte nicht sagen können, dass der Hund hübsch war, viel eher fand sie ihn grotesk, aber er schien Paul zu mögen.

Tränen traten in ihre Augen. Warum hatte sie nichts bemerkt? Ihren Sohn nicht schützen können? Sie wusste, dass sie Jacques verlassen würde. Er hatte sie alle verraten! Für 200.000 Euro!

Die Stimme des jungen Polizisten riss sie aus ihren Gedanken: »Ich habe ihn gerade eben aus dem Tierheim geholt. Eigentlich bin ich hin, um jemandem zu helfen, einen Hund auszusuchen, doch ich konnte nicht weg, ohne ebenfalls einen mitgenommen zu haben. Und die Leute dort haben mir gesagt, dass dieser Hund sehr scheu ist, aber Kinder liebt. Er heißt Ronald!«

»Na, Ronald!«, rief Paul und kraulte den Bauch des Hundes.

»Dürfen Sie einen Hund bei der Arbeit haben?«, fragte er den Polizisten.

»Nein, darf er nicht«, meinte der Capitaine. »Aber er tut einfach, was er will. Weil er auf mich, seinen Chef, ohnehin nicht hört.«

Paul lachte. Trotz ihrer Bestürzung musste Manon zugeben, dass sie diese Polizisten falsch eingeschätzt hatte. Beide waren sehr feinfühlig, was den Umgang mit Kindern betraf.

In diesem Moment fuhr Jacques im Auto durch das Tor. Manons Herz zog sich zusammen. Er hatte ihren jüngeren Sohn, den er bei der Tagesmutter abgeholt hatte, bei sich. Schnell ging sie zum Auto, öffnete die Hintertür und zog Florent vom Rücksitz.

Der Fünfjährige hatte den Hund erspäht, befreite sich aus den Armen seiner Mutter und stürzte sich auf ihn und auf Paul.

Jacques, der ausgestiegen war, sah Manon fragend an, doch sie wich seinem Blick aus. Die beiden Polizisten traten auf Jacques zu. »Monsieur, bitte folgen Sie uns in Ihrem Wagen. Die Gendarmen möchten Sie sprechen.«

Jacques sah die beiden Polizisten verwirrt an.

»Es geht um die Bestechung«, meinte der Capitaine kalt, »und um die Lüge Ihres Sohnes, die Ihre war.«

Jacques zuckte zusammen, setzte sich jedoch wortlos ans Steuer und schickte sich an, den Wagen zu wenden. Er wich Manons Blick aus.

»Mama, kommt Papa ins Gefängnis?«, fragte Paul mit zitternder Stimme.

Manon ballte die Fäuste.

»Nein, Paul, er kommt nicht ins Gefängnis. Aber ich werde ihn zum Teufel jagen!«

Ein romantischer Abend

Sie saßen auf einer Terrasse unter Bäumen am Ufer der Sorgue, ein wenig außerhalb des Stadtzentrums.

»*Mon Dieu,* was für ein schöner Ort«, meinte Mathieu. »So romantisch.«

»Natürlich«, erwiderte Carine. »Nur die schönsten Orte für dich.«

Sie lächelte ihm zu. Wie immer sah sie hinreißend aus. Sie trug ein kurzes schwarzes Kleid und eine hellblaue Jacke aus Garn. Ihre dunkelbraunen Haare fielen ihr in seidigen Strähnen bis zu den Schultern, und ihr Gesicht, aus dem die Augen türkisblau leuchteten, wirkte in dem fahlen Abendlicht wie gemeißelt. Mathieu wusste ganz genau, dass er ihren Annäherungsversuchen an diesem Abend nicht mehr widerstehen würde.

Er erzählte ihr von seinem Gespräch mit Paul und vom Verhör seines Vaters im Büro des Kommandanten Calcin.

Jean Calcin hatte sich drohend vor Jacques Lagoc aufgebaut. Er hatte ihn gefragt: »Und Sie meinen also, dass Sie uns, die Exekutive, für blöd verkaufen können? Mit dem Übeltäter einen für Sie sehr lukrativen Deal eingehen können? Mit einem Kinderschänder, der sich an Ihrem eigenen Sohn vergriffen hat? Was haben Sie sich dabei gedacht?«

Es war das erste Mal gewesen, dass Mathieu Jean Calcin wütend erlebt hatte. Der Kommandant hatte den Mann richtig angebrüllt.

Pauls Vater hatte geseufzt. »Ich habe nicht nachgedacht. Mich hat der alte Pinet angerufen und mir das Angebot gemacht. Und zugleich hat er mir gedroht. Dass ich es bereuen würde, wenn ich auf das Angebot nicht einginge.«

»Und da haben Sie nicht den Reflex gehabt, uns zu kontaktieren? Wo wir doch eine Stunde vorher gerade die Anzeige aufgenommen hatten? Ich glaube Ihnen nicht! Sie sind von Ihrer Habgier verleitet worden! Von Ihrer Geldgier! Sie haben das Wohlergehen Ihres Sohnes geopfert. Und noch viel schlimmer: Diese Anzeige hat etwas ausgelöst. Pierre Pinet ist wahrscheinlich wegen dieser Sache getötet worden.«

Der Kommandant hatte den Mann nicht geschont. Er hatte ihm auch mit entsprechenden Konsequenzen gedroht, dass man ihn vor Gericht stellen würde, zusammen mit Charles Pinet.

»Nun, der alte Pinet ist ja schon daran gewöhnt«, meinte Carine sarkastisch und nippte an ihrem Glas Wein.

»Klar. Wir müssen ihm aus dieser Geschichte einen Strick drehen. Er soll für die Bestechungen bestraft werden. Und es soll ihm bewusst werden, dass er damit den Tod seines Sohnes verschuldet hat.«

»Aber wir wissen doch gar nicht, was seinem Sohn geschehen ist! Wer ihn auf dem Gewissen hat. Es haben ja nicht viele Leute von der Anzeige gewusst.«

»Nun, die Familie Lagoc wird Pierre Pinet wahrscheinlich nicht getötet haben. Er hat sich ja freigekauft. Und es wäre auch sehr riskant gewesen für sie. Meiner Meinung nach hat Pinet im letzten Jahr einige Kinder sexuell missbraucht. Aber niemand hat sich gemeldet. Stattdessen hat irgendjemand mit ihm abgerechnet, ohne euch zu Hilfe zu rufen.«

»Aber dann hat das nichts mit Pauls Anzeige zu tun.«

»Indirekt schon. Wenn die Anzeige nämlich nicht zurückgezogen worden wäre, dann hättet ihr am nächsten Tag Pierre Pinet in Untersuchungshaft genommen. Und er wäre noch am Leben.«

»Ja ...« Carine strich nachdenklich über ihr Weinglas. »Sylvie und ich waren uns ziemlich sicher, dass Paul am Anfang die Wahrheit gesagt hatte. Deshalb sind wir noch einmal hin. Und haben die DDASS kontaktiert. Einmal habe ich Paul allein in der Stadt gesehen und ihn abgepasst, weil ich noch einmal mit ihm sprechen wollte. Ganz inoffiziell. Doch er hat sich plötzlich umgedreht und Reißaus genommen.« Carine seufzte. »War wohl ein wenig tollpatschig von mir. Er schien mir komplett verängstigt. Und irgendwie hat Pierre Pinets Verschwinden mir bestätigt, dass mit diesem Direktor etwas nicht stimmte. Aber warum haben wir nicht all das herausgefunden, was ihr entdeckt habt?«

»Weil wir die PJ sind. Wir sind super-kompetent«, sagte Mathieu ernst, brach aber dann in Lachen aus. »Wir hatten viel mehr Informationen als ihr. Wir wussten, dass Pierre Pinet tot war, dass jemand ihn ermordet hatte. Ihr seid anfangs von einem Unfall oder einem freiwilligen Verschwinden ausgegangen. Es war keine Mordermittlung. Ihr habt noch nach ihm gesucht.«

»Ja, und trotzdem frage ich mich jetzt, warum wir das mit Paul nicht herausgefunden haben. Wie geht es dem Jungen?«

»Er wird wahrscheinlich eine längere Therapie brauchen. Er hat Pierre Pinet gehasst. Er hat gesagt, er wolle nicht, dass sein Mörder bestraft wird. Für ihn ist der Täter ein Held. Sein Retter. Dann musste ich ihm erklären, wie das läuft bei einer Straftat. Dass man nicht zur Selbstjustiz greifen darf. Aber wenn ich so recht überlege, habe ich auch keine große Lust mehr, den Täter zu finden. Gewiss handelt es sich um einen guten Familienvater, der sein Kind schützen oder rächen wollte.«

Carine sah ihn nachdenklich an. Ihre Augen schimmerten dunkler als sonst.

»Ich weiß. Ich bin froh, dass wir den Fall nicht mehr bearbeiten. Und unser Boss hat gut daran getan, die Ermittlung abzugeben. Denn ich weiß nicht, wie viel Luis über seinen Cousin bekannt ist.«

Mathieu überlegte. Wenn Luis über Pierre Pinets pädophile Tendenzen Bescheid gewusst hatte, dann war er schuldig, denn er hätte es seinen Kollegen melden müssen. Und auch die Thailandaktivitäten seines Cousins hätte er verfolgen sollen. Vor allem aber hätte er in diesem Fall ablehnen müssen, dass Paul seine Anzeige zurückzog. Kommandant Calcin würde dieser Sache ohnehin nachgehen, auch wenn Mathieu die Ermittlung übernommen hatte.

Vorsichtig erklärte der Capitaine Carine den Sachverhalt.

»Mensch, was für ein Chaos«, meinte sie.

Mathieu kam ein Gedanke.

»Stell dir mal vor, Carine, Luis wusste Bescheid und wollte es vertuschen. Er hat deshalb den Computer verschwinden lassen. Mittlerweile können wir uns vorstellen, was auf dem Computer zu finden war.«

»Kinderpornos«, sagte Carine nachdenklich. »Aber warum sollte Luis so etwas tun?«

»Pierre Pinet war trotz allem sein Cousin, und die Schande der Familie hätte auch Luis getroffen.«

»Verstecken, dass sein Cousin pädophil war? Als Gendarm? Das könnte ihn seine Karriere kosten!«

»Eben«, sagte Mathieu nachdenklich. »Ich weiß nicht ganz, wie ich morgen vorgehen werde. Natürlich möchte ich mir den Trüffelkönig schnappen, aber vielleicht sollte ich warten. Ich werde mich mit Jean Calcin absprechen.«

»Ja, ist vielleicht das Beste.«

Sie bestellten *Tartines,* die Spezialität des Hauses, ein neues Konzept, das darin bestand, auf riesigen getoasteten Schwarzbrotscheiben gesottenes Gemüse, warmen Ziegenkäse, provenzalisches Pesto und andere Köstlichkeiten zu servieren. Es handelte sich um die provenzalische Version der italienischen Bruschetta.

»Das ist nicht nur ein romantischer Ort, sondern es schmeckt auch vorzüglich«, meinte Mathieu.

»Hat Damien nichts gesagt, als du gegangen bist?«, wollte Carine wissen.

»Ach, der! Er hat das nicht mitbekommen!« Mathieu schnaubte. »Der ist heute vollkommen ausgeflippt.«

Mathieu erzählte Carine von Damiens neuem Hund. Der

Kollege war an diesem Abend nach Marseille gefahren, um den Hund seiner Freundin zu bringen.

Carine lachte. »Und der arme Monsieur Millet? Hat der auch einen Hund gefunden?«

»Ja. Ein Riesentier.« Mathieu schüttelte sich.

»Du bist wohl kein Fan von Hunden«, bemerkte Carine.

Mathieu schüttelte den Kopf. »Sie machen mir Angst.«

Sein Blick fiel auf Carines Handy, das vor ihr auf dem Tisch lag. Eine Nachricht war eingegangen, und der Bildschirm leuchtete auf. Mathieu sah ein Gesicht mit stechenden, türkisblauen Augen. Kurze Haare. Carines Gesicht.

»Wer ist das auf deinem Handy?«, fragte Mathieu Carine erstaunt. »Du selber als Jugendliche?«

»Nein. Mein Bruder David. Aber wir sahen uns als Kinder sehr ähnlich. Auf diesem Foto ist er fünfzehn.«

Sie hielt ihm das Telefon hin. Mathieu staunte. Ihr Bruder war Carine wie aus dem Gesicht geschnitten.

»Wie alt ist er jetzt?«

Carine schwieg und seufzte. »Er war mein älterer Bruder. Aber er ist mit siebzehn gestorben. Ich war damals vierzehn.«

»Ach«, stammelte Mathieu. Ihm hatte es die Sprache verschlagen.

»David hat sich umgebracht. Er ist in die Sorgue gesprungen. Im Frühjahr, als das Schmelzwasser da war. Er ist sofort untergegangen.«

Mathieu schwieg schockiert, nach einigen Sekunden brachte er hervor: »Das tut mir leid.«

»Mir auch!« In Carines Augen schimmerten Tränen. »Wir konnten ihm nicht helfen. David war psychisch krank. Depression. Es begann mit dreizehn, als er noch in der Mittelschule war. Er war den Anforderungen der Schule nicht gewachsen, hat den schulischen Druck nicht ausgehalten.«

»War er in Therapie? Bekam er Medikamente?«

»Ständig! Er war zweimal in der Psychiatrie.«

»Und sie konnten ihm nicht helfen?«

Carine schüttelte den Kopf. »Die Medikamente wirkten nicht. Und die Therapie half genauso wenig. Er hat die besten Psychologen aufgesucht, ohne Erfolg. Und eines Abends standen zwei Feuerwehrmänner vor der Tür. Sie hatten gerade Davids Leiche aus dem Fluss geborgen. Obwohl ich noch so jung war, habe ich gewusst, dass es geschehen würde. Und trotzdem war es fürchterlich. Ich habe ihn geliebt. Ich fühlte mich allein. Und dann kam das mit meiner Mutter. Sie begann zu trinken. Es wurde immer schlimmer mit ihr. In ihrem letzten Jahr war sie keine Stunde nüchtern. Und eine Woche nach meinem 18. Geburtstag fand ich sie tot in ihrem Bett. Medikamente und Alkohol. Sie hat den Selbstmord meines Bruders nicht ertragen. Und ist denselben Weg gegangen wie er.«

Mathieu nahm Carines Hand, unfähig, irgendetwas zu erwidern. Ihre entsetzliche Erzählung schnürte ihm die Kehle zu. Zugleich meldete sich Sorge in ihm. Wer ist diese Frau?, fragte eine innere Stimme. Welchen Schaden hat sie von ihrer Kindheit und Jugend bekommen? Kann sie die schwierige Arbeit, die sie sich ausgesucht hat, überhaupt schaffen? Ist sie beziehungsfähig? Tausende Gedanken rasten durch Mathieus Kopf.

»Es war schlimm für mich. Doch ich habe an mir gearbeitet. Therapie, Selbsterfahrung, Sport. Und dann kam ich zur Gendarmerie und wurde dort mit meiner Familiengeschichte natürlich sehr genau unter die Lupe genommen, zum Glück aber als solide eingestuft. Außerdem war ich nicht allein. Ich habe meine Tante, die immer für mich da war. Schon früher. Schon, als mein Vater uns verlassen hat – da war ich erst drei – hat sie meine Mutter unterstützt. Jetzt sind meine Tante und meine elfjährige Cousine meine ganze Familie. Sie sind sehr wichtig für mich.«

Mathieu streichelte ihre Hand. Carine tat ihm so leid, dass ihm selbst beinahe die Tränen kamen. Was für eine fürchterliche Geschichte!

Der Kellner räumte den Tisch ab. Er fragte, ob sie einen Nachtisch wollten. Mathieu verneinte, ihm hatte Carines Erzählung den Appetit verdorben. Carine hatte nicht einmal ihre *Tartine* fertig gegessen. Mathieu verlangte nach der Rechnung.

»Sollen wir ein wenig durch das Stadtzentrum spazieren?«, bot Carine an, nachdem er bezahlt hatte.

»Ja, gern.«

Mittlerweile war es komplett dunkel geworden, etwas kühler, aber trotzdem noch mild.

Er spürte, dass Carine fröstelte, und legte den Arm um sie. »Ist dir kalt?«

Sie lächelte. »Nicht, wenn du mich berührst.«

Er sah das Leuchten in ihren Augen.

Mathieu wusste, dass der Moment nahe war, an dem es kein Zurück mehr gab. Wenn er mit Carine eng umschlungen durch den Ort spazierte, dann konnte er am nächsten Tag nicht sagen, dass er nur als guter Freund für sie da sein und seiner Lebensgefährtin treu bleiben wollte. Er hatte keine Neuigkeiten von Martha. Außerdem war er sich jetzt sicher, dass er sich in Carine verliebt hatte, trotz aller möglichen Bedenken. Sie spazierten über die Brücke, die das Wasserbecken auf der Ostseite des Stadtzentrums überquerte. Das Gewässer glitzerte im Dunkeln, und die Lichter der umliegenden Restaurants spiegelten sich darin. Sie gingen den Kanal entlang und nahmen dann die Haupteinkaufsstraße Richtung Kirche.

»Erzähl mir etwas über dich!«, forderte Carine ihn auf. Er spürte ihre Hand, die sanft über seinen Rücken strich. »Über deine Familie, deine Kindheit!«

»Ach, nichts Dramatisches. Verglichen mit dir habe ich eine glückliche Kindheit verlebt.«

Er erzählte von seinen Eltern, die in Burgund lebten, und von seinem Bruder, der in Quebec wohnte.

»Ich habe Glück«, meinte Mathieu, »ich habe meine beiden Eltern noch.«

»Mein Vater lebt auch noch, irgendwo in Nordfrankreich. Ich habe ihn nur bei Mutters Begräbnis gesehen und habe es abgelehnt, mit ihm zu sprechen. Nun ... Er hat bezahlt, Alimente, zumindest das. Und er hat uns ein hübsches kleines Häuschen gekauft, das ich verkauft habe, als ich meinen Job bei der Gendarmerie begonnen habe. Dank ihm habe ich jetzt genügend Geld. Aber ich hasse ihn trotzdem, weil er uns im Stich gelassen hat. Ich mache ihn für die Depression meines Bruders verantwortlich.«

Sie wanderten weiterhin durch die Gässchen des Ortes. Mathieu erzählte Carine auch vom Drama seines Lebens, von dem Tag, an dem sein Freund und Arbeitskollege Gabriel Mazet in einer Pariser Vorstadt vor Mathieus Augen von Drogendealern erschossen worden war. Noch immer war die Erinnerung an dieses fürchterliche Ereignis unerträglich.

Er spürte Carines Hand, die seinen Rücken streichelte.

»Ich weiß«, sagte sie leise. »Auch du hast deinen Toten. Mir geht es genauso mit den Gedanken an meinen Bruder und meine Mutter.«

»Gabriel war zwar kein Angehöriger, aber er stand mir sehr nahe. Und es war der erste große Schicksalsschlag meines Lebens. Ich weiß, dass ich noch weitere erleben werde. Das ist bei meiner Arbeit fast unumgänglich.«

»Ja, eure Arbeit in den Vorstädten ist weitaus gefährlicher als unsere auf dem Land«, bemerkte Carine.

Mathieu nickte. »Und trotzdem gibt es auf dem Land ebenfalls Tragödien, die man als Gendarm oder Polizist zwangsläufig mitbekommt. Und man kann genauso bei einem Einsatz verletzt oder getötet werden und Kollegen verlieren.«

»Natürlich, aber ich habe nie nach einer Arbeit gesucht, die harmonisch ist. Ich glaube, ich wollte Gendarmin werden, weil mir Konflikte, Dramen und Todesfälle keine Angst machen. Im Gegenteil, sie helfen mir, meine eigene Vergangenheit aufzuarbeiten, so seltsam das klingen mag.«

»Ich könnte nicht Jahr und Tag in einem Büro arbeiten und Papiere oder Dateien herumschieben«, bemerkte Mathieu.

»Mir geht es genauso. Ich habe nach meinem Abitur beschlossen, zur Gendarmerie zu gehen, weil ich relativ sportlich war, nach dem Tod meiner Mutter einige Zeit von hier weg, aber nicht studieren wollte. Ich wollte keine lange Ausbildung machen, sondern sofort arbeiten. Etwas Sinnvolles tun. Ich hatte mit meinen Brigaden immer Glück. Angenehme Arbeitskollegen, eine schöne Dienstwohnung, interessante Arbeit.«

Sie waren am Ende des Kanals angekommen, dort, wo die Straße zur Gendarmerie vom Boulevard abzweigte.

»Ich begleite dich nach Hause, wie letzte Woche«, meinte Mathieu.

Carine sah ihn an. »Als guter Freund?«

»Nun ... Ich glaube, über dieses Stadium sind wir ein wenig hinaus. Findest du nicht?«

»Wenn du es sagst.«

Mathieu sah Carine von der Seite an. Sie lächelte glücklich. »Mit deiner Lebensgefährtin scheint es ohnehin zu Ende zu sein, und ich kann nicht viel dafür.«

»Nein«, gab Mathieu zu, »die Situation hätte sich so oder so in diese Richtung entwickelt. Aber dadurch, dass ich dich kennengelernt habe, renne ich Martha nicht hinterher. Ganz im Gegenteil!«

Sie kamen bald bei den Gebäuden der Gendarmerie an.

»Danke für das Essen und für die Begleitung«, sagte Carine. Sie blieb stehen und sah ihn an. Er wusste, was sie sich von ihm erwartete.

Mathieu schielte zu den hell erleuchteten Fenstern der Büros. Er zog Carine einige Meter weiter nach vorne, wo es dunkel war und man sie vom Gebäude aus nicht sehen konnte.

Dann zog er sie an sich und küsste sie sanft. Sie warf sich in seine Arme und strich mit ihrer Hand über seinen Nacken, während sie einander immer leidenschaftlicher küssten. Er spürte ihre Lippen, ihren schlanken Körper, der sich an seinen schmiegte, und ihre sanften Rundungen.

»Ich liebe dich, Mathieu«, flüsterte Carine in sein Ohr. »Ich weiß, dass du der Mann meines Lebens bist. Bitte, bleib heute Nacht bei mir.«

»Ich glaube nicht, dass das eine gute Idee ist«, erwiderte er leise, »dass ich morgen in der Kaserne aufwache. Mir ist das zu riskant.«

»Ach, ja, das hatte ich vergessen! Du willst bei Calcin und Co einen guten Eindruck hinterlassen.«

»Darum geht es nicht. Ich möchte, dass wir sehr diskret sind«, erklärte Mathieu. »Denn ich bin zunächst einmal hier, um einen Mord aufzuklären, nicht um mich zu vergnügen!«

»Klar.«

Nun hätte er ihr vielleicht anbieten müssen, zu ihm zu kommen. Doch das wollte er nicht. Nicht an diesem Abend. Er wollte noch warten.

»Hör mal«, sagte er leise, »wir sehen uns morgen, wann du willst. Doch ich gehe jetzt nach Hause.«

»Bist du dir noch nicht sicher wegen uns beiden?«, fragte Carine. Im Licht der Straßenlaterne konnte er ihren bangen Blick wahrnehmen.

»Doch, ich bin mir ganz sicher. Aber wir sollten uns noch etwas Zeit geben.«

»Nie am ersten Abend«, meinte Carine. »Aber am zweiten vielleicht?«

»Vielleicht!«

Er nahm ihre Hand und verflocht seine Finger in ihre.

»Wirklich, Carine, du bist mir sehr wichtig. Aber ... unsere erste gemeinsame Nacht soll etwas Besonderes sein. Nicht in der Nähe deiner Kollegen und nicht in meiner unaufgeräumten Ferienwohnung.«

»Okay, das kann ich akzeptieren. Auch wenn es mir schwerfällt zu warten.«

»Gute Nacht, *Chérie* ...«

Wieder küsste Mathieu sie und drückte sie an sich. Es war nicht einfach, sie loszulassen und heimzugehen.

Irgendwie schaffte er es, sich von Carine zu trennen, und trat den Heimweg an.

Während er die Straße entlang Richtung Stadtzentrum ging,

schrieb er eine SMS an Martha. Er wollte nicht zweigleisig fahren. Er fand es ihr und Carine gegenüber fairer, wenn klare Verhältnisse herrschten.

Martha, meine Entscheidung ist gefallen. Ich will, dass wir uns trennen. Überlege dir, ob du die Wohnung behalten möchtest, wenn ja, dann ziehe ich aus. Ansonsten finden wir eine Lösung.

Was für eine Lösung das sein sollte, wusste Mathieu im Moment nicht. Sie hatten einen Mietvertrag bis Mitte des folgenden Jahres unterschrieben.

Mann, dachte Mathieu, ich habe zu viel um die Ohren. Carine, Martha, den Direktor Pinet, den Trüffelkönig, Paul und seine Familie, meine Wohnung ...

Gedankenverloren sah er auf das dunkle Wasser der Sorgue. Dieser Fluss war ein Segen für die Region. Doch er hatte nicht allen Glück gebracht. Er dachte an Carines Bruder, der im Alter von siebzehn Jahren Selbstmord begangen hatte. Und an Pierre Pinet, der seinen Tod nun doch verdient hatte.

Als Mathieu in seiner Ferienwohnung ankam, sah er, dass er drei SMS bekommen hatte. Carine schrieb ihm *Gute Nacht, mon chéri.*

Und *Du fehlst mir, ich kann es nicht erwarten, dich morgen wiederzusehen!*

Die dritte Nachricht war von Martha.

Ich ziehe aus. Noch vor dem Wochenende. Du kannst die Wohnung behalten. Ich will dich nicht mehr sehen. Es ist besser so für uns beide.

Mathieu war ein wenig schockiert über ihre rasche und eiskalte Reaktion. Wahrscheinlich hatte sie ihren Auszug bereits vorbereitet. Er fand es nicht fair, dass sie ihn das mit der Wohnung ganz allein regeln ließ.

Andererseits hatten sie beide nun einen Schlussstrich unter diese Beziehung gezogen, die ihnen schon seit Monaten keine Freude mehr bereitete. Und so konnte Mathieu guten Gewissens mit Carine zusammen sein. Das war im Moment das Wichtigste für ihn.

Ein Einbruch

Sylvie saß an ihrem Computer, als Luis in ihr Büro kam. Sie zuckte zusammen. Er war an diesem Morgen der Allerletzte, den sie sehen wollte!

Sylvie hatte sich mit Luis, der in der Brigade nach dem Kommandanten den wichtigsten Posten innehatte, immer gut verstanden. Sie hatte das Gefühl, dass auch er sie schätzte und respektierte. Doch sie hatte sehr schlecht geschlafen. Das, was die PJ über Pierre Pinet herausgefunden hatte, war ihr ständig im Kopf herumgegeistert. Sie fragte sich nun, ob Pierre Pinets Familie über dessen Aktivitäten Bescheid gewusst hatte. Und ob die Geschwister geholfen hatten, seine Probleme zu vertuschen.

Und welche Rolle hatte sein Cousin gespielt? Luis hatte immer gesagt, er würde diesen Teil seiner Familie nicht schätzen, aber vielleicht hatte der Onkel auch Luis bestochen oder unter Druck gesetzt? Allerdings stufte Sylvie den Adjutanten als jemanden ein, der nicht bestechlich war. Sie überlegte. Sie hatte Lust, mit ihm über Mathieu Dubois' Entdeckungen zu sprechen und ihn offen zu fragen, welches seine Rolle in dem ganzen Trauerspiel war. Vielleicht hatte er keinen blassen Schimmer von all dem? Andererseits hatte der Capitaine sie alle gebeten, keinem anderen Gendarmen davon zu erzählen.

»Alles in Ordnung, Sylvie?«

Luis hatte wohl gesehen, dass sie zusammengezuckt war.

Sie nickte. »Ich war nur ein wenig in Gedanken versunken und bin erschrocken, als du hereingekommen bist.«

Er legte ein Blatt vor sie hin. »Ich weiß, dass ihr derzeit einiges zu tun habt, weil der Capitaine euch mit Beschlag belegt. Aber es würde mir helfen, wenn du dieser Sache nachgehen könntest.«

Sylvie runzelte die Stirn, als sie das Blatt nahm. Luis hatte zwei Wochen zuvor die Anzeige einer Frau aufgenommen, bei der immer wieder eingebrochen wurde. Doch niemals kam etwas weg, im Gegenteil: Vielmehr wurden Dinge hinterlegt. Eklige Dinge. Ein toter Vogel. Ein blutiges Taschentuch. Ein Knochen.

Die Dame hatte in den vorhergehenden Wochen bereits die Gendarmen gerufen, und Luis hatte versucht, Fingerabdrücke zu finden. Doch anscheinend war der Einbrecher sehr vorsichtig gewesen. Es war ziemlich klar, dass es darum ging, die Frau zu verunsichern, sie unter Druck zu setzen. Am Vortag war bereits zum vierten Mal ein Fenster eingeschlagen worden, und am Abend hatte ein blutiges Stück Fleisch mitten auf dem Küchentisch gelegen. Luis wünschte, dass Sylvie und Carine mit der Dame sprachen. Er hatte das Gefühl, dass diese ihm etwas verschwieg.

Sylvie atmete auf. Sie hatte befürchtet, dass Luis nach dem Fortschreiten der Ermittlung der PJ fragen würde. Doch so eine Sache kam ihr wie gerufen, damit sie nicht mit ihm über seinen Onkel und seinen Cousin sprechen musste!

Carine und Dominique kamen ins Büro. Dominique sah ziemlich erschlagen aus, mit dunklen Ringen unter den Augen, während Carine richtiggehend strahlte. Luis teilte auch Carine in knappen Sätzen mit, was er sich von ihr und Sylvie erwartete. Carine sah ihn lächelnd an und nickte, so, als handle es sich bei der Befragung dieser Frau um die schönste Arbeit der Welt. Sylvie bemerkte, dass Luis Carine einen verwunderten, ziemlich irritierten Blick zuwarf.

Als er den Raum verlassen hatte, meinte Dominique: »*Putain*, ihr habt keine Ahnung, was ich mir für Sorgen mache! Dieser Typ, der pädophil war, hat auch meine Kinder unterrichtet! Und wenn er sich nun an einem von ihnen vergriffen hat?«

»Nein«, beschwichtigte Sylvie ihren Kollegen, »wenn das so gewesen wäre, dann hättest du etwas bemerkt. Deine Söhne haben doch keine Probleme, oder? Wirkt einer von ihnen irgendwie belastet, bedrückt oder verstört?«

Dominique schüttelte den Kopf. »Nein. Absolut nicht. Und trotzdem ...«

»Ich verstehe dich«, erwiderte Carine, »mir geht es wie dir. Ich bin auch von ihm unterrichtet worden. Es ist zwar schon lange her, aber es ist trotzdem ein seltsames Gefühl – als hätte man einige Zeit neben einer Bombe gesessen, die zum Glück nicht explodiert ist.«

»Ich stelle mir da noch viel ernstere Fragen. Wie können wir überhaupt den Leuten vertrauen, die sich um unsere Kinder kümmern?«, fragte Dominique.

»Ich würde mir jetzt nicht zu viele Sorgen machen«, beruhigte ihn Sylvie. »Er war ein Lehrer, der dieses Problem hatte. Das soll aber nicht heißen, dass alle männlichen Lehrer eine Gefahr darstellen.«

Dominique sah sie an und zuckte verzweifelt mit den Schultern.

»Aber ich habe ihn sehr gemocht, diesen Direktor. Ich habe ihm blind vertraut.«

»Wir kennen die Leute, die um uns herum leben, oft nicht«, meinte Sylvie. »Es gibt so viele Personen, die dunkle Geheimnisse haben – das müsste dir als Gendarm doch schon vorher bewusst geworden sein.«

»Natürlich«, seufzte Dominique. »Das war mir bewusst. Aber hier geht es um meine Kinder. Und das ist schlimmer als alles andere. Sie waren diesem Typen schutzlos ausgeliefert. Er hat sich den jungen Paul ausgesucht. Doch es hätte auch einen meiner Söhne treffen können.«

»Gerade deshalb ist es so wichtig, mit den Kindern zu reden, ihnen einzuschärfen, es sofort zu erzählen, wenn in der Schule etwas Seltsames passiert.«

Sylvies Herz zog sich zusammen. Sie ahnte, dass sie bald in die Schule gehen und mit den Schülern sprechen musste, um herauszufinden, ob es noch andere Opfer gab, die sich nie gemeldet hatten. Und die Erfahrung sagte ihr, dass man sie und Carine für diese Arbeit einteilen würde.

Dominique ging, um sich einen Kaffee zu holen, während Carine sich neben Sylvie setzte. »Gestern Abend«, sprudelte sie hervor, »hat er mich zum Essen eingeladen. Und er hat mich zum Abschied geküsst. Ich bin mir sicher, dass er mit seiner Freundin Schluss machen wird.«

Sylvie hielt erstaunt inne. Sie hatte nicht wirklich damit gerechnet, dass Mathieu Dubois Carine so schnell nachgeben würde. Er war ihr als ein sehr überlegter junger Mann erschienen. Sie hoffte, dass er Carine nicht nur als Abenteuer sah. Sie wollte die Freundin warnen, doch das musste warten. Dominique kam wieder ins Büro, begleitet von Simon. Carine ging zurück zu ihrem Schreibtisch.

»Geheimnisse vor uns?«, fragte Simon.

»Ach, nur etwas Privates ... Herzensgeschichten«, erklärte Carine.

»Und die sind nicht für unsere Ohren bestimmt?«

»Nicht wirklich. Ist auch für euch nicht so interessant.«

Die beiden Kollegen lachten.

»Kommt darauf an«, meinte Simon.

Nun, die beiden hätten es sicher ziemlich interessant gefunden, wenn sie erfahren hätten, wen diese Geschichten betrafen.

Bald fuhren Carine und Sylvie in einem Gendarmerie-Auto zu Madame Lesque, die ein wenig außerhalb des Ortes lebte.

»Ich bin so glücklich, Sylvie«, sagte Carine. »Aber wir müssen sehr diskret sein. Du weißt ja, seine Ermittlung.«

»Klar. Aber, Carine, bist du dir sicher, dass er seine Freundin verlassen wird?«

»Die Beziehung ist so gut wie beendet. Ich denke, das wäre

ohnehin geschehen. Sie hat ihn ziemlich unter Druck gesetzt. Wollte, dass er weniger arbeitet. Und war stockbeleidigt, weil er hierhergekommen ist.«

Sylvie verzog das Gesicht. »Er arbeitet ja wirklich ständig. Und glaubst du, dass er es ernst meint mit dir?«

Sie spürte, dass Carine sie von der Seite ansah. »Ehrlich gesagt, ich denke schon. Ich glaube nicht, dass er mich nur ausnützen will.«

»Pass trotzdem auf, Carine. Lass dich nicht verletzen. Diesmal bist du wirklich verliebt.«

»Ja. Ich habe Glück. Denn ich glaube, dass er auch in mich verliebt ist.«

»Ja. Du hast Glück«, seufzte Sylvie. Wieder spürte sie diesen Stich der Eifersucht.

Carine schien ihre Gefühle zu kennen.

Sie legte Sylvie eine Hand auf den Arm. »Das wird dir auch geschehen. Vielleicht schon bald. Du wirst jemanden treffen. Und zwar dann, wenn du es am wenigsten erwartest. Doch dann darfst du ihn nicht abweisen, nur weil du gedanklich bei anderen Dingen bist. Die Liebe kommt nicht auf Bestellung. Außer wenn du eine Dating-App verwendest. Aber das willst du ja nicht.«

»Nein.«

»Also musst du warten. Und bei Gelegenheit zuschlagen.«

Unwillig schüttelte Sylvie den Kopf. Sie wollte im Moment nicht an diese Dinge denken.

Sie fuhren auf den Hof von Carole Lesque, einer hübschen Braunhaarigen, die an die 45 Jahre alt war. Sie zeigte sich sehr verunsichert, konnte jedoch den beiden Gendarminnen keinen Hinweis geben, wer aus ihrem Umfeld so etwas tun könnte. Sylvie fragte sie nach gegenwärtigen und vergangenen Liebschaften, nach abgewiesenen Verehrern, eifersüchtigen Bekannten, Reibereien bei der Arbeit, doch die Frau hatte diesbezüglich nichts zu erzählen. Sylvie und Carine hatten nicht mehr herausgefunden als das, was auch Luis schon bekannt

gewesen war. Sylvie konnte gut verstehen, dass Madame Lesque nach dem vierten Einbruch panisch wurde. Noch dazu lag
das Haus ziemlich einsam, drei Kilometer vom Ort entfernt
mitten auf dem Land.

»Fürchten Sie sich hier nicht, so ganz allein?«, fragte Sylvie.
»Sie haben nicht einmal Nachbarn!«

Die Frau zuckte mit den Schultern.

»Ich bin darauf vorbereitet, wenn irgendjemand hier einbricht, während ich im Haus bin.«

Als Carine und Sylvie sie fragend ansahen, erklärte sie: »Ich
habe eine Waffe. Eine Pistole. Die gibt mir Sicherheit.«

Carine starrte die Frau an. »Aber ... das ist illegal!«, meinte
sie. »Das ist sogar strafbar.«

»Ich weiß. Und trotzdem sage ich es Ihnen beiden. Weil Sie
Frauen sind wie ich. Weil Sie wissen, dass wir schwächer sind
als die Männer. Sie beide tragen eine Waffe. Sie können verstehen, dass ich mir eine besorgt habe, nicht wahr?«

Sylvie räusperte sich. »Madame ... Wir verstehen Sie. Nur
ist es gefährlich, sich auf dem Schwarzmarkt so eine Waffe zu
besorgen. Wenn Sie illegale Waffen kaufen, dann ist das wie
mit den Drogen: Sie haben Kontakt zu einem Milieu, dem Sie
besser fernbleiben sollten. Und Sie wissen, welche Gefahr
droht, wenn Sie die Waffe leichtfertig benutzen. Womöglich
müssen Sie eine Gefängnisstrafe absitzen, wenn Sie den An-
greifer töten.«

»Darauf lasse ich es ankommen. Aber bitte bestrafen Sie
mich nicht dafür, dass ich mich schützen will!«

»Glauben Sie, dass Sie in Gefahr sind? Dann müssen Sie uns
das sagen!«

»Wenn jemand bei Ihnen solche ekligen Dinge hinterlegt,
dann fühlen Sie sich auch nicht mehr wohl, oder?« Die Frau
blickte Sylvie herausfordernd an. »Ein Freund hat mir die Pistole besorgt. Er hat mir auch das Laden und das Schießen bei-
gebracht. Ich bewahre sie hier im Haus in meinem Nachttisch

auf für den Fall, dass in der Nacht jemand einbricht, während ich im Bett liege.«

Sylvie und Carine warfen einander einen Blick zu. Beide verzichteten darauf, der Frau zu erklären, dass so eine Maßnahme keine Garantie für Sicherheit war. Sie hatten verstanden, dass die Waffe eine psychologische Funktion erfüllte.

»Okay«, meinte Sylvie schließlich, »versprechen Sie mir, dass Sie die Pistole nicht leichtfertig verwenden. Und vor allem, dass Sie niemandem mitteilen, wo Sie sie aufbewahren.«

Die Frau nickte ernst.

Kurze Zeit später fuhren Sylvie und Carine wieder ab, nicht ohne der Dame das Versprechen abgenommen zu haben, sie anzurufen, falls ihr noch etwas einfallen sollte.

Im Auto seufzte Sylvie. »Meinst du, wir hätten ihr die Waffe abnehmen sollen?«, fragte sie die Kollegin.

Carine zuckte mit den Schultern. »Ich glaube nicht, dass das unser Job ist. Wir sind gerufen worden, um sie zu schützen, nicht um es ihr zu erschweren, sich zu verteidigen.«

»Natürlich«, erwiderte Sylvie, »obwohl ich Leuten, die nicht gelernt haben, beruflich mit Waffen umzugehen, überhaupt nicht vertraue. Sie schießen schnell einmal, können oft nicht richtig damit umgehen oder verletzen sich mitunter selbst.«

»Seltsam«, meinte Carine, »Ich habe das Gefühl, dass diese Frau zwar auf die Gendarmerie zählt, um sie zu schützen, uns aber irgendetwas verschweigt.«

Sylvie stimmte ihr zu. Es war oft der Fall, dass die Leute die Gendarmerie riefen, aber dann aus Angst oder aus Scham wichtige Informationen zurückhielten.

Der Staatsanwalt

Mathieu und Jean Calcin suchten in Avignon Staatsanwalt Fréchel auf und berieten sich mit ihm über die weitere Vorgehensweise, was den Trüffelkönig betraf.

»Wir werden den Typen holen und ihm mitteilen, dass wir ihn für Behinderung der Strafverfolgung vor Gericht stellen«, schnaubte Fréchel.

»Natürlich wollte er seinen Sohn schützen, denn Kinderschänder werden im Knast von den Mitgefangenen nicht verschont«, warf der Kommandant ein.

»Jeder Vater will seinen Sohn schützen. Und der Trüffelkönig hatte die nötige Autorität und vor allem die finanziellen Mittel. Der muss ja Geld wie Heu dort in Luxemburg haben, um mehrmals irgendwelchen Familien, die seinen Sohn angezeigt hatten, 200.000 Euro zu bezahlen!« Fréchel wandte sich an Mathieu. »Ihre Aufgabe ist es nun herauszufinden, wie oft das vorgekommen ist und wann es begonnen hat, aber natürlich hauptsächlich zu sehen, wer sich nicht bei den Gendarmen gemeldet hat und wer sonst noch davon wusste. Einer seiner Kollegen, Freunde oder jemand von der Familie könnte es nicht ertragen haben, was dieser Typ immer wieder machte. Denn die Thailandaufenthalte ... nun ja, jedes Jahr mindestens einmal! Und das hat ihm wahrscheinlich nicht gereicht.«

Mathieu nickte grimmig. »Er hat vermutlich seinen Verein für die Französischnachhilfe missbraucht, um sich Jungen zu nähern und allein mit ihnen zu sein. Ausländer wagen es ja oft nicht, zur Gendarmerie zu kommen.«

»Natürlich«, stimmte Jean zu, »vor allem, wenn sie Asylwerber oder illegal im Land sind. Pierre Pinet wusste das. Aber mit dem kleinen Rom hat er sich gehörig in die Nesseln gesetzt, denn der Vater wollte ihn tatsächlich umbringen. Er wollte der Polizei nicht sagen, worum es ging, die Sache jedoch selbst bereinigen.«

Er erzählte dem Staatsanwalt und Mathieu, was die Vernehmung von Diggo Reyes ergeben hatte. Dieser war wider Erwarten ruhig wie ein Lamm mit den Gendarmen zur Brigade gefahren und hatte Jean Calcin und Sylvie alles gestanden. Er hatte nie die Polizei rufen, sondern mit dem Direktor selbst abrechnen wollen. Nachdem er Pierre Pinet bedroht und von den Gendarmen einen Verweis und eine Vorstrafe angedroht bekommen hatte, hatte er ihn noch einmal angerufen und ihm gesagt, dass er ihn töten würde. Daraufhin war am nächsten Morgen der Trüffelkönig mit einem Koffer voller Geld vor seinem alten Wohnmobil gestanden. Der Rom hatte das Geld angenommen, aber nur unter der Bedingung, dass sein Sohn nicht mehr in die Schule gehen musste und Pierre Pinet seine Abwesenheit nicht meldete. Und die zweite Bedingung war, dass der Direktor sich an keinem anderen Kind des Französischkurses mehr vergreifen sollte. Der Direktor hatte dieses Versprechen gehalten. Das nächste Kind, das er missbraucht hatte, war Paul gewesen. Dieser hatte keine Französischnachhilfe gebraucht, doch der Direktor hatte ihm zuweilen in Mathematik *geholfen*.

Der Rom hatte gemeint, er hätte den Wichser zwar sehr gerne umgebracht, aber da er das Geld genommen hatte, war es eine Ehrensache gewesen, es nicht zu tun. Kommandant Calcin wollte den Mann und sein Milieu trotz allem nicht von der Liste der Verdächtigen streichen.

Mathieu dachte an den Marokkaner, den er wieder aufsuchen wollte. Er musste diesen Mann unbedingt zum Reden bringen! Die Liste der Personen, die Pinet hätten umbringen können, schien sich mit jeder Minute zu verlängern, genauso wie die Liste der Schandtaten des Direktors und seines Vaters.

Nun, mein nächstes Treffen mit dem Trüffelkönig wird nicht so harmonisch ausfallen wie das letzte, dachte der Capitaine besorgt.

Kommandant Calcin räusperte sich und wandte sich Mathieu zu. »Wir haben ein Hühnchen mit Pinet Senior zu rupfen. Wir alle möchten wissen, wie oft er die Justiz wirklich zum Besten gehalten und Leute bestochen hat. Deshalb würde ich mich, wenn es Ihnen recht ist, an Ihrer Ermittlung gerne aktiv beteiligen.« Er sah Mathieu an.

»Natürlich ist es mir recht«, erwiderte Mathieu erleichtert. Einen erfahrenen Gendarmerie-Kommandanten und sein Team an seiner Seite zu wissen war für ihn ein enormer Vorteil.

»Gut, dann arbeiten ab jetzt die vier Kollegen, die ich Ihnen vorgestellt habe, mit Ihnen. Auch Dominique. Jeden Tag sprechen wir uns alle ab, und Sie teilen uns Ihre neuesten Erkenntnisse mit. Ist das auch für Sie in Ordnung?«, fragte der Kommandant den Staatsanwalt.

Fréchel nickte. »Natürlich. Mir scheint, es tut sich unter unseren Füßen ein Abgrund auf. Es gibt da sicher einiges zu entdecken. Und Pinet Senior wandert zurück ins Gefängnis, wenn alles stimmt, was wir vermuten. Ich möchte ihn morgen dem Untersuchungsrichter vorführen.«

Der Kommandant wandte sich an Mathieu.

»Innerhalb meines Teams stelle ich Ihnen einen Ansprechpartner zur Verfügung, der alles koordiniert und die drei anderen managt. Das ist Sylvie. Sie ist von allen vieren diejenige, die am meisten Erfahrung hat und außerdem am effizientesten arbeitet. Deshalb sprechen Sie alle Ihre Aktionen mit Sylvie und mir ab. Und im Moment halten wir das alles vor Luis geheim.«

In knappen Worten erklärte er dem Staatsanwalt den Sachverhalt bezüglich seines Adjutanten.

Dieser seufzte. »Das ist ja ein blöder Zufall, dass jemand aus der Familie dieses Typen in Ihrer Brigade arbeitet.«

Mathieu räusperte sich. »Er behauptet, dass er mit dieser Seite seiner Familie nicht viel am Hut hat.«

Der Staatsanwalt sah ihn an. »Ja, das sagt er. Aber Sie müssen prüfen, ob das auch wirklich so ist. Denn er könnte sehr gut über das Problem seines Cousins Bescheid gewusst haben. So wie der Vater.«

Robert Fréchel hatte nun das ausgesprochen, was Mathieu schon am Vorabend erwogen hatte.

Sie beschlossen, den Trüffelkönig am folgenden Morgen zum Verhör in die Brigade holen zu lassen und ihn dann dem Staatsanwalt und dem Untersuchungsrichter vorzuführen.

Jean und Mathieu verließen Robert Fréchels Büro sehr bald. Mathieu hatte zu tun, er wollte schnell zu Monsieur Benami fahren, bevor dieser unauffindbar war. Er hatte so ein Gefühl, dass der Mann nicht mit ihm sprechen wollte. Der Kommandant bot Mathieu an, ihn zu begleiten. Er riet ihm auf jeden Fall ab, allein in dieses Stadtviertel von Isle-sur-la-Sorgue zu fahren. Es war zwar nicht mit den Marseiller Vorstädten vergleichbar, doch Jean erklärte Mathieu, dass dort Drogenhandel stattfand und sogenannte *Guetteurs* – von den Drogenbossen angestellte Aufpasser – darüber wachten, wer in diesem Stadtviertel ein und aus fuhr.

Mathieu hatte bei seinem letzten Besuch in diesem Viertel nichts davon bemerkt, doch er nahm das Angebot des Kommandanten dankbar an.

»Wenn es Ihnen recht ist, treffen wir uns mit dem Team um halb drei in der Brigade«, schlug Calcin vor. »Dann teilen wir ihnen die weitere Vorgehensweise mit. Nach der Mittagspause werden sie alle wieder da sein.«

»Sehr gut«, erwiderte Mathieu. Er folgte Calcins Gendarmerie-Auto aus der Stadt hinaus. Als er Avignon hinter sich gelassen hatte und auf der Landstraße fuhr, rief er Carine an.

»Wo bist du? Was gibt es Neues?«, fragte sie ihn.

»Wir haben gerade mit dem Staatsanwalt gesprochen. Morgen schnappen wir uns den alten Pinet, und er wird Robert Fréchel und wenn möglich auch dem Untersuchungsrichter vorgeführt. Ohne Vorwarnung. Und ihr vier arbeitet von jetzt an mit uns. Wir haben um halb drei ein Treffen mit dem Kommandanten.«

»Ach«, erwiderte Carine nur. Mathieu hatte angenommen, dass diese Nachricht sie freuen würde. Doch er kannte ihre Gedanken. Sie dachte gewiss, dass Mathieu nun vielleicht einen Rückzieher machen und sich von ihr entfernen würde. Doch er hatte nicht die Absicht, das zu tun. Er hatte Carine in den Armen gehalten und wollte mehr. Was ihre Zusammenarbeit betraf, so hatte Jean Calcin klar bestimmt, dass Mathieu mit Sylvie arbeiten sollte, die die Anweisungen an die Kollegen weitergab. So konnte er sich einreden, dass seine Beziehung zu Carine nicht unprofessionell war, weil er sie nicht direkt befehligte.

»Hör mal ...«, unterbrach Carine das Schweigen nach einigen Sekunden. »Ich habe gerade frei. Wenn du willst, organisiere ich uns ein schönes Picknick. Ich kenne einen ruhigen Ort an der Sorgue. Ich bereite alles vor.«

Mathieu zögerte. Sicher wollten Damien und André die Mittagszeit mit ihm verbringen, um mit ihm den Fall zu besprechen. Und er musste Pierre Pinets Lebensgefährtin Léa Marceau noch einmal befragen. Er wusste, dass Sylvie im Moment bei ihr war, um ihr die Wahrheit über Pierre schonend beizubringen. Allerdings konnte er André und Damien allein zu Léa schicken, sie würden ja ohnehin bei der Besprechung mit Jean Calcin und den Gendarmen anwesend sein.

»Okay, Carine. Wir sehen uns um halb eins, nachdem ich meinen Zeugen befragt habe.«

Mathieu spürte, wie sein Herz vor Freude schneller schlug. Zugleich fühlte er einen Stich; sein schlechtes Gewissen meldete sich, weil er an einem so stressigen Tag eine Stunde mit seiner Kollegin verbrachte, in die er verliebt war. Doch er sagte sich, dass er gewiss bis spätabends arbeiten würde und ja auch das ganze vergangene Wochenende lang geschuftet hatte. Die Zeit mit Carine war in diesen Tagen die einzige Erholung, die er sich gönnte. Nun ja, er hatte außerdem begonnen, jeden Morgen ein wenig zu joggen. Wie viel angenehmer das auf dem Land war als in der Stadt!

Im Moment joggte er allein. Der Capitaine hatte seinen Mitarbeitern erlaubt, in Marseille zu übernachten; es war ihm ohnehin lieber, dass sie nicht vor Ort blieben. So bekamen sie nicht sofort mit, dass Carine und er nun ein Paar waren.

Die schreckliche Wahrheit

Léa hielt sich den schmerzenden Kopf. Sie spürte, dass die Migräne sich ihrer bemächtigte, wie immer, wenn sie unter Druck stand. Und nun befand sie sich in einer enormen Stress-situation! Niemals hatte sie sich so sehr in Panik gefühlt wie in diesem Moment. Sie war Sylvie Montillet dankbar, dass sie gekommen war, um es ihr selbst zu sagen. Denn die Polizisten der PJ würden keine Zeit verlieren, um sie noch einmal auszu-fragen. Sylvie war sich sicher, dass sie schon in den nächsten Stunden bei Léa aufkreuzen würden.

Und so hatte sie Zeit, sich mit der Situation abzufinden. Pierre war getötet worden, weil er selbst ein Verbrecher gewe-sen war. Der Mann, mit dem sie drei Jahre lang gelebt hatte, hatte Kinder sexuell missbraucht. Es hatte zwei Vorfälle in der Schule gegeben, die bekannt waren. Und Pierres Vater hatte Pierre bei den Familien der Opfer freigekauft! Er hatte Pierres Verbrechen unterstützt. Pierre hatte Léa gestanden, dass sein Vater ihm sehr häufig seine *Tauchreisen* finanzierte. Was nun so viel hieß, als dass der Vater ihm seine *Sexreisen* bezahlt hat-te. Léa war kotzübel geworden, als Sylvie ihr genau erklärt hatte, wie die PJ herausgefunden hatte, dass zwischen Pauls Eltern und Charles Pinet eine Verbindung bestand und was Pierre Pinet in Thailand wirklich gemacht hatte. Die Gen-darmin hatte auch erzählt, was die Väter von Paul Lagoc und Gilo Reyes ausgesagt hatten.

Nun fragte sich Léa, wie sie nicht hatte sehen können, was mit Pierre nicht gestimmt hatte. Natürlich, im Nachhinein füg-ten sich alle Teile des Puzzles zusammen. Die beiden Reisen nach Thailand, die er mit *Freunden* gemacht hatte, die sie nie kennengelernt und auch nie auf irgendwelchen Fotos gesehen hatte – diese Freunde existierten nicht! Und dann sein spurloses Verschwinden während ihrer gemeinsamen Thailandreise! Pierre hatte wahrscheinlich sehr selten getaucht. Vielleicht nur mit ihr?

Léas Gedanken spannen weiter. Sie erinnerte sich an die vielen Abende, an denen Pierre keine Lust gehabt hatte, mit ihr zu schlafen. Sie hatte ihn überhaupt immer als sehr leidenschaftslos empfunden. Sex war etwas gewesen, was er schnell hinter sich bringen wollte. Sie war in eine Falle getappt und hatte nichts von den Neigungen ihres Vorgesetzten bemerkt, in den sie sich drei Jahre zuvor verliebt hatte. Pierre hatte als ein angenehmer Mensch gegolten. Ein sozialer, bescheidener und friedliebender Mensch. Sie hatte seinen Idealismus bestaunt und seine Liebe zu den Kindern. Nun lachte sie bitter. Ja, Pierre hatte die Kinder *geliebt,* im wahrsten Sinne des Wortes! Wann hatte das alles wohl begonnen? Wahrscheinlich schon vor vielen Jahren.

Nur eine Entscheidung hatte er in seinem Leben richtig getroffen: Er hatte nie selbst Kinder gewollt, weil er gewusst hatte, dass das schiefgegangen wäre.

Und wahrscheinlich war er deshalb mit ihr zusammengezogen: Weil sie unfruchtbar war. Eine andere hätte ihm vielleicht auch mit vierzig noch ein Kind geboren.

Léa nahm eine Kopfwehtablette und betrachtete im Spiegel ihr Gesicht mit den geschwollenen Augen. Sie ballte die Fäuste. Gleich am nächsten Tag würde sie Pierres Habseligkeiten zur Müllhalde fahren. Nichts würde sie aufbewahren, keine einzige Erinnerung an ihn. Sogar die gemeinsamen Fotos würde sie vernichten! Diese drei Jahre würde es in ihrem Leben nie gegeben haben! Und es blieb ihr nichts anderes übrig, als aus Isle-sur-la-Sorgue wegzuziehen und an eine andere Schule zu wechseln. Denn hier würde sie für immer die Lebensgefährtin des pädophilen Lehrers sein!

Das Schrillen der Glocke an der Haustür riss sie aus ihren Gedanken. Da waren sie schon, die Typen der PJ. Der Capitaine Dubois! Doch Léa hatte sich geirrt. Der Capitaine war an diesem Tag nicht da, nur seine beiden Assistenten, der Blonde und der Schwarzhaarige, standen vor der Tür.

»Entschuldigen Sie, dass wir Sie stören. Sie wissen ja schon Bescheid. Aber wir müssen noch einmal einige Fragen mit Ihnen durchgehen«, begrüßte sie der schwarzhaarige Polizist.

»Kein Problem«, murmelte Léa und bedeutete den beiden, ins Haus zu treten. Als sie im Wohnzimmer saßen, begann der Dunkelhaarige: »Wir ahnen nun, was im verschwundenen Laptop zu sehen war. Aber wir wissen nicht, warum dieser Laptop beseitigt wurde, von wem und wie dieser Jemand unbemerkt hier hereinkam.«

Léa schniefte und nickte.

Der junge Mann schwieg kurz, dann fragte er vorsichtig: »Haben Sie irgendjemanden aus Ihrem Umfeld in Verdacht, dass er vom Problem Ihres Lebensgefährten gewusst hatte und dass er es nicht ertragen konnte?«

Léa schüttelte den Kopf. »Nein ... Seine Familie ... Sein Vater wusste davon, das ist jetzt ja wohl klar, aber keine Ahnung, was den Geschwistern bekannt war. Wie ich schon letztes Mal erklärt habe, ich ... kannte sie nicht besonders gut, habe sie nur selten getroffen.«

»Trauen Sie es irgendjemandem aus seinem Umfeld zu, so eine Gewalttat zu begehen?«, fragte nun der Blonde. Es war das erste Mal, dass sie seine Stimme hörte.

Léa schüttelte den Kopf. »Nein. Meiner Meinung nach ist es ein Opfer oder ein Angehöriger eines Opfers, der ihn getötet hat. Denn jemanden fesseln und versenken ...«

»Können Sie jetzt im Nachhinein sagen, ob es in der Schule jemals irgendeinen Zwischenfall gegeben hat? Ob jemand etwas gesagt oder bemerkt hat? Wir haben uns schon mit Ihren Kollegen unterhalten, die aus allen Wolken gefallen sind. Keiner wollte uns glauben.«

Léa schüttelte den Kopf. Natürlich glaubte ihnen keiner! Es waren gegen Pierre nie Klagen laut geworden. Der Zwischenfall mit dem Rom hatte niemanden wirklich verwundert, der Mann war ihnen allen ziemlich wild vorgekommen. Und jeder Lehrer war schon einmal von einem Elternteil verbal angegriffen oder auch bedroht worden, weil er ein Kind bestraft oder zu streng benotet hatte. Der Beruf war heute so, damit musste man leben. Doch nun verstanden sie alle, warum Gilos Vater derart aggressiv gewesen war.

»Und ...« Der Dunkelhaarige sah sich seine Notizen an, »... Pierre Pinet hatte Probleme mit einem Kollegen, Francis Roche, dem er ein Disziplinarverfahren wegen Gewalt angehängt hat.«

»Ja. Das hatte er. Doch da war er im Recht. Roche war gewalttätig den Schülern gegenüber und hat mehrmals Kinder geschlagen. Die Eltern sind bei Pierre vorstellig geworden. Er hatte keine Wahl. Es tat ihm sehr leid, doch er musste etwas gegen Roche unternehmen. Wir vermuteten, dass Roche Alkoholiker war. Dieser Zwischenfall war, glaube ich zumindest, komplett unabhängig von Pierres Problem.«

Léa wusste, dass der Mann nach seiner Suspendierung in eine andere Gegend gezogen war. Pierre hatte sich sehr aufgeregt und gemeint, es sei ein Verbrechen, Kinder zu schlagen. Doch dass er selbst etwas viel Schlimmeres getan hatte, davon hatte Léa damals keine Ahnung gehabt.

Ihr wurde übel, und sie stürzte in die Toilette, wo sie sich erbrach. Es war ihr peinlich, dass ihr das ausgerechnet jetzt vor den beiden Polizisten passierte. Zum Glück würde sie diese jungen Männer nie mehr wiedersehen.

Als sie sich im Badezimmer das Gesicht gewaschen hatte und zurück ins Wohnzimmer kam, sahen die beiden sie mitleidig an. Der Blonde schob ihr ein Glas Wasser hin.

»Sie sollten etwas trinken«, meinte er. »Und vor allem sollten Sie nicht allein bleiben. Haben Sie niemanden, zu dem sie gehen könnten?«

»Doch, ich habe mehrere Freundinnen nicht weit von hier. Aber ich werde meine Eltern in Clermont-Ferrand besuchen, sobald ich hier mit allen, die mich brauchen, gesprochen habe.«

»Okay«, sagte der Schwarzhaarige. »Sie können gern wegfahren, nur bleiben Sie bitte telefonisch erreichbar. Und im Moment wäre es gut, wenn Sie die Sachen Ihres Lebensgefährten so lassen könnten, wie sie sind. Dürften wir sein Arbeitszimmer noch einmal durchsuchen?«

»Natürlich«, meinte Léa. »Sie können alles auf den Kopf stellen, denn sobald das zu Ende ist, werde ich ohnehin alles wegwerfen!«

Der Blonde bedachte sie wieder mit einem mitleidigen Blick, dann fragte er: »Noch etwas. Hätten Sie vielleicht zufällig die Telefonnummer von Pierre Pinets Ex-Frau?«

Léa schüttelte den Kopf. Pierres Ex-Frau war nach der Scheidung nach Spanien gezogen. Sie lebte jetzt in einer Kleinstadt nicht weit von der portugiesischen Grenze, wo sie als Französischlehrerin arbeitete. Léa teilte den beiden Polizisten mit, was sie über die Frau wusste.

»Wissen Sie, wie sie heißt?«, wollte der Blonde wissen.

»Marie Ragnon«, antwortete Léa. »Und die Stadt, in der sie lebt, heißt Cáceres.«

Der junge Mann notierte es sich.

»Hatte Ihr Lebensgefährte noch Kontakt zu ihr?«

Léa schüttelte den Kopf. »Nein. Sie sind im Streit auseinandergegangen. Ich habe nie verstanden, was da war.«

»Doch jetzt können wir es ahnen«, sagte der Dunkelhaarige und sah Léa an. »Sie hat vielleicht herausgefunden, dass Pierre Pinet pädophil war. Und ist so weit weg von ihm wie nur möglich. Hat es nicht übers Herz gebracht, ihn anzuzeigen.«

»... oder wurde ebenfalls bestochen!«, meinte der Blonde.

Léa sah die beiden bestürzt an. Natürlich! Auch hier passte auf einmal alles ins Bild. Pierre hatte Léa nie erklärt, warum die Scheidung von seiner Frau so schlecht gelaufen war. Vielleicht hatte sie gedroht, alles aufzudecken?

Die beiden Polizisten gingen ins obere Stockwerk, um Pierres Arbeitszimmer noch einmal zu durchkämmen. Sie würden nichts finden. Pierre war immer sehr vorsichtig gewesen. Das Einzige, was ihn verraten hätte, wäre der Laptop gewesen. Léa versuchte, sich noch einmal zu erinnern, wann sie diesen Computer zum letzten Mal gesehen hatte, doch es war sinnlos. Ihr Kopf schmerzte zu sehr.

Mittagspause

Mathieu sah Carine an, die ihm gegenüber auf der Decke saß. Hinter ihr schimmerte das Wasser der Sorgue dunkelgrün. Sie trug ein sehr kurzes Sommerkleid, das ihre schlanken gebräunten Beine optimal zur Geltung brachte.

Carine hatte diesen lauschigen, etwas versteckten Platz zwischen Isle-sur-la-Sorgue und Fontaine-de-Vaucluse vorgeschlagen. Es war an diesem Tag sehr warm, fast unheimlich, wenn man bedachte, dass es bereits Anfang Oktober war. Carine hatte einen Salat mit allen möglichen Gemüsesorten sowie Minisandwiches mit Käse und Wurst gemacht.

»Habt ihr etwas Neues über unseren lieben Direktor Pinet herausgefunden?«, fragte sie.

Mathieu erzählte ihr von seinem Treffen mit dem Marokkaner, der die Bemerkung auf Facebook geschrieben hatte.

Pierre Pinet hatte dessen Sohn tatsächlich auch sexuell belästigt. Daraufhin hatten die Eltern den Jungen in eine andere Schule gegeben. Sie hatten es nicht gewagt, zur Polizei zu gehen, im Glauben, dass man sie als Marokkaner nicht ernst nehmen würde. Sie sprachen beide ein sehr schlechtes Französisch und hatten ein Problem mit ihrer nicht rechtzeitig verlängerten Aufenthaltsbewilligung. Als Mathieu und Jean Calcin ins Wohnhaus gekommen waren, hatte Monsieur Benami flüchten wollen. Mathieu und der Kommandant hatten ihn festhalten und erst beruhigen müssen. Geduldig hatte Mathieu ihm erklärt, dass ihm die Aufenthaltsbewilligung vollkommen egal sei, aber dass er Monsieur Benamis Hilfe brauche. Der Mann hatte sich langsam beruhigt, war aber erneut in Panik geraten, als Mathieu ihm mitgeteilt hatte, dass es um den er-mordeten Direktor ging.

Hani Benami hatte zehnmal gestammelt: »Ich nicht Direktor getötet, ich nicht wissen, wo Quelle.«

Der Mann hatte Mathieu leidgetan, und er hatte ihm versichert: »Sie sind nicht verdächtig, aber die Polizei muss genau erfahren, was der Direktor getan hat.«

Benami hatte stockend und nach Worten ringend erzählt. Der Fall war ganz ähnlich gelagert wie bei Paul. Der Direktor hatte Hani Benamis Sohn Mohammed gezwungen, sein Geschlechtsteil zu berühren, und hatte auch den Jungen ausgezogen und gestreichelt.

»Wenn Sie in Frankreich so ein Problem haben, dann müssen Sie zur Polizei«, hatte Mathieu dem Mann eingeschärft. »Hier ist das, was der Direktor gemacht hat, strengstens verboten.«

Dabei hatte er sich in der armseligen Sozialwohnung umgesehen. Wenn der Mann zur Gendarmerie gegangen wäre, hätte er vielleicht wie Pauls Vater und der Rom 200.000 Euro bekommen und sich eine kleine Wohnung kaufen können.

Carine hörte Mathieus Erzählung aufmerksam zu.

»Es sind jetzt schon drei Fälle«, sagte sie leise. »Und vielleicht bleibt es nicht dabei.«

Mathieu seufzte. »Ich glaube nicht. Wie der Staatsanwalt gesagt hat: Wir stehen vor einem Abgrund und wissen nicht, wie tief er ist.«

Carine schüttelte den Kopf. »Seltsam. Dieser Typ, der mein Lehrer war. Und keiner hat etwas bemerkt.«

»Wenn du dich erinnerst: Gab es niemanden in deiner Umgebung, der vielleicht ein Problem mit ihm hatte? Der sich seltsam benahm? Plötzlich schlechte Noten schrieb? Oft zu Hause blieb? Verängstigt wirkte?«

Carine schien zu überlegen, dann schüttelte sie bestimmt den Kopf. »Nein, ich kann mich an nichts erinnern. Aber es ist schon lange her und ich war noch klein. Wie schon gesagt, mein Bruder und ich, wir mochten Pierre Pinet beide nicht, weil wir ihn zu streng fanden. Und ungerecht. Mein Bruder wollte Pinets Nachhilfeunterricht nicht besuchen. Er mied den Mann. Wahrscheinlich sein Instinkt. Allerdings war sein Niveau in der Mittelschule dann wirklich unter jeder Würde, und das hat ihn fertiggemacht.« Carine seufzte tief, bevor sie fortfuhr: »Und mich hat Pinet gleich in dieselbe Schublade gesteckt und abgeschrieben, weil ich die Schwester des Jungen war, der sich null Mühe gab. Aber nein, wir haben bezüglich sexueller Belästigung nie etwas gehört oder gespürt. Damals war er noch nicht Direktor, sondern nur einfacher Lehrer. Er hat uns beide ein Jahr lang unterrichtet.«

»Wann wurde er Direktor? Ich habe es irgendwo gelesen, aber wieder vergessen.«

Carine überlegte. »Es war vor zehn Jahren. Die frühere Direktorin ist in Pension gegangen, und Pierre Pinet ist zum Schulleiter aufgestiegen. Es war in dem Jahr, in dem mein Bruder sich umgebracht hat.«

Carine sah mit ausdruckslosem Blick auf das Wasser.

»Wie ... wie hat er das gemacht, dein Bruder?«, wagte Mathieu zu fragen. »Die Sorgue ist doch nicht tief!«

»Es gibt einen Ort, an dem immer Wasser ist. *Le Partage des Eaux.* Die Wasserscheide. Zu gewissen Zeiten ist dort das Baden verboten, vor allem im Frühsommer, wenn in den Südalpen Schneeschmelze herrscht. Oder nach ergiebigen Regenfällen.«

Mathieu schwieg betroffen.

Carine schien nicht weiter über ihren Bruder sprechen zu wollen. Sie hatte einen Kartonteller genommen und häufte Salat darauf. Sie legte zwei kleine Sandwiches daneben und reichte ihm alles.

»Das hast du sehr schön vorbereitet, *Chérie*, danke,« meinte Mathieu.

»Das nächste Mal bist du dran«, sagte sie augenzwinkernd.

»Alles klar«, erwiderte er. »Keine Sorge. Ich kann kochen.

Ich bin in deinen Augen vielleicht ein Macho, weil ich so viel arbeite, doch für Martha habe ich häufig gekocht.«

Er hörte bei diesen Worten in sich hinein und spürte mit Befriedigung, dass er keine Wehmut mehr empfand, wenn er an Martha dachte. Vielmehr Erleichterung.

»Was ist mit ihr jetzt?«, fragte Carine zögernd. »Mit Martha?«

Er sah sie langsam an. »Ich habe Schluss gemacht. Ich habe ihr eine SMS geschickt. Noch gestern Abend, als ich mich von dir verabschiedet habe. Ich will nicht zwei Beziehungen gleichzeitig. Und sie hinterlässt mir die Wohnung, die für mich ein wenig teuer ist. Sie geht.«

»Und ... bereust du es?«

»Nein, sonst hätte ich es nicht getan. Sonst wäre ich nie eng umschlungen mit dir durch die Stadt gegangen und hätte dich nicht geküsst. Ich bin glücklich.«

Carine lächelte, nahm seine Hand und drückte sie. »Ich auch.« Dann griff sie in ihre Kühltasche. »Ich habe auch Wein«, meinte sie.

Mathieu fuhr auf. »Carine! Wir haben in einer Stunde eine wichtige Besprechung mit deinem Kommandanten und dem Team.«

Sie lachte. »Ein Glas! Oder vielmehr: Ein Becher!«

Sie goss Rosé in zwei Becher, drückte ihm einen in die Hand und prostete ihm zu.

Der Salat schmeckte wunderbar, und Mathieu genoss das Picknick. Carine hatte sogar einen Marmorkuchen gebacken.

»Du bist die perfekte Gastgeberin«, meinte Mathieu, als er seinen Teller abstellte »Du bist überhaupt perfekt.«

»Du auch.« Sie näherte ihr Gesicht Mathieus und küsste ihn auf die Lippen. Er hielt sie fest und erwiderte ihren Kuss. Immer leidenschaftlicher begannen sie sich zu küssen. Mathieu spürte Carines samtige Haut unter seinen Händen, ihre Zunge weit in seinem Mund und ihren Atem, der immer schneller ging.

»Komm, lass uns in der Sorgue schwimmen!« flüsterte sie ihm ins Ohr.

»Mathieu lachte. Doch Carine meinte es ernst. Sie stand auf, zog ihr Kleid aus und stand in Unterwäsche vor ihm. Mathieu spürte, wie sein Mund trocken wurde. Carine zog ihren BH aus, und er sah ihre wundervollen Brüste, die nicht zu groß, nicht zu klein und nur um weniges heller waren als der Rest ihres Körpers. Carine verlor keine Zeit. Sie streifte ihren Slip ab.

Mathieu schaffte es nicht, den Blick von ihr zu wenden. Sie hatte einen perfekt proportionierten Körper. Noch nie im Leben war ihm so heiß gewesen wie in diesem Augenblick. Er spürte, dass er förmlich brannte.

Sie lächelte, wandte sich um und ging mit leichten Schritten auf das Ufer zu. Er bewunderte ihre schlanke Taille und ihr wohlgeformtes Hinterteil. Langsam ließ sie sich ins Wasser gleiten.

»Huch, kalt!«, rief sie, doch bald schwamm sie im grünen Nass.

»Es ist kühl, aber das tut wirklich gut!«, rief sie. »Komm doch auch! Du wirst es nicht bereuen!«

Mathieu schüttelte den Kopf. »Nein, ich ...«

»Na, komm schon! Dreizehn Grad! Das ist gar nicht so kalt! Und ich schaue nicht hin, wenn du dich ausziehst. Auch wenn es mir schwerfällt. Versprochen!«

Mathieu seufzte. Er war nicht mehr Herr seiner Gefühle. Er wollte nackt mit ihr schwimmen. Ihr nahe sein. Und so schob er alle seine Bedenken beiseite. Langsam zog er sich aus. Carine schwamm mit dem Rücken zu ihm flussabwärts. Er ging zum Ufer, ließ sich ins Wasser gleiten, und ihm stockte der Atem! Dreizehn Grad! Was war das nur für ein kranker Fluss?

Er musste sofort schwimmen, sich bewegen, um nicht zu erfrieren. Die Strömung war nicht stark und das Wasser nicht besonders tief. Außerdem war Mathieu ein guter Schwimmer. Carine kam auf ihn zu.

»Du hast es geschafft!«, frohlockte sie. »Du bist kein Weichei!«

»Danke für das Kompliment«, knirschte Mathieu, der spürte, dass sich sein ganzer Körper im kalten Wasser zusammenzog. Wie konnte Carine es genießen, in diesem eisigen Gewässer zu schwimmen? Sie schien daran gewöhnt. Sie stand vor ihm, das Wasser reichte ihr bis zum Hals.

»Du kannst stehen«, meinte sie.

Vorsichtig tastete er mit den Füßen nach dem Grund. Es war weder glitschig noch zu steinig. Er stand im Wasser, nur einen halben Meter von Carine entfernt. Sie trat einen Schritt auf ihn zu und legte die Arme um seinen Hals. Er konnte ihren Körper spüren. Es war unglaublich aufregend, er vergaß sogar die Kälte. Sie küssten einander, wieder fuhr Carines Zunge weit in seinen Mund, ihr Unterkörper drückte gegen seinen.

»Komm, gehen wir aus dem Wasser«, murmelte sie bald.

Dankbar ergriff Mathieu die Gelegenheit, dem eisigen Nass zu entfliehen.

»Wir haben nicht einmal ein Badetuch«, bemerkte er, als er zähneklappernd aus dem Fluss stieg.

»Keine Sorge, ich wärme dich«, versprach Carine.

Sie legten sich auf die Decke, nachdem sie die Reste des Picknicks einfach zur Seite geschoben hatten. Ineinander verschlungen begannen sie, einander zu küssen. Mathieu fühlte sich wie in einem Rausch, er konnte sich nicht mehr zurückhalten. Vergessen war der Gedanke, dass jederzeit jemand vorbeikommen konnte. Bald lag er auf ihr, spürte sich in ihr und beherrschte sich nicht mehr. Alles ging viel zu schnell ...

Doch Carine schien glücklich, sie hielt die Augen geschlossen und lächelte.

»War es in Ordnung, Liebes?«, fragte er sie. »Es war viel zu kurz.«

»Es war super. Es ist das erste Mal.«

»Was?« Er hob den Kopf und sah sie fragend an.

»Dass ich mit einem Mann Lust empfunden habe.«

»Ach!« Mathieu war überrascht. »Aber ... Du warst natürlich schon mit mehreren Männern zusammen?«

»Mindestens mit zehn. Ich habe nicht gezählt. Nur: Keiner
hat mir etwas bedeutet. Ich habe es einfach über mich ergehen
lassen. Aber mit dir ...«

Sie küsste ihn. »... ist alles anders!«

»Mit dir auch«, erwiderte er und streichelte ihren Rücken.
Er fragte sich, was mit Carine anders war als mit Martha und
seinen drei vorhergehenden Freundinnen. Sie sah viel besser
aus als alle seine Verflossenen, doch es war nicht nur das. Sie
war leidenschaftlich; er hatte gefühlt, dass sie ganz ihm gehört
hatte. Sie hatte sich komplett gehen lassen, sich ihm komplett
ausgeliefert. Er spürte diese Verantwortung, denn trotz ihrer
forschen Art fühlte er, dass Carine unendlich zerbrechlich
war.

Sie küssten und streichelten einander zärtlich und vergaßen
die Zeit, die verstrich. Es waren gestohlene Minuten, die nicht
ihnen gehörten. Irgendwann fuhr Mathieu hoch und sah auf
sein Handy. Es war schon zwanzig nach zwei.

»Mensch, Carine! Unsere Besprechung! Wir müssen sofort
los!«

Er sprang auf und zog sich blitzschnell an, Carine machte es
ebenso. Sie sammelten die Reste des Picknicks zusammen.

»Wirf einfach alles in die Kühltasche!«, rief Carine, die die
Decke notdürftig faltete. Sie liefen zu ihren Autos, warfen die
Dinge in Carines Kofferraum und fuhren los. Mathieu würde
gerade rechtzeitig ankommen, doch Carine war verspätet,
denn sie musste sich noch umziehen.

Als er um halb drei vor der Gendarmerie ankam, fuhr Mathieu sich durch die Haare und zupfte sein T-Shirt zurecht. Er
hoffte, dass er nicht zerzaust wirkte, dass man ihm nicht ansah, was geschehen war.

Damien und André hielten neben ihm. »*Putain!*«, fluchte
André. »Wir haben das ganze Haus dieses Wichsers noch einmal durchsucht und absolut nichts gefunden. Jetzt haben wir

noch schnell ein Sandwich gegessen und uns verspätet. Aber du bist auch gerade erst angekommen, oder?«

Mathieu gab keine Erklärung. Seine Kollegen würden sicher bald mitkriegen, dass Carine und er nun ein Paar waren.

Sie traten in das Gebäude, wo Jean, Sylvie, Dominique und Simon sie bereits erwarteten.

»Wo ist Carine?«, fragte der Kommandant Sylvie.

Diese zuckte mit den Schultern. »Sie hatte heute Vormittag frei«, erklärte sie.

»Aber jetzt ist sie eingeteilt und sie weiß es«, meinte Jean Calcin säuerlich.

Simon bot an, ihnen einen Kaffee zu machen.

»Habt ihr noch keinen getrunken?«, fragte Jean die drei Kollegen der PJ. Alle drei verneinten.

»Wir hatten keine Zeit«, erklärte André und fuhr sich gestresst durch das blonde Haar.

Wieder meldete sich bei Mathieu sein schlechtes Gewissen. Was er machte, war wahrhaftig nicht professionell! Er beschloss, Carine in den folgenden Tagen jeweils erst am Abend zu treffen. Er durfte sich nicht ablenken lassen! Doch das war leichter gesagt als getan. Er fühlte sich durch ihr Abenteuer am Ufer der Sorgue wie berauscht. Es war schwierig, wieder in die Realität zurückzukehren.

»Wir warten noch auf Carine, dann beginnen wir«, meinte der Kommandant, als sie alle ihre Kaffeetassen vor sich stehen hatten. Mathieu wurde nervös. Er hoffte, dass Carine bald kommen würde. Ansonsten würde sie den Unmut ihres Vorgesetzten auf sich ziehen.

Lagebesprechung

Der Kommandant war ziemlich ungehalten. Als Carine endlich atemlos durch die Tür gestürzt kam, sah er sie strafend an.

»Ich bitte in Zukunft um Pünktlichkeit«, sagte er scharf. »Die Herren von der PJ sind nicht hier, um auf uns zu warten. Sie haben alle Hände voll zu tun. Und heute ist kein Urlaubstag.«

Sylvie bemerkte, dass Carines Haare nass waren. Ihr entging auch nicht, dass Mathieu Dubois verlegen auf seinen Notizblock starrte, Damien und André einander zugrinsten und Dominique und Simon sich ebenfalls ein Lachen verkniffen.

»Warst du schwimmen, Carine?«, fragte Dominique spöttisch.

»Ja. Ich bin ein wenig in der Sorgue geschwommen«, erwiderte sie ungerührt. »Es tut mir leid, dass ich mich verspätet habe. Es wird nicht mehr vorkommen«, fügte sie an ihren Chef gewandt hinzu, dessen Blick von Sekunde zu Sekunde finsterer wurde.

Dominique und Simon schienen ihr nicht zu glauben, sie lachten. André und Damien sahen Mathieu an, der ihrem Blick auswich. Sylvie war erstaunt. Was hatten die beiden bloß getrieben? Carine hatte ihr am Vormittag von einem geplanten Picknick mit Mathieu erzählt. Aber wahrscheinlich war ein wenig mehr daraus geworden.

»Nun, Sylvie«, begann Jean Calcin, »du bist diejenige, die hier die Kollegen koordiniert. Mit Mathieu sprichst du dich ab, welche Leute zu befragen sind, und teilst alle ein. Ihr seid ab sofort für diese Sache zuständig. Morgen früh fahrt ihr alle vier los, um Charles Pinet zu holen. Wir müssen ihn verhören.

Mal sehen, was er gesteht. Anschließend geht es weiter nach Avignon zum Staatsanwalt und zum Untersuchungsrichter. Vielleicht schaffen wir es ja, ihn in Untersuchungshaft zu behalten. Zwei von euch sollen dann sofort die Familie und sein Umfeld befragen, also Sohn, Tochter und die Angestellten. Mal sehen, ob sie über Pierre Pinets Abart auf dem Laufenden waren.«

Sylvie schluckte. Sie hatte verstanden, dass ihr Chef ihr soeben eine besondere Verantwortung übertragen hatte. Die Gendarmerie ermittelte wegen Bestechung gegen Charles Pinet, und sie sollte diese Ermittlung koordinieren, zusammen mit dem Capitaine. Sie vermied es, Dominique und Simon anzusehen. Sie hatten bestimmt angenommen, dass einer von ihnen die Koordination übernehmen sollte, vor allem Dominique, der zehn Jahre älter war als Sylvie. Doch Sylvie wusste, dass der Kommandant ihr am meisten vertraute und dass sie im Bereich der Strafverfahren mehr Erfahrung besaß als Dominique, der bis vor kurzer Zeit noch als *Motard*, als motorisierter Polizist, gearbeitet und vor allem Verkehrskontrollen gemacht hatte.

Sie gingen noch einmal alle möglichen Spuren durch und sprachen über das, was die PJ in den letzten Tagen herausgefunden hatte. Mit Erstaunen erfuhr Sylvie, dass nicht nur der kleine Rom, sondern auch ein marokkanischer Junge von Pierre Pinet sexuell missbraucht worden war. Dessen Vater hatte keine Anzeige erstattet, sondern lediglich auf Facebook seinem Unmut über den Direktor Luft gemacht. Beide Male hatte Pierre Pinet die Jungen zu seinen Französischkursen eingeladen, die Eltern hatten zugestimmt. Sie waren von den verschiedensten Leuten unterrichtet worden, denn der Direktor hatte eine Einteilung gemacht, bei der er selbst, ehrenamtliche Kollegen und bezahlte Lehrer einander abwechselten.

Es kam zuweilen vor, dass ein Lehrer einen Schüler, der besondere Probleme hatte, länger behielt. Und Pinet hatte die beiden Jungen, jeden einzeln, jeweils dreimal aufgefordert zu bleiben, als die anderen heimgegangen waren. Und während dieser *Sonderkurse* hatte der Direktor die Schüler sexuell miss-braucht. Das war im Herbst vor seinem Tod geschehen.

Beide Jungen hatten es ihren Eltern erzählt. Sylvie fragte sich nun, wie vielen Kindern sich Pierre Pinet noch genähert hatte. Er hatte Paul im Winter mehrmals zu sich in die Direktion kommen lassen unter dem Vorwand, er wolle ihm in Mathematik helfen. Und dann hatte er mit Paul dasselbe gemacht wie mit den beiden anderen. Anscheinend hatte er keines dieser Kinder vergewaltigt. Doch wie sah es in der Vergangenheit aus?

André und Damien berichteten von ihrem Gespräch mit Pierre Pinets Lebensgefährtin. Léa hatte ihnen gesagt, dass Pierre Pinets Ex-Frau mittlerweile in Spanien lebte, sie hatten einen Namen und einen Wohnort. Der Kommandant meinte, Sylvie solle versuchen, diese Frau anzurufen und mit ihr über ihren Ex-Mann zu sprechen. Nachdem die Sitzung zu Ende war, fuhren Damien und André zurück nach Marseille.

»Aber Sie bleiben vor Ort, oder?«, fragte Jean Calcin den Capitaine.

»Ja«, antwortete Mathieu. »Ich habe hier noch einiges zu tun.«

»Nun gut«, erwiderte Jean Calcin. »Ich glaube, es ist an der Zeit, Luis mit den Taten seines Cousins zu konfrontieren.« Der Kommandant nickte dem Capitaine zu, und beide verschwanden in Luis' Büro.

Sylvie sah ihnen besorgt nach, beschloss jedoch, sich auf ihre eigenen Aufgaben zu konzentrieren. Als Erstes machte sie sich daran, im Internet die Telefonnummer von Pinets Ex-Frau in Spanien zu suchen.

Carine sollte Papiere durchgehen, die André und Damien von Léas Haus mitgebracht hatten. Doch sie schien nicht fähig, sich zu konzentrieren.

»Sylvie, du kannst dir denken, was zu Mittag geschehen ist«, sagte sie und beugte sich zu ihrer Freundin.

»Ja. Ich kann es mir denken. Ihr habt die Zeit vollkommen vergessen!«

Carine lächelte, und Sylvie sah, dass ihre Augen leuchteten.

»Also war es schön?«

»Es war wundervoll«, begann Carine, verstummte jedoch, weil Simon zurückkam, um etwas zu holen.

»Es ist Zeit, wieder auf den Boden der Realität zurückzukehren, Carine«, meinte er lachend. »Wir alle ahnen, dass du einen neuen Freund hast. Doch der Kommandant und der Capitaine wollen davon nichts wissen!«

Er suchte in seiner Schublade einige Dinge zusammen, winkte Carine und Sylvie zu und ging hinaus.

Carine erzählte weiter: »Wir haben nackt in der Sorgue gebadet und dann miteinander geschlafen.«

»Ihr seid doch verrückt«, war alles, was Sylvie darauf zu erwidern einfiel.

»Ja. Aber es war eine spontane Idee. Ich hatte das nicht geplant. Ich wollte mit ihm nur ein schönes Picknick machen.«

»Okay, Carine, ich freue mich für dich, dass du glücklich bist. Aber wir müssen uns jetzt wirklich auf die Ermittlung konzentrieren. Und kein Ausrutscher mehr vor Jean. Der Boss will natürlich beim Capitaine einen guten Eindruck machen. Er hat keine Ahnung. Und er sollte es in nächster Zeit nicht erfahren! Versprich mir, dass ihr diskret bleibt.«

»Natürlich«, erwiderte Carine. »Und ich werde auch nicht mehr zu spät kommen.«

»Danke. Ich bin jetzt nämlich für dich verantwortlich. Und für die beiden anderen.« Sylvie seufzte.

»Gut so. Wir alle wissen, dass du eine der kompetentesten Personen hier in der Brigade bist.« Aufmunternd lächelte sie ihr zu. Sylvie dachte: Könnte ich nur annähernd so hübsch sein wie sie. Dann würde ich auf jeden Fall glücklich werden!

Sie schüttelte diese Gedanken ab und machte sich an die Arbeit. Es war nicht schwierig, die Telefonnummer von Pinets Ex-Frau im spanischen Online-Telefonverzeichnis zu finden.

Die Frau hatte zum Glück eine Festnetznummer und war eingetragen. Aber sie würde über Sylvies Anruf alles andere als erfreut sein. Sylvie wählte die Nummer. Eine Männerstimme meldete sich. Ihr Herz sank. Sie hatte gehofft, direkt auf Pinets Ex-Frau zu treffen. Sie fragte nach Marie Ragnon, wobei sie ihr Schulspanisch hervorkramte.

Der Mann sagte irgendetwas, was sie überhaupt nicht mitbekam, weil er sehr schnell sprach, doch das letzte Wort, *esperar* – warten – hatte Sylvie verstanden.

Sie atmete auf. Es dauerte jedoch ziemlich lange.

Irgendwann meldete sich eine Frauenstimme.

»Madame Ragnon, *bonjour*, hier spricht Sylvie Montillet, Gendarmerie Isle-sur-la-Sorgue. Es tut mir leid, Sie zu stören, doch ich müsste Ihnen ein paar Fragen zu Ihrem Ex-Mann Pierre Pinet stellen.«

Sylvie betätigte den Lautsprecher, damit Carine, die an ihrem Schreibtisch saß, dem Gespräch zuhören konnte.

Am anderen Ende der Leitung herrschte Schweigen. Dann sagte die Frau langsam: »Also haben Sie ihn endlich erwischt ... Ich gebe Ihnen Informationen, aber ich will nicht als Zeugin bei seinem Prozess aussagen müssen. Das ist ausgeschlossen!«

Sylvie war einen Moment lang sprachlos. Sie fing sich aber schnell wieder und erklärte: »Es wird keinen Prozess geben, denn Ihr Ex-Mann ist tot. Er wurde ermordet. In der Quelle von Fontaine de Vaucluse ertränkt.«

Die Frau am anderen Ende der Leitung schwieg.

»*Mon Dieu*«, sagte sie irgendwann tonlos, »so weit ist es also gekommen. So weit hat es der Alte getrieben.«

»Warum der Alte, Madame Ragnon?«

»Nun, Ihnen ist sicher bekannt, dass Pierre ein Problem mit Jungen hatte. Er war pädophil und fuhr regelmäßig nach Thailand. Er gab immer vor, tauchen zu gehen, doch ich habe durch Zufall herausgefunden, dass er wegen der Kinderprostitution hinfuhr. Deshalb beschloss ich, ihn zu verlassen. Ich habe ihn zur Rede gestellt und ihm gesagt, dass ich ihn anzeigen würde. Doch bevor ich das tun konnte, stand sein Vater vor unserer Tür. Er hat mich bedroht. Ich dürfe Pierre auf keinen Fall anzeigen. Ich solle wegziehen – was ich ohnehin vorhatte, denn ich bin nicht aus der Gegend – und er würde mir 200.000 Euro auf mein Konto überweisen. Er würde es so einrichten, dass Pierre seinen Beruf aufgab und mit ihm im Weinhandel anstatt mit Kindern arbeitete. Und Thailand – das sei sein Hobby, damit helfe er armen Leuten. Pierre dürfe nicht ins Gefängnis kommen, denn abgesehen von seinem Problem sei er ein sehr guter Mensch. Bei Pinets Rede wurde mir speiübel. Was glaubte denn dieser alte Hai? Dass man sich mit Geld alles kaufen kann? Auch das Schweigen? Und die Straffreiheit? Ich habe abgelehnt. Pierre war ein perverser Krimineller! Ich habe den alten Pinet hinausgeworfen und mich auf den Weg zur Gendarmerie gemacht. Doch ich wurde abgepasst. Ein Auto stand quer auf der kleinen Straße, die von unserem Haus zur Hauptstraße führt, und als ich anhielt, zerrten mich zwei Typen aus dem Wagen. Sie hielten mir ein Messer an den Hals und befahlen mir zu schweigen. Ansonsten würden sie meine Familie töten. Meine Eltern und meine Schwestern. Sie fuhren mit mir nach Hause und befahlen mir, zu packen und zu verschwinden. Das hätte ich ohnehin getan. Ich wollte Pierre, der noch in der Schule war und erst am Abend zurückkommen würde, nie wiedersehen. Außerdem stand ich unter Schock. Ich hatte verstanden, dass der Alte Freunde aus dem Gefängnis auf mich gehetzt hatte. Ich arbeitete zu der Zeit nicht und bin direkt zu meinen Eltern nach Nordfrankreich gefahren. Einen Monat später brach ich nach Spanien auf, wo ich an einer Schule in Salamanca eine Assistenzstelle für Französisch bekommen hatte. Ich lebe heute sehr gut, denn auf meinem Konto befanden sich dreihunderttausend Euro. Der Alte ist sehr großzügig gewesen, doch er hat mir noch einmal eine Drohung geschickt. Wo immer ich bin, ich solle schweigen, denn *seine* Leute würden meine Eltern und Schwestern finden und sich an ihnen rächen.«

»*Mon Dieu!*«, entfuhr es Sylvie. Sie sah Carine an, die dem Gespräch zugehört hatte und wie erstarrt schien.

Sylvie spürte, dass die Wut sie packte. »Das ist doch unglaublich!«, rief sie. »Wann war das genau?«

»Es war vor fünfzehn Jahren. Und ich muss Ihnen noch etwas sagen. Einige Monate zuvor hatte eine Frau Pierre angezeigt, weil er ihren Sohn über ein Jahr lang sexuell missbraucht hatte. Doch die Anzeige war zurückgezogen worden, weil der Junge, der den Lehrer hasste, das anscheinend erfunden hatte.«

»Nein!« Sylvie war entsetzt. Sie sah, dass Carine zusammenzuckte und komplett weiß im Gesicht wurde.

»Wissen Sie, wie die Leute hießen? Um welches Kind es sich handelte?«

»Nein, Näheres weiß ich nicht. Pierre wollte nicht darüber sprechen. Er gab lediglich zu, mit dem Jungen, der ein schlechter Schüler war, immer sehr ungeduldig gewesen zu sein und ihn oft auch ungerecht bestraft zu haben.«

»Und die Leute sind zur Gendarmerie gegangen?«

»Ganz gewiss. Und der Alte hat es mit ihnen mit ziemlicher Sicherheit gemacht wie mit mir. Er hatte ja Geld wie Heu von verschiedenen Grundstücksverkäufen! Konten in Luxemburg und in der Schweiz. Die Anzeige war zurückgezogen worden.«

Sylvies Aufregung steigerte sich. Wenn sie eine Spur dieser Anzeige finden könnten, dann wäre das ein neuer Anhaltspunkt. Jemand aus der Vergangenheit, der mit Pierre Pinet ein Hühnchen rupfen wollte!

»Und Ihre Scheidung? Wurde sie sofort akzeptiert?«

»Ja. Ich musste Pierre nicht mehr sehen. Denn ich weigerte mich, in die Provence zu kommen. Alles wurde von unseren Anwälten abgewickelt. Pierre hat unser Haus verkauft und mir meinen Teil ausbezahlt. Alles lief reibungslos. Doch die Wut und die Angst, die sind mir geblieben. Ich habe mich oft

gefragt, wie lange es dauern würde, bis jemand dahinter-
kommt, was die beiden treiben.«

Sylvie erzählte der Frau, wie Pierre gestorben war.

»Mord war wahrscheinlich die einzig mögliche Art, ihm das
Handwerk zu legen«, bemerkte Marie Ragnon. »Wissen Sie,
dass ich so etwas selber gerne gemacht hätte, als ich Isle-sur-
la-Sorgue verlassen habe?«

»Ich kann es mir vorstellen«, erwiderte Sylvie. Sie legte auf
und sah sie Carine an. Die Freundin war blass und erschien ihr
genauso bestürzt wie sie selbst.

Sylvie stand auf, um den Kommandanten und den Capitaine
über ihre neuesten Erkenntnisse zu unterrichten.

Pauls Rehabilitierung

Als Amélie die Schule verließ, sah sie, dass Paul auf dem Parkplatz vor dem Gebäude auf sie wartete.

Ihre Freundin Mélanie stieß sie an. »Schau mal, Paul ist wieder da! Er war doch krank, oder?«

»Ja, das war er. Zu Ende des Schuljahres. Aber jetzt ist er auf einer anderen Schule.«

Besorgt sah Amélie zu Paul hinüber. Er wusste doch, dass sie nicht miteinander sprechen durften! Es war abgemacht gewesen, dass sie einen geheimen Ort fanden, an dem sie sich treffen konnten. Und nun stand Paul vor der Schule und sagte allen hallo. Er schien ziemlich entspannt zu sein.

Vorsichtig ging Amélie auf Paul zu. Er sagte gerade, dass er zu Ende des Schuljahres sehr krank gewesen sei und deshalb nicht mehr in die Schule gekommen war. Und er erzählte über seine neue Schule in Avignon.

Amélie war verwirrt. Warum war Paul hier? Hatte sein Vater ihm nicht verboten, mit den früheren Klassenkameraden zu sprechen?

Als alle auseinanderstoben, weil die Schulbusse für diejenigen kamen, die auf dem Land lebten, bot Paul Amélie an, sie nach Hause zu begleiten.

»Okay«, sagte Amélie zögernd.

Sie hatte Angst, dass die Mutter ihn sehen würde. Sie wusste, dass ihre Mutter daheim war. Und Carine hatte ihr eingeschärft, dass Amélie mit Paul keinen Kontakt mehr haben durfte. Doch Carine wusste nicht, was geschehen war, und

Amélie war in Paul verliebt. Genauso verliebt, wie Carine es in ihren sportlichen Polizisten war.

Sie gingen die Straße entlang, und Paul nahm Amélies Hand.

Sie spürte, wie schnell ihr Herz schlug.

»Paul ... und wenn uns jemand sieht?«

Er blieb stehen und sah sie an. »Es ist vorbei«, sagte er.

»Was ist vorbei?«, fragte Amélie erstaunt.

»Die Polizisten sind gekommen. Diejenigen, die keine Uniform tragen. Und sie haben mir gesagt, dass sie Beweise gefunden haben, dass der Direktor das wirklich mit mir gemacht hat. Und dass er es auch mit anderen Kindern getan hat. Und dass sie wissen, dass meine Eltern mich gezwungen haben zu lügen, weil der König ihnen Geld angeboten hat.«

»Der König?«, fragte Amélie. Sie konnte sich auf das Ganze keinen Reim mehr machen.

»Der Trüffelkönig. Er wurde durch Schokolade reich und wird so genannt. Der Vater des Direktors.«

»Schokolade?«

»Ja, Trüffeln sind doch Schokolade! So ein Schokoladengemisch. Der reiche Mann hat meinem Vater viel Geld angeboten, damit sein Sohn, der Direktor, nicht ins Gefängnis kommt.«

»Und wie haben sie das herausgefunden?«, fragte Amélie aufgeregt.

»Sie sind sehr intelligent«, meinte Paul. »Das sind solche wie die vom Fernsehen. Die finden alles heraus.«

»Und der Chef ... der Capitaine, wie sie ihn nennen? Ist er gut aussehend?«

»Was?«, fragte Paul. »Keine Ahnung, ob er gut aussieht. Ich bin keine Frau. Warum?«

»Nur so.«

Amélie dachte an Carine. Dieser Capitaine war ihr Liebster.

»Aber der eine, also nicht der Capitaine, der hatte einen

Hund dabei. So einen hübschen Hund. Und ich durfte mit ihm spielen. Aber der Capitaine fand den Hund nicht so toll.«

»Ach!«

Amélie beschloss, Carine zu warnen, weil ihr Liebster keine Hunde mochte. Doch Carine schien sich ebenfalls nicht besonders viel aus ihnen zu machen.

»Sie haben meine Mutter beschuldigt, da habe ich erklärt, dass mein Vater mir befohlen hat, ich solle lügen. Und dann haben sie Papa mitgenommen. Zu den Gendarmen. Er ist bald wiedergekommen, aber Mama hat ihm gesagt, er muss gehen. Sie will nicht mehr, dass er bei uns lebt. Wegen der Lüge.«

Paul sah Amélie verzweifelt an. »Ich bin so froh, weil ich nun kein Lügner mehr bin. Aber jetzt ist Papa weg, und die beiden werden sich trennen. Wie alle anderen Eltern.«

Amélie winkte ab. »Man kann auch mit getrennten Eltern leben«, meinte sie. »Mein Vater ist weg, als ich noch sehr klein war. Er kommt mich regelmäßig besuchen oder holt mich für das Wochenende ab und nimmt mich irgendwohin mit, ins Euro-Disneyland oder zum Park Asterix und nach Paris. Und ich bekomme während dieser Wochenenden alles, was ich will. Und er nimmt sich Zeit, mit mir zu reden, erklärt mir vieles. Mir ist es viel lieber, so einen Vater zu haben, als einen, der mit uns lebt, aber kaum einmal da ist, nur schimpft und mit Mama streitet.«

Ohne ihn hätte ich nie ein Handy bekommen oder erst viel später, dachte sie. Der Vater hatte ihr vor einigen Wochen das Smartphone gekauft und es angemeldet. Er wollte, dass Amélie sich jeden Tag bei ihm meldete. Und die Mutter, die am Anfang gegen das Handy gewesen war, fand es nun auch ganz praktisch, dass sie Amélie immer und überall erreichen konnte.

»Ich habe immer meinen Vater gehabt«, erklärte Paul, »und ich mag ihn sehr. Ich will nicht, dass meine Eltern sich trennen.«

Amélie sah ihn an. »Eltern tun das nun mal. Die meisten Eltern trennen sich irgendwann. Da kannst du nichts dagegen machen. Du kannst nur versuchen, beide gleich oft zu sehen.«

»Hm.« Paul kickte einen Stein vor sich her. Er schien von ihren Argumenten nicht überzeugt zu sein.

»Und Amélie, ich habe jetzt einen neuen Psychologen. Der hilft mir. Damit ich das mit dem Direktor vergessen kann. Oder verarbeiten, wie er sagt. Und ich darf ihm die Wahrheit sagen. Alles, was ich fühle, darf ich ihm sagen.«

Amélie nickte. »Dazu sind Psychologen da.«

»Es tut mir leid, Amélie, dass ich deine Cousine angelogen habe. Und die Leute, die sie mir geschickt hat.«

»Es war vor allem für dich nicht gut«, meinte Amélie. »Sie konnten dir so nicht helfen. Das ist so, als ob du den Arzt anlügen würdest. Wie wenn du sagst, du hast Bauchweh, während du Kopfweh hast. Und der Arzt kann dich nicht gesund machen.«

»Genauso war es. Und ich musste immer neue Lügen erfinden. Das mit dem Internet, das sie mir alle geglaubt haben. Die meisten Kinder schauen ja einfach irgendwelche Dinge im Internet an. Ich nicht. Weil meine Mama mich genau kontrolliert.«

Sie waren fast bei Amélies Haus angekommen.

»Mama soll dich trotzdem nicht sehen«, sagte sie. »Komm!«

Sie zog Paul in eine kleine Passage zwischen zwei Häusern.

»Küsst du mich noch einmal?«, fragte sie ihn.

»Okay.« Er kam ihr ganz nahe.

Wieder spürte sie seine Lippen auf ihren, wieder fand sie das fürchterlich aufregend und wieder musste sie nachher lachen.

»Ich mag das«, sagte sie.

»Ich auch.«

»Du bist meine wirkliche Freundin, Amélie.«

»Und du bist mein Freund.«

»Du bist schön.«

»Du auch!«

Amélies Herz schlug vor Freude sehr laut. Er hatte gesagt, sie sei schön. Und das, obwohl sie keine türkisblauen Augen hatte.

Amélies Telefon läutete. Ihre Mutter.

»Ich muss gehen, Paul. Wir sehen uns bald wieder! Schreib mir!« Sie drückte seine Hand.

»Natürlich! Amélie, ich hoffe, dass sie den Mörder des Direktors nie finden werden. Er ist ein guter Mensch!«

»Ja, das stimmt! Hoffentlich finden sie ihn nie!«

Carine würde zwar nicht ihrer Meinung sein, denn es war ihre Aufgabe, den Mörder zu suchen, aber gewiss dachte auch sie, dass der Direktor diesen Tod verdient hatte.

Amélie seufzte, als sie die Haustür öffnete. Das Leben war kompliziert. Und sie spürte, dass es immer komplizierter wurde, je älter und erwachsener sie wurde.

Ihre Mutter kam ihr entgegen.

»Amélie, du hast heute aber lange gebraucht! Ich habe mir schon Sorgen gemacht.«

»Wir haben vor dem Schultor mit Kindern gesprochen, die in eine andere Mittelschule gehen«, erklärte Amélie. Sie mochte nicht lügen, doch sie konnte ihrer Mutter nicht von Paul erzählen.

»Amélie, mir ist lieber, du kommst nach der Schule sofort nach Hause. Derzeit hört man ja so viel.«

Ihr Blick war besorgt. Carine hatte ihr gewiss schon erzählt, dass der Direktor ein böser Mann gewesen war. Und nun machte sie sich Sorgen, obwohl er tot war! Carine und die Mutter telefonierten ja jeden Tag miteinander. Und Carine hatte keine Geheimnisse vor ihrer Tante. Nur das mit dem Capitaine, das hatte sie ihr wahrscheinlich noch nicht anvertraut. Voller Genugtuung ging Amélie in ihr Zimmer. Sie wusste etwas, wovon die Mutter keine Ahnung hatte!

Vernehmung des Trüffelkönigs

Charles Pinet leistete keinen Widerstand, als Dominique und Simon ihn zum Auto führten. Ein alter Mann, der nur etwas erstaunt schien. Und doch handelte es sich um einen reichen Patriarchen, der mehrmals Leute bedroht und sie mit enormen Geldsummen bestochen hatte. Dominique und Simon schoben den Trüffelkönig in das Gendarmerie-Auto und setzten sich neben ihn. Sylvie lenkte, Carine saß auf dem Beifahrersitz.

»Was soll das?«, fragte der Mann nun etwas genervt. »Mein Sohn wurde umgebracht, und ich werde hier wie ein Verbrecher von Ihnen geholt. Dabei wissen wir, dass Sie den Fall abgegeben haben. Die PJ bearbeitet ihn.«

Die Kollegen schwiegen. Sylvie spürte Carines Blick von der Seite. Sie vergaß immer wieder, dass sie die Verantwortliche der Gruppe war. Es wurde nun von ihr erwartet, dass sie antwortete.

Sylvie räusperte sich. »Monsieur Pinet, der Kommandant und der Capitaine erwarten Sie in der Brigade. Wir haben verschiedene Dinge herausgefunden, die uns wieder mit ins Spiel bringen. Bestechung und Behinderung eines Strafverfahrens, sagt Ihnen das etwas?«

Sie drehte sich um und sah ihn an. Der alte Mann vermied ihren Blick und starrte geradeaus.

»Mein Sohn ist umgebracht worden«, stieß er hervor. »Umgebracht auf grausamste Weise, und Sie schwafeln da etwas von Bestechung und Behinderung von Strafverfahren? Jetzt frage ich mich, wer der Verbrecher ist.«

»Ja, Monsieur Pinet, wir fragen uns das auch. Und wir haben den Eindruck, dass wir es mit mehreren Verbrechen zu tun haben. Aber mehr darüber in unserer Brigade.«

Sylvie fuhr los und sah starr vor sich hin auf die Straße.

Die vier Gendarmen und der alte Mann schwiegen. Die Fahrt erschien Sylvie endlos, obwohl es nur wenige Minuten bis zur Brigade in Isle-sur-la-Sorgue waren.

Sie brachten Charles Pinet in das kleine Verhörzimmer.

»Was soll das?«, begehrte er wieder auf.

»Sie werden es gleich erfahren«, erwiderte Sylvie und versuchte, ihre Stimme so kalt wie möglich klingen zu lassen.

»Gut. Aber ich möchte sofort meinen Rechtsanwalt dabeihaben.«

Natürlich. Damit war zu rechnen gewesen. Sylvie wusste, dass Pinets Anwalt zu den Besten in ganz Südfrankreich zählte. Sie würden Charles Pinet an diesem Abend nicht in Untersuchungshaft behalten können.

»Gut. Wir rufen ihn an. Sie werden ihn brauchen. Der Staatsanwalt und der Untersuchungsrichter wollen Sie sehen. Wir fahren anschließend nach Avignon. Sollen wir ihn dorthin bestellen?«

Pinet zuckte mit den Schultern. »Werde ich beschuldigt, meinen Sohn selbst umgebracht zu haben?«, fragte er zynisch.

Sylvie antwortete nicht, sondern wandte sich um und ging zur Tür hinaus.

»Er ist da«, sagte sie zum Kommandanten und zum Capitaine, die in Jeans Büro saßen. »Ihr könnt mit ihm reden.«

»Du wirst auch dabei sein«, meinte Jean. »Ich bestehe darauf. Du bist mit Mathieu für diesen Fall verantwortlich.«

Sylvie folgte ihnen in den Verhörsaal.

»*Bonjour,* Monsieur Pinet«, begrüßte Calcin ihn kalt.

Mathieu Dubois nickte Charles Pinet zu, sein Gesicht zeigte keine Gefühlsregung.

Der Trüffelkönig sah von einem zum anderen, bis sein Blick an Jean Calcin hängen blieb. »Was soll das jetzt? Ich dachte, die PJ hat diesen Fall übernommen und ihr mischt euch da nicht mehr ein? Und jetzt werde plötzlich ich von euch geholt. Ich, das Opfer!«

Capitaine Dubois räusperte sich. »Nun, Monsieur Pinet, es hat sich leider seit unserem Gespräch letzte Woche einiges geändert. Das heißt, wir haben Dinge über Sie und Ihren Sohn herausgefunden, die Sie auch als Täter identifizieren. Und so leid es uns tut, wir werden Sie dem Staatsanwalt und dem Untersuchungsrichter vorführen müssen.«

»Mich?« Pinet sah Dubois skeptisch an. »Aber Sie waren doch auf meiner Seite! Sie sollten doch ermitteln, herausfinden, wer meinen Sohn getötet hat?«

»Ja, Monsieur Pinet, das mache ich ebenfalls, doch während dieser Ermittlung bin ich über Dinge gestolpert, die mir nicht gefallen haben. Sexueller Missbrauch von Kindern, Erpressung, Bestechung, Bedrohung, Behinderung des Strafverfahrens. Und Sie spielen eine bedeutende Rolle in diesem ganzen Trauerspiel. Sie haben den Kommandanten Calcin und sein Team für blöd verkauft und sie daran gehindert, ihre Arbeit zu tun.«

»Ich? Das ist doch die Höhe!« Wütend funkelte Pinet Dubois an.

Jean Calcin beugte sich vor. »Die PJ hat alles gefunden. Ihre Telefonate mit Pauls Vater. Ihre Reise mit Pierre nach Luxemburg, um das Geld für die Familie Lagoc zu holen. Pauls Vater hat gestanden, Diggos Vater ebenfalls. Ihre ehemalige Schwiegertochter hat uns erzählt, sie hätten sie vor fünfzehn Jahren erpresst, bestochen und sie sogar bedrohen lassen. Und auch, dass Sie damals schon einmal Ihren Sohn freigekauft haben. Deshalb sind wir, die Gendarmen, wieder dabei. Weil es um Anzeigen ging, die hier bei uns erstattet wurden. Und Sie sind schuldig. Schuldig der Bestechung, der Bedrohung, der Einschüchterung von Zeugen und der Behinderung der Strafverfolgung. Was sagen Sie dazu?«

»Nichts. Ich sage gar nichts, bevor ich nicht meinen Rechtsanwalt neben mir sitzen habe.«

Calcin seufzte und meinte: »Gut, dann bringen wir Sie gleich nach Avignon! Monsieur Fréchel wartet dort schon mit seinem Anwalt auf Sie. Sie wissen, dass Sie nun angeklagt werden und vielleicht sogar in Untersuchungshaft bleiben, Monsieur Pinet?«

Der alte Mann zuckte mit den Schultern. »Das würde mich wundern. Ihre Beweise sind nicht ausreichend.«

»Nein. Aber auch wenn Sie heute nicht bleiben müssen, in wenigen Tagen werden wir genügend Beweise gegen Sie gesammelt haben.«

Der alte Mann lächelte bitter. »Mir ist alles so egal. Wenn Sie das nur wüssten. Ich will, dass Sie den Mörder meines Sohnes finden!« Die letzten Worte hatte er geschrien.

Dubois beugte sich vor und sagte eindringlich und leise: »Monsieur Pinet, wir sind dabei, den Mörder Ihres Sohnes zu finden. Aber wir sind uns sicher, dass Ihr Sohn wegen seiner pädophilen Neigungen ermordet wurde. Und auch deshalb, weil Sie ihn immer wieder freigekauft haben. Wenn Sie wollen, dass der Mörder gefunden wird, dann kooperieren Sie jetzt mit uns und sagen uns alles. Vor allem müssen wir wissen, wie oft Sie ihn freigekauft haben und wer die Leute waren, die ihn anzeigen wollten. Wenn Sie wollen, dass der Mörder uns entwischt, dann schweigen Sie. Aber Ihnen muss bewusst sein, dass Sie nicht davonkommen werden und dass wir wissen, dass Ihr Sohn pervers und kriminell war.«

Der Capitaine sah Charles Pinet, der seinem Blick standhielt, noch ein paar Sekunden schweigend an, dann stand er auf. Sylvie musste zugeben, dass er das sehr gut machte.

Er war begabt, hatte eine Kommunikationsgabe. Was er sagte und die Art, wie er es sagte, zeigte Wirkung. Ein Schatten huschte über Charles Pinets Gesicht. Der alte Mann schüttelte sich, wie um einen lästigen Gedanken loszuwerden. Dann herrschte er Jean Calcin an: »Na los, bringen Sie mich doch nach Avignon! Ich werde das tun, was mein Anwalt mir rät, und mich von Ihnen«, er bedachte den Capitaine mit einem scheelen Blick, »nicht einschüchtern lassen.«

»Wie Sie wollen«, erwiderte der Kommandant.

Er nickte Sylvie zu. »Du organisierst seinen Transport. Und fährst mit.«

Ratlos sah Sylvie ihren Vorgesetzten an. Sie verstand, dass er die Sache ganz in ihre Hand geben wollte.

»Ich fahre auch mit«, sagte der Capitaine aufmunternd. Anscheinend hatte er gemerkt, dass Sylvie mit der Situation überfordert war. »Ich fahre voraus, um mich mit dem Staatsanwalt abzusprechen. Wir sehen uns dann im Justizpalast.«

»Okay.« Sylvie nickte.

Im Büro saßen Dominique und Simon.

»Leute, wir müssen Pinet nach Avignon bringen. Ihr kommt mit mir!«, befahl Sylvie und versuchte, ihre Unsicherheit zu überspielen.

»Ja, Chefin!« Dominique stand auf.

Sie verfrachteten Charles Pinet in ein Gendarmerie-Auto und fuhren los. Sylvie saß vor ihm, sie konnte seinen Blick in ihrem Nacken spüren. Der alte Mann versuchte nicht, mit ihnen zu sprechen. Er wusste, dass sie alles herausgefunden hatten. Und nun hatte er die Strategie gewählt: *Ich äußere mich nicht und lasse meinen Anwalt alles managen.* Vielleicht würde der Trüffelkönig die Nacht bereits im Gefängnis verbringen. Doch Sylvie ahnte, dass Charles Pinet trotz der Vorladung beim Staatsanwalt nicht eingekerkert werden würde.

Dafür war sein langjähriger Anwalt sicher zu gut.

Heimfahrt aus Avignon

Mathieu seufzte. Der Staatsanwalt hatte Charles Pinet notgedrungen auf freien Fuß gesetzt. Der Untersuchungsrichter hatte nach langem Hin und Her gemeint, er habe nicht genügend Beweismittel gegen den Mann, um ihn sofort in Untersuchungshaft zu stecken. Pinet würde zwar wegen Bestechung, Bedrohung von Zeugen und Behinderung der Strafverfolgung angeklagt werden, doch hatte sein Anwalt eine einstweilige Freilassung erwirkt. Und Mathieu hatte vom Trüffelkönig keine Informationen zu dem damaligen von Pierre Pinets Ex-Frau erwähnten Missbrauchsfall bekommen. Charles Pinet leugnete, und sein Anwalt wiederholte immer wieder, dass es sich um eine miese Verleumdung vonseiten der Ex-Frau handle. Genauso wie die Sache mit der Bedrohung. Es gab keine Beweise, nur die Aussage einer Frau, die sich zum gegenwärtigen Zeitpunkt im Ausland befand. Nichts hatten sie vom Trüffelkönig erfahren. Der alte Mann war ihnen gleichgültig erschienen, beinahe resigniert. Er hatte keinen Kommentar zum Problem seines Sohnes von sich gegeben und auch keine Rechtfertigung, was die Bestechung der Zeugen anbelangte. Der Anwalt hatte nur ständig darauf verwiesen, dass das alles nicht ausreiche, um Pinet in Untersuchungshaft zu behalten oder ihn gar ins Gefängnis zu werfen; schließlich hatten der Staatsanwalt und der Richter ihn in Begleitung des Rechtsanwalts gehen lassen, jedoch ein einstweiliges Verbot verfügt, das Land zu verlassen. Mathieu war frustriert.

»Keine Sorge, er entkommt uns nicht«, meinte Sylvie. »Sieh

das Ganze doch mal positiv. Er ist bei sich zu Hause, und wir können ihn weiterhin bearbeiten, beobachten und abhören.«

Mathieu hatte bei dem alten Mann eine Gleichgültigkeit wahrgenommen, die ihn pessimistisch stimmte. Charles Pinet wollte nicht mit ihnen zusammenarbeiten, um den Mörder seines Sohnes zu finden. Und vor allem wollte er seine eigene Schuld nicht zugeben. Wahrscheinlich war ihm bewusst geworden, dass er selbst mit seinen Aktionen den Tod seines Sohnes verursacht hatte. Doch er schob das von sich.

Sylvie war zu Mathieu ins Auto gestiegen, und nun fuhren sie im zähen Verkehr aus Avignon hinaus. Sie hatten Zeit, sich abzusprechen.

»Ich glaube, die Priorität liegt nun darauf, herauszufinden, welche Kinder noch von Pierre Pinet missbraucht wurden. Wir müssen alle Familien durchgehen, die ihre Kinder bei seinem Französischnachhilfeunterricht hatten. Und vor allem gilt es zu entdecken, wer diese Familie war, die vor 16 Jahren die Anzeige zurückgezogen hat«, stellte Mathieu fest.

Sylvie nickte. »Laut Pierre Pinets Ex-Frau war die Anschuldigung damals wesentlich schlimmer als zuletzt. Es ging um Vergewaltigung und um eine längere Zeitspanne. Der Junge hat sich wahrscheinlich nicht sofort seinen Eltern anvertraut.«

»Diesen Jungen müssen wir finden. Es kann sein, dass er sich trotz des Geldes, das seine Eltern kassiert haben, nachträglich am Direktor gerächt hat.«

»Ja, und seltsamerweise genau zu dem Zeitpunkt, als dieser von Paul angezeigt worden war.«

»Wir haben keine Spur dieser alten Anzeige in euren Archiven. Ist das nicht seltsam?«

Sylvie zuckte mit den Schultern. »Nein. Wenn die Anzeige sofort zurückgezogen wurde, dann wurde sie überhaupt nicht im Computer oder im Register erfasst. Das war in der alten grauen Zeit. Vor über fünfzehn Jahren! Damals war das Informatiksystem noch nicht dasselbe wie heute. Aber vielleicht erinnert sich einer der Gendarmen, die damals in unserer Briga- de arbeiteten, an diese Anzeige?«

»Sehr gut, Sylvie!«, lobte Mathieu die Gendarmin. »Wir ver- suchen, alle damaligen Gendarmen der Brigade ausfindig zu machen. So eine Anzeige, bei der jemand eines derart schwe- ren Verbrechens beschuldigt wird und die dann einfach zu- rückgezogen wird, das sollte eigentlich allen im Gedächtnis bleiben!«

Er hatte verstanden, warum der Kommandant Sylvie ge- wählt hatte, um mit ihm zu arbeiten. Sie überlegte schnell und ging systematisch vor.

Sylvie war bereits am Handy, um Jean Calcin anzurufen. Sie erzählte ihm in knappen Worten, was geschehen war. Mathieu hörte durch das Telefon das wütende Schimpfen des Komman- danten.

»Ja, Jean, wir müssen noch mehr handfeste Beweise finden, um den Trüffelkönig hinter Schloss und Riegel zu bekommen. Ich glaube, wir sollten zuerst einmal herausfinden, was damals vor mehr als fünfzehn Jahren geschehen ist. Pierre Pinet war damals noch nicht Direktor, sondern einfacher Grundschulleh- rer, und wurde angezeigt, weil er einen Jungen über einen län- geren Zeitraum sexuell missbraucht hatte. Deshalb wäre es gut, wenn du gleich herausfinden könntest, welche Gendar- men zu der Zeit hier gearbeitet haben, und sie vielleicht ver- ständigen könntest. Und ich schicke Carine zur Schule, um zu erfahren, welche Lehrer damals hier waren und wer Schullei- ter war.«

Der Kommandant erwiderte irgendetwas, Sylvie lachte und meinte: »Ich zähle auf dich, Jean!«

»Er hat mich Kommandantin genannt«, seufzte sie, nach- dem sie das Gespräch beendet hatte.

»Nun, so wie du drauf bist, wirst du sicher Karriere ma- chen«, erwiderte Mathieu.

Er fand Sylvie sehr solide; außerdem hielt er sie nicht für

eine Frau, die unbedingt Kinder und eine Familie wollte. Ihr schien ihre Arbeit sehr wichtig zu sein.

»Vielleicht«, erwiderte Sylvie. »Mal sehen, ob ich mich dazu eigne, Leute zu führen und zu motivieren.«

»Es ist nicht immer einfach, das muss ich zugeben«, meinte Mathieu. »Ich habe zwar im Moment nur drei Männer, die mir direkt unterstellt sind, muss aber oft das Kommando bei bestimmten Aktionen in den Vorstädten übernehmen. Und manche Polizisten sind nicht einfach zu managen. Bei uns gibt es einige, die nicht besonders gerne arbeiten.«

Sylvie lachte. »Die gibt es überall. Und als Frau hat man es bekanntlich noch schwerer, wenn man männliche Kollegen befehligen muss.«

Sie meinte: »Ich rufe Carine an. Sie soll sich gleich um die Schule kümmern und den früheren Direktor ausfindig machen.«

Sylvie telefonierte mit Carine und gab ihr entsprechende Anweisungen.

Carine schien ihr irgendetwas zu erklären, denn Sylvie fluchte. »Verdammt! Das trifft sich schlecht! Nun, schau mal, ob irgendein anderer der früheren Lehrer oder jemand von der Familie dieses ehemaligen Direktors irgendetwas weiß oder etwas gehört hat. Und sieh die Liste der damaligen Schüler durch, um herauszufinden, wer eventuell … Schau auch, welche Schüler die Schule verlassen haben. Und vielleicht erinnerst du dich dabei an etwas. Du warst ja damals zu dieser Zeit auch in dieser Schule!«

Als Sylvie auflegte, seufzte sie. »Wir haben kein Glück. Der damalige Direktor ist vor zwei Jahren gestorben. Krebs. Carine wusste darüber Bescheid, er war nämlich auch von hier. Aber vielleicht hat er sich jemandem anvertraut? Carine ist die geeignete Person, um dort die Listen der Schüler durchzusehen. Sie war damals auch an dieser Schule und kann sich vielleicht an ihre Mitschüler erinnern!«

»Es kann auch sein, dass der Direktor sich im vergangenen

Jahr außer an Paul, dem kleinen Rom und dem kleinen Marokkaner an einem oder mehreren anderen Jungen vergriffen hat. Deshalb müssen wir parallel zu unseren Nachforschungen bezüglich der Sache von damals mit allen Kindern sprechen, die die Französischnachhilfe in Anspruch genommen haben.«

Wieder einmal hatten sie Arbeit bis über beide Ohren. Mathieu fühlte instinktiv, dass keine Zeit zu verlieren war. Denn irgendjemand befand sich in ihrer Nähe, der sehr wütend auf Pinet Vater und Sohn war. Aber noch mehr als diesen unbekannten Mörder wollte Mathieu den Trüffelkönig im Gefängnis wissen. Charles Pinet war nur ein Vater, der seinen Sohn vor dem Gefängnis hatte schützen wollen. Doch wie hatte er die perverse Neigung seines Sohnes überhaupt unterstützen können? Er hätte Pierre nach dem ersten Zwischenfall zwingen müssen, die Schule zu verlassen.

Sylvie meinte: »Es ist kein schöner Fall. Wir ermitteln gegen den Trüffelkönig, aber genauso gegen irgendjemanden, der dieser Höllenfahrt endlich ein Ende gesetzt hat. Und wahrscheinlich wird ein armer Mann im Gefängnis landen.«

»Natürlich«, meinte Mathieu, »aber wenn man einen Verbrecher tötet, ist man trotzdem ein Mörder.«

Sie hatten nun den Stadtrand erreicht und fuhren über die Landstraße durch die Dörfer Richtung Osten. L'Isle-sur-la-Sorgue war mit dem Auto in einer halben Stunde von Avignon aus zu erreichen.

Mathieu gähnte.

»Ach, bin ich müde«, meinte er. »Dieser Tag war anstrengend.«

»Vielleicht solltest du versuchen, in der Nacht zu schlafen«, schlug Sylvie vor, und er spürte ihren Blick von der Seite.

Mathieu fühlte, dass er rot wurde, und lachte verlegen.

Gewiss war Sylvie über alle Details seiner Beziehung zu Carine auf dem Laufenden. Sie war Carines Vertraute, und Carine hatte ihr sicher mitgeteilt, dass sie und Mathieu fast die ganze Nacht damit verbracht hatten, sich zu lieben. Sylvie würde sie zwar nicht bei den anderen verpetzen, doch sie dachte sich gewiss ihren Teil, was Mathieus Professionalität und seine Kompetenz als Ermittler anging.

»Mathieu«, begann Sylvie, »ich will mich natürlich nicht in Dinge einmischen, die mich nichts angehen, aber ich möchte kurz mit dir über Carine sprechen.«

»Natürlich«, erwiderte Mathieu, ziemlich überrascht über ihren ernsten Tonfall.

»Carine ist wirklich verliebt in dich. Das, was zwischen euch ist, ist für sie todernst. Bitte tu ihr nicht weh! Carine hatte bisher ein schwieriges Leben und ist zerbrechlich.«

Mathieu sah Sylvie kurz an. Dann musste er wieder auf die Straße achten.

»Sylvie«, sagte er, »Wir kennen uns erst eine knappe Woche, doch ich möchte, dass du weißt, dass ich nicht so bin. Ich habe nichts für Abenteuer übrig. Ich habe mit meiner Freundin Schluss gemacht, es war auch in ihrem Sinn, und sie ist gerade dabei, aus unserer gemeinsamen Wohnung auszuziehen. Ich meine es ernst mit Carine und will, dass unsere Beziehung auch nach dieser Ermittlung weiter andauert. Ich garantiere dir, dass ich gut auf Carine aufpassen und versuchen werde, sie glücklich zu machen. Das Einzige, was ich dir heute nicht versprechen kann, ist, dass ich Carine zuliebe in einer Kaserne wohnen werde, wie es die Frauen eurer Kollegen tun.«

Sylvie lachte. »Dazu zwingt dich keiner. Ich wollte mich nur versichern, dass ihr auf derselben Wellenlänge seid und dass du das Ganze nicht nur als ein Abenteuer ansiehst.«

»Wirklich nicht. Carine ist mir sehr wichtig.«

Mathieu konnte es Sylvie nicht übel nehmen, dass sie sich um ihre Freundin sorgte. Carines Jugend war sehr schwierig gewesen, das Leben hatte sie nicht verschont.

»Gut. Dann bin ich beruhigt.«

»Carine hat Glück, mit dir zu arbeiten.«

Sylvie lächelte. »Wir Mädels halten zusammen. Obwohl ich sagen muss, dass die Männer uns sehr respektieren. Wir können uns nicht beklagen. Carine ist aber zum Glück nicht allein. Sie war es nie, auch nicht, als sie ihre Mutter verlor. Ihre Tante hat sich schon immer sehr viel um sie gekümmert, und ihre jüngere Cousine ist für sie wie eine kleine Schwester. Sie hat auch einige sehr gute Freundinnen hier in Isle-sur-la-Sorgue. Deshalb hat sie gebeten, in diese Gegend versetzt zu werden.«

»Aber ihr Bruder fehlt ihr sehr, nicht wahr?«

»Ja. Sie hat ihren Bruder David sehr geliebt; er war zwar drei Jahre älter als sie, doch die beiden waren ein wenig wie Zwillinge. Er sah ihr auch sehr ähnlich.«

»Ich weiß, ich habe ein Foto von ihm auf ihrem Handy gesehen. Carine hat mir erklärt, er sei depressiv gewesen.«

»Ja, das war er. Seine Kindheit verlief anscheinend normal, aber in der Pubertät bekam er Depressionen. Er ertrug offensichtlich den schulischen Druck nicht, hatte schwerwiegende Lernprobleme und entwickelte eine Schulphobie. Er war einer dieser Schüler, die es nicht schaffen, sich an unser Schulsystem anzupassen. Und die Mutter hatte natürlich kein Geld, um ihn auf eine alternative Schule zu schicken.«

»Und der Vater? Er hatte doch mehr finanzielle Mittel?«

»Er hatte der Familie das Haus gekauft, das Carine dann geerbt hat. Im Nachbarort Pernes-les-Fontaines. Die Familie hat vorher dort gewohnt, wo du hingefahren bist, um den Marokkaner zu befragen. In den Sozialwohnungen.«

Mathieu seufzte. Carine hatte wirklich keine einfache Kindheit gehabt. Und trotzdem hatte sie ihren Weg so gut gemeistert.

Die verschwundene Waffe

Dominique und Simon hatten mit Pinets Sohn François und seiner Tochter Émilie gesprochen. Der Vater hatte Pierre Pinets *Problem* anscheinend vor den beiden verheimlicht. Beide Geschwister hatten sehr erstaunt und bestürzt gewirkt, als die Gendarmen ihnen von ihren neuesten Erkenntnissen erzählt und ihnen erklärt hatten, dass ihr Vater dem Untersuchungsrichter vorgeführt worden war. Émilie war sprachlos gewesen, François hatte gemeint, er wolle das Ganze nicht glauben. Der Vater sei diese Sache betreffend sicher unschuldig. Und sie sollten gut darauf achten, ihn bei der Gendarmerie und bei Gericht nicht zu sehr aufzuregen, damit er keinen Herzinfarkt erlitt. Dabei hatte der alte Pinet nie Herzprobleme gehabt.

Sylvie wusste nicht, ob sie Pinets Kindern glauben konnten. Vielleicht hatten beide davon gewusst, logen die Gendarmen aber an. Sie beschloss, in den kommenden Tagen selbst mit ihnen zu sprechen oder Mathieu Dubois hinzuschicken, um die Geschwister eingehender zu bearbeiten.

Als Sylvie am Abend gerade das Büro verlassen wollte, kam der Anruf von Madame Lesque. Sie war auf einen anderen Kollegen getroffen, hatte jedoch Sylvie sprechen wollen.

Sie klang vollkommen panisch.

»Es hat heute wieder ein Einbruch stattgefunden!«, schluchzte sie ins Telefon. »Meine Pistole ist weg! Und der Einbrecher hat eine tote Maus hinterlegt.«

Sylvie seufzte tief. »Ihre illegale Waffe ist weg? Das kommt bei solchen Waffen häufig vor! Ich habe Sie davor gewarnt.«

»Derjenige, der mir diese Dinge hinterlegt, beobachtet mich

ständig. Er hat mir die Waffe genommen, damit ich mich nicht mehr in Sicherheit fühle!«

»Hm ... Wir kommen!«, beschloss Sylvie.

Sie forderte Carine auf, die gerade das Büro betrat, mit ihr zu Madame Lesque zu fahren. Eigentlich hätte Carine schon Dienstschluss gehabt und wollte die Brigade gerade verlassen, doch Sylvie brauchte sie.

»Wir müssen zu Madame Lesque, Fingerabdrücke nehmen und sehen, ob sonst Spuren zu finden sind. Ihre Waffe wurde gestohlen!«

»Ach, ja? Die illegale Waffe? Wie soll sie da jetzt Anzeige erstatten?«

»Keine Ahnung«, seufzte Sylvie. »Wir auf jeden Fall haben nichts von dieser Pistole gewusst. Erinnere dich daran!«

»Klar«, erwiderte Carine, die nun zu verstehen schien, warum ausgerechnet sie Sylvie begleiten sollte.

Als sie im Auto saßen, erzählte Sylvie Carine von ihrem Nachmittag mit Charles Pinet, dem Staatsanwalt und Mathieu.

Carine meinte wütend: »Das war ja wohl klar, dass der alte Pinet das Gericht als freier Mann verlässt!«

Sylvie seufzte. Sie hatte in ihrer optimistischen Naivität gehofft, dass der Trüffelkönig zumindest in Untersuchungshaft bleiben würde.

Madame Lesque empfing die beiden Gendarminnen schon vor dem Haus. Als Sylvie und Carine in das Vorzimmer traten, sah Sylvie, dass dort ein Koffer stand.

»Ich gehe zu einer Freundin nach Cavaillon«, erklärte die Frau mit zitternder Stimme. »Keine weitere Nacht bleibe ich hier, jetzt, wo meine Pistole weg ist.«

»Sie müssen kommen, Anzeige erstatten und genau erklären, um welches Modell es sich bei der Pistole handelt«, meinte Sylvie.

»Aber ich habe doch keine Ahnung, welches Modell! Ich habe ja auch keine Zulassung.«

Sylvie seufzte wieder. »Genau deshalb ist es verboten, sich

illegale Waffen zuzulegen. Derjenige, der Ihre Pistole genommen hat, wird vielleicht schon heute ein Verbrechen damit begehen.«

»Aber ... man kann nicht nachweisen, dass es meine ist, oder?«, fragte die Frau mit zitternder Stimme.

»Madame«, sagte Sylvie eindringlich, »Ihre Pistole existiert nicht. Wenn Sie keine Anzeige erstatten, dann haben Sie sie nie besessen. Wenn Sie Anzeige erstatten, ein Verbrechen damit stattfindet und wir auf Sie zurückkommen, dann können Sie Probleme kriegen. Genau davor wollten wir Sie vor drei Tagen warnen.«

»Ich ... Ich werde nichts machen. Ich habe ja bereits Anzeige erstattet.«

»Wie ist der Einbrecher diesmal hereingekommen?«

Madame Lesque zeigte auf das Küchenfenster, das von Neuem zertrümmert worden war.

»Wie immer ein Fenster. Es ist innerhalb von zwei Monaten schon das fünfte Fenster, das eingeschlagen wurde. Das erste Mal war es schon dieses Küchenfenster, zweimal die Glastür der Terrasse und einmal das Fenster im Arbeitszimmer.«

Carine hatte sich dem Fenster genähert und begann, das Pulver, das eventuelle Fingerabdrücke zeigen sollte, auf die Rahmen zu verteilen.

Sylvie ging ins Haus und machte dasselbe auf dem Nachttisch. Doch sie fand keine Fingerabdrücke, lediglich eine Faser. Der Einbrecher hatte wohl Handschuhe getragen.

»Und die DNA?«, fragte die Dame.

»Die DNA wird nur bei schweren Verbrechen analysiert. Hier haben wir es im Moment lediglich mit einem Einbrecher zu tun. Und ich sage Ihnen, was Sie jetzt machen müssen. Sie nehmen sich einen Alarm mit Bewegungsmelder und Kamera, dann haben wir bald ein Foto unserer Kunden! Und dann können wir Ihnen helfen. Das ist ein Abonnement, natürlich nicht ganz billig, monatlich zu bezahlen, aber die installieren Ihnen alles, und wenn während Ihrer Abwesenheit eingebrochen wird, schicken die sogar eine Wachgesellschaft. Ist bei so einsamen Häusern ohnehin ratsam.«

»Und das soll ich bezahlen? Macht das nicht die Polizei? Oder der Hausbesitzer?«

Sylvie begann langsam ungeduldig werden. Wie dumm waren die Leute eigentlich?

»Nein, wir bezahlen nicht jedem, bei dem eingebrochen wurde, einen Alarm mit Kamera. Aber wir kommen, wenn Sie mehr Informationen haben. Verstanden?«

Sie notierte der Dame die Adresse und Telefonnummer einer Firma, die Alarmanlagen installierte, dann verabschiedeten sie sich und stiegen wieder in ihr Auto.

»Mensch, die weiß sicher, wer sie verfolgt. Aber sie will es uns nicht sagen! Ein Alarm sollte das Ganze klären. Entweder es hört auf, oder er oder sie tappt in die Falle.«

»Sicher«, meinte Carine, »aber die Waffe? Das ist etwas beunruhigend, dass der Einbrecher sie nun in seinem Besitz hat. Wenn er sie gegen Madame Lesque verwenden will?«

»Natürlich. Und sie kann uns nicht sagen, um was für eine Waffe es sich handelt. Kennt nicht einmal das Modell! Unglaublich!«

Die beiden Gendarminnen lachten über so viel Naivität. Doch Madame Lesque tat wahrscheinlich gut daran, in den nächsten Tagen nicht zu Hause zu sein.

Sylvie dachte bei sich, dass die Frau vielleicht in etwas verstrickt war. Deshalb sollte wohl nicht bekannt werden, dass sie eine Waffe besessen hatte. Weil sie ahnte, dass die Pistole sehr bald irgendwo auftauchen würde.

Martins Spaziergang

Es war ein schöner, milder Morgen. Martin war mit der Welt wieder im Einklang. Natürlich würde er Jacky nie vergessen, natürlich würde da immer diese Bitterkeit bleiben, weil er genau wusste, was Jacky geschehen war, aber keine Beweise dafür liefern konnte. Doch nun hatte er Boule, die ihm so viel Freude bereitete. Und Boule war wirklich eine disziplinierte Hündin. Sie blieb immer brav bei ihm, ging keinen Schritt von ihm weg, lief nur selten voraus und war überhaupt etwas schreckhaft.

Sie war eine seltene Mischung aus einem Golden Retriever, einem Schäferhund und einem Boxer. Ihr früherer Besitzer hatte sie misshandelt, deshalb war sie relativ scheu. Damien, der in den wenigen Tagen, die sie sich kannten, zu einem Freund geworden war, hatte Martin an jenem Abend im Tierheim geraten, diese Hündin zu nehmen, weil sie freundlich aussah und auch in einer ziemlich guten Verfassung schien. Der junge Polizist hatte ein Auge für Hunde; überhaupt konnte er sehr gut mit ihnen umgehen. Spontan hatte er beschlossen, den kleinen Mischling Ronald zu nehmen, der in seinem Käfig herzzerreißend gejault hatte. Er hatte den Hund seiner Freundin geschenkt, die sich anscheinend sehr über ihn gefreut hatte. Das Paar lebte zwar in der Stadt, doch Ronald war ein kleiner Hund und brauchte nicht so viel Auslauf wie Boule. Damien schrieb Martin oft, um Neuigkeiten von Boule zu erfahren und ihm mitzuteilen, wie es Ronald ging. Der kleine Hund schien sich in Marseille sehr schnell eingelebt zu haben.

Von Damiens Kollegen, dem Capitaine Dubois, hatte Martin

seit ihrem Gespräch einige Tage zuvor nichts mehr gehört. Vielleicht würde er noch einmal bei ihm auftauchen, doch Damien hatte Martin gesagt, dass er nicht verdächtigt wurde, den Direktor ermordet zu haben, denn die Ermittlung ging nun in eine ganz andere Richtung. In welche, das hatte der junge Polizist nicht verlauten lassen. Doch anscheinend sei der Direktor nicht derjenige gewesen, für den sie ihn alle gehalten hatten. Das wunderte Martin kaum.

Nachdem er eine Weile mit seinem Nachbarn Marcel Delabre geplaudert hatte, spazierte er an diesem schönen Morgen Richtung Dorf. Er beschloss, in die Bar in Lagnes zu gehen, in der sich die Rentner zum Kaffee trafen, und den anderen dort Boule vorzustellen.

Die Hündin spazierte neben ihm dahin. Er führte sie an der Leine, weil sie die Straße entlanggingen. An diesem Oktobermorgen leuchtete die Landschaft im Licht des Spätsommers. Der Herbst war noch nicht ins Land gezogen, doch Martin wusste, dass einen Monat später sich die Blätter der Weinstöcke bereits gelb und rot färben würden. Er genoss den Blick auf den Hügel, auf dem sich das kleine Dorf Lagnes erstreckte. Seit über zwanzig Jahren lebte er nun schon im Luberon. Er liebte diese Gegend trotz der schweren Schicksalsschläge, die er hier hatte erleiden müssen. Den Tod seiner Frau und dann Jackys Verschwinden. Die Tatsache, dass die Kinder weit weggezogen waren und kaum mehr in den Luberon kamen. Sie lebten auf der anderen Seite des Atlantiks, beide luden Martin ständig ein, doch Martin reiste nicht gern. Er hasste das Fliegen, und der Luberon fehlte ihm bereits nach drei Tagen. Aber er fühlte sich im Dorf und in der Nachbarschaft nicht allein. Es gab genügend Rentner, die jeden Tag ein wenig Zeit mit ihm verbrachten. Und nun hatte er Boule.

Ein Schuss ganz in der Nähe riss Martin aus seinen Gedanken. Er erschrak, Boule machte einen Sprung, und er ließ die Leine los. Die Hündin stürmte in Panik davon.

»Boule, Boule!«, schrie Martin verzweifelt. Er rannte los, so schnell ihn seine alten Beine trugen, um die Hündin einzuholen. Sie stürmte über das Feld von der Straße weg. »Boule, komm zurück!«

Martin wusste ganz genau, woher dieser Schuss gekommen war. Von dort, wo Boule nicht hingehen sollte. Wo Jacky für immer verschwunden war. Gewiss war der Trüffelkönig wieder dabei, auf jemanden zu schießen, der ihm nicht behagte! Und wenn er Boule sah, würde er bestimmt nicht zögern.

Martin hörte ganz in der Nähe ein Auto anfahren. Im nächsten Moment raste ein weißer Wagen in überhöhtem Tempo an ihm vorbei. Kopfschüttelnd sah Martin dem Auto nach. Hoffentlich hatte dieser Raser nicht Boule überfahren! Hoffentlich war sie nicht zurück zur Straße gelaufen! Martin spürte, wie die Panik in ihm anschwoll. Weiterhin nach Boule rufend, durchquerte er die Lavendelfelder des Trüffelkönigs. Er wusste, dass er sich in Gefahr begab, doch das war ihm egal. Martin nahm am Rand des Feldes, dort, wo der Trüffelwald begann, eine Bewegung wahr und atmete auf. Boule! Doch als er näher kam, hörte er ein leises Winseln und sah zu seinem Erschrecken, dass es sich bei dem Hund nicht um Boule handelte. Ein eher kleinwüchsiger schwarzer Labrador, der sicher einer von Pinets Trüffelhunden war, lief winselnd im Kreis. Vorsichtig ging Martin auf ihn zu. Plötzlich sah er, dass dort etwas unter den Bäumen lag. Er zuckte zusammen, als ihm bewusst wurde, dass es sich um einen reglosen menschlichen Körper handelte. Es war Charles Pinet selbst, der Trüffelkönig. Martin schrie auf, und der Labrador begann zu bellen. Der alte Mann lag auf der linken Seite, sein Gesicht war ausdruckslos, die Augen nach oben verdreht, aus seiner rechten Schläfe quoll Blut. Sein rechter Arm streckte seltsam verrenkt vom Körper weg; neben der rechten Hand lag eine Pistole. Charles Pinet hatte sich umgebracht. In demselben Trüffelwald, in dem er zwanzig Jahre zuvor Christian Lantier erschossen hatte. An fast derselben Stelle.

Martin näherte sich der Leiche mit unsicheren Schritten,

nahm den bellenden Hund am Halsband und wollte ihn mit zitternder Hand von seinem toten Herrchen wegziehen. Der Labrador leistete laut winselnd Widerstand, und bald gab Martin es auf. Er musste ... Und wo war Boule? Die Gedanken rasten durch seinen Kopf.

Mit zitternden Fingern gelang es ihm, sein Handy aus der Jackentasche zu fischen und Damiens Nummer zu wählen. Der Polizist meldete sich nicht. Martins Ratlosigkeit stieg.

Im nächsten Moment hörte er jedoch einen Laut hinter sich. Boule! Langsam und zögernd näherte sich die Hündin, die Leine schliff im Lavendelfeld hinter ihr her. Martin atmete auf.

Der Tote im Trüffelwald

Mathieu und Damien befragten in der Schule die Kinder, die bei Pierre Pinet Französischnachhilfe genommen hatten, immer unter dem wachsamen Auge der neuen Direktorin. Sie hatten gerade erst angefangen, und bisher war nicht besonders viel dabei herausgekommen. Ein kleiner Syrer erklärte, der Direktor sei immer sehr nett gewesen. Nein, er habe ihn nie länger da behalten. Dann wollte der Junge wissen, warum die beiden Polizisten keine Uniform trugen. Er habe geglaubt, Polizisten hätten immer eine Uniform an. Der Kleine sprach schon gut Französisch, obwohl er erst seit einem Jahr in der Provence war. Mathieu und Damien grinsten einander an, und Mathieu wollte dem Kind gerade eine Antwort geben, da begann Damiens Telefon zu läuten. Damien sah auf das Display und drückte den Anruf weg. Doch sofort begann es wieder. Stirnrunzelnd antwortete der Kollege.

»Ja? Martin? Hast du ein Problem mit Boule?«

Mathieu seufzte und sah den kleinen Jungen und die Direktorin entschuldigend an. Die Freundschaft zwischen Damien und diesem Martin Millet, dem Nachbarn der Pinets, war ja gut und schön, doch hatte Mathieu langsam genug davon, dass Damiens Aktivitäten rund um die Hunde immer während der Arbeitszeit stattfanden. Er selbst schaffte es ja auch, seine Beziehung zu Carine so zu gestalten, dass die Kollegen davon nichts mitbekamen!

»Was? Wie bitte?« Damien schrie auf einmal so laut ins Telefon, dass der kleine Syrer zusammenzuckte.

Die Direktorin hob die Brauen, Mathieu wurde unruhig.

»Wir kommen sofort!« Damien beendete den Anruf und sprang auf. Er zog Mathieu aus dem Raum.

»Martin hat Charles Pinet tot in seinem Trüffelwald gefunden. Selbstmord«, murmelte er, so, dass die Direktorin und der kleine Junge es nicht hören konnten.

»Was?« Um Mathieu begann sich alles zu drehen.

»Fahren wir gleich los!« Damien eilte schon der Tür zu.

Mathieu steckte den Kopf in das Büro der Direktorin, die ihn neugierig anstarrte. »Entschuldigen Sie uns, wir haben leider einen Notfall. Wir kommen später wieder. Bis dann!«

Er spürte, wie seine Stimme zitterte. Eilig rannte er Damien hinterher. Der Kollege saß schon am Lenkrad, als Mathieu aus dem Gebäude stürmte. Der Capitaine sprang ins Auto, Damien montierte das Blaulicht, und sie rasten los. Auf dem Boulevard stoben alle Autos zur Seite, um sie durchzulassen. Mathieu rief in der Brigade von Isle-sur-la-Sorgue an und erklärte dem Gendarmen Michel Bouvet, der den Telefondienst versah, in knappen Worten, was geschehen war.

»*Mon Dieu*, ich hatte recht!« Der Capitaine erinnerte sich an den Vortag und an sein ungutes Gefühl, als Charles Pinet freigelassen worden war.

»Er kann uns nicht entkommen«, hatte Sylvie gesagt.

Doch nun war der alte Pinet ihnen trotzdem entwischt.

Er hatte den Druck nicht mehr ertragen und sich umgebracht. Die Schuldgefühle. Die Aussichtslosigkeit. Die Tatsache, dass er wahrscheinlich wieder ins Gefängnis kommen würde.

»Womit hattest du recht?«, fragte Damien.

»Ich wusste, dass es keine gute Sache war, ihn wieder auf freien Fuß zu setzen. Ich hatte den ganzen Abend kein gutes Gefühl. Und auch heute Nacht habe ich immer wieder daran gedacht.«

»Na ja, heute Nacht hast du wohl aus einem anderen Grund nicht so viel geschlafen«, bemerkte Damien und verzog den Mund zu einem Grinsen. Er deutete damit an, dass er wusste, dass Carine am Abend zu Mathieu gekommen und die ganze Nacht geblieben war. André und Damien, die zusammen mit Gérald die Nacht vor Ort verbracht hatten, hatten ihr Auto gewiss vor dem Ferienhaus bemerkt. Damien erlaubte sich jedoch keinen weiteren Kommentar, er hatte ja Mathieu eine Woche zuvor schon prophezeit, dass er Carine nur schwer würde widerstehen können.

Mathieu telefonierte mit dem Staatsanwalt. Robert Fréchel war vollkommen schockiert und meinte, er würde sofort in den Luberon aufbrechen. Wenige Minuten später parkten Mathieu und Damien vor Pinets Lavendelfeld; zugleich mit ihnen kamen die Gendarmen an. Der Kommandant, Dominique und Simon sprangen aus dem Auto. Jean Calcins Gesicht war verzerrt. »Wir haben die Spurensicherung informiert«, sagte er. »Mensch, wenn ich etwas nicht erwartet hätte, dann war es das!«

Sie gingen durch das Feld auf den Trüffelwald zu. Am Ende des Feldes stand Damiens Freund Martin mit seinem neuen Hund an der Leine. Er ging den Polizisten entgegen.

»Wo ...?«

»Dort hinten! Ich bekomme den Labrador nicht von der Leiche weg. Er geht immer winselnd um sein totes Herrchen herum.«

Der Mann war leichenblass, seine Stimme zitterte.

Sie folgten Martin und hielten bald einige Meter vor Pinets Leiche an. Jean Calcin mahnte die Kollegen, sich dem Toten nicht zu nähern. Er wollte nicht später von der Spurensicherung gemaßregelt werden. Mathieu war froh, einen bestimmten Abstand wahren zu dürfen; er hasste es ohnehin, Leichen zu sehen. Ihm wurde bei Pinets Anblick schlecht. Hastig wandte er den Blick ab. Der Hund bellte ihnen entgegen. Er wollte natürlich nicht, dass sie sich dem Toten näherten.

»Schafft mir das Tier weg!«, befahl der Kommandant Simon und Dominique.

Die beiden Gendarmen zögerten.

»Ich mach das schon«, sagte Damien und näherte sich Emi langsam.

»Emi, komm her!« Er streckte ihr einen Keks entgegen. Doch Emi ignorierte ihn und bellte weiter.

»Emi! Du musst weg da. Es nützt nichts, er ist tot.« Damien nahm den Hund am Halsband, zog ihn nach hinten und begann ihn zu streicheln. »Brave Emi. Komm mit mir! Ja, so ist es gut.«

Der Hund wandte den Kopf winselnd seinem toten Herrchen zu, doch Damien gelang es, ihn ins Lavendelfeld zu ziehen. Martin Millet streckte ihm seine Leine entgegen. »Da! Hier ist Boules Leine!«

Damien nahm den Hund an die Leine, streichelte ihn weiterhin und gab ihm Kekse zu fressen. Das Tier beruhigte sich ein wenig.

»Ich frage mich, ob da nicht irgendetwas faul an diesem Selbstmord ist. Er hatte nicht den Charakter, sich zu erschießen«, erklärte der Kommandant.

»Er war alt, die Schuldgefühle plagten ihn. Er wusste, dass von Neuem ein Prozess auf ihn wartet«, meinte Mathieu und dachte wieder an seine Bedenken vom Vortag, weil er Monsieur Pinet als besonders teilnahmslos und gleichgültig empfunden hatte. Der Trüffelkönig hatte zu diesem Zeitpunkt seinen Selbstmord wahrscheinlich schon geplant.

Mathieu und Jean entfernten sich von der Leiche, um mit Martin Millet zu sprechen. Der Mann war zutiefst schockiert. Und natürlich besorgt, denn er hatte ein knappes Jahr zuvor gegen den Nachbarn Anzeige erstattet, weil sein Hund verschwunden war. Er erzählte von dem Schuss, von Boules Flucht, und wie er Pinet entdeckt hatte.

»Also haben Sie ihn gefunden, nur wenige Minuten, nachdem er sich erschossen hat?«

Martin nickte. »Höchstens fünf Minuten später. Und dann habe ich sofort Damien angerufen, weil ich seine Nummer gespeichert hatte.«

»Haben Sie irgendetwas beobachtet? Jemanden gesehen? Etwas Seltsames gehört?«

Der Mann kniff die Augen zusammen. »Ja ... wenige Sekunden, nachdem Boule getürmt ist, habe ich ein Auto gehört; es ist von dieser Seite angefahren und im nächsten Moment mit überhöhter Geschwindigkeit an mir vorbeigerast. Ich bin sehr darüber erschrocken, wegen Boule.«

Mathieu spürte, dass sein Herz schneller zu schlagen begann. »Was können Sie mir über dieses Auto sagen?«, fragte er.

»Es war weiß und nicht besonders groß«, erwiderte der alte Mann und seufzte. »Das ist alles, was ich gesehen habe. Es ging so schnell.«

Mathieu und der Kommandant sahen einander an.

Die Anwesenheit dieses Autos bedeutete, dass Charles Pinet wahrscheinlich ermordet worden war. Und offensichtlich war es genau an demselben Ort geschehen, an dem der Trüffelkönig damals, zwanzig Jahre zuvor, Christian Lantier erschossen hatte. Und seine Leiche war von einem Mann gefunden worden, mit dem er ebenfalls einen Konflikt gehabt hatte.

Der Staatsanwalt und die Spurensicherung erschienen, gefolgt von Daniel Feuillet, dem Journalisten, der Mathieu schon ein paarmal aufgelauert hatte. Er schien sehr stolz zu sein, weil er der Erste am Tatort war. Dominique und Simon schoben ihn gleich nach hinten.

»Heute Abend gibt es eine Pressekonferenz in Avignon«, erklärte der Staatsanwalt. »Aber hier sind keine Journalisten geduldet. Gehen Sie zur Straße zurück!«

Mathieu befahl Damien, der noch immer den Labrador Emi streichelte, dem Mann in knappen Worten zu berichten, was geschehen war, ohne jedoch zu erwähnen, dass Charles Pinet wahrscheinlich ermordet worden war. Ihm wurde bewusst, dass die Presse im Moment keine Ahnung von ihren Entdeckungen bezüglich Pierre Pinets Pädophilie hatte – das war eine gute Leistung des gesamten Teams. Alle hatten diskret ermittelt, und auch die Zeugen waren nicht geschwätzig gewesen. Die Journalisten hatten ein wenig über etwaige Beziehungen des Trüffelkönigs zum Drogenmilieu spekuliert, viel über Lantiers Erschießung durch Pinet zwanzig Jahre zuvor erzählt und vor allem die Nachbarn der Pinets befragt. Denn über Charles Pinets Nachbarschaftskriege war in der regionalen Presse im Detail berichtet worden.

Im Moment hatte Mathieu keine Zeit, sich mit dem Journalisten der *Provence* zu befassen. Er würde mit Calcin zu Pinets Haus gehen und dessen Kinder benachrichtigen müssen. Das Haus, in dessen Nähe auch die Büros und der Weinkeller waren, befand sich an die fünfhundert Meter vom Trüffelwald entfernt, und wahrscheinlich hatten die beiden von dem Drama noch nichts bemerkt.

Zwei weitere Gendarmerie-Autos kamen an. Aus dem einem stiegen Luis und zwei weitere Gendarmen, aus dem zweiten Carine und Sylvie. Emi begann zu bellen und zu winseln. Damien gelang es nicht mehr, sie zu beruhigen; er gab Mathieu die Leine, damit er sie zum Haupthaus brachte.

»Seltsam«, meinte er nachdenklich, »es ist, als wolle sie uns etwas sagen. Sie war die einzige Zeugin des Mordes.«

Mathieu bedauerte es, dass die Hündin nicht sprechen konnte. Schnell gab er die Leine an Jean Calcin weiter. Er hatte Angst vor Hunden. Emi zerrte an der Leine, bellte und winselte den fünf Gendarmen verzweifelt hinterher. Sie fletschte sogar die Zähne! Das war nichts für Mathieu.

»Seltsam«, meinte auch Jean, »sie scheint Uniformen nicht zu lieben. Nur Ranghöhere wie mich scheint sie zu akzeptieren.« Doch dann wurde der Kommandant ernst. »Wir stecken ganz schön in der Scheiße«, meinte er. »Der Untersuchungsrichter hätte Charles Pinet nie gehen lassen sollen.«

Mathieu seufzte. »Er hatte keine Wahl.«

Doch er gab Calcin recht. Wenn Pinet wenigstens in Untersuchungshaft geblieben wäre! Dann wäre er noch am Leben.

Der Tatort

Langsam ging Sylvie mit ihren Kollegen auf die Gruppe zu, die um den Toten stand. Ihre Knie zitterten. Sie und Carine waren gerade erst angekommen. Eigentlich hätten sie beide an diesem Morgen frei gehabt, doch sie waren von Jean Calcin in Charles Pinets Trüffelwald nach Lagnes beordert worden. Der Trüffelkönig war tot. Carine war gerade erst von Einkaufen zurückgekommen. Sylvie hatte auf die Freundin gewartet, die sich erst noch umziehen musste.

Dominique und Simon hatten die gesamte Zone abgesperrt. Drei Journalisten und mehrere Schaulustige standen an der Absperrung. Mathieu war mit Jean und Charles Pinets Hund zu Pinets Haus und zu seinen Kindern aufgebrochen. Der Hund hatte Sylvie und die vier anderen angebellt, angeknurrt und die Zähne gefletscht. Carine war erschrocken zusammengefahren. Der Hund hatte gewirkt, als wolle er sich auf sie alle stürzen, und auch Damien hatte ihn besorgt betrachtet. Ein seltsames Benehmen für einen Labrador, dachte Sylvie. Doch das arme Tier war sicher mit den Nerven am Ende! Die Spurensicherung war schon dabei, den Bereich um den Toten herum zu untersuchen.

»Warum die Spurensicherung?«, fragte Sylvie Damien, als die Journalisten endlich von ihm abließen.

»Wir sagen der Presse noch nichts davon«, antwortete Damien leise. »Doch es scheint, dass Pinet umgebracht wurde. Jemand hat ihn offensichtlich dazu gezwungen, sich zu erschießen.«

Carine starrte ihn ungläubig an. »Warum glaubt ihr das?«, fragte sie mit zitternder Stimme.

»Martin Millet ging auf der Straße Richtung Dorf, als er den Schuss hörte. Und wenige Sekunden danach hörte er aus dieser Richtung ein Auto anfahren, das mit hoher Geschwindigkeit an ihm vorbeiraste.«

»Und ... wer?«

Damien seufzte. »Er hat nichts gesehen. Nur, dass das Auto weiß und eher klein war. Keine Marke, kein Gesicht, keine Silhouette, nichts.«

Sylvie lachte grimmig. »Ausgerechnet weiß. Fast jeder hat ein weißes Auto, sogar ich!«

Damien machte eine Bewegung mit dem Kopf, und Sylvie wandte sich um. Charles Pinets Sohn und ein Angestellter des Hofes kamen mit Mathieu und Jean aus der Richtung von Pinets Haus und gingen auf den Trüffelwald zu, an dessen Rand die Leiche lag. Sylvie sah, dass Pinets Sohn hinter den Polizisten her taumelte. Tränen rannen über sein Gesicht.

Der Kommandant rief nach ihr. »Sylvie, ich brauche dich!«

Es schien sich herumgesprochen zu haben, dass bei den Pinets etwas passiert war, denn es kamen immer mehr Nachbarn und Leute aus dem Dorf zu Fuß und im Auto, um zu erfahren, was los war. Das wunderte Sylvie, wo es sich doch um eine relativ abgeschiedene Zone handelte! Der Schuss war Martins Aussage nach eine knappe Stunde zuvor gefallen, und schon war der halbe Luberon auf dem Laufenden. Vielleicht hatte Martin Millet herumtelefoniert.

Sylvie und Carine gingen zu ihrem Kommandanten und den anderen. Sie wollten sich dem Leichnam nähern, aber die Männer der Spurensicherung gaben ihnen mit hektischen Gesten zu verstehen, dass sie sich vorerst einige Meter vom Tatort entfernt halten sollten. François Pinet schluchzte auf. »Papa ... Was ist nur geschehen?«

Mathieu gab dem verzweifelten Mann genauere Erklärungen. Er deutete einem der Techniker, ihm die Waffe zu geben, die in einem durchsichtigen Plastiksack verstaut war, und zeigte sie Pinets Sohn.

»Haben Sie diese Pistole schon einmal gesehen?«

Der Mann schüttelte schluchzend den Kopf. »Ich ahnte, dass sich Vater illegale Waffen zugelegt hat, denn ich habe meine vor ihm versteckt, nachdem er die Chinesen ... Er hatte ja Freunde in dem Milieu. Aber ich habe keine seiner Waffen gesehen.« François Pinet schlug laut weinend die Hände vors Gesicht. Dann fuhr er auf und sah Mathieu ins Gesicht. In seinem Blick lag Anklage.

»Warum habt ihr ihn auch gestern geholt und ihn beschuldigt, Zeugen, die gegen meinen Bruder Anklage erhoben haben, bestochen zu haben? Das hat ihn fertiggemacht.«

Mathieu schüttelte den Kopf. »Monsieur Pinet, wir haben den starken Verdacht, dass Ihr Vater umgebracht wurde. Der Zeuge Monsieur Millet hat ein Auto mit überhöhter Geschwindigkeit wegfahren sehen, kurz nachdem der Schuss gefallen war.«

Der Mann starrte den Capitaine fassungslos an. »Was? Genau an der Stelle, wo Lantier ...? Hier wurde Lantier ... Das war sicher der alte Lantier! Hundertprozentig!«

Wieder schüttelte Mathieu den Kopf.

»Nein, Monsieur Pinet. Das glaube ich nicht. Sie wissen bereits, was wir über Ihren Bruder herausgefunden haben. Wir haben Beweise und Zeugen für seine Schuld. Und für die Schuld Ihres Vaters, der ihn jedes Mal freigekauft hat. Wir glauben, dass die Sache damit zusammenhängt.«

»Und der Nachbar?«, schluchzte Pinets Sohn. »Verdächtigen Sie ihn nicht? Er hasste meinen Vater!«

»Ziemlich unwahrscheinlich, dass er es war«, erklärte Jean Calcin. »Er hätte natürlich Ihren Vater, den er beschuldigt, seinen Hund getötet zu haben, umbringen können. Doch es so zu machen, dass er ihn tötet, ihn findet, uns anruft und dann ein Auto erfindet, das hier vorbeifährt ... sehr unwahrscheinlich.

Aber wir werden auf jeden Fall alle Nachbarn befragen, ob sie Monsieur Millet heute Morgen gesehen haben.«

Einer der Techniker näherte sich der Gruppe. »Wir haben unten bei der Straße frische Spuren von Reifen gefunden. Es ist dort aufgrund der Regenfälle vor zehn Tagen noch ein wenig feucht, deshalb kann man Spuren gut erkennen. Vielleicht dieses Auto. Es handelt sich jedoch um ziemlich geläufige Reifen, wie fast jeder sie hat. Ein einfacher Kleinwagen, kein Geländewagen. Wir haben auch Abdrücke von Fußspuren gefunden. Turnschuhe, Schuhnummer einundvierzig, das wird uns alles nicht viel weiterbringen. Doch diese Spuren scheinen uns zu bestätigen, dass außer dem Opfer, dem alten Spaziergänger und uns noch jemand hier war. Er hat dort vorne geparkt und ist durch die Lavendelfelder bis dort hinten gegangen.« Der Techniker deutete in den Trüffelwald. »Dann hat er wahrscheinlich den Mann, der an diesem Morgen allein irgendwo in der Nähe unterwegs war, gezwungen, bis hierher zu kommen und sich hier zu erschießen, oder er hat ihn selbst erschossen. Die Untersuchung der Waffe nach Fingerabdrücken wird uns vielleicht mehr mitteilen.«

Pinets Sohn schluchzte weiterhin in seine Hände. Jean Calcin führte ihn vom Tatort zu seinem Cousin.

»Luis, bring ihn bitte zurück nach Hause! Und sprich auch mit seiner Schwester und den Angestellten! Sylvie, du begleitest Luis. Carine, du gehst zu den anderen, um die Absperrung zu bewachen.«

Luis warf Sylvie einen Blick zu. In seinen Augen lagen Erschrecken und Angst. Sylvie sah aus den Augenwinkeln, dass André und Gérald, Mathieus Kollegen, angekommen waren und hörte, dass sie von Mathieu die Weisung erhielten, die Nachbarn zu befragen. Hinter den Absperrungen an der Straße drängten sich immer mehr Schaulustige, auch einige Pressefotografen waren bereits zur Stelle. Sylvies Kollegen hatten genug zu tun, sie in Schach zu halten.

Wenig später saßen Sylvie und Luis mit Pinets Kindern in

Charles Pinets Wohnzimmer. Der Sohn schluchzte, die Tochter zeigte keine Gefühlsregung. Luis behandelte die beiden, als wären sie fremde Leute.

»Ich möchte Ihnen unser aufrichtiges Beileid aussprechen«, begann Sylvie. »Ich werde Sie nicht lange stören, doch ich muss Ihnen ein paar Fragen stellen. Wann haben Sie Ihren Vater zuletzt gesehen?«

Die Tochter zuckte mit den Schultern. »Ich sah Vater nie besonders oft. Meine Büros sind auf der anderen Seite. Gestern früh hat er sich bei mir die Buchhaltung geholt, heute habe ich ihn nicht gesehen.«

Sylvie wandte sich dem Sohn zu. Dieser schluchzte auf.

»Beim Frühstück. Er hat mir nach dem Frühstück gesagt, dass er nach den jungen Trüffeleichen sehen will. Das war vor etwa zwei Stunden. Wie fast jeden Morgen ging er in seine Wälder.«

»Wo wart ihr vor einer Stunde? Habt ihr den Schuss gehört?«, wollte Luis wissen.

Der Bruder nickte. »Ich habe ihn gehört. Ich war in meinem Büro, in dem kleineren Gebäude neben unserem Haus. Doch ich dachte, der Schuss käme von weiter oben. Es kommt oft vor, dass Förster in unserer Nähe schießen. Deshalb habe ich mir nichts dabei gedacht.«

Sylvie sah zu Emilie.

»Ich kann mich nicht erinnern, etwas gehört zu haben. Ich war mit drei unserer Angestellten im Weinkeller, einen guten Kilometer von hier. Anschließend bin ich in mein Büro gegangen. Es befindet sich zwischen dem Weinkeller und hier. Ich habe eigene Büros für mich und meine Angestellten im Vertrieb und in der Buchhaltung. Wir sind einige hundert Meter vom Haus entfernt.« Die Frau deutete in die Richtung der Terrasse, die sich auf der Westseite des Wohnzimmers befand.

Sylvie räusperte sich. »Wir vermuten, dass Ihr Vater getötet wurde. Und vielleicht ist Ihnen bekannt, dass Ihr Bruder und Ihr Vater in kriminelle Geschäfte verwickelt waren.«

Die Geschwister und ihr Cousin starrten Sylvie grimmig an. Ihr wurde mulmig zumute. Sie war ganz allein mit Mitgliedern der Familie Pinet. Hätte ich doch einen weiteren Kollegen oder einen der Polizisten der PJ mitgenommen!, dachte sie.

»Die Vorwürfe des sexuellen Missbrauchs von Schülern durch Ihren Bruder sind leider durch mehrere Zeugen und Opfer belegt, genauso wie die Vorwürfe der Bestechung derselben Opfer durch Ihren Vater, damit keine Anzeigen erstattet wurden. Und nun möchte ich Sie noch einmal fragen: Haben Sie davon gewusst?«

Der Bruder und die Schwester sahen einander einen Augenblick lang ratlos an. Dann nickte die Schwester langsam. »Ja, wir haben davon gewusst. Und ich war nicht einverstanden mit dem, was Vater machte. Ich habe selbst Kinder und wollte, dass Pierre bestraft wird. Das mit dem Freikaufen, das fand ich pervers. Wir ... Ich wollte Pierre nicht mehr sehen. Und ich wollte vor allem nicht, dass er weiterhin zu meinen Kindern Kontakt hat. Aber ich habe keine Anzeige erstattet. Und ich habe es vor einigen Tagen auch den Ermittlern der PJ gegenüber nicht erwähnt.« Sie seufzte.

Ihr Bruder sah sie wütend an. »Papa hat das Richtige getan«, stieß er hervor. »Er hat es armen Leuten ermöglicht, gut zu leben, und Pierre das Gefängnis erspart. Warum sollte jemand sich deshalb an ihm rächen?«

Die Schwester sprang auf und zeigte mit einem zitternden Finger auf ihn. »Du bist über fünfzig! Jetzt werde doch endlich erwachsen! Du hast immer nur das getan, was Papa wollte. Du warst sein Schatten. Du hast keine eigene Persönlichkeit! Er war kriminell! Sie waren beide kriminell! Und jetzt hat sie jemand deshalb getötet. Zuerst Pierre und jetzt Papa.«

Der Bruder sah sie aus blutunterlaufenen Augen an, dann stürzte er sich auf sie. Luis und Sylvie waren im Handumdrehen bei den beiden und trennten sie voneinander. Sylvie spürte, dass sie vor Schreck zitterte, doch sie versuchte, entschlossen aufzutreten.

»Werden Sie bloß nicht Ihrer Schwester gegenüber handgreiflich!«, zischte sie dem Bruder zu.

»Stopp, stopp, das ist jetzt nicht der geeignete Moment, um aufeinander loszugehen!«, sagte Luis, wobei Sylvie bemerkte, dass auch seine Stimme zitterte. »Jetzt gibt es nur noch euch beide hier, und ihr müsst zusammenhalten.«

»Deine Mutter wird sich gewiss über das freuen, was uns geschehen ist«, höhnte der Bruder und wollte sich losreißen. Doch Luis hielt ihn mit eisernem Griff fest.

»Keiner freut sich hier«, stieß der Adjutant hervor. »Und was meine Familie angeht, wir bemitleiden euch. Aber wir fühlen uns nicht zugehörig. Denn das wolltet ihr ja nie. Und ich bin nur deshalb hier, weil mein Kommandant Personal braucht. Ich werde mich um diesen Fall nicht mehr weiter kümmern. Sprecht das alles mit Sylvie, mit dem Kommandanten und mit dem Capitaine der PJ ab!«

Damit stieß er seinen Cousin, der taumelnd zu Boden fiel, von sich und ging zur Haustür.

»Luis, warte!«, rief Sylvie ihm nach. Sie wandte sich den beiden Geschwistern zu.

»Wenn Sie aufeinander losgehen, spendieren wir Ihnen 24 Stunden U-Haft. Wir werden mit weiteren Fragen wiederkommen.«

Der Bruder, der noch immer am Boden saß, brummte etwas. Die Schwester sah die Gendarmin nur starr an. Sylvie stürzte Luis hinterher. Diese Befragung war ja schön in die Hose gegangen! Sylvie fühlte sich schuldig, weil sie die beiden Geschwister wahrscheinlich zu frontal angegriffen hatte.

»Luis, jetzt warte doch!«

Der Adjutant schnaubte wütend und beschleunigte seinen Schritt. »Ich kann es nicht! Ich kann nicht mit meiner Familie arbeiten. Jean weiß das. Ich will ab jetzt mit dem Fall nichts mehr zu tun haben!«

»Okay, sprich mit Jean darüber. Aber, bitte, Luis, du musst mir eine Frage beantworten. Hast du gewusst, was Vater und

Sohn machten? Oder hattest du zumindest eine Ahnung, dass dein Cousin seine Schüler sexuell missbrauchte?«

Luis blieb stehen und sah Sylvie langsam an. In seinem Blick konnte sie Trauer wahrnehmen. »Sylvie, ich hatte gedacht, wir kennen einander. Und wir vertrauen einander. Und jetzt stellst du mir so eine Frage? Ja, was glaubst du denn, was ich gemacht hätte, wenn ich herausgefunden hätte, was mein Cousin Pierre treibt? Ich hatte keine Ahnung. Aber ich ärgere mich über mich selbst. Denn damals, als die Anzeige einging und dann zurückgezogen wurde, hätte ich mir Fragen stellen sollen. Ich habe es nicht getan.«

Er wandte sich ab und ging weiter. Sylvie versuchte, weiterhin mit ihm Schritt zu halten.

»Luis ... « Sie spürte, dass ihre Stimme beinahe versagte. »Anscheinend war es nicht das erste Mal. Es war schon vor mehr als fünfzehn Jahren eine Anzeige gegen deinen Cousin eingegangen, die dann fallen gelassen wurde, wie bei Paul. Aber wir haben keine Ahnung, wer sie damals aufgegeben hat.«

Luis sah sie an. »Mensch, was für Arschlöcher! Aber die Familie sucht man sich ja bekanntlich nicht aus. Ich hoffe nur, dass du mir vertraust, Sylvie.«

Sylvie nickte. »Ich auf jeden Fall. Aber ich habe keine Ahnung, ob die anderen dir ebenfalls vertrauen. Der Kommandant und die PJ.«

Sie waren wieder am Tatort angekommen, und Sylvie atmete auf. Sie war froh, die Kollegen und sogar die Schaulustigen wiederzusehen. Luis ging schwerfällig zu seinem Gendarmerie-Auto, startete und fuhr einfach davon. Sylvie sah ihm ratlos nach.

Im nächsten Moment stand der Kommandant neben ihr.

»Was ist mit ihm los, Sylvie?«, fragte er sie und deutete auf das wegfahrende Auto.

Sie holte Luft. »Jean, er darf wirklich nicht mehr an dem Fall arbeiten. Sein Cousin und seine Cousine sind vor uns aufeinander losgegangen. Und dann hat der Cousin Luis verbal angegriffen. In dieser Familie ist vieles schiefgelaufen.«

»Tja, das kann man wohl sagen«, schnaubte der Kommandant. »Nur leider sind wir jetzt mittendrin. Und wir stecken wirklich ganz schön in der Scheiße! Ich kann mir auf die Geschichte einfach keinen Reim machen!«

Ein Abend zu zweit

Endlich konnte Mathieu Carine wieder in den Armen halten. Der Tag war ihm ewig erschienen. Der Tod des alten Pinet, dann die Befragungen der Familie und der Angestellten, um zu überprüfen, wer zurzeit von Charles Pinets Tod sich an welcher Stelle der Trüffelfarm und des Weingutes befunden hatte, die Befragung der Nachbarn und schließlich die Pressekonferenz in Avignon.

Kommandant Calcin, Mathieu und der Staatsanwalt Fréchel hatten sich den Journalisten gestellt. Aus ganz Frankreich waren Presseleute angereist. Sogar das regionale Fernsehen war anwesend, und der Staatsanwalt hatte am Ende der Pressekonferenz vor laufenden Kameras eine Stellungnahme abgeben müssen. Sie hatten erklärt, was sie über den Direktor Pinet herausgefunden hatten, was Charles Pinet gemacht hatte, um seinem Sohn das Gefängnis zu ersparen, und welche Vermutung sie hegten: Dass jemand sich an Pierre Pinet wegen seiner Verbrechen gerächt und nun auch den Vater umgebracht hatte, weil dieser sich höchstwahrscheinlich an ein zurückliegendes Ereignis erinnern konnte. Mathieu hatte es nur zu deutlich gemacht, dass er jemanden suchte, der in früheren Jahren von Pierre Pinet sexuell missbraucht worden war. Vielleicht wusste ja irgendjemand irgendwo in Frankreich Bescheid?

Jean Calcin hatte mit dem Kommandanten telefoniert, der 16 Jahre zuvor die Brigade Isle-sur-la-Sorgue geleitet hatte und nun in der Normandie lebte. Der Mann war schon über siebzig. Er konnte sich dunkel an die Sache erinnern, doch die Details waren ihm entfallen. Wie die Leute geheißen hatten, wie sie ausgesehen hatten, ob die Anzeige eingetragen worden war oder nicht. Doch er glaubte, wenn sie erfasst worden war, müsste sie auch noch irgendwo in den Archiven zu finden sein. Eine Anzeige konnte nicht einfach so verschwinden. Mathieu hatte Jean gefragt, ob irgendjemand sie hätte löschen und aus den Archiven entfernen können.

»Nicht wirklich«, hatte Calcin gemeint. »Wenn eine Anzeige aufgenommen wird, ist sie irgendwie immer noch zu finden, vor allem im Computer. Es haben ja nur sehr wenige Personen Zugriff auf die Datenbanken.« Dabei hatte er Mathieu zweifelnd angesehen, und Mathieu konnte seine Gedanken lesen.

Luis' Rolle in dem ganzen Spiel war nicht klar, weil diese Leute seine Familie waren. Sylvie hatte Mathieu von dem Zusammenstoß mit den Geschwistern und Luis erzählt.

»Sylvie, es wird dir nicht gefallen, aber wir müssen Luis' Unschuld feststellen. Wir haben keine Ahnung, ob er damals von den Taten seines Cousins gewusst hat oder nicht. Wir müssen diskret gegen ihn ermitteln und ihn von der Ermittlung fernhalten,« hatte Mathieu ihr erklärt.

»Er will ohnehin nicht mehr dabei sein«, hatte Sylvie geantwortet.

Mathieu verstand nun, warum der Kommandant die Sache hatte loswerden wollen. Der Fall schien äußerst verwickelt, und die Tatsache, dass sich innerhalb der Gendarmerie jemand befand, dem man misstraute, missfiel Mathieu zutiefst. Er beschloss, Kommissar Léautier um Rat zu fragen, was nun zu tun sei. Er sprach mit Carine darüber, als sie nach einem von Mathieu gekochten Nudelgericht im Bett lagen. Es war schon nach Mitternacht, doch sie konnten beide nicht schlafen. Sie waren zu aufgekratzt von den Ereignissen des Tages.

»Es ist schon seltsam, dass der alte Pinet ausgerechnet dort ermordet wurde, wo er selbst Christian Lantier erschossen hat«, meinte Carine. »Es weiß doch niemand darüber Bescheid. Ich kannte den genauen Ort nicht.«

»Ich kannte ihn aus Polizeiberichten«, seufzte Mathieu,

»und diejenigen, die damals das Gerichtsverfahren genau verfolgt haben, wussten auch Bescheid.«

»Und der alte Lantier? Stell dir vor, er hat irgendwie Wind davon gekriegt, dass Charles Pinet zum Staatsanwalt geholt wurde, und hat geglaubt, der geeignete Moment sei gekommen, um ihn eliminieren zu können?«

»Ja, die Journalisten haben diese Hypothese auch erwogen. Mir scheint das nicht wirklich glaubwürdig. Es hätte nach einem Selbstmord aussehen sollen. Doch dieser Martin war in der Gegend und hat gesehen, dass jemand den Tatort verließ.«

»Ist man sich sicher?«, wandte Carine ein. »Könnte diese Person nicht durch Zufall vor Ort gewesen sein?«

»Martin hat gehört, wie das Auto anfuhr, und dann gesehen, wie es an ihm vorbeigerast ist. Genau aus der Richtung, wo die Leiche lag. Und du weißt ja, dass die Spurensicherung Fußspuren gefunden hat. Sie helfen uns nicht weiter, aber wir vermuten, dass jemand durch die Felder gegangen ist. ... «

»Keine DNA?«, fragte Carine.

»Nein, keine DNA. Und die Fingerabdrücke auf der Pistole stammten nur von Pinet.«

»Das hilft uns nicht weiter.«

»Nein«, gab Mathieu zu.

Er war nun bereits ein wenig mehr als eine Woche vor Ort. Und in dieser Woche war schon vieles geschehen. Leider hatten sie nun eine zusätzliche Leiche.

Der nächste Morgen war ein Samstag. Viel würde Mathieu am Wochenende nicht voranbringen, doch er würde arbeiten. Es gab noch einiges zu tun und auszuwerten.

»Aber jetzt genug davon«, sagte er bestimmt. »Nun gibt es nur noch uns beide. Es hat keinen Sinn, die ganze Nacht über diesen Fall zu sprechen.«

Er begann, Carine zärtlich zu küssen. Sie verschmolzen ineinander, liebten sich lange und blieben danach eng aneinandergeschmiegt liegen. Im fahlen Licht der Straßenlaterne sah

Mathieu Carines Gesicht. Er streichelte sie zärtlich. »Ich liebe dich«, flüsterte er.

Er sah in ihren Augen Tränen schimmern. »Ich liebe dich auch. Aber ich hätte dich so gerne früher kennengelernt.«

Mathieu lachte. »Warum? Welche Bedeutung hat das? Jetzt sind wir zusammen. Ich habe mit Martha Schluss gemacht und werde nicht zu ihr zurückgehen. Und wir sind noch jung. Wir haben noch das ganze Leben vor uns. Du vertraust mir doch?«

»Ja, ich vertraue dir. Und du mir?«

»Es gibt keinen Grund, warum ich dir misstrauen sollte.«

Mathieu fand das Gespräch reichlich seltsam, doch er konnte sich vorstellen, dass Carine sich Fragen stellte über sein Verhältnis zu Martha. Eine Woche zuvor hatte er noch mit ihr zusammengelebt. Doch mittlerweile war sie ausgezogen. Martha hatte ihm eine SMS geschrieben und den Schlüssel in den Briefkasten geworfen. Mathieu hatte es Carine erzählt, doch dann hatte er alle Gedanken an Martha verdrängt, was nicht schwierig gewesen war. Carines Anwesenheit erfüllte ihn komplett, außerdem hatte er mit seiner schwierigen Ermittlung genügend um die Ohren.

»Jetzt gibt es für mich nur noch dich«, sagte er leise. »Und auch wenn die Geschichte hier zu Ende ist, werde ich noch oft hierherkommen. Und du nach Marseille.«

Carine nickte und schloss die Augen.

Mathieu schlief ein. Seine Träume waren unruhig. Er glaubte, über sich Schritte, Stimmen und Gelächter zu hören – seine Kollegen waren in ihrer Ferienwohnung, obwohl Freitagabend war. Sie mussten am Samstag weitere Zeugen im Luberon vernehmen und daher vor Ort bleiben. Anscheinend waren sie ausgegangen und ein wenig angetrunken heimgekommen. Irgendwann wurde es ruhig. Als Mathieu mitten in der Nacht aufschreckte, lag Carine nicht mehr neben ihm. Er setzte sich im Bett auf und sah sie reglos am Fenster stehen und hinausschauen. Sie hatte nichts an.

Ihre wundervolle Silhouette zeichnete sich im Licht der

Straßenlampe ab, das durch das Fenster sickerte. Mathieu hatte die Fensterläden nicht geschlossen.

»*Chérie*, was machst du?«, flüsterte Mathieu.

Sie zuckte zusammen. »Ich ... kann nicht schlafen. Das geschieht oft, wenn wir schwierige Fälle haben. Und ich hasse es, Leichen zu sehen.«

Er trat hinter sie. »Ich weiß. Unsere Arbeit ist nicht einfach. Ich kann dir ein Geheimnis anvertrauen. Mir wird immer schlecht, wenn ich Leichen sehe. Häufig gehe ich weg, um mich irgendwo ungestört zu übergeben.«

»Ich habe in meiner Arbeit nicht so viele Tote wie du. Aber ich leide darunter. Und dann erinnere ich mich an alles: an meinen Bruder im Leichenhaus, an meine Mutter, die ich tot im Bett gefunden habe.«

»Ich weiß, Liebling. Es tut mir so leid für dich.«

Er umarmte sie von hinten, und sie schwiegen eine Weile.

Mathieu strich über ihren Bauch, presste seinen Körper an ihren und genoss den Kontakt mit ihrer samtenen Haut. Carine stöhnte auf. Sie drehte den Kopf auf die Seite und küsste ihn. Bald war er in ihr und konnte sich kaum mehr beherrschen.

»Ich könnte vor Lust schreien ...«, sagte Carine atemlos.

»Nein«, flüsterte Mathieu eindringlich. »Meine Kollegen ... Was werden die morgen sagen?«

Sie kicherte leise.

Er spürte, wie eine Welle der Lust ihn fortriss. Carine seufzte in seinen Armen, danach legten sie sich ins Bett, Carines Kopf auf Mathieus Brust.

»Ich hoffe, du kannst schlafen, *Chérie*.«

Carine schlief bald ein, doch Mathieu lag noch lange wach. Er dachte an die Ermittlung. Seine Gedanken liefen im Kreis. Ein sehr unangenehmer Gedanke nahm langsam Gestalt an und wollte Mathieu nicht mehr loslassen. Als er viel später endlich einschlief, quälten ihn Albträume.

Amélies Fragen

Amélie sah sich die Zeitung an, die auf dem Küchentisch lag. *Tod des Trüffelkönigs – Selbstmord oder Mord?* stand da in riesigen Buchstaben.

Neugierig blickte Amélie auf das Bild, das auf der Titelseite zu sehen war. Gendarmerie-Autos, Gendarmen, ein Feld, Leute, die ganz in Weiß gekleidet waren, seltsame Hauben aufhatten und nach irgendetwas suchten. Sicher war Carine dabei gewesen. Was hatte sie nur für eine aufregende Arbeit!

Amélie begann zu lesen. Sie verstand nicht alles. Der Trüffelkönig sollte sich selbst erschossen haben? Oder jemand hatte ihn ermordet? Vielleicht derselbe, der auch den bösen Direktor getötet hatte?

In der Zeitung stand, was der Direktor mit den Kindern gemacht hatte. *Sexueller Missbrauch* nannten sie das. Doch zum Glück stand Pauls Name nicht dort. Und Amélie las auch, dass der Vater des Direktors mehreren Leuten, die wegen dieses Missbrauchs bei der Polizei hatten Anzeige erstatten wollen, Geld gegeben hatte. *Bestechung* hieß das.

Es schien Amélie logisch, dass auch der Trüffelkönig hatte sterben müssen, denn er hatte seinen Sohn nicht daran gehindert, Böses zu tun. Er konnte mit seinem vielen Geld verhindern, dass der Direktor ins Gefängnis kam. Wenn ihm das nicht gelungen wäre, hätte Paul wahrscheinlich nie Probleme bekommen. Der Artikel war zu kompliziert. Amélie verstand gar nichts mehr. Wer war Christian Lantier? Und was war ein Vorwurf der Vergewaltigung?

Die Mutter kam in die Küche und sah Amélie erstaunt an.

»Aber Amélie, was machst du denn so früh schon? Und ... die Zeitung?«

Als sie bemerkte, was Amélie las, zog sie ihr die Zeitung weg. »*Chérie,* du solltest das nicht lesen.«

»Ich will aber wissen ...«

»Carine kommt und wird es uns erklären.«

»Oh, ja!«

Carine kam samstags immer, wenn sie nicht arbeitete, zu Amélie und ihrer Mutter. Das war bei ihnen so Tradition. Manchmal kam sie auch am Sonntag zum Mittagessen und manchmal lud sie Amélie und ihre Mutter zu sich ein. Sie wohnte bei der Gendarmerie. Amélie fand ihre kleine Wohnung sehr schön.

Amélie begann mit ihren Hausaufgaben. Englisch mochte sie sehr, sie war in diesem Fach die Klassenbeste. Paul hatte ihr versprochen, ihr in Mathematik zu helfen. Er schrieb ihr oft und sie ihm auch. Manchmal telefonierten sie miteinander. Er war traurig, weil sein Vater fort war, doch er würde ihn an diesem Wochenende besuchen. Der Vater würde Probleme bekommen, weil er das Geld des Trüffelkönigs angenommen und Paul zum Lügen gezwungen hatte. Paul hatte befürchtet, sie müssten das Geld zurückgeben, doch nun war der alte König ohnehin tot und brauchte das Geld nicht mehr.

Carine kam um halb zehn. Amélie hatte sie am Donnerstag, als sie von der Schule nach Hause gegangen war, durch Zufall getroffen, denn Carine hatte in Amélies früherer Schule Lehrer und Schulkinder befragen müssen. Und Carine war ihr sehr fröhlich erschienen. Sie hatte ihr erzählt, dass der Capitaine seine Freundin verlassen hatte und nun mit ihr zusammen war. *Zusammen sein,* das hieß wohl, dass man sich küsste und miteinander schlief.

Wahrscheinlich war sie, Amélie, auch mit Paul zusammen. Obwohl sie einander im Moment nur küssten, weil sie für den Rest noch viel zu jung waren.

»Wie geht es dir?«, fragte die Mutter Carine, als sie ihr Kaffee einschenkte.

»Gut. Aber ich bin müde. Wir haben viel Arbeit.«

»Aber«, fragte Amélie, »machen die Arbeit nicht die anderen, die aus Marseille?«

»Doch«, meinte Carine, »aber wir müssen ihnen helfen. Denn seit bekannt wurde, was Pierre Pinet getan hat, sind wir auch wieder dabei.«

»Und der Schokoladenkönig? Wer hat ihn getötet?«

»Der Schokoladenkönig?«, fragte Carine erstaunt.

»Ja, der reiche Mann.«

»Der Trüffelkönig?« Carine kniff die Augen zusammen.

»Ja, ist ja dasselbe. Trüffelschokolade.«

Die Cousine und die Mutter lachten.

»Trüffelschokolade gibt es tatsächlich«, erklärte Carine, »doch hier geht es um unterirdische Pilze, die dieser Mann angepflanzt hat und die sehr teuer sind. Trüffel geben jeder Mahlzeit einen sehr guten Geschmack und sind deshalb so viel wert.«

»Ach so. Und hat der Mann nur wegen seiner Pilze so viel Geld, dass er die Leute be... bestechen kann?«, fragte Amélie erstaunt.

»Ja, genau, Amélie, bestechen. Er hat so viel Geld, weil seine Familie sehr reich ist. Seinem Vater und seinem Großvater hat viel Land gehört, und er hat einiges davon verkauft, aber auch mit dem Verkauf der Trüffeln, dieser Pilze, die ein Luxusprodukt sind, verdient er sehr viel.«

»Und das Geld hat er den Leuten gegeben, deren Kindern der Direktor seinen Schwanz gezeigt hat«, meinte Amélie.

Carine verschluckte sich fast an ihrem Kaffee. Die Mutter schnappte nach Luft. Amélie wusste, dass die Erwachsenen nicht gerne mit Kindern über solche Dinge sprachen.

Amélies Cousine stellte die Tasse ab und beugte sich vor: »Amélie«, sagte sie eindringlich, »wenn ein Mann dir seinen Penis zeigt, dann ist das nicht erlaubt. Es ist kriminell. Pervers.

Strafbar. Er kann ins Gefängnis kommen. Sollte ein Mann mit dir solche Dinge machen, musst du zur Polizei. Sofort. Versprich mir das, Amélie.«

»Warum machen manche Männer solche Dinge mit Kindern?«, fragte Amélie.

Carine seufzte. »Es gefällt ihnen. Es bereitet ihnen Lust. Doch sie sind pervers. Ein erwachsener Mann soll sich Frauen zuwenden oder erwachsenen Männern, wenn ihm das lieber ist. Aber auf keinen Fall Kindern. Man muss so etwas der Polizei melden. Immer!«

Amélie nickte. »Aber so einen Mann zu töten? Ist das nicht noch besser?«

»Nein, Amélie!« Amélie sah den erschrockenen Ausdruck in Carines Augen. »Du darfst niemanden töten. Auch nicht jemanden, der etwas Böses getan hat, sonst kommst du selbst ins Gefängnis.«

»Und was glaubst du, was dem alten Pinet geschehen ist?«, mischte die Mutter sich ein. Gewiss wollte sie ablenken, weil Amélies Bemerkungen sie erschreckten.

Carine hob und senkte die Schultern. »Ehrlich gesagt, keine Ahnung. Wir haben das Gefühl, im Kreis zu laufen. Es gibt sehr viele Leute, die diese beiden Männer hätten töten können. Der Vater hatte noch mehr Feinde als der Sohn.«

Bald brach die Mutter zum Englischkurs auf.

»Kommst du morgen zum Mittagessen?«, fragte sie Carine.

Carine zögerte. »Eher nicht. Ich werde morgen ein wenig herumfahren. Gordes, Sénanque, Roussillon.«

»Gordes, Sénanque, Roussillon? Wie die Touristen?«, fragte die Mutter ungläubig.

Carine errötete. »Ja, ich möchte diese Orte jemandem zeigen.«

»Ach, bist du etwa wieder verliebt?«

Carine zuckte mit den Schultern. »Vielleicht.«

Amélie war enttäuscht. Carine hatte ihr Geheimnis vor der

Mutter nicht bewahrt. Aber zumindest wusste die Mutter noch nicht, dass es sich um den Capitaine handelte.

»Nun, dann«, meinte die Mutter, »ich hoffe, dass deinem Märchenprinzen diese Orte gefallen werden. Und wünsche dir alles Gute. Wenn es zwischen euch ernst wird, dann stellst du ihn uns vor.«

»Natürlich«, erwiderte Carine.

Die Mutter winkte, ermahnte Amélie, fleißig zu sein, und war im nächsten Moment bei der Tür draußen.

»Schläfst du mit ihm?«, fragte Amélie ihre Cousine.

»Wie bitte?« Carine schien erstaunt über Amélies Frage.

Amélie legte den Kopf schief. »Ich weiß, was ihr Erwachsenen macht. Und wenn du mit jemandem zusammen bist, dann schläfst du mit ihm. Ich weiß darüber Bescheid, denn die anderen Kinder haben es mir erklärt. Und Mama. Aber Mama war zu wenig genau. Ich habe es nicht verstanden.«

Carine war ein wenig rot geworden und lachte.

»Ist es nicht kompliziert?«, wagte Amélie einzuwerfen.

»Kein bisschen«, meinte Carine.

»Und es tut auch nicht weh?«, fragte sie weiter.

»Nein. Es ist wunderbar. Aber, Amélie, man macht es nur mit jemandem, den man sehr gerne mag. Mit dem man sich versteht. Der einem gefällt. Dem man vertraut. Sonst ist es nicht schön.«

»Und du ... machst es mit ihm ... mit deinem Liebsten?«

»Ja. Wir machen es ständig. Die ganze Nacht lang.«

Klar. Tagsüber mussten sie arbeiten. Den Mörder entdecken, den Paul und sie schützen wollten. Aber anscheinend waren sie weit davon entfernt, ihn zu finden. Das war sehr gut. Denn der Capitaine würde noch länger bleiben und nicht zurück in seine Stadt gehen. Und derjenige, der so tapfer gewesen war und die Welt vom Direktor befreit hatte, würde nicht bestraft werden!

Sonntag

Mathieu und Carine standen auf dem Aussichtspunkt bei Gordes und blickten auf das Dorf und das Tal des Calavon. Die Häuser von Gordes schmiegten sich in den Hang, der dem Aussichtspunkt gegenüberlag; ganz oben thronte das Schloss, ein wenig darunter stand die Kirche. Fast alle Häuser waren aus Naturstein gebaut, und Gordes war nicht umsonst Mitglied im Klub der *schönsten Dörfer Frankreichs.*

»Wunderschön«, seufzte Mathieu und legte seinen Arm um Carine. »So eine tolle Aussicht!«

»Ja, und heute sind wir allein. Wer früh aufsteht, dem gehört der Tag. Denn du kannst dir sicher vorstellen, dass es hier oft vor Touristen nur so wimmelt. Sie stoßen sich gegenseitig fast vom Aussichtspunkt hinunter.«

»Ja, gefährlich«, grinste Mathieu und sein Blick schweifte von dem Felsvorsprung, auf dem sie standen, über das Tal und die grüne Ebene. Weinberge, Olivenhaine und Obstgärten breiteten sich zu ihren Füßen aus, und das Tal leuchtete in der Sonne des Herbstmorgens. Es war noch immer so mild wie an den vorhergehenden Tagen, der Sommer schien anzudauern. Carine und Mathieu waren bereits früh am Morgen joggen gegangen und dann bald aufgebrochen, um nicht von den Touristengruppen überrascht zu werden. Außerdem wollte Mathieu am Nachmittag wieder arbeiten.

»Du kannst dir vorstellen, dass im Sommer hier im Luberon sehr viel los ist. Doch im Winter ist das Gebiet vollkommen ausgestorben. Der Mistral, unser eisiger Nordwind, fegt über die Felsen, die Landschaft wirkt grau und fahl, und es gibt Tage, an denen es sehr kalt ist. In Gordes befinden sich seit den 1980er-Jahren, als die Pariser sich hier im Luberon einkauften, vor allem Zweitwohnsitze. Für die Einheimischen sind die Häuser und Wohnungen in diesen Dörfchen nicht mehr erschwinglich.«

»Es ist auch ein bisschen weit vom Schuss«, bemerkte Mathieu, der sich nicht vorstellen konnte, so abgeschieden zu leben. In Isle-sur-la-Sorgue ja, aber nicht in Gordes, Lagnes oder Roussillon, wo sich Fuchs und Hase Gute Nacht sagten. Er war eben doch ein Stadtmensch!

Von der Anhöhe von Gordes fuhren sie hinunter zur Abtei von Sénanque, die in dem schmalen Tal hinter dem Felsen von Gordes lag und im Sommer ebenfalls vollkommen überlaufen war. Zu Ende der Saison hatte das Kloster seine Ruhe wiedergefunden. Um die Abtei war es sehr ruhig, doch der Parkplatz war voll besetzt, denn am Sonntagmorgen fand in der kleinen Abteikirche die Messe statt. Es handelte sich beim Zisterzienserkloster Sénanque um ein romanisches Gebäude aus dem 12. Jahrhundert mitten in den Lavendelfeldern. Das Bild dieser Abtei hinter einem blühenden Feld war in fast jedem Provence-Führer und auf jedem Provence-Kalender zu sehen. Im Moment zeigten sich die Felder in Silbergrau, die gesamte Anlage strahlte eine angenehme, fast salbungsvolle Ruhe aus.

Sie gingen den kurzen Weg vom Parkplatz bis zur Kirche und schlichen sich hinten ins Gebäude hinein. Die Ausstattung der Kirche war sehr schlicht gehalten. Es war wohl der Abt dieses noch bewirtschafteten Klosters, der gerade die Messe las. Nach wenigen Minuten traten sie wieder ins Freie.

»Ich kann mich erinnern, dass wir früher dieses Kloster mit der Schule besucht haben. Mit Pierre Pinet, der damals noch nicht Direktor war. Ich hatte ihn in jenem Jahr als Klassenlehrer.«

Nun waren sie wieder beim Thema.

»Keine Ahnung, was wir in den kommenden Tagen noch über ihn herausfinden werden«, sagte Mathieu grimmig.

Carine seufzte. »Lass uns heute Morgen einfach ausspannen und nicht mehr an ihn denken«, schlug sie vor.

Doch so einfach war das nicht. Abgesehen von der Beziehung zu Carine, beherrschten die Pinets und alle Zeugen um sie herum Mathieus Gedankenwelt. Er hatte den ganzen Samstag gearbeitet, noch einmal mit Claude Lantier und seinen Söhnen gesprochen und auch andere Zeugen und potenzielle Verdächtige befragt und ihre Alibis für den Zeitpunkt von Charles Pinets Tod überprüft. Der alte Lantier hatte im Gegensatz zu seinen Söhnen Maurice und Frédéric kein wirkliches Alibi und er besaß ein weißes Auto; allerdings war er nicht der Einzige in dieser Situation. Mathieu hatte am späteren Nachmittag alle seine Aufzeichnungen noch einmal in Ruhe durchgelesen.

Und der Schluss, zu dem er gekommen war, erfreute ihn nicht. Er hatte es nicht gewagt, mit Carine am Vorabend darüber zu sprechen. Viel lieber hatte er sich mit ihr betrunken. Zu zweit hatten sie eine Flasche Rotwein aus Gigondas geleert und dafür auch relativ gut geschlafen. Carine hatte zwar im Schlaf irgendwelche unverständlichen Dinge gemurmelt und auch mehrmals aufgeschrien, was Mathieu geweckt hatte. Doch es war ihm sofort wieder gelungen einzuschlafen, und am Morgen hatte Carine sich nicht mehr an ihre nächtlichen Angstträume erinnern können.

Mathieu wusste, dass er an diesem Tag mit ihr über seine Vermutung sprechen musste. Und am nächsten Tag mit Sylvie und dem Kommandanten. Alle drei würden bestürzt sein, jedoch zugeben müssen, dass er recht hatte. Er hatte sich alle Punkte sorgfältig notiert, die dafür sprachen, dass sein Verdacht gerechtfertigt war.

Mathieu und Carine fuhren von Sénanque auf winzigen Straßen über den Hügel von Gordes zurück ins Calavon-Tal und dann Richtung Roussillon, das weiter östlich mitten im Tal auf einem Hügel lag.

»Roussillon ist das Ockerdorf«, erklärte Carine. »Alle Häuser sind hier mit Ockerfarben getüncht. Früher gab es in der Gegend mehrere Ockerbrüche. Es wurde hier viel Ocker abgebaut, doch in den Sechzigerjahren hat man damit aufgehört. Heute befinden sich in den ehemaligen Ockerbrüchen Spazierwege mit schönen Aussichtspunkten.«

In Roussillon angekommen, parkten sie ein wenig außerhalb des Dorfes und nahmen ihre Rucksäcke, in die sie das Picknick und ihre Decke gepackt hatten. Carine ging mit entschlossenen Schritten voran. Bald schon standen sie am Fuß eines beeindruckenden Ockerfelsens, der in den verschiedensten Farbschattierungen rot und gelb leuchtete.

»Warum gibt es hier Ocker?«, fragte Mathieu.

Carine lächelte verschmitzt.

»Eine sehr traurige Geschichte: Im Mittelalter lebte hier eine schöne Frau mit ihrem Mann. Ihr Name war Sirmonde, sie war die Frau des Lehensherrn von Roussillon. Aber er schätzte ihre Schönheit nicht, vernachlässigte sie und ging ständig zur Jagd. Daher nahm sie sich einen Geliebten, einen gut aussehenden jungen Troubadour. Doch ihr Gemahl erfuhr davon und schwor Rache. Er lud den Troubadour zur Jagd ein, tötete ihn und schnitt sein Herz heraus, das er für seine Frau zubereiten ließ. Als sie gegessen hatte, teilte er ihr mit, dass sie soeben das Herz ihres Liebhabers genossen hatte. Aus Verzweiflung stürzte sie sich vom Felsen von Roussillon, und ihr Blut färbte die Felsen rund um das Dorf rot.«

»Ah!« Mathieu schüttelte sich. »Ihr habt hier in der Gegend aber eine grausame Fantasie!«

»Das ist eine Legende«, erklärte Carine. »Legenden des Mittelalters sind immer etwas makaber.«

»Es scheint so. Aber was ist der wahre Grund für die Ockervorkommen hier in der Gegend?«

»Nun, vor über 200 Millionen Jahren war die heutige Provence von Meer bedeckt. Die Kalkmassive waren früher Korallenriffe. An gewissen Stellen lagerten sich Meerestiere am Boden ab und bildeten Sedimente, die später, als das Meer sich zurückzog, oxidierten. Der entstandene Sand verwitterte über Millionen von Jahren, und so entstanden diese gelben, roten und braunen Felsen.«

»Ach, da hätten wir jetzt eine naturwissenschaftliche Erklärung. Auf jeden Fall ist diese Landschaft wunderschön.«

Sie wanderten am Fuß des Dorfes Roussillon, das auf einer Anhöhe stand, durch die Felsen. Der Weg stieg leicht an, und von einem Hügel aus konnten sie bald von Weitem das Dorf sehen, in dem alle Häuser rötlich getüncht waren. Dahinter leuchtete weiß der Gipfel des Mont Ventoux, des *Riesen der Provence*. Dieser Berg stand mit seinen 1912 Metern Höhe vollkommen isoliert zwischen Hügeln, die gerade einmal 600 Meter hoch waren. Die letzten 300 Höhenmeter des Ventoux bestanden aus weißem Kalkschotter; es wuchsen dort oben keine Bäume mehr, weshalb man ihn auch als den *kahlen Berg* bezeichnete. Mathieu kannte ihn vor allem von der Tour de France, die dort alle paar Jahre hinauffuhr und die er sich gern im Fernsehen ansah. Im Winter lag dort oben Schnee, und ein Kollege hatte dem Capitaine erzählt, dass sich auf dem Ventoux auch Skilifte befanden.

Mathieu spürte, dass er langsam Hunger bekam. Carine schien dieselben Gedanken zu haben, denn sie zeigte auf eine Lichtung mitten im Kiefernwald.

»Wie wäre es mit einem Picknick hier?«, fragte sie. »Sonne, auch ein wenig Schatten und die Aussicht auf den Mont Ventoux.«

»Super! Eine bessere Stelle können wir nicht finden.«

Sie breiteten die Decke aus und öffneten ihre Rucksäcke.

Carine hatte einen Salat vorbereitet, Mathieu Brote gemacht. Sie teilten sich auch eine kleine Flasche Wein.

»Ich liebe diese Picknicks mit dir«, sagte Mathieu, beugte sich vor und küsste Carine auf den Mund. »Nächsten Sonntag lade ich dich nach Marseille ein. Picknick am Meer.«

Carine schluckte. »Oh ... okay.«

Mathieu bemerkte, dass sie gezögert hatte. Marseille schien

sie nicht besonders zu interessieren. Sie wollte überhaupt nicht über ihre gemeinsame Zukunft sprechen.

»*Chérie?* Ich spüre, dass da etwas ist, was dich belastet. Ich habe es dir schon gesagt, dass ich mich für dich entschieden habe. Ich sehe das, was wir haben, nicht als ein Abenteuer an. Und auch wenn dieser Fall gelöst ist, werden wir einander regelmäßig sehen. Natürlich wird uns nicht immer so viel Zeit füreinander bleiben, wie wir möchten, aber du kommst nach Marseille, sooft du kannst, und ich komme hierher. Du brauchst keine Angst zu haben. Martha ist für mich Vergangenheit. Wirklich, Carine!«

Er sah ihr in die Augen und bemerkte die Tränen. Er nahm ihre Hand und streichelte sie.

»Was ist los?«, fragte er besorgt.

»Danke, Mathieu«, sagte sie leise. »Ich weiß. Ich bin ... Ich schaffe es nie, vorauszuplanen. Jede neue Situation bereitet mir Probleme. Deshalb will ich nicht an die Zeit denken, in der du wieder in Marseille in deiner Wohnung leben wirst.«

»Ich auch nicht«, gab er zu. »Vielleicht sollten wir die Ermittlung in die Länge ziehen, damit ich hierbleiben kann. Und dem kleinen Paul eine Freude machen und den Mörder der Pinets niemals finden?«

»Das Beste wäre, jetzt einfach aufzuhören«, sagte Carine leise. »Ich habe Angst vor dem, was dabei herauskommt.«

Langsam sah Mathieu sie an. Nun war der Augenblick gekommen, in dem er ihr seine Vermutung mitteilen musste.

»Ja, Carine, ich auch. Ich habe gestern alle Aufzeichnungen und Dokumente noch einmal durchgesehen. Und ich muss dir sagen, dass ich einen konkreten Verdacht habe.«

Carine blickte ihn langsam an. Ihre Hand, die den Becher hielt, zitterte leicht.

»Einen ... konkreten Verdacht?«, flüsterte sie.

Mathieu nickte. »Ich habe mit Sylvie und dem Kommandanten noch nicht darüber gesprochen. Ich möchte ihn zuerst dir mitteilen.«

»Ja ...?« Carines Augen wirkten viel dunkler als sonst. In ihrem Blick las Mathieu Sorge.

»Es ist nicht einfach. Alles, was wir herausgefunden haben, deutet eigentlich auf einen sehr gut informierten Mörder hin. Auf einen, der über Pauls Anzeige Bescheid wusste. Der die Möglichkeit hatte, den Computer zu entwenden, ohne einzubrechen. Der wusste, dass der Trüffelkönig vom Staatsanwalt befragt worden war. Und der auch wusste, an welcher Stelle Christian Lantier von Pinet erschossen worden war.«

Carine starrte Mathieu an und nickte langsam. »Wir wissen alles«, sagte sie mit belegter Stimme. »Wir, die Gendarmen.«

»Genau. Und deshalb glaube ich, dass der Täter jemand von euch ist.«

»Jemand von uns?«, fragte Carine ungläubig.

»Ja. Von eurer Brigade. Und ich kennen nur einen, der ganz objektiv gesehen Interesse daran haben könnte, so etwas zu tun.«

»Luis«, sagte Carine langsam. Sie seufzte tief und sah ratlos auf ihren Becher. »Alles, was du sagst, stimmt«, meinte sie schließlich. »Aber so etwas passt nicht zu Luis. Und warum sollte er seinen Cousin und seinen Onkel ...?«

Mathieu sah ihr in die Augen. »Er hat mitgekriegt, was sein Onkel und sein Cousin trieben. Die Bestechungen. Das Freikaufen. Und konnte nichts dagegen machen. Und als das mit Paul nicht aufging, da hat er selbst beschlossen, seinen Cousin zu töten. Außerdem ist da auch noch die alte Familienfehde, über die wir nicht alles wissen. Und die Tatsache, dass der Onkel vor drei Tagen wieder freigekommen ist, nachdem wir ihn zum Staatsanwalt gebracht hatten. Es kommt häufig vor, dass Polizisten die Geduld verlieren und zur Selbstjustiz greifen.«

Carine verzog verzweifelt das Gesicht.

»Und was sollen wir jetzt tun? Ich habe keine Lust, gegen ihn zu ermitteln. Wenn er es war, hatte er recht. Es hätte nie aufgehört, und andere Kinder wären ...«

Ratlos hielt sie inne, Mathieu sah in ihren Augen Tränen schimmern.

Er nahm ihre Hand. »Ich weiß, Carine. Auch mir fällt es verdammt schwer, gegen einen Kollegen zu ermitteln. Aber wenn er es getan hat, ist er ein Mörder. Ein doppelter Mörder. Wir müssen auf jeden Fall mit dem Kommandanten darüber sprechen und alle Informationen bezüglich Luis überprüfen. Das Telefon, seine Alibis. Für beide Morde.«

»Wenn er es war, hat er sicher keinen Fehler gemacht. Und wir haben keinen Beweis gegen ihn. Er ist Gendarm.«

»Ja, aber der Täter hatte Pech. Die Anwesenheit des Nachbarn in der Nähe des Tatortes, die Tatsache, dass die Leiche des Direktors wieder nach oben getrieben wurde. Ewig kann er uns nicht entwischen!«

»Doch auch wenn du ihn verdächtigst: Wenn er nicht gesteht, haben wir nichts gegen ihn in der Hand!«

»Nein. Aber früher oder später werden wir etwas finden, was ihn ganz konkret mit den beiden Morden in Verbindung bringt. Deshalb werde ich mich ab morgen auf ihn konzentrieren. Und ich muss herausfinden, wer dieses Kind war, das damals, vor 16 Jahren, von Pierre Pinet missbraucht worden ist. Vielleicht waren die Eltern gute Bekannte, Verwandte oder Freunde von Luis? Und er hat es mitgekriegt, obwohl er damals in Martinique war?«

»Hast du die damaligen Gendarmen schon befragt?«

»Jean und Sylvie haben mit drei von ihnen gesprochen. Dem damaligen Kommandanten, einem Adjutanten und einem Gendarmen. Jeden hat die Sache damals seltsam berührt, doch keiner kann sich an einen Namen oder andere Details erinnern. Doch der Gendarm ist sich sehr sicher, dass die Anzeige aufgenommen und geschlossen wurde. Das heißt, sie sollte im Computer noch existieren. Aber sie ist weg. Auch euer Informatiker konnte sie nicht mehr finden!«

Carine sah ihn erschrocken an. »Aber ich weiß nicht ... wie

kann man eine Anzeige aus unseren Datenbanken löschen, ohne Spuren zu hinterlassen?«

Mathieu zuckte mit den Achseln. Derjenige, der Pinet getötet hatte, hatte nichts dem Zufall überlassen. Und doch glaubte Mathieu, dass er irgendwo irgendwann einen Fehler gemacht hatte und dass es sich nur mehr um Tage handeln würde, bevor sie einen genaueren Hinweis auf den Täter fanden.

»Aber jetzt versuchen wir für heute, nicht mehr daran zu denken«, sagte Mathieu bestimmt und nahm Carine in die Arme. Sie begannen einander leidenschaftlich zu küssen, vergaßen vollkommen, dass sie sich neben einem Wanderweg niedergelassen hatten, und fuhren erst auseinander, als eine Gruppe Wanderer vorbeispazierte.

Danach lagen sie noch eine Weile in der Sonne und genossen die Wärme des Herbstnachmittages, ehe sie beschlossen, wieder zurück nach Isle-sur-la-Sorgue zu fahren. Carine legte noch einen Halt ein. Sie wollte Mathieu die Wasserscheide zeigen. Es handelte sich um den Ort, an dem sich die Sorgue teilte und wo im Sommer die jungen Leute ungeachtet des eisigen Wassers badeten.

Direkt am Ufer befand sich ein Café, einige Personen saßen auf der Terrasse. Carine erzählte von der Mauer, die im 19. Jahrhundert mitten in den Fluss gebaut worden war, um die Sorgue in zwei gleich große Arme zu teilen. Im Moment war der Wasserstand hoch, nachdem es zehn Tage zuvor in den Südalpen heftig geregnet hatte. Carine meinte, das Baden sei zurzeit gefährlich, weil an gewissen Stellen eine starke Strömung herrsche. Die plätschernde Sorgue, das glitzernde Wasser, das von Laubbäumen und Sträuchern umgeben war, und der kleine Park mit Bänken entlang dem Ufer, der neben dem Restaurant angelegt worden war, schufen eine romantische und malerische Atmosphäre.

»Wie friedlich dieser Ort ist«, bemerkte Mathieu, doch dann fiel ihm schlagartig ein, dass sich Carines Bruder David genau hier in die Sorgue gestürzt hatte.

»Ach, Entschuldigung, Carine«, sagte er leise. »Für dich natürlich nicht.«

»Oh doch«, erwiderte sie. »David hat sich einen schönen Ort zum Sterben ausgesucht, findest du nicht?«

»Ja, aber ... Er war zu jung. Und du hast sehr unter seinem Tod gelitten.«

»Ich habe ihn oft dafür gehasst. Doch nun verstehe ich, dass es für ihn keinen Ausweg gab. Er war krank. Manchmal befindet sich ein Mensch in einer ausweglosen Situation, aus der auch diejenigen, die ihn lieben, ihn nicht retten können.«

Mathieu sah, dass in Carines Augen schon wieder Tränen schimmerten. Es war erst zehn Jahre her. Es fiel ihr schwer, zu vergessen. Wie lange würde Carine brauchen, bis sie trotz allem glücklich werden konnte?

Mathieu nahm sie in seine Arme und zog sie an sich. Sie legte den Kopf auf seine Schulter. So blieben sie lange eng umschlungen stehen und sahen auf das Wasser, das friedlich vorbeiplätscherte. Welch eine wundervolle Landschaft, dachte Mathieu. Und welch schreckliche Schicksale mit diesem Fluss verbunden sind!

Die Familie Pinet

Carine und Dominique begaben sich ein weiteres Mal zur Schule, um mit den Schülern der Französischnachhilfe zu sprechen, zu überprüfen, ob irgendwelche Kinder 16 Jahre zuvor die Schule überstürzt verlassen hatten, und ob es Lehrer gab, die sich an irgendetwas erinnern konnten.

Sylvie und Simon fuhren zu den Geschwistern Pinet. Sylvie wollte noch einmal mit der Tochter und dem Sohn des Trüffel- königs sprechen. Jean Calcin und Mathieu stellten Nachfor- schungen an, die Luis betrafen.

Sylvie atmete neben Simon auf dem Beifahrersitz tief durch.

Mathieu verdächtigte Luis, seinen Onkel und seinen Cousin ermordet zu haben. Er hatte es ihr und dem Kommandanten vorsichtig mitgeteilt. Zuerst hatte er alle Dinge aufgelistet, die ihm bei dieser Ermittlung seltsam erschienen. Er hatte ihnen gesagt, dass er sich so fühle, als würde der Täter sein Vorge- hen genauestens beobachten und über alle die Pinets betref- fenden Akten bestens Bescheid wissen. Und Sylvie und Calcin hatten selbst den Gedanken formuliert, den Mathieu ihnen eingegeben hatte. Sylvie musste zugeben, dass der Capitaine vollkommen recht hatte, was die seltsamen Zufälle betraf.

Doch sie weigerte sich zu glauben, dass Luis in die Sache verwickelt sein konnte. Luis war ein Adjutant, der viel Lebens- erfahrung besaß und sehr kompetent war. Sie konnte sich nicht vorstellen, dass er sich zu so etwas hinreißen ließ. Der erste Mord war nicht kaltblütig geschehen, sehr viel Leiden- schaft hatte dabei mitgespielt, sonst hätte der Täter den Direk- tor nicht gefesselt, sondern es wie einen Unfall aussehen lassen. Luis hätte gewiss andere Mittel gefunden, sich an seinem Onkel und seinem Cousin zu rächen. Legale Mittel, polizeiliche Mittel. Außerdem hatte Sylvie das Gefühl, dass sie ihm vertrauen konnte. Sie erinnerte sich an seinen Blick, als sie ihn gefragt hatte, ob er von den Taten seines Cousins gewusst hatte. Echte Verletztheit hatte sie in seinen Augen wahrgenommen. Bisher hatte sie geglaubt, Luis wirklich gut zu kennen, aber jetzt meldete sich doch ein leiser Zweifel in ihr. Konnte man seine Kollegen wirklich kennen? Konnte man überhaupt jemanden wirklich kennen?

Diese Geschichte mit Direktor Pinet warf in Sylvie sehr viele widersprüchliche Gefühle auf. Es gab sehr wohl einige Leute, die nicht das waren, wofür man sie hielt. In Isle-sur-la-Sorgue waren alle schockiert über die neuesten Entdeckungen der Polizei und über die Tatsache, dass Pierre Pinet sich immer wieder von seinem Vater hatte freikaufen lassen. Ein Kinderschänder war einer der schlimmsten Verbrecher, die man sich vorstellen konnte, und ausgerechnet der soziale, umgängliche und kinderliebende Direktor Pinet war so einer gewesen! Pierre Pinets Freunde, Arbeitskollegen und Vereinskollegen hatten vollkommen bestürzt reagiert. Der eine oder andere hatte ganz offen gefragt, ob es sich nicht um ein Missverständnis seitens der PJ handeln könnte; sie wollten so eine Geschichte einfach nicht glauben.

Die Presse hatte sich natürlich über Pinet Vater und Sohn ausgelassen. Überall in Isle-sur-la-Sorgue lungerten Journalisten herum, um mit den Leuten zu sprechen, die die Pinets näher gekannt hatten. Pierre Pinets Lebensgefährtin Léa war zu ihren Eltern nach Zentralfrankreich geflohen, Sylvie verwahrte den Schlüssel zu ihrem Haus. Das Team war noch einmal auf der Suche nach dem Computer oder nach Fotos ins Haus gegangen, hatte jedoch nichts gefunden. Pierre Pinet hatte seit jeher alle Klassenfotos der Schule aufbewahrt. Unmengen an Fotomappen waren schön geordnet in einem Kästchen neben dem Computer aufgestapelt gewesen. Sylvie hatte sie sich an-

gesehen und sich gefragt, welche Kinder wohl von Pinet missbraucht worden waren. Anscheinend hatte er sich nur an Jungen vergriffen.

Bei den Pinets angekommen, begab sich Sylvie sofort zu
Émilie Fraisse, Charles Pinets Tochter. Sie wollte allein mit ihr
sprechen. Simon sollte sich inzwischen mit dem Sohn unterhalten. Das war Sylvies Strategie, um eine etwas vertrauliche-
re Atmosphäre zu schaffen. Émilie Fraisse empfing Sylvie in
ihrem Büro. Sie war sehr gefasst und erklärte der Gendarmin,
dass sie es war, die das Begräbnis organisiert hatte. Sie wollte,
dass es so schnell wie möglich über die Bühne ging.

»Haben Sie Ihren Vater geliebt?«, fragte Sylvie.

»Geliebt?« Die Frau lachte kurz und freudlos.

»So jemanden kann man nicht lieben. Ich habe ihn als Kind
gefürchtet und respektiert, und später dann geduldet. Als er
ins Gefängnis gekommen ist, war das für mich die beste Zeit
meines Lebens. Ich habe Vater immer in Schach halten müssen, damit er meine Geschäfte nicht gefährdet; es war teilweise sehr schwierig. Ich hatte ständig Angst vor dem, was er als
Nächstes tun würde.«

Die Ehrlichkeit dieser Frau ließ Sylvie einen Moment lang
sprachlos. Man sagte immer, man solle nicht schlecht über Tote sprechen, doch Madame Fraisse schien endlich ihren ganzen
Frust herauslassen zu wollen.

»Ihre Mutter«, fragte Sylvie, »ist vor 25 Jahren gestorben?«

»Ja. Ich studierte damals noch in Paris, an einer höheren
Handelsschule, und hatte eigentlich vor, anschließend nicht zu
meinem Vater und meinen Brüdern zurückzukehren. Meine
Mutter und ich waren einander sehr nahe gestanden. Ich war
über ihren Tod sehr traurig und wusste damals, dass sie die einzige Person gewesen war, die meinen Vater wirklich in Schach halten konnte. Mir war bewusst, dass das Leben mit meinem Vater
ohne meine Mutter nicht einfach sein würde, deshalb wollte ich
weit weg. Vielleicht sogar in die USA. Doch Vater hat mich über-
redet. Er würde mir das Weingut vollkommen übergeben, ich

könnte selbstständig arbeiten und sollte ihnen lediglich mit dem Verkauf der Trüffeln und des Lavandins ein wenig helfen. Ich würde sehr gut verdienen. Und das stimmte.

Doch dann geschah das mit Christian Lantier, und unser Leben hier im Luberon wurde zur Hölle. Ich war die Tochter eines Mörders. Damals hatte ich gerade erst meinen Mann kennengelernt und wollte weg. Doch diesmal überredete mich mein Mann zu bleiben. Ihm gefiel die Gegend sehr, und er hatte gerade das Grundstück bei Roussillon erworben, wo sich heute unser Haus befindet. Außerdem behauptete er, mein Wein sei der beste der Gegend und ich könne das alles nicht so einfach aufgeben und meinem Bruder und meinem Vater überlassen. Wenn ich ging, blieb mir nichts! Damit hatte er natürlich recht, also machte ich weiter.« Émilie Fraisse seufzte. »Ich nahm viel Abstand von meiner Familie, sprach mit ihnen nur über Berufliches und wollte sie nicht mehr sehen. Vor allem, als das mit Pierre begann.«

»Wann haben Sie bemerkt, dass Pierre dieses Problem hatte?«

»Es ist nun genau 16 Jahre her. Damals war eine Anklage eingegangen. Eine alleinstehende Frau hatte Anzeige erstattet. Pierre habe ihren Sohn über ein Jahr lang sexuell missbraucht und ihn sogar vergewaltigt. Ich habe es durch Zufall erfahren, weil ich E-Mails zu dieser Sache auf Vaters Computer fand, als ich mich um die Buchhaltung der Trüffelfarm kümmerte. Ich war vollkommen entsetzt und habe Pierre zur Rede gestellt. Er war sehr zerknirscht. Er sagte mir, dass er dieses Kind liebe – ja, liebe, Sie hören richtig, und dass er glaube, zu diesem Kind sehr gut gewesen zu sein. Er hatte dem Jungen Dinge gekauft, sich um ihn gekümmert – der Junge war ein erbärmlicher Schüler aus einer armen Familie gewesen – und mit ihm Zeit verbracht. Ich wurde bei diesem Gespräch fast verrückt. Ich musste an mich halten, um Pierre nicht zu ohrfeigen. *Du hast diesen Jungen vielleicht geliebt, aber du hast ihm wehgetan, Pierre! Du hast sein Leben zerstört!*, brüllte ich. Dann warf ich Pierre hinaus, verbot ihm, mich jemals wieder zu kontaktieren und in die Nähe meiner Kinder zu kommen. Pierre war sehr verzweifelt, denn bisher hatten wir einen guten Kontakt gehabt. Er versuchte, mir zu schreiben, schickte mir Geschenke, doch ich blieb hart. Ich wäre bereit gewesen, ihm zu verzeihen, wenn er aufgehört hätte. Nicht mehr nach Thailand gefahren wäre, seine Arbeit als Lehrer aufgegeben, sich von Kindern ferngehalten hätte. Doch er hatte nicht die geringste Absicht, das zu tun. Und natürlich habe ich auch mit Vater gestritten, weil er Pierre gedeckt hat. *Du hast keine Ahnung, wie es im Gefängnis zugeht,* war Vaters einziges Argument. Doch Vater finanzierte Pierre weiterhin seine Thailandreisen und hat ihn nicht gezwungen, die Schule zu verlassen. Deshalb habe ich mich auch von meinem Vater und meinem anderen Bruder vollkommen distanziert.«

Sylvie war starr vor Erstaunen. Es hatte sich wirklich gelohnt, diese Frau noch einmal zu befragen!

»Wissen Sie irgendetwas, Name oder Klasse dieses Jungen?«

Émilie Fraisse schüttelte den Kopf. »Nein! Sie können sich vorstellen, dass Vater das alles vor mir verheimlicht hat. Er hatte Angst, dass ich zu den Gendarmen gehe. Denn ich habe gedroht, es zu tun. In den E-Mails standen keine Namen, man sprach nur von *ihr, ihm* und *ihnen.* Ich weiß lediglich, dass die Mutter des Jungen alleinerziehend war und ein anderes, jüngeres Kind hatte, das auch in diese Schule ging. Und mir scheint, die Bestechung war enorm. Vater hat der Familie ein Haus hier im Luberon geschenkt.«

»Ein Haus? Hier im Luberon? Aber dann muss es ja irgendwelche Beweise geben!«

Émilie verneinte. »Eben nicht. Vater hat das alles schlau abgewickelt. Über eine Luxemburger Firma mit einem speziellen Notar, der nicht in der Gegend lebt. Ich habe gesucht, aber nichts gefunden. Ich wollte wirklich wissen, wer diese Familie war. Für den Fall, dass ich zu den Gendarmen gehen würde. Aber auch in seinen Papieren, die ich am Wochenende durchgeackert habe, habe ich den Kaufvertrag für dieses Haus oder die Adresse des Notars nicht mehr gefunden. Wahrscheinlich hat Vater alle diese Dokumente vernichtet.«

»Und wissen nicht zufällig, in welchem Dorf? Der Luberon ist groß.«

»Keine Ahnung. Anscheinend irgendwo zwischen Lagnes und Roussillon.«

»Und als vor einigen Monaten das mit Paul Lagoc geschah, wussten Sie da Bescheid?«

Die Frau lachte bitter und schüttelte den Kopf. »Nein. Denn wir waren ja schon zwei getrennte Einheiten. Ich sprach mit meinem Vater und meinem anderen Bruder so wenig wie möglich; privat hatten wir sowieso nichts mehr miteinander zu tun. Vater versuchte, mich immer wieder zum Essen einzuladen, doch ich lehnte jedes Mal ab. An dem Tag, an dem er gestorben ist, war ich zum ersten Mal seit Jahren wieder bei ihm zu Hause. Ich habe ihn dafür gehasst, dass er Pierre gedeckt und diese Familie bestochen hat. Ich habe keine Ahnung, was mit diesem Jungen jetzt ist. Er ist ungefähr in Ihrem Alter. Und wahrscheinlich führt er kein besonders gutes Leben. Er hätte sicher Hilfe gebraucht. Aufarbeitung. Aber wo vertuscht wird, wird nicht aufgearbeitet und therapiert.«

Sylvie musste Émilie Fraisse recht geben.

»Deshalb hat es Sie nicht gewundert, als Pierre ermordet wurde?«

»Ich war natürlich schockiert. Aber ich wusste, dass er nicht wegen Vaters Schandtaten, sondern wegen seiner eigenen getötet worden ist.«

»Und Ihr anderer Bruder? Was sagte er zu dem Ganzen?«

»François?« Émilie Fraisse lachte böse. »Er hat den Verstand einer Miesmuschel und die Persönlichkeit einer Auster. Er hatte noch nie eine eigene Meinung, redete immer nur Vater oder irgendwelchen Parteigenossen nach dem Mund. Und er tat alles, was Vater wollte. Außerdem ist er ein Neonazi. Bei der Partei RN und viel weiter rechts als die Parteibonzen. Nach seiner Meinung war es anfangs ein Nordafrikaner oder ein

Rom, der meinen Bruder und den Vater getötet hat. Doch jetzt hat er sich auf den alten Lantier eingeschossen. Wegen der Stelle, an der Vater getötet wurde. Mein Bruder denkt sehr einschichtig; er ist unfähig, alle Aspekte einer Sache ins Auge zu fassen!« Émilie seufzte tief.

Was für eine seltsame Familie, dachte Sylvie. Was für ein Drama, das sich hier seit Jahren abspielte!

»Und Ihr Cousin Luis? Wie stehen Sie zu ihm?«, hakte sie nach.

Émilie Fraisse sah sie lange schweigend an. »Ich bin mir sicher, dass Sie ihn gut kennen. Sie arbeiten ja mit ihm. Was mich betrifft, ich kenne ihn kaum. Doch ich weiß, dass mein Vater sich Luis' Mutter gegenüber sehr fies benommen hat. Kleinlich. Sie erbte viel weniger als er, und selbst das wollte er ihr nicht gönnen! Und Luis hat er in den beiden letzten Jahren immer dann kontaktiert, wenn er wieder mit irgendjemandem Streit hatte oder jemand gegen ihn Anzeige erstattet hat. So wie diese Chinesen damals. Ich schäme mich für das, was wir Luis' Familie angetan haben. Sie haben zwar nach einem langen Rechtsstreit ihre Ländereien bekommen, doch das sind einfache Leute, denen solche Dinge Probleme bereiten, keine Großbauern wie wir.«

Sylvie nickte. Sie zögerte einen Moment, aber schließlich überwand sie sich.

»Ich muss Ihnen jetzt eine rein theoretische Frage stellen. Könnte es sein, dass Ihr Bruder oder Ihr Cousin Pierre und Ihren Vater getötet hat?«

Die Frau schien über Sylvies Frage nicht überrascht.

»Mein Bruder sicher nicht. Er kann ohne meinen Vater nicht leben. Obwohl er sich oft über ihn beschwert. Die beiden verband eine seltsame, ungesunde Symbiose.«

»Eben deshalb ...«

Die Frau zuckte mit den Schultern. »Vom Gefühl her ... Ich glaube nicht. Was Luis betrifft, wie gesagt, ich kenne ihn kaum. Aber ein Gendarm würde doch so etwas nicht tun?«

Sylvie schwieg einen Moment. »Leider sehen wir so viele Dinge, die uns wirklich aufrütteln«, erklärte sie dann vorsichtig, »und oft finden wir die Justiz zu langsam. Es gibt leider Gendarmen und Polizisten, die die Geduld verlieren und zur Selbstjustiz greifen. Ich kenne Luis gut und ich glaube nicht, dass er derart ausflippen könnte, doch ich muss alle Möglichkeiten ins Auge fassen und zwischen Luis' Familie und Ihrer gab es Spannungen. Ich muss Sie auch nach den Angestellten fragen. Behalten Sie sie gut im Auge! Es könnte jeder sein. Es ist möglich, dass jemand zu Pierre eine Verbindung hatte, von der wir nichts wissen.«

Die Frau nickte. »Das habe ich mich auch schon gefragt. Ich werde noch einmal mit meinen Angestellten sprechen. Sollte ich etwas herausfinden, werde ich Sie natürlich sofort kontaktieren.«

»Vielen Dank!« Sylvie erhob sich. Es war Zeit zu gehen. Simon wartete schon vor dem Büro.

Sie schüttelte Madame Fraisse die Hand. »Und danke für Ihre Ehrlichkeit.«

»Ich mache mir Vorwürfe, weil ich schon damals etwas hätte tun sollen. Oder hätte sprechen sollen, als die PJ vor einigen Tagen hierherkam. Aber ich hatte zu große Angst vor der Reaktion meines Vaters.«

»Wissen Sie, dass er Pierres Ex-Frau von Kumpanen aus dem Gefängnis bedrohen ließ, weil sie damals vor 15 Jahren zur Gendarmerie wollte, um Pierre anzuzeigen?«

»Ich habe es vermutet. Denn plötzlich ist sie auf und davon, ins Ausland. Wir haben uns immer gut verstanden, aber als ich mehrmals versuchte, sie nach ihrer Trennung von Pierre per E-Mail zu kontaktieren, hat sie nie geantwortet.«

Sylvie erzählte Simon im Auto alles, was sie von Pinets Tochter erfahren hatte. Dann rief sie Carine an, die noch immer in der Schule war. Carine schwieg am Telefon, als Sylvie ihr von dem Jungen mitteilte, dessen Mutter der Trüffelkönig ein Haus im Luberon geschenkt hatte.

»*Mon Dieu*«, seufzte sie dann. »Und welche Informationen brauchst du jetzt?«

»Schau mal, ob nicht jemand aus Isle-sur-la-Sorgue weggezogen ist, vor 15 oder 16 Jahren! Stelle mir die Liste aller Schüler zusammen, die in dieser Zeit die Schule verlassen haben! Diese Familie hatte außerdem noch ein Kind in dieser Schule. Wenn du es schaffst, alle diese Informationen zu bekommen, und wir sie abgleichen, dann werden wir bald einen Namen haben.«

Simon erzählte Sylvie, dass Pinets Sohn nicht besonders gesprächig gewesen war. Er fand den Mann reichlich dumm. François Pinet hatte Simon immer wieder befohlen, sich um Claude Lantier zu kümmern. Für ihn war die Sache klar: Der alte Lantier hatte seinen Vater ermordet, am gleichen Ort und auf dieselbe Weise, wie dieser Lantiers Sohn getötet hatte. Außerdem besaß Claude Lantier ein weißes Auto. Das waren François Pinets Meinung nach viele Zufälle gleichzeitig. Simon hatte versprochen, Lantier genauestens unter die Lupe zu nehmen, und die Befragung bald aufgegeben.

Außerdem hatte er mit zwei Angestellten des Weingutes gesprochen, mit dem Önologen und dem Buchhalter, die Pierre Pinet nicht gekannt hatten. Émilie Fraisses Angestellte hatten auch den Vater und François Pinet kaum zu Gesicht bekommen. Sie waren außerdem erst nach der Sache mit Christian Lantier in den Luberon gezogen. Der Önologe stammte aus Châteauneuf-du-Pape, wo seine Eltern ihren Weinkeller wenige Jahre zuvor verkauft hatten, der Buchhalter kam aus Paris.

»Mensch! Der Tag wird heute noch lang werden!«, seufzte Sylvie.

Dabei dachte sie daran, dass Simon und Dominique noch gar nicht wussten, dass der Capitaine, der Kommandant und sie selbst Luis des Mordes an den beiden Pinets verdächtigten. Jean Calcin hatte Sylvie gebeten, es für sich zu behalten, um die Atmosphäre in der Brigade nicht zu gefährden. Ihre Kollegen sollten es vorerst nicht erfahren. Er hatte natürlich keine Ahnung, dass Carine schon längst auf dem Laufenden war.

Das Begräbnis

Charles Pinets Beisetzung fand außerhalb der Kirche statt. Der Trüffelkönig war Atheist gewesen, und die Tochter hatte es in Anbetracht der Dinge, die sie in den letzten Tagen erfahren hatten, vehement abgelehnt, dem Vater eine Messe zu bezahlen.

»Das wäre pervers«, hatte sie Mathieu am Telefon gesagt.

Daher bestand die Beisetzung nur aus einer kurzen Andacht am Friedhof von Cavaillon, wo auch Charles Pinets Frau und sein Sohn Pierre begraben waren. Das Familiengrab, das erst zehn Tage zuvor nach dem Begräbnis des Direktors zugeschüttet worden war, musste nun wieder geöffnet werden.

Die Gendarmen hatten alle Hände voll zu tun. Es galt nicht nur, alle Anwesenden genau zu beobachten, sondern auch die Journalisten zu überwachen, die trotz der Ausnahmesituation auf der Jagd nach Fotos waren.

Am Friedhof herrschte Ruhe. Niemand schluchzte, wie das sonst bei Begräbnissen üblich ist. Mathieu schien es vielmehr, dass alle eher betreten und beschämt wirkten. Diejenigen, die sich Freunde des Trüffelkönigs nannten, sahen sich verstohlen um; anscheinend wollten sie überprüfen, ob nicht irgendein Journalist sie erkannte. Mathieu wusste, dass die Bürgermeister von Lagnes, Coustellet und Cavaillon anwesend waren, außerdem der regionale Direktor der Bank Crédit Agricole, der Direktor der Banque Populaire von Cavaillon, der Direktor des Regionalparks PNR Luberon, der Betreiber eines Trüffelrestaurants im Luberon und einige Weinhändler, die wohl gekommen waren, um Pinets Tochter ihre Anteilnahme zu bekunden. Einige Einwohner des Dörfchens Lagnes waren ebenfalls anwesend, jedoch handelte sich ausschließlich um jene, die mit Charles Pinet keine Probleme gehabt hatten. Der Friedhof war voller Leute. Manche waren sicher auch aus Neugier gekommen. Mathieu wusste, dass Begräbnisse von Mordopfern immer bestens besucht waren. Die Leute liebten das Drama, das solche Zeremonien umgab.

Der Angestellte des Bestattungsinstituts hielt eine kurze Ansprache, keiner von der Familie wollte etwas vorlesen oder eine Rede halten. Charles Pinets Tochter stand mit ihrem Mann und ihren halbwüchsigen Kindern neben dem Grab; sie trug einen schicken schwarzen Hosenanzug mit einem schwarz-weiß gestreiften Tuch um den Hals. Ihr Gesicht wirkte unter der riesigen Sonnenbrille starr und steif, beinahe wie eine Maske. Ihr Bruder stand ein wenig abseits mit den zwei Angestellten der Trüffelfarm. Er selbst hatte keine Familie, sondern ausschließlich mit dem Vater und für den Vater gelebt. Weit hinten hielten sich Luis und seine Eltern sowie andere entfernte Verwandte des Verstorbenen auf. Luis war an diesem Nachmittag nicht in Uniform erschienen. Anscheinend waren weder seine Frau noch seine Söhne anwesend.

Mathieu fragte sich, ob es dem Mörder wohl möglich sein konnte, am Begräbnis seines Opfers teilzunehmen, ohne irgendwelche Gefühlsregungen zu zeigen. Er konnte sich erinnern, was ihm Roland, der Psychologe des Kommissariats, über solche Situationen erzählt hatte: »Diese Personen spalten ihre Tat einfach ab. Das müssen sie, sonst könnten sie ihren Alltag nicht mehr bewältigen. Und im Fall von Selbstjustiz glauben sie natürlich, im Recht zu sein.«

Vielleicht war derjenige anwesend, der die beiden Pinets, Vater und Sohn, getötet hatte? Ob er vielleicht sogar stolz auf seine Aktionen war? Doch wahrscheinlich war ihm auch bewusst, dass er den Ermittlern nicht ewig entwischen konnte. Gewiss konnte er nachvollziehen, dass die Schlinge um seinen Hals immer enger wurde.

Als Mathieu mit seinen drei Kollegen den Friedhof verließ,

warteten Carine und Sylvie am Eingang auf sie. Verstohlen drückte Mathieu Carines Hand, die trotz der Wärme des Herbstnachmittags eiskalt war. Beide Gendarminnen wirkten blass und entmutigt. Die Sache mit Luis nahm sie mit.

Carine gab Mathieu zwei Namen und Anschriften von damaligen Schülern, die als Pinets Opfer infrage kommen konnten. Beide hatten die Region verlassen, einer von ihnen befand sich mittlerweile in Amsterdam. Mathieu beschloss, die beiden persönlich zu kontaktieren. Es war natürlich sehr leicht möglich, dass sie das damals Geschehene nicht mehr zugeben wollten. Und doch hegte er die Hoffnung, auf etwas Wichtiges zu stoßen. Er hoffte, die beiden am Telefon erreichen zu können.

Wieder einmal näherte sich der Journalist Daniel Feuillet, der bei der *Provence* arbeitete.

»Nun, ich bin mir sicher, dass Sie seit der Pressekonferenz schon gut vorangekommen sind, *Monsieur le Capitaine?*«, wandte er sich an Mathieu.

Mathieu lächelte gezwungen. »Ich werde ganz ehrlich mit Ihnen sein. Ich weiß, dass Ihnen das gar nichts nützt, aber ich habe keine Ahnung, ob wir weitergekommen sind oder nicht. Wir tappen komplett im Dunkeln, was die Person des Mörders angeht. Nur das Motiv scheint klar. Aber das ist dieselbe Information, die wir Ihnen auch bei der Pressekonferenz gegeben haben.«

»Nun ja, ich bin mir sicher, Sie haben ein wenig mehr, können aber nicht darüber sprechen!«

Der junge Mann starrte Mathieu an, als wolle er durch seine Stirn in sein Gehirn blicken und seine Gedanken scannen.

Mathieu zuckte nur mit den Schultern.

»Ich selbst bin mit meinen neuesten Erkenntnissen nicht besonders zufrieden«, meinte er. »Aber jetzt entschuldigen Sie uns bitte! Wir müssen zurückfahren zur Brigade.«

»Natürlich, bis bald!«

Der junge Mann winkte und entfernte sich.

»Mensch, welch ein Affe«, seufzte Damien.

»Er macht auch nur seine Arbeit«, entgegnete Mathieu, »und er ist mir weitaus sympathischer als gewisse Journalisten in Marseille, die uns ziemlich aggressiv angehen.«

Mathieus Blick folgte dem Journalisten, der nun versuchte, Jean Calcin in ein Gespräch zu verwickeln, von diesem jedoch ziemlich unwirsch abserviert wurde. Der Kommandant war äußerst nervös. Bisher hatten Mathieu und er nichts gefunden, was Luis direkt mit den beiden Verbrechen in Verbindung bringen konnte. Luis' Telefon war zum Zeitpunkt beider Morde in der Brigade geortet worden. Luis' Schuhnummer war vierundvierzig und nicht einundvierzig. Luis' Familienauto war blau. Und zum Zeitpunkt des Mordes an Pinet Vater hatte ein anderer Polizist, Julien, mit Luis im Garten über Unkraut gesprochen und sich von ihm ein Mittel dagegen ausgeliehen. Calcin hatte diskret herumgefragt, wer an diesem Morgen in der Kaserne gewesen war und wer nicht. Er hatte gegen keinen seiner Kollegen irgendeinen Verdacht. Und trotzdem ging es dem Kommandanten wie Mathieu. Auch er hatte ein schlechtes Gefühl, und sie besaßen kein stichhaltiges Argument, das Luis' Unschuld bewies. Auch den Rom und den Nordafrikaner, deren Kinder von Pinet missbraucht worden waren, konnten sie weder direkt bezichtigen noch komplett freisprechen. Und Pauls Familie ebenfalls nicht, obwohl der Vater natürlich keinen Grund gehabt hatte, nach Pinets großzügiger *Spende* den Trüffelkönig und dessen Sohn zu töten.

Mathieu rief die beiden jungen Männer an, deren Nummern Carine ihm gegeben hatte. Wie durch ein Wunder erreichte er sie sofort, befragte sie am Telefon zu ihrer Grundschulzeit und wollte wissen, warum sie plötzlich die Schule gewechselt hatten.

Einer von ihnen war nach Apt gezogen, weil seine alleinstehende Mutter dort eine Arbeit gefunden hatte und lieber vor Ort wohnte. Doch das war schon monatelang geplant gewesen. Ein Haus hatten sie nie besessen. Die Mutter hatte ihr ganzes Leben lang in verschiedensten Wohnungen zur Miete gewohnt.

Der andere hatte mit seiner Mutter die Region verlassen. Er hatte in Nordfrankreich gelebt und arbeitete nun in Amsterdam. Die Familie war 16 Jahre zuvor nach Nordfrankreich gezogen, weil der Großvater gestorben war und die Mutter sich um ihre Mutter kümmern wollte. Beide jungen Männer waren etwas erstaunt über Mathieus Fragen und fielen aus allen Wolken, als er ihnen von den Missbrauchsverbrechen des Direktors Pinet erzählte. Beide hatten nichts davon in der Presse gelesen oder gehört. Sie meinten, es sei schon so lange her, dass sie die Grundschule verlassen hatten, dass sie sich an diesen Lehrer gar nicht mehr richtig erinnern konnten.

»Ich bin Handwerker«, erklärte der eine, der nun im Südwesten Frankreichs lebte. »Ich habe die Schule nie gemocht und meine Lehrer so bald als möglich vergessen.«

Doch Sylvie meinte: »Pierre Pinets damaliges Opfer kann sehr leicht einer dieser beiden Jungen gewesen sein. Carine hat aus allen damaligen männlichen Schülern diejenigen herausgefiltert, bei denen alle Informationen übereinstimmen: ein plötzlicher Umzug, ein jüngerer Bruder in der Schule und eine alleinstehende Mutter. Viele Missbrauchsopfer wollen die schlimme Zeit vergessen und vor allem nicht darüber sprechen.«

Sylvie notierte sich die Namen der beiden Jungen und meinte, sie würde noch einmal den damaligen Kommandanten und seine Gendarmen anrufen. Sie befahl Carine auch, im Kataster nachzusehen, ob irgendwo zwischen Isle-sur-la-Sorgue und Apt ein Haus auf die Familiennamen dieser Jungen eingetragen war.

»Sehr gut«, lobte Mathieu die Gendarmin. Er fand, dass Sylvie hervorragende Initiativen ergriff und auch die drei anderen perfekt managte. Doch nun musste ihnen in den kommenden Tagen ein Durchbruch gelingen. Mathieu wollte unbedingt erfahren, wer der Junge war, der 16 Jahre zuvor von Pinet sexuell missbraucht worden war. Seine Intuition sagte ihm, dass alles von dieser Sache ausgegangen war.

Besuch von Carine

Amélie saß am Abend über ihren Hausaufgaben, als Carine in ihr Zimmer kam. Sie hatte an diesem Abend wohl frei, denn sie trug Jeans und eine Bluse.

»Carine!« Amélie sprang erfreut auf und fiel der Cousine um den Hals.

Carine drückte Amélie an sich. Sie wirkte an diesem Nachmittag seltsam. Sie sah sehr müde aus und schien Amélie ziemlich bedrückt.

»Was ist los, Carine? Gibt es Probleme mit deinem Liebsten?«

»Nein. Aber ... Die Arbeit ist wirklich hart. Wir wissen noch immer nicht, wer den Trüffelkönig getötet hat.«

»Ach ... Ich habe dir gesagt, Carine, dass ihr aufhören sollt, nach ihm zu suchen. Der Trüffelkönig war ein böser Mann und sein Sohn, der Direktor, genauso.«

Carine seufzte. »Ja, Amélie, wenn bloß du entscheiden könntest! Aber leider geht das nicht so. Die Familie der beiden will wissen, was passiert ist. Und wir müssen unsere Arbeit tun. Auch wenn wir keine Lust dazu haben!«

Amélie schnitt sich selbst im Spiegel ein Gesicht. »Und wie war der Sonntag mit deinem Liebsten?«, fragte sie Carine.

»Es war wunderschön. Ich habe ihm das ganze Tal gezeigt. Gordes, du weißt ja, die Abtei Sénanque und die roten Felsen von Roussillon.«

»Ach, das hat ihm sicher gefallen. Aber muss er nicht immer arbeiten?«

»Doch. Normalerweise schon. Aber er hat eine kurze Pause eingelegt. Keiner kann ständig arbeiten.«

»Hast du ein Foto von ihm?«

»Ja, ich denke schon.«

Carine nahm ihr Telefon. Neugierig beugte sich Amélie darüber. Carine klickte ein paarmal, und Amélie sah einen Mann mit kurzen braunen Haaren vor roten Felsen stehen.

»Ist er das?«, fragte sie.

»Ja, wer denn sonst?«

»Ach ...«

Er sah nett und freundlich aus, doch Amélie hatte sich vorgestellt, dass Carine mit einem wirklich schönen Mann zusammen sein würde. Mit einem solchen, wie man sie in den Katalogen sieht, mit halb langen, gewellten Haaren und gebräunter Haut. Sie fand, dass der Capitaine ein Allerweltsgesicht hatte, auch wenn er relativ gut aussehend war. Auf der Treppe hörte man Schritte, und Carine nahm ihr Telefon an sich. Amélies Mutter trat ins Zimmer.

»Amélie, mach deine Hausaufgaben fertig! Carine bleibt dann zum Abendessen. Du hast doch Zeit, Carine, oder?«

»Ja, ich habe Zeit. Aber ich werde nicht allzu lang bleiben können. Die Ermittlung macht uns fertig.«

Carine ging mit der Mutter nach unten. Amélie hörte, dass sie sich eine Flasche Wein öffneten und anfingen zu reden. Sie schlich sich zur Treppe, um zu erfahren, worüber sie sich unterhielten. Sie sprachen nicht wirklich leise. Es schien also um etwas zu gehen, was Amélie hören durfte. Carine erzählte über Luis, der vom Capitaine und vom Kommandanten verdächtigt wurde, seinen eigenen Onkel und seinen Cousin umgebracht zu haben. Amélie hielt erstaunt inne. Carine war wohl dabei, über etwas *Polizeiinternes* zu sprechen. Das durfte sie eigentlich nicht. Aber Amélie wusste bereits, dass der Wein die Leute gesprächig macht. Was für eine Geschichte! Wie konnte man seinen Cousin töten? Sie selbst könnte Carine nie etwas antun! Aber dann erinnerte sie sich daran, was ihre

Mutter ihr erklärt hatte: dass viele Leute sich mit ihrer Familie nicht gut verstanden, vor allem, wenn sie viel Geld besaßen. Der Reichtum entzweite viele Familien. Auch Paul hatte darüber gesprochen. Das Geld sei der Ursprung allen Übels, hatte er gemeint, und Amélie hatte gelacht, weil er wie ein Erwachsener geredet hatte. Doch Paul hatte nicht gescherzt, er hatte das todernst gemeint, und Amélie hatte wieder daran denken müssen, was der Direktor Paul angetan und wie Pauls Vater die Familie verraten hatte.

»Aber es hätte mit dem Direktor noch viel schlimmer kommen können«, hatte Paul ihr erklärt. »Er hat mir nur seinen Schwanz gezeigt und mir befohlen, ich solle ihn berühren. Und er hat meinen berührt. Er hätte mir auch seinen Schwanz hinten reinstecken können. Und das tut arg weh.«

Amélie war entsetzt gewesen. »Aber ... wer hat dir das gesagt?«

»Der Psychologe. Ein sehr netter Mann. Ich gehe gern zu ihm.«

Paul hatte Amélie wieder geküsst, und dieses Mal hatte er seine Zunge in ihren Mund geschoben. Amélie hatte das ganz toll gefunden. Doch ihre Freundin Mélanie hatte gemeint, sie sei zu jung für so was. Sie und Paul waren doch erst elf! Amélie beschloss, Carine zu fragen, ob das wahr sei. Was passierte, wenn man einander auf diese Weise küsste und zu jung dafür war. Amélie bemerkte, dass sie mit der Hausübung nicht vorankam. Sie musste immer wieder an Paul denken und an den Schwanz des Direktors, an den Tod des Direktors und an denjenigen, der sich getraut hatte, den Direktor und seinen Vater zu ermorden. Irgendwie schaffte sie es trotzdem, ihre Arbeit fertig zu kriegen. Und dann ging sie nach unten, wo die Mutter und Carine über irgendetwas lachten. Wahrscheinlich redeten sie nicht mehr über diesen Luis, der für Paul und Amélie ein Held war, wenn er seinen Onkel und seinen Cousin wirklich getötet hatte.

Die Mutter stand am Herd. Sie war dabei, Spaghetti alla Carbonara zu kochen. Amélie fiel ihr um den Hals. Sie liebte diese Nudeln! Carine kicherte. Sie hatte rote Wangen, und die Flasche Wein war fast leer. Die Erwachsenen tranken oftmals zu viel Wein. Doch Amélie war an diesem Abend froh, dass Carine nicht mehr bedrückt wirkte.

Die Mutter bat Amélie, den Tisch zu decken, und bald saßen sie vor ihren Tellern mit dampfenden Spaghetti.

»Mmh, sehr gut«, meinte Carine anerkennend.

Die Mutter holte noch eine Flasche Rotwein. Carine lehnte ab. »Aber nein! Ich muss ja heimfahren! Ich darf nicht betrunken lenken, ich bin Gendarmin.«

Die Mutter winkte ab. »Ach was. Handwerk leidet Not!«

Amélie fragte, was das heißen sollte.

Carine erklärte, dass immer diejenigen, die in einem Bereich tätig waren, diesen in ihrem Privatleben am wenigsten beherrschten. »Zum Beispiel der Schuster, der kaputte Schuhe trägt. Und der Arzt, der immer krank ist. Oder der Gendarm, der betrunken Auto fährt.« Zugleich nahm sie einen großen Schluck aus dem Glas, das Amélies Mutter gerade gefüllt hatte.

Oder der Lehrer, der seinen Schülern Angst macht, indem er ihnen seinen Schwanz zeigt, dachte Amélie, aber sie sagte es nicht. Sie wollte ihrer Mutter und Carine nicht die gute Laune verderben.

Sie lachten an diesem Abend viel und erzählten einander einige Dinge aus der Arbeit und der Schule. Als Carine endlich aufstand, war es später als gedacht.

»*Mon Dieu*, ich muss los!«, rief sie.

Sicher wartete ihr Liebster auf sie. Carine und die Mutter schienen wirklich betrunken zu sein. Carine umarmte die Mutter so, als wolle sie eine Reise um die Welt starten, und ermahnte sie: »Pass gut auf dich auf!«

Die Mutter kicherte nur. Alkohol hat auf alle eine andere Wirkung, hatte Amélies Vater ihr einmal anvertraut. Manche werden einfältig, andere lustig, manche traurig, andere aggressiv oder müde. Carine war wohl dramatisch geworden. Amélie begleitete die Cousine vor die Tür. Es war der geeignete Moment, ihre Frage zu stellen! Amélie gab sich einen Ruck.

»Hör mal, Carine, ich möchte dich etwas fragen.«

»Ja?«

Die Cousine wandte sich Amélie zu, sie konnte im Licht der Straßenlampe ihre Augen türkisblau leuchten sehen.

»Carine, ist man mit elf zu jung, um einen Jungen richtig zu küssen? Mit der Zunge?«

»Was? Ähm ... keine Ahnung, Amélie, nein, ich denke nicht. Wenn man Lust hat.«

»Ist es gefährlich?«

»Nein, *Trésor,* es ist nicht gefährlich!«

Carine lachte, aber in ihren Augen standen Tränen. Amélie fand das reichlich seltsam. Carine ging in die Hocke, so wie früher, als Amélie klein gewesen war und sie ihr etwas Wichtiges hatte sagen wollen. Doch Amélie war nun zu groß und musste auf Carine hinunterblicken.

»Amélie, versprich mir, in deinem Leben das zu tun, wozu du Lust hat. Wenn du etwas nicht tun willst, dann mach es nicht! Natürlich gibt es Pflichten wie die Schule und die Hausarbeit, aber vertraue immer auf dein Gefühl. Versprichst du mir das?«

»Natürlich, Carine!«

Nun war Amélie sich sicher, dass eineinhalb Flaschen Wein für zwei Personen zu viel waren. Carine stand neben den Schuhen! Sie sprach so mit ihr, als würde sie auf eine lange Weltreise gehen.

»Adieu, Amélie!« Carine stand auf, drückte Amélie an sich, und Amélie dachte wieder ans Fernsehen und an die Weltreisen. Dabei würde sie Carine am Samstag wiedersehen! Nun gut, der Wein, dachte sie. Sie küsste Carine auf die Wange, dann löste sie sich von der Cousine, winkte ihr hinterher und lief ins Haus. Was für ein unerwartet angenehmer Abend!

Die Einbrecherin

Als Sylvie an diesem Dienstagmorgen ins Büro kam, herrschte dort helle Aufregung. Simon teilte ihr mit, dass die Dame, deren Pistole gestohlen worden war, angerufen hatte. Ihre Kamera, die sie noch vor dem Wochenende hatte installieren lassen, hatte die Person gefilmt, die regelmäßig bei ihr einbrach und eklige Dinge hinterlegte.

Sylvie und Carine fuhren sofort zu Carole Lesque, die komplett aufgekratzt war.

»Ich ... war heute Nacht nicht zu Hause, doch der Alarm hat geschrillt, und ich habe von der automatischen Kamera ein Foto per E-Mail bekommen. Die Wachgesellschaft hat sie zwar nicht erwischt, weil sie sofort abgehauen ist, als der Alarm losging, doch ich weiß jetzt, wer die Person ist, die bei mir einbricht.«

»Ja? Wer denn?«, fragte Sylvie etwas ungeduldig. Sie hatten im Büro genug mit den Morden an den Pinets zu tun. Carole Lesque begann, sie zu nerven.

»Nun ... Ich habe eine Beziehung zu einem verheirateten Mann. Und es ist seine Frau. Sie bedroht mich auf diese Weise!«

»Okay.« Sylvie warf Carine, die das Gesicht verzog, einen Blick zu. Sie verkniff es sich zu fragen, warum Madame Lesque ihnen bei ihren vorherigen Besuchen nichts von dieser illegitimen Beziehung erzählt hatte.

»Wissen Sie, wo sie wohnt?«

»Natürlich!«

Die Frau gab Sylvie die Adresse.

»Wir fahren zu ihr. Vielleicht müssen wir Sie später nochmals sprechen. Sie wissen ja, die gestohlene Pistole. Wir werden Ihnen Bilder von Waffen zeigen, denn es kann sein, dass die Pistole bald irgendwo auftaucht.«

»Ah … ach!« Die Frau schien verunsichert, aber nicht hysterisch.

Sylvie und Carine fuhren direkt zu der von Madame Lesque angegebenen Adresse. Sie läuteten. Ein Mann um die fünfzig kam zur Tür. Er trug einen Anzug mit Krawatte, anscheinend wollte er gerade zur Arbeit gehen.

»Monsieur Bonvallet?«, fragte Sylvie.

Der Mann nickte.

»Wir müssten Madame Bonvallet sprechen.«

»Sie ist unter der Dusche. Warum?«

»Das werden Sie dann gleich erfahren.«

Der Mann schien ziemlich verunsichert. Er bat die beiden Gendarminnen ins Wohnzimmer und rief nach seiner Frau. Diese kam im Morgenmantel die Treppe herunter. Sylvie war erstaunt, wie hübsch sie war. Was wollte ihr Mann mit Carole Lesque? Madame Bonvallet zuckte zusammen, als sie Sylvie und Carine sah.

»Madame«, sagte Sylvie, »wir müssen Sie leider zur Brigade mitnehmen, um Sie zu befragen. Ziehen Sie sich an. Wir haben einen Beweis, dass Sie bei einer Frau namens Carole Lesque eingebrochen sind. Und da es um den Diebstahl einer Waffe geht, ist die Sache ernst.«

Monsieur Bonvallet war wie erstarrt. Alles Blut war aus seinem Gesicht gewichen, und er starrte seine Frau ungläubig an. Diese war wie vom Blitz gerührt zusammengezuckt.

»Eine Waffe? Welche Waffe?«

»Ziehen Sie sich an, Madame Bonvallet! Wir besprechen das in der Brigade.«

Später am Morgen vernahm Sylvie die Frau. Doch die Dinge liefen nicht wie geplant. Michelle Bonvallet gestand, fünfmal ein Fenster eingeschlagen zu haben, eingebrochen zu sein und Carole Lesque eklige Dinge hinterlegt zu haben. Sie bestätigte auch, dass sie beim letzten Mal durch den Alarm in die Flucht geschlagen worden war. Doch sie weigerte sich hartnäckig, den vorletzten Einbruch und den Diebstahl der Waffe zuzugeben.

»Ich wollte sie schockieren und wegjagen. Sie hat mir meinen Mann gestohlen. In so einem Fall sind alle Mittel recht. Doch ich verbot mir, etwas zu klauen. Und ich wusste nicht, dass sie eine Waffe hatte!« Die Frau schüttelte sich.

»Ja, sie hat sie sich nach Ihrem ersten Einbruch zugelegt.«

Sylvie sah die Dame eindringlich an. »Madame, wer soll die Waffe genommen haben, wenn nicht Sie? Es tut mir leid, aber ich kreide Ihnen diesen Diebstahl an. Egal, ob ich Ihr Geständnis habe oder nicht!«

Dabei dachte Sylvie an denjenigen, der Carole Lesque die Waffe verkauft hatte. Wenn er ihre Adresse erfahren hatte, war er vielleicht gekommen, um sich die Pistole wiederzuholen. Und die hysterische Frau hatte ihm sicher von den Tierkadavern erzählt, die bei ihr hinterlegt worden waren. Deshalb hatte er die tote Maus mitgebracht. Der Schuldige konnte natürlich auch der Freund sein, der Carole Lesque geholfen hatte, sich die Waffe zu beschaffen. Doch das war alles ziemlich weit hergeholt, und einen handfesten Beweis hatten Sie nur gegen Michelle Bonvallet.

»Sollte mit dieser Waffe ein Verbrechen geschehen, dann sind Sie dran!«

»Aber ich habe nicht ...« Nun begann die Frau zu schluchzen. »Dieser Schweinehund. Dieser elendige Schweinehund. Es ist alles seine Schuld!«

»Ganz genau«, meinte Sylvie. »Lassen Sie sich scheiden. Sie hätten viel besser daran getan, sich an ihm zu rächen als an ihr.«

Als die Frau gegangen war, rief Sylvie Madame Lesque an.

»Ach, bin ich froh. Jetzt ist es vorüber. Ich hätte mir nie gedacht, dass sie es sein könnte. Er sagte mir, sie seien dabei, sich scheiden zu lassen. Er meinte, sie wisse Bescheid.«

Sylvie beschloss, nicht auf diese Bemerkung einzugehen. Sie

war keine Eheberaterin! »Nun, Madame Lesque«, sagte sie streng. »Wir haben das gelöst, dank Ihres Alarms mit Kamera. Aber die Waffe bleibt unauffindbar. Wenn Sie können, dann kommen Sie hierher! Ich möchte Ihnen einige Waffen zeigen, um zu sehen, ob Ihre so ähnlich ist. Dann können wir zumindest das Modell feststellen.«

»Gut. Ich komme, sobald ich kann.«

Sylvie legte auf und massierte sich die Schläfen.

»Okay. Nun, die Waffe wird irgendwann in Avignon oder in Marseille auftauchen, wenn wieder ein Dealer erschossen wird«, sagte sie zu Carine und Simon, die an ihren Computern saßen. »Mensch, was für ein Zeitverlust!«

»Unsere gesamte Arbeit ist Zeitverlust, Sylvie!«, bemerkte Simon lachend. »Wenn jeder nach dem Gesetz leben würde, dann würde es uns nicht geben.«

»Auch wahr!« Sylvie fühlte sich müde. Psychisch müde. Sie schlief seit einigen Nächten sehr schlecht. Ein Gefühl beschlich sie, das sie nicht beschreiben konnte. Eine Ahnung, dass Unheil drohte. Eine Katastrophe, die unerwartet über sie hereinbrechen würde. Es schien Mathieu ähnlich zu gehen. Wahrscheinlich wegen Luis. Doch vielleicht hatte der Adjutant mit der Sache gar nichts zu tun. Sie hatten nichts, was ihn direkt anklagte und seine Schuld an den beiden Morden bewies. Sylvie betete dafür, dass Luis unschuldig war. Wie viel besser wäre es, wenn der Rom oder der Nordafrikaner die Morde an den Pinets verübt hätten! Oder irgendein Einwohner von Isle-sur-la-Sorgue, den sie nicht kannten.

Mathieu kam ins Büro.

»Haben wir etwas Neues?«, fragte er die drei Gendarmen.

Sylvie schüttelte den Kopf. »Nichts. Was können wir jetzt noch tun?«

Er zuckte mit den Schultern. »Wahrscheinlich müssen wir warten. Warten, dass etwas geschieht. Ich wüsste nicht, wer uns jetzt noch eine Information geben könnte. Mit der Schule seid ihr fertig?« Er wandte sich an Carine.

Sie nickte. »Alles durchgesehen. Alle früheren Lehrer befragt. Nicht wahr, Dominique?«

»Ganz genau«, bestätigte Dominique. »Wir haben nun wirklich mit allen gesprochen.«

»Und das mit den Häusern? Der Name der Mutter einer der beiden Schüler oder eines anderen Schülers dieses Jahrganges scheint nicht irgendwo in einem Dorf hier in der Gegend im Kataster auf? Ein Haus, das vor 15 oder 16 Jahren gekauft wurde?«

Carine schüttelte den Kopf. »Das ist so, als würden wir eine Nadel im Heuhaufen suchen. Wir haben die gesamte Gegend um Isle sur la Sorgue und vor allem die Zone zwischen hier und Apt durchsucht. Aber das mit dem Haus bringt uns nicht weiter!«

»Nun«, seufzte Mathieu. »Dann warten wir. Meine Kollegen und ich fahren nach Marseille. Ins Büro. Ich bin am Abend wieder hier. Meldet euch, wenn ihr etwas braucht oder etwas Neues herausfindet. Wir sind ja nicht aus der Welt!«

Er winkte ihnen zu, drehte sich um und verließ das Büro.

Sylvie bemerkte Carines verunsicherten Blick.

»Er wird sicher am Abend wieder da sein«, beschwichtigte sie Carine, nachdem alle Männer das Büro verlassen hatten.

»Ich hoffe es«, meinte diese. »So viel Zeit bleibt uns gewiss nicht.«

»Nun, wie gesagt, er ist ja nicht aus der Welt, wenn er wieder bei sich zu Hause wohnt.«

Carine seufzte. »Hör mal, Sylvie«, begann sie, »es ist stressig derzeit. Wie wäre es, wenn wir zu Mittag in der Stadt miteinander essen gehen würden? Ich lade dich ein!«

»Das können wir gerne«, meinte Sylvie erstaunt. »Aber wie kommst du dazu ...?«

»Nun, ich bin derzeit immer bei Mathieu. Wir sehen einander kaum. Man muss die Feste feiern, wie sie fallen. Und viel mehr haben wir ja nicht zu tun. Außer wenn uns der Kommandant Arbeit gibt.«

»Na ja, eine Mittagspause dürfen wir auf jeden Fall machen!«, meinte Sylvie und lächelte.

Wenig später saßen sie direkt an der Sorgue in Carines
Lieblingsrestaurant, in dem *Tartines* die Spezialität waren. Der
Besitzer, der sie beide gut kannte, begrüßte sie freundlich.

Als er sich einem anderen Tisch zuwandte, erzählte Carine:
»Ich war vor genau einer Woche am Abend mit Mathieu hier.
Er hat mich eingeladen, mich danach heimbegleitet und mich
geküsst. Hier war sozusagen unser erstes offizielles Rendezvous.«

»Was ist jetzt mit seiner Freundin, Carine?«, fragte Sylvie
vorsichtig.

»Schluss gemacht. Und sie war ganz einverstanden damit.
Sie ist sofort ausgezogen und hat ihm die Wohnung überlassen. Nicht ganz fair, weil sie relativ teuer ist und er nicht weiß,
ob er sie behalten kann.«

»Schade, dass du nicht zu ihm ziehen kannst«, wagte Sylvie
zu bemerken.

»Ja, schade!« Mehr hatte Carine dazu nicht zu sagen. Wie
sie sich ihre und Mathieus gemeinsame Zukunft vorstellte,
wollte sie nicht erklären. Wahrscheinlich würden die beiden
sich nicht so oft sehen können. Sie schienen Sylvie sehr verliebt. Aber man wusste trotzdem nicht, ob sie zusammenbleiben würden. Seitdem die Frauen arbeiteten und an ihren Kar-
rieren hingen, waren solche Fragen schwierig zu klären; viele
Beziehungen gingen aus beruflichen Gründen auseinander.

»Und du bist jeden Abend bei ihm?«, wollte Sylvie wissen.

»Jeden Abend und jede Nacht, wenn ich nicht Dienst habe«,
sagte Carine. »Wir müssen die Zeit nützen.«

»Du Glückliche«, seufzte Sylvie.

Carine nahm Sylvies Hand. »Ich bin mir sicher, dass du
auch bald jemanden finden wirst.«

Sylvie schwieg.

»Sylvie, versprich mir, dass du demjenigen eine Chance

gibst, wenn er kommt. Dass du nicht zögerst und ihn hin-
hältst.«

»Ich verspreche es dir. Außerdem bist du ja da, um mir
einen Schubs zu geben, wenn ich es nicht richtig mache.«

»Ich kann nicht überall sein.«

»Aber du bist meistens in meiner Nähe!«

»Auf jeden Fall will ich, dass du glücklich wirst.«

»Ich will, dass wir beide glücklich werden. Und ewig Freundinnen bleiben!«

»Ja, das wäre schön.«

Sylvie schien es einen Augenblick lang so, als wolle Carine
in Tränen ausbrechen. Warum das? Doch vielleicht hatte sie
sich das nur eingebildet. Sie selbst war einfach zu müde und
gestresst.

Der Kellner kam, und sie bestellten *Tartines*. Carine bestand
darauf, ein Glas Wein zu trinken. Sie durften keinen Alkohol
trinken, wenn sie arbeiteten.

»Doch ein Glas ist so gut wie nichts«, meinte Carine.

Sie hatten die gute Idee gehabt, sich umzuziehen, damit es
schien, als hätten sie frei. Was Jean Calcin darüber gedacht
hätte, wagte Sylvie sich nicht vorzustellen. Doch ihr Kommandant hatte im Moment schlimmere Sorgen als zwei seiner
Gendarminnen, die mitten am Arbeitstag in ziviler Kleidung
während der Mittagspause ein Glas Wein genossen.

»Die Sache mit Luis ist wirklich besorgniserregend«, begann Sylvie.

Carine zuckte mit den Schultern. »Aber Sylvie, okay, im
Moment ist er wegen mehrerer Dinge verdächtig. Doch es
kann ein Zufall sein.«

»Und sonst? Gibt es sonst jemanden im Team, der die Pinets
hätte umbringen können?«

Carine zuckte zusammen. »Aber du glaubst doch selbst
nicht …?«

»Eben. Außer Luis hatte niemand mit Pinet Vater und Sohn
irgendetwas zu tun. Deshalb ist ja auch Luis verdächtig.«

»Aber es kann auch ganz anders sein. Es könnten zwei verschiedene Täter sein, die Vater und Sohn umgebracht haben. Den Sohn wegen der Missbrauchsgeschichte und den Vater wegen einer anderen Feindschaft.«

Sylvie schüttelte den Kopf. »Zu viele Zufälle«, murmelte sie.

»Weißt du, warum Mathieu nach Marseille gefahren ist?«, fragte Carine.

Sylvie zuckte mit den Schultern. »Seinen Chef treffen und in seine Wohnung gehen?«

Carine schüttelte den Kopf. »Natürlich prüft er nach, ob seine Freundin wirklich weg ist, und holt sich frische Wäsche. Aber er möchte vor allem in seinem Büro ungestört Nachforschungen über Luis anstellen. Mit seinem Team.«

»Ah ja?« Sylvie fröstelte, wenn sie daran dachte, was geschähe, wenn Luis wirklich der Täter wäre. Das wäre ein Schock für sie alle, und ein riesiges Versagen für den Kommandanten. Sie würden alle versetzt werden, von der Brigade Isle-sur-la-Sorgue wegmüssen. Sie teilte Carine ihre düsteren Gedanken nicht mit.

Nach ein paar Schlucken Wein begannen die beiden Freundinnen, sich zu entspannen. Sie plauderten und tratschten über die Kollegen und über die Polizisten der PJ, besonders über den Casanova André, der Carine nun keines Blickes mehr würdigte.

»Vielleicht könntest du ja versuchen, dich nach Marseille in eine unserer Sondereinheiten versetzen zu lassen?«, fragte Sylvie die Freundin irgendwann. Sie wollte wirklich wissen, was Carine und Mathieu nun vorhatten. Doch Carine schien dieses Thema überhaupt nicht zu interessieren. Sie reagierte auf Sylvies Vorschlag lediglich mit einem Schulterzucken. Wie Sylvie schon vorher vermutet hatte, fasste sie mit Mathieu keine gemeinsame Zukunft ins Auge. Vielleicht wollte sie ihn wie die anderen nach einigen Wochen abservieren? Sylvie konnte sich darauf keinen wirklichen Reim machen, denn sie fühlte, dass Carine diesmal wirklich verliebt war. Aber wahrscheinlich war die Antwort auf diese Frage relativ einfach: Sie alle lebten nur für den Augenblick, solange diese fürchterlich verworrene Ermittlung andauerte.

Nachforschungen über die Gendarmen

Der Kommissar Léautier sah die vier Männer erstaunt an, als sie in sein Büro traten.

»Ihr alle hier?«, fragte er. »Was ist los?«

Mathieu schilderte seinem Vorgesetzten die Situation in knappen Worten und erklärte ihm seinen Verdacht, dass derjenige, der die beiden Pinets getötet hatte, ein Mitglied der Brigade von Isle-sur-la-Sorgue sein könnte. Der Einzige, der mit den beiden eine wirkliche Verbindung gehabt hatte, war Luis. Doch es konnte auch einer der anderen auf eine verworrene Weise mit dem Schuldirektor und seinem Vater Probleme gehabt haben. Mehrere Gendarmen hatten ihre Kinder in der Schule, in der Pinet Direktor gewesen war; sie hätten rein theoretisch auch von einem Missbrauch betroffen sein können.

»Ich möchte, dass wir über sie alle heute und morgen Nachforschungen anstellen. Und das geht nur hier im Büro«, erklärte Mathieu.

Léautier sah ihn schweigend an. »Keine angenehme Situation«, meinte er schließlich. »Das betrifft natürlich auch den Kommandanten Calcin.«

Mathieu nickte. Der Kommissar seufzte.

»Gut. Verständigen wir den Staatsanwalt, um die nötigen Gutachten zu bekommen.«

Der Capitaine wollte die Mobiltelefone aller Gendarmen prüfen lassen. Er wollte wissen, wer zu welcher Zeit an welchem Ort gewesen war. Und mit welchen Personen die Gendarmen in den Tagen zwischen Pauls Anzeige und Pierre Pinets Verschwinden in Kontakt gewesen waren.

Zehn Leute, inbegriffen Jean Calcin, wollte er überprüfen lassen.

»Und die beiden Frauen nicht?«, fragte der Kommissar.

»N... nein, das scheint eher unwahrscheinlich, dass sich eine von ihnen an Pinet vergriffen hat«, meinte Mathieu.

Léautier sah ihn forschend an. »Die beiden sind Gendarminnen. Rein theoretisch gesehen könnte eine jede von ihnen vom technischen Aspekt her Pinet Vater und Sohn ermordet haben. Eine Gendarmin weiß, wie man jemanden ruhigstellt, um ihn zu fesseln, und hat keine Scheu, sich einem Mann zu nähern. Und eine von ihnen ist anscheinend aus Isle-sur-la-Sorgue.«

Mathieu räusperte sich. »Sie war seine Schülerin ... sie ist noch sehr jung.«

»Eben!« Der Kommissar sah ihn triumphierend an.

Mathieus Kollegen warfen einander verlegene Blicke zu.

»Dass wir alle diese Leute überprüfen, heißt nicht, dass sie verdächtig sind, aber wir wollen ihre Schuld ausschließen. Ist was?«, fragte er die vier, die ihn betreten anblickten.

Alle schüttelten die Köpfe.

»Und natürlich konzentrieren wir unsere Nachforschungen hauptsächlich auf Luis Gache«, meinte Kommissar Léautier abschließend.

Nachdem die anderen in ihr Büro gegangen waren, telefonierten Mathieu und der Kommissar mit dem Staatsanwalt. Dieser hörte sich Léautiers Erklärungen schweigend an, dann pflichtete er ihm bei.

»Ich rate Ihnen trotzdem, Commandant Calcin darüber Bescheid zu sagen«, meinte er. »Und wir werden die Konten des Adjutanten überprüfen.«

»Nun«, wagte Mathieu einzuwerfen, »der Mörder ist wohl einer, der sich nicht hat bestechen lassen.«

»Gewiss«, erwiderte der Staatsanwalt, »aber wir müssen alles durchsehen. Ich persönlich bin jedoch auch der Meinung, Pierre Pinets Geschwister noch einmal genauestens unter die

Lupe zu nehmen. Das Unternehmen, die Konten, die Mobiltelefone ...«

»Für den Augenblick des Verschwindens des Direktors haben wir die mobilen Daten schon überprüft. Die Telefone sind alle dort im Anwesen bei Lagnes geortet worden. Wir haben auch mit den Angestellten gesprochen. Natürlich kann es eines von Pinets Kindern gewesen sein. Die Tochter hat ihren Bruder und ihren Vater wegen der Missbrauchsgeschichte verachtet.«

»Nun«, meinte der Staatsanwalt, »eine Frau ... Aber ...« Er hielt einen Moment lang inne. »Überprüfen Sie, wo ihr Mann war, als sein Schwager und sein Schwiegervater ermordet wurden! Wir haben ihn uns noch gar nicht vorgenommen!«

Mathieu sah den Kommissar betreten an. Er hatte Pinets Schwiegersohn, der häufig auf Reisen war, vollkommen vergessen! Er musste den Mann kontaktieren und ebenfalls überprüfen, wo dieser, sich zu der besagten Zeit befunden hatte. Der Staatsanwalt war Mathieus Meinung: Mit ziemlicher Sicherheit kannten sie den Täter bereits. Oder der Täter war jemand, der einer der Personen, die sie in den vorhergehenden Tagen vernommen hatten, sehr nahestand. Es war eher unwahrscheinlich, dass jetzt noch ein vollkommen neuer Verdächtiger aus dem Nichts auftauchte.

Mathieu verbrachte den Nachmittag in seinem Büro, gegen Abend fuhr er in seine Wohnung, um sich Hemden, T-Shirts und Unterwäsche zu holen.

Er hielt den Atem an, als er die Tür aufsperrte. Es war seltsam, die Wohnung so leer zu sehen, ohne Marthas Habseligkeiten. Sie hatte alles mitgenommen, was ihr gehörte. Auch kleine Möbelstücke, die sie von ihrem Geld gekauft hatte.

Mathieu hatte aber keine Zeit, sich zu ärgern oder Trauer zu verspüren; er wollte zurück nach Isle-sur-la-Sorgue.

Zehn Minuten später eilte er wieder zum Auto. Carine hatte ihm eine Nachricht hinterlassen.

»*Chéri,* wenn du rechtzeitig da bist, mache ich dir ein gutes Essen. Entweder bei mir oder bei dir. Ruf mich an!«

Er telefonierte mit ihr, als er die Stadt verließ.

»In einer Stunde bin ich da«, kündigte er an.

»Willst du zu mir kommen?«

»Nicht wirklich«, erwiderte er. »Du weißt ja ... Jeder sieht bei euch, was die anderen machen. Und bis die Ermittlung nicht abgeschlossen ist, möchte ich nicht, dass sie Bescheid wissen. Komm du einfach zu mir! Kannst bei mir schon alles vorbereiten. Ich habe dir ja den zweiten Schlüssel gegeben.«

»Gut! Mach dich auf einen schönen Abend gefasst!«

Mathieu freute sich auf die Zeit mit Carine. Er war heilfroh, sie zu haben. Ansonsten würde diese Ermittlung ihn vollkommen auffressen. Natürlich machte er sich Gedanken über ihre Zukunft. Für ihn war klar, dass sie zusammenbleiben würden. Sie mussten sich ihre Freizeit so organisieren, dass sie einander oft besuchen konnten, und dann ... Er seufzte. Es war wohl immer schwierig, einen Schritt weiterzugehen! Carine war noch jung, erst vierundzwanzig, gewiss wollte sie vorerst von einer Familie nichts wissen. Es war auch nicht sicher, ob sie ihre Arbeitsbedingungen an seine anpassen wollte, und er konnte es verstehen.

Mathieu rief vom Auto den Kommandanten Calcin an, um ihm mitzuteilen, dass er nicht nur über Luis, sondern über alle Gendarmen der Brigade Nachforschungen anstellen ließ. Er fand es leichter, Jean Calcin bei dieser Mitteilung nicht in die Augen sehen zu müssen. Der Mann tat ihm leid, denn Mathieu spürte, wie sehr er unter Druck stand.

Der Kommandant schwieg mehrere Sekunden lang, dann erwiderte er: »Klar. Ich verstehe Sie. Und ich bin Ihnen dankbar dafür. Denn ich weiß wirklich nicht mehr, was ich denken soll. Sie können auch über mich Nachforschungen anstellen. Das Wichtigste ist, dass wir uns alle vertrauen. Sonst können wir nicht gemeinsam an dem Fall arbeiten.«

Er seufzte tief. Mathieu wusste, dass diese Ermittlung dem Kommandanten schlaflose Nächte bereitete. Auch er hatte kein gutes Gefühl. Was würde in den nächsten Tagen noch alles geschehen?

Mathieus Laune besserte sich zunehmend, als er in seine Garçonnière trat und den Tisch schön gedeckt sah. Carine war dabei, Kerzen anzuzünden, und hatte sogar ein Tischtuch mitgebracht.

»Wow, Liebling! Ein Essen bei Kerzenlicht!«

»Ja. Romantisch, nicht?«

»Super romantisch! Darf ich schnell duschen? Ich fühle mich ganz schmutzig!«

Carine trug ein schönes hellblaues Seidenkleid, hatte sich die Haare hochgesteckt und sich geschminkt. Mathieu wollte ebenfalls präsentabel sein.

»Natürlich, wir essen in zehn Minuten!«

Als er sich einige Minuten später in sauberer Kleidung an den Tisch setzte, duftete es himmlisch.

»Ich habe Lasagne gemacht. Aber zuerst … Champagner!«

»Warum denn das, *Chérie?*«, fragte Mathieu.

»Nun, du hattest einen anstrengenden Tag. Und manchmal ist es schön, wenn man verwöhnt wird.«

Sie küsste ihn auf den Mund und schenkte ihm Champagner ein.

»Auf unseren schönen Abend!«, sagte Carine, als sie Mathieu zuprostete.

»Auf unsere Zukunft!«

Er versuchte, ihren Blick festzuhalten, doch sie wandte die Augen ab. Ihm wurde bang zumute. Warum glaubte sie nicht an eine gemeinsame Zukunft? Doch er würde sie überzeugen, für sie kämpfen, damit sie mit ihm leben wollte!

»War alles in Ordnung im Kommissariat?«, fragte Carine.

Mathieu nickte. »Du kannst dir vorstellen, warum wir alle dort gearbeitet haben.«

»Nachforschungen bezüglich Luis.«

»Nicht nur Luis wird unter die Lupe genommen. Die gesamte Brigade. Alle. Auch Sylvie und du. So will es der Kommissar.«

Carine sah ihn erstaunt an. »Ach!« Nach einigen Sekunden meinte sie: »Gut so, dann wisst ihr zumindest, wem ihr ganz sicher vertrauen könnt!«

Mathieu nickte. »Genau das hat dein Kommandant auch gesagt!«

»Wonach sucht ihr?«, wollte Carine wissen.

»Wir überprüfen eure mobilen Daten, eure Anrufe, Geldsummen auf dem Konto, und suchen nach einer etwaigen Verbindung zu Pierre Pinet in der Vergangenheit oder im vorhergehenden Jahr. Meine drei Leute bleiben morgen in Marseille.«

Carine nickte. »Verständlich«, meinte sie und erhob sich. »Die Lasagne ist so weit. Das ist die Lieblingsspeise meiner kleinen Cousine Amélie. Sie sagt immer, niemand kocht die Lasagne so lecker wie ich.«

»Ich liebe Lasagne«, sagte Mathieu. »Und ich habe Hunger. Und als Nachtisch will ich dich!«

Carine lächelte verschmitzt. »Es gibt auch eine Mousse mit Früchten! Eine weitere Spezialität von mir.«

»Mein Gott, du kannst kochen«, meinte Mathieu, als er die Lasagne probierte. »Du bist die perfekte Frau!«

»Ja, es scheint so«, erwiderte Carine und verzog den Mund.

»*Chérie*«, Mathieu nahm ihre Hand und sah sie eindringlich an. »Es scheint nicht so, es ist so. Was ist los?«

»Nichts … nichts! Alles okay!«

Sie lächelte, doch Mathieu bemerkte, dass ihr Lächeln ihre Augen nicht erreichte. Er verstand, dass Carine nervös war, genau wie er selbst, der Kommandant und Sylvie. Sobald die Ermittlung beendet war, würden sie beide entspannter sein. Und auch Carine würde ihre Zukunft ins Auge fassen können. Vielleicht würde sie zwangsversetzt werden, wenn Luis wirklich schuldig war, und könnte in Marseille oder in einer der umliegenden Gemeinden arbeiten?

Sie tranken die Flasche Champagner leer, und Carine entspannte sich zunehmend. Nach dem Nachtisch, einer wundervollen Mousse mit frischen Melonen, Aprikosen und Pfirsichen, zog sie ihr Kleid aus.

Mathieu sah, dass sie durchsichtige weiße Spitzenunterwäsche trug. Er zog sie auf sich, eng umschlungen streichelten und küssten sie einander.

Sie schafften es nicht, bis ins Bett zu kommen, sondern liebten sich auf dem Tisch, nachdem sie einfach die Teller zur Seite geschoben hatten.

Unter viel Gelächter wuschen sie wenig später splitternackt das Geschirr und putzten die Küche. Dann warfen sie sich aufs Bett und liebten sich aufs Neue. Mathieu wurde bewusst, dass er noch niemals so verrückte Dinge getan hatte wie mit Carine, nicht einmal in seiner Studentenzeit!

Als sie schon dabei waren einzuschlafen, flüsterte Carine: »Mathieu, ich liebe dich. Du musst mir glauben. Was immer auch geschieht. Versprich mir, dass du mir glaubst.«

»Natürlich glaube ich dir«, murmelte er. Er fand Carines Äußerung reichlich seltsam. Doch er war zu müde, um darüber nachzudenken, und die halbe Flasche Champagner lähmte seine Gedanken. Mathieu schlief in Carines Armen schwer ein. Er hatte viele seltsame und unangenehme Träume. Der fettleibige Rom bedrohte ihn mit einem Messer, der kleine Paul weinte und flehte ihn an, mit der Ermittlung aufzuhören, weil sonst ein Unglück geschehen würde. Charles Pinet wankte durch seinen Trüffelwald, aus seinem Kopf floss das Blut, Carine saß neben Mathieu und streichelte sein Gesicht. *»Adieu, mon amour«,* flüsterte sie, »ich wünsche dir ein gutes Leben. Verzeih mir!«

Dabei spürte er, wie Tränen auf ihn tropften.

Irgendwann fuhr er auf, weil die Tür ins Schloss fiel. Carine war gegangen. Sie hatte Frühdienst. Er hatte tief geschlafen und zugleich fühlte er sich wie gerädert! Mensch, diese Träume! Mathieu schüttelte sich. Sie würden ihm den ganzen Tag lang ein ungutes Gefühl vermitteln. Manchmal hasste er seine Arbeit, weil sie viel zu intensiv war. Oft hatte er während schwieriger Ermittlungen das Gefühl durchzudrehen!

Neue Verdächtige

Carole Lesque kam an diesem Morgen, um zu versuchen, die Pistole, die ihr gestohlen worden war, genauer zu beschreiben. Sie hatte beschlossen, den Diebstahl der Waffe trotz allem zu melden. Dominique und Sylvie vernahmen sie.

»Wie haben Sie sie genau bekommen?«, wollte Dominique wissen.

»Ein Freund ... Er hat einen Typen in Avignon kontaktiert, der Waffen verkauft.«

Sylvie seufzte. »Wann war das?«

»Vor zwei Wochen.«

»Gut, Madame. Wir müssen Ihren Freund sprechen.«

»Er ist im Ausland. In Malaysia.«

Sylvie fluchte innerlich. »Sie müssen ihn kontaktieren!«, befahl sie der Dame. »Um zu wissen, woher die Waffe genau kommt.«

»Wie hat sie ausgesehen?«, fragte Dominique.

»Sie war ... oben schwarz, unten silbrig und ziemlich klein, würde ich sagen.«

Dominique und Sylvie warfen einander einen Blick zu. Beiden sagte diese Beschreibung etwas.

»Pinet?«, formten Dominiques Lippen.

Sylvie nickte. »Hol das Beweisstück!«, befahl sie Dominique. »Wir zeigen Ihnen eine Pistole, die wir gefunden haben. Vielleicht können Sie sie identifizieren?«

Madame Lesque nickte.

Dominique kam zurück in den Raum, gefolgt vom Kommandanten. Sie zeigten Carole Lesque die Pistole, die in einen durchsichtigen Plastiksack verpackt war. »Ist es diese?«

»J... ja!«

»Sind Sie sicher?«

»Ja! Denn auf der Seite sind Kratzer. Ich bin mir sicher, dass sie das ist.«

»Nun, Madame, Sie sind ab sofort in Untersuchungshaft«, erklärte Calcin. »Wir werden Sie 24 Stunden hier behalten und sie dann freilassen oder einkerkern.«

Carole Lesque fuhr auf. »Aber ... Ich weiß nicht einmal, worum es geht.«

Calcin sah die Frau eindringlich an. »Es geht um einen Mord, Madame. Und wir werden überprüfen, ob sie eine Verbindung zum Opfer haben.«

»Aber«, begann die Frau stammelnd, »ich bin ... das Opfer! Ich bin nicht ... Ich habe nicht ... « Sie brach in Tränen aus.

Calcin sah sie ungerührt an. »Das ist mir egal. Sie haben sich eine illegale Waffe zugelegt, die Ihnen gestohlen und mit der ein Verbrechen begangen wurde.«

»Ja ... aber, die Einbrecherin?«

»Die werden wir uns auch holen! Bitte sagen Sie uns noch, wann Ihr Freund, der Waffenhändler, nach Malaysia aufgebrochen ist!«

»Er ist am Freitag geflogen. Am frühen Nachmittag«, sagte Carole Lesque leise.

»Hm ... Das heißt, rein theoretisch gesehen hätte er Ihre Waffe stehlen und den Mord begehen können«, meinte Jean Calcin.

Die Frau schluchzte auf und stammelte: »Aber ... Er kann doch gar nichts dafür! Er ist auch kein Händler, hat mir nur geholfen, weil ich unbedingt eine Waffe wollte. Und jetzt ...«

»Kennen Sie eine Familie Pinet?«, fragte Sylvie die Frau. »Charles Pinet?«

Ratlos schüttelte Carole Lesque den Kopf.

»Das sagt mir überhaupt nichts. Wer soll das sein?«

Sylvie und der Kommandant sahen einander an. Beide hatten dieselben Gedanken. Es war unmöglich zu wissen, ob Madame Lesque die Wahrheit sagte.

»Derjenige, der mit Ihrer Waffe getötet wurde«, seufzte der Kommandant schließlich.

»Ich schwöre Ihnen, dass ich keine Ahnung habe, wer das ist!«, schluchzte die Frau. »Ich habe ihn nicht erschossen!«

Jean sah sie hart an. »Das werden wir sehen!«

Er befahl Dominique und Sylvie, zu Michelle Bonvallet zu fahren, um sie zu verhaften. Sylvie war wie vom Donner gerührt. Was hatten diese Leute nur mit Pinet zu tun?

»Wir werden es herausfinden«, meinte Dominique.

Madame Bonvallet öffnete ihnen sofort die Tür und folgte ihnen wortlos. Wahrscheinlich hatte sie schon damit gerechnet, dass sie weitere Schwierigkeiten bekommen würde.

Ihr Mann war nicht da, sie hatte ihn hinausgeworfen. Bei der Brigade angekommen, setzte Sylvie sie in das kleine Verhörzimmer. Jean und Mathieu betraten mit Sylvie den Raum, um die Dame zu befragen. Auch sie kannte Charles Pinet nicht persönlich, hatte jedoch in der Zeitung über den Fall gelesen und begann haltlos zu weinen. Die Polizisten warteten schweigend, bis sie sich beruhigt hatte.

»Ich habe schon tausendmal gesagt, dass ich die Pistole nicht gestohlen habe«, sagte sie mit zitternder Stimme. »Ich bin fünfmal eingebrochen, aber nur, um Dinge zu hinterlegen. Ich wollte ihr Angst machen und sie aus ihrem Haus jagen, diese Hure.«

»Madame«, sagte Jean Calcin. »Sie haben fünfmal – und eventuell sechsmal – ein Fenster eingeschlagen. Das ist strafbar. Einbruch ist strafbar, und wenn dann eine Pistole verschwindet, mit der ein Verbrechen geschieht, dann bleiben Sie leider in Untersuchungshaft. Aber keine Sorge. Madame Lesque ist auch hier. Wir behalten Sie beide, während wir weitere Nachforschungen anstellen.«

»Ich wusste nicht, dass sie eine Pistole hatte«, schluchzte die Frau. »Sie müssen mir glauben.«

»Wir glauben gar niemandem«, entgegnete Mathieu schroff. »Wir wollen Beweise.«

Sylvie fiel auf, dass er ziemlich genervt war.

»*Mon Dieu,* was soll das schon wieder?«, fragte er sie. »Jetzt müssen wir eine Verbindung zwischen diesen Leuten und den Pinets finden!«

Er nahm sein Telefon, um seinen Männern in Marseille zu befehlen, Nachforschungen über diese Frauen anzustellen.

Später sprachen sie noch einmal mit Carole Lesque. Diese erklärte, niemand habe gewusst, dass sie eine Pistole besaß.

»Sie haben es also niemandem gesagt?«

Die Frau schüttelte den Kopf. Sylvie durchfuhr es siedend heiß, dass die Frau ihr und Carine gestanden hatte, dass sie diese illegale Waffe in ihrem Nachttisch aufbewahrte. Sie würde Probleme mit dem Kommandanten und dem Capitaine bekommen, wenn Madame Lesque davon erzählte. Doch Carole Lesque schien sich an ihre damalige Abmachung zu halten.

»Ich brauchte eine Waffe, nachdem ich ständig auf so makabre Weise bedroht wurde«, schluchzte die Frau.

»Natürlich. Aber sehen Sie, wohin Sie das heute gebracht hat«, sagte Mathieu. »Nun gibt es drei mögliche Schuldige für uns. Sie, Ihre Einbrecherin oder Ihren Freund, der Bescheid wusste. Wir brauchen seine Telefonnummer, seine Adresse, seinen Arbeitsplatz. Und Sie versuchen, ihn so bald wie möglich zu erreichen!«

Mathieu massierte sich die Schläfen.

»Es sind ein wenig viele Zufälle, nicht?«, fragte er Sylvie. »Überall, wo wir hinkommen, passiert etwas. Außer Carine und dir, war da jemand anderer von euch bei der Frau?«

Sylvies Mund wurde trocken. »Luis und Michel haben die Anzeige aufgenommen. Und dann hat Luis mich gebeten, die Sache zu übernehmen.«

Mathieu starrte sie an. »Wir müssen ... wir müssen bezüglich Luis vorankommen,« sagte er mit belegter Stimme. »Ich werde mich mit Jean Calcin und dem Staatsanwalt beraten.«

Sylvies Kopf dröhnte. Ja, es waren viele Zufälle. Die Frau hatte Luis zwar nicht gestanden, dass sie eine Pistole besaß, doch Luis war ein erfahrener Gendarm. Er hatte gewiss gesucht ... und gefunden.

Der Angriff

Claude Lantier ging von seiner Scheune zum Haus, als er hinter einem Busch eine Bewegung wahrnahm. Die Sonne war dabei unterzugehen, die Bäume warfen lange dunkle Schatten auf seine Wiese, Claude wurde es unheimlich zumute.

»Wer ist da?«, rief er.

Noch einmal raschelte es einige Meter von Claude entfernt.

»Hallo! Ist da wer?«

»Ich bin da!« Eine Gestalt trat hinter den Büschen hervor. Claude sah mit Erschrecken, dass der Mann dunkel gekleidet war, eine Maske trug, die an einen Bankräuber erinnerte, und ein Gewehr in der Hand hielt.

»Wer ... sind Sie?«, stotterte er.

Der Mann lachte. »Ja, wer wohl?« Er streifte seine Maske ab. »Ich bin Pinet. Der letzte verbliebene Pinet.«

Claude zuckte zusammen. François Pinet, der Bruder des Direktors, der Sohn des Trüffelkönigs!«

»Gehen Sie von meinem Grundstück weg!«, befahl Claude. Er versuchte, seine Stimme hart klingen zu lassen.

»Nein«, sagte der Mann ruhig. »Ich gehe nicht weg. Ich werde Sie abknallen und erst dann gehen.«

Er kam einige Schritte auf Claude zu, hob das Gewehr und zielte auf ihn. Claude schloss die Augen. Das war zu erwarten gewesen! Der Capitaine hatte ihn gewarnt. Doch Claude hatte die Zeitung gelesen, und seine Besorgnis hatte mit jedem Artikel abgenommen. Es war ihm klar erschienen, dass derjenige, der Vater und Sohn getötet hatte, das wegen der Missbrauchsgeschichte getan hatte. Und er hatte geglaubt, dass die Familie

Pinet das genauso wisse. Doch er hatte die Dummheit des Sohnes unterschätzt. Es war überall bekannt, dass François Pinet kein besonders helles Köpfchen war und sehr einschichtig dachte. Und nun sollte er dafür bezahlen, dass der alte Pinet genau an derselben Stelle gestorben war, an der er selbst zwanzig Jahre zuvor Christian erschossen hatte.

Claude zwang sich zur Ruhe. Er sagte sich, dass es eigentlich egal war, ob er lebte oder starb. Er war schon über siebzig und hatte sein Leben gelebt. Und seit dem Tod seines Sohnes war er ohnehin nie mehr richtig glücklich gewesen.

»Warum, Monsieur Pinet? Warum ich?«, fragte er trotzdem.

Der Mann lachte böse. »Weil Sie derjenige sind, den ich für den Tod meines Vaters verantwortlich mache.«

»Und wenn Sie sich irren?«

»Ich irre mich nicht. Ihr Sohn ist genau an derselben Stelle gestorben wie mein Vater, und nicht besonders viele Leute wissen darüber Bescheid. Und wem wäre das sonst wichtig gewesen, außer Ihnen oder einem von Ihrer Familie?«

»Und die Missbrauchsgeschichte?«, fragte Claude den Mann.

»Glauben Sie, dass ich Ihren Bruder auch getötet habe?«

François Pinet schwieg einen Moment lang. Dann nickte er.

»Ja. Das waren auch Sie.«

»Genau zu dem Zeitpunkt, als Ihr Bruder des Missbrauchs eines Schulkindes bezichtigt wurde? Ist das nicht ein seltsamer Zufall? Überlegen Sie!«

Claude versuchte trotz allem, an die Vernunft des Mannes zu appellieren. Auch wenn er wusste, dass diese Gedankengänge für François Pinet vielleicht etwas zu kompliziert waren. Plötzlich fiel ihm ein, dass Pinet ein Rechtsradikaler war, und ihm kam eine Idee.

»Monsieur Pinet, stellen Sie sich vor, Sie töten mich, und irgendein Nordafrikaner, ein Rom oder ein Flüchtling hat Ihren Vater ermordet? Ich habe keine Lust, für einen Ausländer oder einen Rom zu sterben.«

Das Gewehr des Mannes begann zu zittern.

»Mensch hören Sie auf, mich durcheinander zu bringen! Ich kann ... Ich kann nicht an alles gleichzeitig denken! Verdammt, woher soll der verdammte Ausländer gewusst haben, wo Ihr Sohn gestorben ist? Das waren Sie! Oder einer Ihrer Söhne. Wenn es einer von ihnen war, knalle ich den ab und nicht Sie. Ich weiß, dass Sie Rache wollten. Schon lange. Aber es war dumm, so lange zu warten. Ich werde mich hier und jetzt an Ihnen rächen.«

Claude sah aus den Augenwinkeln, dass sich das Küchenfenster öffnete. Seine Frau steckte den Kopf ins Freie. Er betete, dass Pinet sie nicht sah.

Und dass sie begriff, was geschah und die Polizei rief. Er machte eine Bewegung mit der Hand, und Pinet kam näher. Doch das Küchenfenster schloss sich wieder, und der Mann hatte anscheinend nicht bemerkt, dass Anne-Marie die Szene mitbekommen hatte. Claude dankte dem Himmel dafür, so eine hellhörige und geistig wache Frau zu haben. Er überlegte fieberhaft. Er musste Pinet weiterhin ablenken.

»Und warum hätte ich so lange gewartet, bis ich mich räche? Am Vater und am Sohn?«

»Weiß ich doch nicht, was in Ihrem kranken Hirn los ist!«, schrie Pinet.

»Glauben Sie wirklich, dass ein müder siebzigjähriger Mann einen Fünfundvierzigjährigen fesseln und in die Quelle werfen kann?«

»Sie hatten wahrscheinlich Hilfe von einem Ihrer Söhne. Oder von einem Opfer. Ein Opfer und Sie ... Das Opfer ist gekommen, Sie um Hilfe zu bitten! Das ist es!«

Der Mann schlug sich an die Stirn, offensichtlich stolz auf seine Idee.

»Ich habe meinen Vater noch gebraucht«, stieß François Pinet dann hervor. »Ich bin zwar zweiundfünfzig, aber ich will nicht ohne ihn leben. Er war noch in Form, er hätte hundert werden können!«

»Ja, das glaube ich auch«, räumte Claude ein. »Man sagt,

Unkraut verdirbt nicht und ein schlechter Mensch stirbt nicht.«

Der Mann fuchtelte mit dem Gewehr in der Luft herum, und Claude fürchtete, ein Schuss würde losgehen.

»Sie sind bösartig und verbittert!«, rief Pinet.

Claude sah ihn hart an. Er vergaß die Situation. Er würde dem Mann die Meinung sagen.

»Ihr Vater hat meinen Sohn getötet. Und Christian war nicht siebzig, sondern zwanzig. Er hatte sein Leben noch vor sich.«

»Er hatte gar nichts vor sich. Er war ein Taugenichts, ein Dieb!«

Claude befahl sich, Ruhe zu bewahren. Er musste mit dem Mann reden, ihn ablenken ... bis Hilfe kam.

Konfrontation

Mathieu telefonierte mit dem Staatsanwalt, um ihm mitzuteilen, dass drei neue Verdächtige aufgetaucht seien und dass sie bezüglich dieser Personen Nachforschungen anstellten.

»Wird allmählich etwas groß, der Kreis der Verdächtigen, nicht?«, fragte Robert Fréchel skeptisch.

»Allerdings«, seufzte Mathieu. »Wir müssen heute alles überprüfen.«

Mathieu war zur Fabrik gefahren, in der Carole Lesques Freund Francis Calvet als Techniker für Fließbänder und Maschinen arbeitete. Zugleich hatten seine Kollegen in Marseille Informationen über diesen Mann gesammelt. Mathieu wollte wissen, woher er kam, wo er zur Schule gegangen war, wann genau er nach Malaysia geflogen war und ob er Facebook und Instagram benutzte.

In der Fabrik, in der Salat gewaschen und verpackt wurde, waren alle erstaunt über Mathieus Fragen. Francis Calvet hatte niemals Probleme bereitet und war als ein sehr fleißiger und gewissenhafter Arbeiter bekannt. Mathieu hatte den Arbeitern und dem Direktor erklärt, ihr Kollege habe mit illegalen Waffen gehandelt und eine von ihnen sei vor Kurzem im Zusammenhang mit einem Mord aufgetaucht.

Keiner hatte Mathieu weiterhelfen können. André und Damien hatten im Büro nur herausgefunden, dass der Mann aus Cavaillon stammte und keine Vorstrafen besaß. Er hatte weder mit dem Direktor Pinet noch mit dessen Familie etwas zu tun gehabt. Auch die beiden Frauen waren in den Registern der Gendarmerie nie aufgetaucht und wiesen keine Verbindung zu den Pinets auf, zumal beide nicht aus der Region stammten. Madame Lesque lebte erst seit zwei Jahren in Isle-sur-la-Sorgue, Madame Bonvallet seit zehn Jahren. Beide arbeiteten in Avignon. Michelle Bonvallet hatte einen Sohn, der nun schon zwanzig war und in England studierte. Er war nie in Isle-sur-la-Sorgue zur Schule gegangen. Zwischen den beiden Damen und dem Fall bestand außer der Pistole keine Verbindung. Und wahrscheinlich war beim fünften Mal wirklich jemand anderes eingebrochen, auch wenn Sylvie und Carine keine Fingerabdrücke gefunden hatten. Doch Sylvie war mit den Technikern erneut zu Madame Lesques Haus aufgebrochen, um eventuelle DNA-Spuren sicherzustellen.

Auch bezüglich Charles Pinets Schwiegersohn hatten Mathieus Kollegen nichts herausgefunden. Der Mann war zum Zeitpunkt beider Morde im Ausland gewesen und hatte somit beide Male ein handfestes Alibi. Sie hatten die Fluggesellschaft kontaktiert und sein Bankkonto angesehen. Er hatte am Abend, an dem der Direktor Pinet verschwunden war, mit seiner Kreditkarte das Hotel in London bezahlt und war am Morgen des Mordes an seinem Schwiegervater gar in Singapur gewesen, wo er am Vorabend erst um Mitternacht angekommen war.

Was Calcins Team betraf, so hatten die Kollegen Mathieu nichts Neues zu berichten. Drei von ihnen, Dominique, Julien und Sylvain, hatten mit Pierre Pinet zu tun gehabt, weil er ihre Kinder unterrichtet hatte, doch kein Telefon irgendeines Gendarmen war zum Zeitpunkt des Mordes in der Nähe der Tatorte aufgespürt worden. Allerdings würde kein Gendarm so dumm sein, sein Mobiltelefon mitzunehmen, wenn er ein Verbrechen beging. Mathieu studierte seine Liste. Die Zahl der Personen, die als Täter infrage kamen, verringerte sich aufgrund aller Indizien, die sie in den letzten Tagen gesammelt hatten.

Mathieu wollte nun die Nachforschungen auf drei Personen

konzentrieren. Auf Pinets Familienmitglieder, die Tochter, den Sohn und den Neffen.

Er schreckte auf, als Luis vor ihm stand. Der Capitaine hatte im Büro neben Dominique und Simon auf seinem Laptop gearbeitet und klappte diesen in Panik zu. Doch der Adjutant schien das nicht bemerkt zu haben.

»Mathieu«, sagte er mit gepresster Stimme. »Ich muss dich sprechen. Sofort. Es eilt.«

Dabei warf er einen scheelen Blick auf Dominique und Simon, die ihn neugierig anstarrten. Mathieu erhob sich. Er fand Luis' Ton reichlich seltsam. Und es behagte ihm nicht, mit diesem Adjutanten, der auf der Liste der Verdächtigen für den Mord an den Pinets ganz oben stand, nun ein Gespräch führen zu müssen. Doch in diesem Moment stürzte Michel in den Raum. »Alarm bei den Lantiers! François Pinet bedroht den alten Lantier mit einem Gewehr!«

Mathieu erschrak. Die beiden anderen waren bereits aufgesprungen. Luis fluchte, als er sich zur Tür wandte.

»*Merde* ... verdammte Familie!«

Sie nahmen ihre Waffen, rannten hinaus und sprangen in die Autos. Mathieu fuhr mit seinem Wagen hinter den Gendarmen her. In wenigen Minuten waren sie bei den Lantiers angekommen.

Als Mathieu aus dem Auto sprang, befahl Luis ihm: »Kugelsichere Weste!«

Er selbst war schon bereit und lief mit den beiden anderen in Richtung Scheune, von woher Stimmen zu hören waren. Mathieu tauchte in sein Auto, zog sich die Weste an und beschloss, sich von der anderen Seite anzuschleichen. Er versteckte sich hinter der Scheune.

»François, lass das! Hör auf!«, hörte Mathieu Luis rufen.

Er lugte hinter der Wand der Scheune hervor. Was er sah, ließ ihm das Blut in den Adern gefrieren.

François Pinet fuchtelte mit seinem Gewehr herum; er richtete es auf die Gendarmen und dann wieder auf Claude Lantier. Er schien komplett außer sich.

»Keine Bewegung oder ich knalle euch alle ab!«

»François!« Luis versuchte, seinen Cousin zu beruhigen.

»Ich kann dir versprechen und dir garantieren, dass er es nicht war, François.«

»Du weißt ja gar nichts!«, höhnte Pinet. »Wenn er es nicht war, wer dann? Wer wusste Bescheid, wo genau sein Sohn gestorben ist? Wer?«

»François, alle, die sich damals mit der Sache befasst haben, wussten Bescheid. Meine Kollegen, die Journalisten, das Gericht.«

Nun zeigte François mit dem Gewehr auf seinen Cousin. »Du ... du hättest sie beide abmurksen können! Du und er! Ihr beide! Ich ...«

Er legte das Gewehr an. Mathieu befürchtete das Schlimmste und reagierte blitzschnell. Er rannte hinter der Scheune hervor und warf sich auf Pinet, gerade als dieser abdrückte. Der Schuss ging nach oben los. François Pinet und Mathieu fielen schwer zu Boden.

Mathieu spürte einen Stich in seinem linken Oberarm, auf den er mit voller Wucht gefallen war. Pinet war so erstaunt über den unerwarteten Angriff von hinten, dass er keinen Laut von sich gab und sich einige Sekunden lang nicht bewegte. Die drei anderen waren sofort neben ihnen. Dominique und Simon zerrten Pinet auf die Beine, rissen ihm das Gewehr aus der Hand und bogen ihm die Arme auf den Rücken. Mathieu setzte sich auf und hielt sich den Arm. Er befürchtete, etwas gebrochen zu haben. Eine vage Übelkeit stieg in ihm hoch.

»Alles in Ordnung?«, fragte Luis, als er dem Capitaine aufhalf.

Mathieu zuckte mit den Schultern. »Ich bin mir nicht ganz sicher.«

Aus dem Haus kam Anne-Marie Lantier gelaufen und fiel dem regungslos dastehenden Claude um den Hals.

»Mensch, Claude, ich hatte solche Angst«, weinte sie.

»Du hast das super gemacht«, sagte Lantier mit rauer Stimme und legte den Arm um seine Frau. »Du hast die Nerven behalten! Hast dich nicht bemerkbar gemacht und sofort die Gendarmen gerufen. Und danke Ihnen allen. Bravo, man sieht schon, dass Sie in Marseille an solche Situationen gewöhnt sind«, sagte er zu Mathieu, der bemerkte, wie sehr der alte Mann zitterte.

»Ich mache das auch nicht jeden Tag«, erwiderte der Capitaine ächzend und versuchte zu lächeln. »Zum Glück!«

Sobald er seinen Arm bewegte, war es die Hölle.

»Mann, du bist wirklich verrückt!«, brüllte Luis seinen Cousin an. Er war außer sich. »Du ... du hättest uns alle abgeknallt! Einfach so, weil du dir etwas einbildest! Wir nehmen dich mit und stecken dich ins Gefängnis. Du bist nicht mehr zurechnungsfähig.«

Nun weinte François Pinet. »Ich ... kann nicht mehr, ich ... will auch sterben. Tötet mich!«

Sein Cousin sah ihn verächtlich an. »Wenn du sterben willst, musst du das allein hinkriegen. Doch für so etwas fehlt dir wohl der Mut!«

Mathieu konnte sich vorstellen, wie zornig der Adjutant war. Und trotzdem wusste er nicht, was er über die Situation denken sollte. Dass François Pinet Lantier zu Unrecht bedroht hatte, war klar. Aber Luis ...?

Der Adjutant machte ein Kopfzeichen. »Bringt ihn weg! In eine Zelle bei uns. Ich will ihn nicht mehr sehen.«

Er wandte sich von seinem Cousin ab. Dominique und Simon zerrten François Pinet zum Gendarmerie-Auto.

»Setz dich am besten in dein Auto«, riet Luis Mathieu. »Ich begleite die beiden ins Haus. Und fahre dann mit dir.« Er wandte sich den Lantiers zu, die François Pinet und den beiden Gendarmen hinterherstarrten. Mathieu setzte sich in seinen Wagen und schloss die Augen. Ihm war schwindlig. Er trank einen Schluck Wasser und fühlte sich ein wenig besser, doch er spürte, dass mit seinem Arm etwas ganz und gar nicht in Ordnung war. Er war froh, dass es der linke war. Bestimmt brauchte er eine Schiene, wenn nicht einen Gips. Nach wenigen Minuten kam Luis zum Wagen und setzte sich auf den Beifahrersitz.

»Danke, Mathieu«, sagte er. »Und bravo! Du hast mindestens einer Person das Leben gerettet, wenn nicht uns allen. Du hast schnell und kompetent reagiert. *Mon Dieu,* der Trottel hat tatsächlich geschossen!«

Luis massierte sich die Schläfen.

Mathieu lachte. »Übertreib nicht! Ihr hattet ja kugelsichere Westen an.«

»Trotzdem hätte er uns abknallen können. Mensch, diese Familie ... Sie sind alle gestört. Es tut mir wirklich leid, Mathieu.«

»Es ist nicht deine Schuld, Luis.«

»Kannst du fahren? Oder soll ich ans Lenkrad?«

»Ich kann fahren.«

In diesem Moment wurde Mathieu bewusst, dass er vielleicht mit dem Mörder des Vaters und des Sohnes Pinet im Wagen saß. Mathieu fiel die Waffe in Carole Lesques Haus ein und Pinets Labrador, der Luis zähnefletschend angebellt hatte.

»Was ist? Fühlst du dich nicht gut?« Luis hatte bemerkt, dass Mathieu zögerte.

»Ich muss wahrscheinlich zum Arzt.«

Luis wandte sich ihm langsam zu. »Mathieu, es tut mir leid, aber das muss einstweilen warten. Wir haben noch etwas zu regeln.«

Eine eiskalte Hand legte sich um Mathieus Herz. Luis' Stimme klang bedrohlich. Wollte er Mathieu nun als Geisel nehmen? Ihn verschwinden lassen? Hilfesuchend blickte Mathieu zum hell erleuchteten Küchenfenster der Lantiers. Sollte Luis ihn bedrohen, würde er einfach anfahren und einen Autounfall verursachen. Blitzschnell. Und hoffen, dass er überlebte. Mathieu drehte den Zündschlüssel.

»Warte noch kurz, bevor du anfährst. Ich muss es dir erzählen, bevor wir fahren, sonst landen wir im Straßengraben.« Luis legte Mathieu die Hand auf den Arm.

Überrascht wandte sich Mathieu ihm zu. Dabei spürte er, dass sein anderer Arm bei der raschen Bewegung wie Feuer brannte.

Luis holte tief Luft, bevor er zögernd zu sprechen begann. »Ich habe ... kurz bevor wir hierhergefahren sind, einen Anruf aus Guadeloupe bekommen. Vom Kommandanten Fauchet, mit dem ich eine Weile in Martinique gearbeitet habe. Er ist in der Karibik geblieben und hat dort Karriere gemacht. Er war damals hier Gendarm, als die Anklage gegen Pierre vor 16 Jahren einging. Sylvie hat ihn kontaktiert, doch er hatte letzte Woche keine Zeit, mit ihr zu sprechen, und hat mich heute zurückgerufen. Weil ihm etwas eingefallen ist. Und er hat mir eine entscheidende Information mitgeteilt, was das Opfer von damals, vor 16 Jahren betrifft. Er war derjenige, der die Anzeige der Frau und des Jungen aufgenommen hat.«

Mathieu fuhr erstaunt auf. »Wirklich?«

»Ja. Er konnte mir eine Information geben, die uns einen genauen Hinweis liefert. Und deshalb wollte ich sofort mit dir sprechen. Bevor ich es Jean Calcin mitteile. Er wird die Sache managen müssen.«

»Ja?«, fragte Mathieu in kaum verhaltener Ungeduld. Vergessen war sein schmerzender Arm. Endlich hatten sie Neuigkeiten, was diesen Fall 16 Jahre zuvor betraf!

»Er kann sich an keine Namen erinnern, doch an ein besonderes Merkmal des Jungen. Er sagte mir, es sei ein sehr schöner Junge gewesen. Er sah fast aus wie ein Mädchen. Und das besondere Merkmal an diesem Jungen war, dass er türkisblaue Augen hatte. Genau wie seine Mutter. Löst das bei dir eine Gedankenassoziation aus?«

Mathieu zuckte zusammen. Er fühlte sich einige Sekunden lang unfähig, sich zu bewegen. Ein Junge mit türkisblauen Augen! Er schaffte es nicht, etwas zu erwidern. Luis sah, wie schockiert Mathieu war.

»Du denkst genau dasselbe wie ich. Der Junge hieß David Ferrières. Ich weiß nicht, ob du auf dem Laufenden bist, aber er hat sich später umgebracht. Und du kannst dir denken, wer seine Schwester ist. Sie hat mitgekriegt, dass der Direktor weiterhin Kinder missbrauchte. Und sitzt genau an der richtigen Stelle, um ihn umzubringen und das zu vertuschen.«

»*Merde*«, stammelte Mathieu und spürte, wie seine Stimme zitterte. »Das heißt also, dass Carine …« Er wagte nicht weiter zu reden und den Gedanken nicht fertig zu denken.

In seinem Gehirn begannen die Gedanken kreuz und quer zu rasen. Er spürte einen brennenden Schmerz in der Brust. Seine Welt war dabei einzustürzen. Das konnte doch nicht sein? Carine, die sich an den beiden Pinets vergriffen hatte? Weil der Junge, den der Direktor 16 Jahre zuvor missbraucht hatte, ihr Bruder gewesen war? War das wirklich möglich?! Und was sollte er jetzt tun?

Mathieu hatte Lust, sich aus dem Auto zu stürzen und schreiend davonzulaufen. Nun ergaben alle Teile des Puzzles ein klares Bild: Der Direktor verschwand, nachdem Paul seine Lüge vor Carine und Sylvie noch einmal wiederholt hatte. Der Computer verschwand, nachdem Carine und Sylvie Pinets Haus durchsucht hatten. Charles Pinet, der umgebracht wurde, nachdem er zum Staatsanwalt geholt worden war. Der Labrador, der die Gendarmen zähnefletschend angebellt hatte. Und die Pistole, die in einem Haus entwendet worden war, das ebenfalls von Carine und Sylvie nach Spuren durchsucht worden war. Und Carines seltsames Benehmen. Ihr Unwillen über die Zukunft zu sprechen. Wie hatte er nur verdrängen können, dass irgendetwas ganz und gar nicht stimmte?

»Mathieu!«, Luis stieß ihn an. »Mathieu, ich lenke! Wir fahren jetzt zu Jean, und er soll entscheiden, wie es weitergeht. Wir stecken in der Scheiße, wir, die gesamte Brigade. Keine Ahnung, was jetzt geschehen wird.«

Er stieg aus dem Auto, öffnete Mathieus Tür und gebot dem Capitaine, ihm den Fahrersitz zu überlassen.

Mit taumelnden Schritten ging Mathieu um das Auto herum und ließ sich schwer auf den Beifahrersitz fallen.

»Mathieu, geht es dir gut?«

»Nein ... Nein, mir geht es nicht gut! Ich werde verrückt!«

Mathieu ließ den schmerzenden Kopf in seine Hände sinken. Dabei stach sein verletzter Arm höllisch, aber das war ihm vollkommen egal.

Er spürte Luis' besorgten Blick von der Seite. »Es tut mir leid, Mathieu, du hattest schon einen Schock wegen deiner Aktion von vorhin. Wir fahren zur Gendarmerie und sprechen mit dem Kommandanten. Dann bringt dich sofort jemand ins Krankenhaus zum Röntgen, während ich mich mit Jean um den Rest kümmere.«

Mathieu nickte nur. Etwas in ihm wollte noch Widerstand leisten. Glauben, dass Luis eine Lüge erfunden hatte, um jemand anderen anzuschwärzen. Doch der rationale Teil seines Ichs wusste ganz genau, dass der Adjutant die Wahrheit sagte. Wie hatte er sich nur so blenden lassen können?

Der Abendspaziergang

Rosie Brunet ging jeden Abend nach der Arbeit eine Runde mit ihrer Hündin Mona spazieren. Das Tier brauchte Auslauf, und auch Rosie tat es gut, sich ein wenig zu bewegen.

Dieser Abend schien ihr besonders angenehm; es war für Anfang Oktober beinahe unheimlich warm. Es schwirrten sogar noch Mücken durch die Luft. Rosie atmete tief durch. Sie war müde. Seit ihrer Herzerkrankung arbeitete sie nur mehr Teilzeit, doch auch das wurde ihr allmählich zu viel.

Vielleicht sollte sie ganz aufhören? Sie konnten es sich leisten. Ihr Mann würde später an diesem Abend von seiner Geschäftsreise zurückkehren, dann konnte Rosie mit ihm darüber sprechen. Doch nun wollte sie den Spaziergang entlang der Wasserscheide genießen. Kein Mensch war unterwegs, man hörte nur das Plätschern der Sorgue. Was für ein friedlicher Abend! Der Mond war bereits am Himmel zu sehen, obwohl es noch hell war. Rosie bemerkte, dass Vollmond war.

Plötzlich blieb die Hündin reglos stehen und schnupperte in die Luft. Am anderen Ufer, dort wo der Campingplatz an die Sorgue grenzte, einige hundert Meter von Rosie und der Hündin entfernt, stand jemand zwischen den Büschen, die das Ufer säumten: eine zierliche, mit einer weißen Tunika und engen Jeans bekleidete Frau. Mona hatte sie erspäht. Die Hündin begann zu bellen, und Rosie sah verwirrt zu der Frau hinüber. Sie bewegte sich auf das Wasser zu, ging in das Wasser hinein! Einen Schritt setzte sie vor den anderen. Der Fluss schien an dieser Stelle am Ufer seicht zu sein, doch Rosie wusste, dass er weiter in der Mitte ziemlich tief wurde. Ihr stockte der Atem.

Die Szene erschien ihr wie ein seltsamer Traum. Sie wollte schreien, die Frau am anderen Ufer warnen. Die Strömung war zu stark. Es war gefährlich, dort zu baden! Doch Rosie bekam keinen Laut heraus, und die Frau hätte sie wahrscheinlich ohnehin nicht gehört. Sie stand nun bis zur Brust im Wasser. Rosie konnte sehen, dass sie ziemlich lange, braune Haare hatte. Im nächsten Moment schwamm sie bereits. Mona wurde verrückt und begann, am Ufer hin und her zu rennen. Sie war ein Hund, der sich vor dem Wasser fürchtete.

Rosie selbst durfte sich mit ihrer Herzkrankheit nicht anstrengen, außerdem war sie nur eine leidliche Schwimmerin. Niemals wäre sie bei der Wasserscheide baden gegangen. Der Fluss wies dort gefährliche Strömungen auf, niemals wäre sie da wieder herausgekommen. Sie geriet in Panik. War das eine Person, die sich selbst etwas beweisen wollte? Rosie sah den Kopf der Frau, der in ihre Richtung driftete und dann plötzlich verschwand. Anscheinend war die Frau von der Strömung unter das Wasser gedrückt worden. Sie würde ertrinken! Die Hündin lief flussaufwärts, um sich der Stelle zu nähern, an der sie die Frau zuletzt gesehen hatten. Mona bellte wie verrückt; auch sie hatte bemerkt, dass da etwas nicht mit rechten Dingen zuging. Mit zitternden Händen nahm Rosie ihr Handy und wählte den Notruf der Feuerwehr.

»Es ist jemand ins Wasser gegangen. Beim Campingplatz vor der Wasserscheide in Isle-sur-la-Sorgue. Eine Frau! Sie wurde sofort unter Wasser gedrückt und weggeschwemmt. Kommen Sie zum *Partage des Eaux!* Kommen Sie sofort!«

Sie schrie hysterisch ins Telefon, und die Frau am anderen Ende der Leitung fragte: »Madame, wo sind Sie? Was genau haben Sie gesehen?«

Doch Rosie hatte keine Zeit, um Fragen zu beantworten.

Sie wiederholte noch einmal, wo sie sich befand, und beendete das Gespräch. Sie hoffte, ernst genommen zu werden. Zugleich spürte sie einen Stich im Herz, wie immer, wenn sie sich aufregte. Schwer atmend setzte sie sich auf eine der Bänke und hielt sich eine Hand an die Brust. Ratlos sah sie auf das dunkle Wasser, dessen ehemals friedliches Plätschern sich nun plötzlich zu einem unheilvollen Dröhnen gesteigert hatte. Nicht weit von ihr trieb in der Tiefe diese Frau vorbei, und sie konnte ihr nicht helfen. Warum war diese Person, die von Weitem sehr jung gewirkt hatte, ins Wasser gegangen? Rosie spürte, wie sehr sie zitterte. Tränen rannen über ihre Wangen. Plötzlich war Mona neben ihr und leckte ihre Hand. Rosie streichelte die Hündin und versuchte, gleichmäßig zu atmen. Bald hörte sie nahende Sirenen, und im nächsten Augenblick bogen schon zwei Feuerwehrautos um die Ecke. Aus jedem Wagen sprangen vier Männer und rannten auf sie zu.

»Madame, haben Sie uns gerufen?«, fragte ein junger Mann, den sie flüchtig kannte.

»Ja! Dort drüben ist die Frau ins Wasser, dann hat die Strömung sie auf uns zu getrieben, doch sie ist sofort untergegangen und ich habe sie nicht vorbeitreiben sehen.« Rosies Worte überschlugen sich beinahe.

Vier andere Männer kamen mit einem Schlauchboot und sprangen hinein. Der junge Mann und zwei seiner Begleiter liefen das Ufer entlang flussabwärts.

Ein großer, kräftiger Mann, der vielleicht um die fünfunddreißig war, blieb bei Rosie. »Madame, geht es Ihnen gut?«

Rosie atmete tief durch. »Es geht wieder ... aber ich habe ein Herzleiden ...«

»Atmen Sie ruhig durch«, sagte er, »und dann erzählen Sie mir bitte noch einmal ganz genau, was Sie gesehen haben!«

Er legte ihr die Hand auf den Arm und streichelte mit der anderen Hand die Hündin, damit sie sich ebenfalls beruhigte. Stotternd und stammelnd beschrieb Rosie dem Feuerwehrmann ihr Erlebnis.

»Und Sie sind sich sicher, dass Sie das wirklich gesehen haben? Sie haben nicht irgendwie ein Blackout gehabt? Oder Halluzinationen?«

Rosie schüttelte entschlossen den Kopf. »Glauben Sie mir nicht?«

»Doch, ich glaube Ihnen. Vor allem wirkt auch Ihr Hund sehr aufgeregt. Er zittert, genauso wie Sie.«

»Wir können leider beide nicht gut schwimmen. Sie hat Angst vor dem Wasser, und ich bin schwer herzkrank.«

»Machen Sie sich deshalb keine Sorgen. Es wäre ganz falsch gewesen, dieser Person nachzuschwimmen; nicht einmal ein Spitzensportler kann sich in dieser Strömung halten. Vor wie vielen Minuten ist es geschehen?«

Rosie zögerte.

»Ungefähr?«, fragte der Mann.

»Vielleicht fünf oder zehn? Aber ich habe nicht auf die Uhr gesehen. Und in einer solchen Paniksituation ...«

»Okay. Sie haben sofort reagiert und wenn wir sie bald finden, haben Sie ihr vielleicht das Leben gerettet. Obwohl ... Wenn jemand auf diese Weise ins Wasser geht, will er meistens nicht mehr leben!«

Rosie begann zu weinen. Endlich konnte sie sich gehen lassen. Sie war Zeugin eines Selbstmordes geworden! Sie fanden die Frau nicht! Sie würden sie später tot aus dem Wasser fischen. Der Mann legte ihr die Hand auf die Schulter, dann ging er zum Auto und brachte ihr ein warmes Getränk. »Trinken Sie das da!«, befahl er. »Das ist ein Tee, der Ihnen ein wenig hilft, sich zu beruhigen. Thymian, Lavendel und andere Kräuter. Wohnen Sie hier in der Nähe?«

Rosie nickte. »Gleich dort hinten in der Siedlung.«

»Schön«, meinte der Mann. »Angenehmes Viertel.«

Rosie trank. Der Tee schmeckte nicht besonders gut, aber wenn eine beruhigende Wirkung hatte, dann wollte sie den bitteren Geschmack gerne in Kauf nehmen. Das Funkgerät des Feuerwehrmannes raschelte.

»Wir haben sie«, hörte Rosie durch das Gerät. Die Stimme klang hektisch. »Stark unterkühlt, atmet nicht mehr. Kommt schnell mit Isodecken und einem Beatmungsgerät zum Ufer!«

Der Mann lief zum Auto, die drei anderen kamen ebenfalls angerannt und holten Geräte aus dem Wagen. Alles ging blitzschnell. Das Boot legte ein wenig weiter flussabwärts an. Im nächsten Moment beobachtete Rosie von Weitem, wie zwei Männer einen Körper aus dem Boot hoben, ihn neben den Fluss auf die Wiese legten und Mund-zu-Mund Beatmung machten.

Sie sah zitternd von ihrer Bank aus zu, wie sie Isodecken über die Frau breiteten und sie an irgendwelche Geräte anschlossen. Doch sogar aus der Entfernung konnte Rosie erkennen, dass der Erfolg ausblieb. Ihr wurde kalt. Sie begann zu zittern. Zum Glück stand Mona treu neben ihr und leckte ihre Hand. Rosie wollte sich der Szene nicht nähern. Sie fand das indiskret, außerdem hatte sie Angst, dass ihr Herz nicht mitspielen würde. Zwei Feuerwehrmänner kamen in ihre Nähe und sprachen miteinander.

»Ruf sofort die Gendarmen! Der Kommandant soll kommen!«

Der eine zückte sein Telefon. Rosie zuckte zusammen. Die Gendarmen? Würde sie Probleme bekommen? Des Mordes bezichtigt werden?

Der Mann, der vorher mit ihr gesprochen hatte, kam auf sie zu. »Können Sie noch kurz bleiben?«, fragte er sie.

Sie nickte.

»Wollen Sie eine Isodecke?«

»Gerne. Werde ich Probleme bekommen? Ich habe gehört, dass Sie die Gendarmerie rufen?«

»Ja, die Gendarmerie wird kommen. Sie haben selbstverständlich keine Probleme. Ganz im Gegenteil. Sie haben getan, was nötig war. Aber wir sind zu spät gekommen. Die Frau ist tot.«

Das Ertrinkungsopfer

Als Sylvie und Michel am Abend von Madame Lesques Haus, das die Spurensicherung auf DNA-Spuren durchsucht hatte, zur Brigade zurückkamen, herrschte dort ziemliche Aufregung. Der Kommandant war sehr besorgt, weil Luis, Dominique und Simon mit Mathieu zu Claude Lantier aufgebrochen waren, der von François Pinet mit dem Gewehr bedroht wurde. Sie hatten keine Neuigkeiten von den Kollegen, und Calcin befürchtete, dass es zu einem Schusswechsel gekommen sein könnte. Er beschloss, einen Wagen hinterherzuschicken, doch in diesem Moment kam wieder ein Anruf.

Michel, der das Telefon beantwortete, riss erstaunt die Augen auf und sagte: »Ja, okay, bis gleich!«

Er legte auf und wandte sich an Jean Calcin: »Du sollst sofort zum *Partage des Eaux* kommen. Jemand ist ertrunken. Es war die Feuerwehr.«

»Fahrt hin!«, befahl der Kommandant Sylvie und Michel. »Ich kümmere mich mit einem anderen Team um Mathieu und Luis.«

»Nein, Jean!«, erwiderte Michel. »Sie haben gesagt, du selbst sollst kommen.«

Der Kommandant wurde blass. »Das klingt nicht gut.«

Er sah Sylvie und Michel an. »Ihr begleitet mich! Julien und Thomas sollen zu den Lantiers fahren.«

Er ging in den Nebenraum, um den Männern dort zu befehlen, zu den Lantiers aufzubrechen und nachzusehen, was los war. Sylvie verspürte ein banges Gefühl. Wahrscheinlich war jemand ertrunken, den Jean kannte. Oder es herrschte ein

Mordverdacht. Sie eilten vor die Tür und sprangen in ein Auto. Sylvie fuhr, Jean saß neben ihr, Michel hinten.

Jeans Telefon läutete. Es war Luis.

Der Kommandant hörte sich am Telefon seine Erklärungen an, seufzte und sagte: »Wir fahren zur Wasserscheide. Wir haben ein Ertrinkungsopfer. Danach sehen wir uns im Büro.«

Er erzählte Sylvie und Michel, dass Mathieu und Luis das Schlimmste hatten verhindern können, dass Mathieu sich jedoch am Arm verletzt hatte und dass Mathieu und Luis ihn und Sylvie umgehend sprechen mussten. Sie hatten eine neue Spur. Durch Sylvies Kopf rasten die Gedanken. Sie fuhr schnell und rücksichtslos mit Blaulicht, wobei es wahrscheinlich keine Rolle mehr spielte, wie rasch sie dort ankamen, weil die Person ohnehin schon tot war. Doch das Rasen half ihr, sich abzureagieren. Sie dachte an Luis und an die Rolle, die er spielte. War Luis ein Täter oder ein Ermittler wie sie alle? Mathieu war allein mit dem Adjutanten unterwegs und noch dazu verletzt. Wahrscheinlich sollte Sylvie versuchen, Carine, die frei hatte, zu erreichen. Doch Carines Auto hatte nicht auf dem Parkplatz gestanden. Gewiss war sie einkaufen gegangen. Oder bei ihrer Tante und ihrer Cousine zu Besuch.

Sylvie raste durch die Siedlung und bremste vor dem Café der Wasserscheide. Dort standen zwei Feuerwehrautos, und die Männer waren gerade dabei, ein Schlauchboot in eines der beiden Fahrzeuge zu laden.

Jean Calcin sprang aus dem Auto und lief auf die Feuerwehrmänner zu. Neben dem Feuerwehrauto stand eine Bahre, auf der eine Iso-Decke ausgebreitet war. Sylvie sah, dass sich unter dieser Decke der Körper desjenigen befand, der in der Sorgue ertrunken war. Oder ertränkt worden war? Sylvies Herz zog sich zusammen. Sie stieg aus und ging an Michels Seite auf die Feuerwehrmänner zu. Ihre Knie zitterten. Der Kommandant war komplett weiß im Gesicht, seine Kiefer mahlten. Einer der Feuerwehrmänner machte ihnen ein Zeichen, und sie traten vor die Bahre. Er hob die Decke an, und Sylvie glaubte, in Ohnmacht zu fallen.

Was sie sah, konnte nicht wahr sein! Das Gesicht, das sie vor sich hatte, bewegungslos, emotionslos, aber noch immer wunderschön! Es war Carine. Die türkisblauen Augen blickten ins Leere, die Haare lagen in feuchten Strähnen neben ihrem Kopf. Carine war tot.

Sylvie hatte aufgeschrien und war nach hinten getaumelt. Irgendjemand hatte sie aufgefangen, Arme hielten sie fest, eine Hand strich über ihren Rücken. Ihr Kopf lag auf der Brust eines Mannes. Sylvie begann haltlos zu weinen. Sie befand sich in einem fürchterlichen Albtraum. Was war geschehen? Warum war Carine ertrunken? Sie weinte in die Schulter eines fremden Mannes, eines Feuerwehrmannes, soviel sie mitbekam. Um sie wurde gemurmelt. Schließlich wagte Sylvie, den Kopf zu heben. Sie sah in ein etwas grobschlächtiges, freundliches Gesicht, das Mitleid ausdrückte.

»Sie war wohl Ihre Freundin?«, murmelte der Mann und reichte ihr ein Taschentuch.

»Ja, sie war meine beste Freundin. Und die Kollegin, mit der ich am engsten zusammenarbeitete. Ich verstehe nicht ...«

Zitternd wischte Sylvie sich mit dem Taschentuch über Nase und Augen und wandte sich ihren Kollegen zu.

Der Kommandant und Michel standen neben der Bahre und sahen betreten auf Carines bewegungsloses Gesicht, während ein Feuerwehrmann ihnen erzählte, dass die junge Frau am gegenüberliegenden Ufer, wo sich der Campingplatz befand, ins Wasser gestiegen war. »Eine Zeugin, die mit ihrem Hund spazieren ging, hat sie gesehen und die Feuerwehr gerufen. Wenn Sie mit ihr sprechen wollen ...«

Er zeigte auf eine ungefähr sechzigjährige Dame, die ein wenig weiter hinten in eine Isodecke gehüllt war und sich mit zwei anderen Frauen unterhielt. Schaulustige waren dabei, zur Sorgue zu kommen. Die Presse würde nicht lange auf sich warten lassen.

Jean Calcin nahm das Telefon und forderte mit zitternder Stimme Verstärkung an. Dann deckte er Carines Gesicht wieder zu. Schließlich wandte er sich an Sylvie. »Hast du eine Ahnung, warum sie hätte sterben wollen?«, fragte er mit belegter Stimme. »Ihr wart euch doch sehr nahe.«

Sylvie zuckte mit den Schultern. »Überhaupt nicht. Sie schien mir in letzter Zeit sehr glücklich. Sie war verliebt.« Ihre Stimme versagte.

»Nun, vielleicht gab es Probleme mit diesem Typen. Du bestellst ihn für morgen früh sofort zu mir.«

Sylvie schluckte. »Ja.« Sie dachte an Mathieu. Hatten die beiden Streit gehabt? Was war nur geschehen?

Zwei Gendarmerie-Autos kamen mit Blaulicht angerast. Die Kollegen sprangen heraus und begannen, das Sorgue-Ufer abzusperren. In der Siedlung hatte sich wohl herumgesprochen, dass jemand ertrunken war, und immer mehr Leute, teilweise mit Kindern, kamen zur Sorgue gepilgert. Der Journalist Daniel Feuillet war ebenfalls zur Stelle und bat um Informationen. Doch als er die Gesichter der Gendarmen sah, ließ er sofort von ihnen ab und begab sich freiwillig hinter die Absperrung.

Sylvie sah Mathieu und Luis Seite an Seite auf sie zukommen. Mathieu hielt sich den linken Arm, und Sylvie erinnerte sich daran, dass er sich verletzt hatte. Sie verspürte unendliches Mitleid mit ihm. Sein Gesicht war bang; vielleicht ahnte er bereits, was ihn erwartete.

Der Kommandant hob die Decke und zeigte den beiden Carines Gesicht. »Sie ist ins Wasser gegangen. Vor ungefähr einer halben Stunde. Eine Zeugin hat sie gesehen und die Feuerwehr informiert. Doch sie konnten sie nicht mehr retten.«

Luis sah Mathieu ungläubig an. Dieser starrte nur auf Carine, so, als könne er nicht glauben, was ihm geschah. Seine Augen füllten sich mit Tränen. Doch er behielt die Fassung.

»Jean«, sagte Luis mit rauer Stimme. »Wir müssen mir dir sprechen. Jetzt. Es ist wichtig.« Er zog Mathieu und den Kommandanten zur Seite. »Sylvie!« Er machte ihr ein Zeichen, sich ihnen zu nähern. »Wir haben heute Nachmittag etwas herausgefunden, was Carines Selbstmord rechtfertigen könnte.«

Er begann zu erzählen. Sylvie fühlte sich ein zweites Mal so, als würde der Boden unter ihren Füßen weggezogen. Nun verstand sie alles, was sie sich in den letzten Tagen nicht hatte erklären können. Sie hatte sich alles so zurechtgelegt, dass Luis verdächtig wurde. Weil er mit den Pinets verwandt war. Weil sie nicht gewusst hatte, welche Verbindung Carine zu Pierre Pinet gehabt hatte. Niemals hätte sie geglaubt, dass Carine so etwas hätte tun können. Eine zierliche junge Frau, die den Direktor gefesselt und in die Quelle geworfen hatte! Weil er ihren Bruder 16 Jahre zuvor monatelang vergewaltigt hatte.

Carines Bruder David war sein Opfer gewesen. Sein *Geliebter*. Und er war daran zerbrochen. Carines Familie war dadurch zerstört worden. Weil David keine Möglichkeit gehabt hatte, die Sache aufzuarbeiten. Das Haus, das angeblich Carines Vater gekauft hatte, war ihnen in Wirklichkeit vom Trüffelkönig spendiert worden!

Nachdem der Direktor Pinet wieder begonnen hatte, Kinder zu missbrauchen, und sein Vater ihn von Neuem freigekauft hatte, war Carine zur Tat geschritten. Warum hatte sie sich ihr, Sylvie, nicht anvertraut? Und Jean Calcin? Warum hatte sie ihre Rache allein durchgeführt? Sylvie kreuzte den Blick des Kommandanten. Sie wusste, dass er dasselbe dachte wie sie. Sie hatten versagt. Sie hatten geglaubt, ein eingeschworenes Team zu sein, einander zu vertrauen. Doch Carine hatte sie nicht um Hilfe gebeten. Und sie waren unfähig zu erkennen, was wirklich in ihr vorging.

Mathieu wurde mit jeder Sekunde blasser. Sylvie sah, dass Tränen über seine Wangen rannen. Sie hatte noch nie einen so schrecklichen Moment erlebt wie diesen. Sie wusste nun, wie sich Unglück anfühlt – abgrundtiefes, ausweglloses Unglück.

»Es tut mir so leid«, schloss Luis mit belegter Stimme. »Meine Familie ist verflucht. Ich hätte bemerken müssen, was mit ihnen los war.«

»Wir machen uns alle Vorwürfe, Luis. Was mit Carine geschehen ist, hätten wir beide, Sylvie und ich, durchschauen sollen«, erwiderte der Kommandant leise.

»Und ich erst ...«, murmelte Mathieu.

Luis sah ihn forschend an, doch der Kommandant reagierte nicht. Er war in seine eigenen düsteren Gedanken versunken.

Luis, der bemerkte, dass sich sein Vorgesetzter und der Capitaine in einer schlimmen Verfassung befanden, übernahm das Kommando. Er rief einen Bestatter an, sprach mit der Zeugin und schickte zwei Kollegen zum Campingplatz, um festzustellen, wo Carines weißer Toyota Yaris stand. Sie sollten auch die wenigen Campinggäste befragen, die zu der Jahreszeit noch dort waren, ob jemand Carine hatte vorbeigehen sehen.

Dann bat er Sylvie, Carines Familie zu verständigen.

»Schaffst du das?«, fragte er leise.

Sylvie nickte. »Ich muss. Das ist unsere Arbeit.«

Zugleich dachte sie an Marielle, Carines Tante, die Carine geliebt hatte wie eine Tochter. Und die nun ganz allein mit ihrer Tochter Amélie zurückblieb. Sie würde sie am selben Abend noch aufsuchen müssen!

»Sylvie, es tut mir so leid für dich. Sie war deine Freundin«, sagte Luis leise.

»Ja, und ich verfluche mich selbst. Weil ich nichts bemerkt habe.«

Sylvie flossen wieder die Tränen über die Wangen.«

Luis legte ihr tröstend die Hand auf die Schulter.

Dann wandte er sich ab, um seinen Kollegen weitere Befehle zu erteilen. Sylvie sah Mathieu mit Dominique zu einem Auto gehen, die beiden Männer stiegen ein und fuhren ab.

Als sie sich umwandte, stand wenige Meter von ihr der Feuerwehrmann, der sie vorher aufgefangen und an dessen Schulter sie geweint hatte.

»Ich möchte Ihnen mein Beileid aussprechen«, sagte er, als er nähertrat. »Übrigens, ich heiße Rémy.«

»Danke. Sie sind wirklich sehr mitfühlend. Ich heiße Sylvie.«

Er lächelte traurig. »Wenn wir die Leute nicht retten können, müssen wir wenigstens dann zur Stelle sein und Trost spenden.«

Sylvie zögerte. »Ich muss zur Tante meiner Freundin gehen. Ihr mitteilen, was geschehen ist. Die Tante war für sie wie eine Mutter. Es wird fürchterlich werden. Ich kenne sie ziemlich gut.«

Der Mann sah Sylvie besorgt an. »Gehen Sie nicht allein! Nehmen Sie einen Kollegen mit!«

Sylvie sah sich suchend um. Es war kein Kollege anwesend, der ihr helfen konnte. Jean Calcin war mit den Nerven am Ende, Luis kümmerte sich um die Koordination. Dominique war mit Mathieu ins Krankenhaus gefahren, und alle anderen waren damit beschäftigt, die Schaulustigen und die Presse zurückzudrängen. Sie musste mit Marielle und Amélie allein sprechen. Sofort. Das schuldete sie ihnen.

Rémy räusperte sich. »Wenn Sie wollen, begleite ich Sie. Ich habe Dienstschluss. Und es kommt häufig vor, dass wir solche Dinge übernehmen müssen. Ich bin daran gewöhnt.«

Sylvie sah den Mann an. Sie hatte ihn zwar gerade erst kennengelernt, doch sie spürte, dass sie ihm vertrauen konnte; bestimmt war er für das Gespräch mit Marielle ein geeigneter Begleiter.

»Okay, gerne!«, sagte sie leise.

Sie teilte dem Kommandanten mit, dass sie zu Carines Tante fahren würde. Jean nickte nur lethargisch. Er stand vollkommen verloren mitten in dem Gewimmel von Gendarmen und Feuerwehrleuten. Rémy sagte seinen Kollegen Bescheid, und sie fuhren im Gendarmerie-Auto aus der Siedlung zurück ins Zentrum und über den Kanal auf die andere Seite des Ortes, wo Amélie und Marielle wohnten.

Während der Fahrt erzählte Sylvie unter Tränen, was sie soeben erfahren hatte, und Rémy schien ziemlich bestürzt.

»Das tut mir sehr leid für Sie und auch für Ihre Freundin, die so jung gestorben ist«, meinte er nur.

Sylvie war froh, dass er da war. Sie fühlte sich mit ihm der schwierigen Aufgabe besser gewachsen.

Der unangenehme Besuch

Amélie lag in ihrem Bett und las. Ihre Mutter saß im Wohnzimmer und sah sich im Fernsehen die Nachrichten an. Amélie war müde und wollte schon das Licht abschalten. Doch da hörte sie unter ihrem Zimmerfenster vor der Tür Stimmen.

Sie ging zum Fenster, um hinauszusehen. Dort stand Sylvie, Carines Freundin, mit einem großen, kräftigen Mann. Im Licht der Straßenlaterne erkannte Amélie, dass er ein Feuerwehrmann war. Sie wollte schon das Fenster öffnen und Sylvie begrüßen, aber etwas in der Haltung und im Gesicht der Frau hielt sie davon ab. Sylvie sah wirklich nicht glücklich aus. Wahrscheinlich würde sie es nicht mögen, wenn Amélie plötzlich von oben hinunterrief. Nun klopfte es an der Haustür. Amélie ahnte, dass so späte unangemeldete Besuche meistens Probleme bedeuteten. Die Leute kamen nicht um neun am Abend, um *Bonsoir* zu sagen. Und vor allem kamen sie nicht in Uniform. Deshalb beschloss Amélie, ruhig zu bleiben, so als würde sie schlafen; trotzdem versuchte sie herauszufinden, was die beiden von ihrer Mutter wollten.

Die Mutter öffnete. Amélie hörte Gemurmel, und dann schluchzte die Mutter plötzlich laut auf. Sie weinte!

Amélie erschrak. Sie wollte schon hinunterstürmen. Doch dann besann sie sich. Du bist kein Baby mehr, sagte sie sich. Babys tun das. Doch große Kinder versuchen, selbst zu entdecken, was los ist, ohne sich zu zeigen.

Amélie näherte sich leise dem Treppenabsatz. Die Erwachsenen gingen in die Küche, die Türe wurde geschlossen. Wahrscheinlich glaubte die Mutter, Amélie schliefe bereits.

Amélie setzte sich auf die Treppe. Von dort aus konnte sie alles hören.

»Wir haben sie vor etwas mehr als einer Stunde in der Sorgue gefunden«, erzählte der Mann. »Eine Zeugin hat gesehen, wie sie beim Campingplatz an der Wasserscheide, gegenüber vom Café, ins Wasser ging. Die Strömung ist dort ziemlich stark. Sie konnte nur mehr tot geborgen werden. Alle Wiederbelebungsversuche waren umsonst.«

Amélie erstarrte. Sie hatte begriffen, was geschehen war. Carine war tot! Sie hatte dasselbe getan wie ihr Bruder damals. Genau dasselbe! Aber warum? Wo sie doch glücklich war mit ihrem sportlichen Polizisten? Vielleicht hatte er gesagt, er wolle sie verlassen? Und sie wollte nicht mehr leben? Amélie presste sich die Hand auf den Mund, um nicht laut zu schluchzen. Sie musste ruhig bleiben!

Die Mutter weinte in der Küche: »Aber das ergibt doch keinen Sinn! Sie schien mir so glücklich in letzter Zeit.«

Und da begann Sylvie zu sprechen. »Marielle, es tut mir wirklich leid, es ist für uns alle ein Schock, aber ... es war Carine, die den Direktor und seinen Vater getötet hat. Und wir waren dabei, es herauszufinden. Die PJ hat begonnen, unsere gesamte Brigade durchzufilzen, weil immer mehr Indizien daraufhin deuteten, dass der Täter jemand war, der über alle Straftaten der Pinets Bescheid wusste – jemand aus unseren eigenen Reihen.«

Die Mutter schrie auf, und Amélie schrak zusammen. Das war doch nicht möglich! Wie sollte Carine es geschafft haben, einen Mann zu fesseln und in den Abgrund der Sorguequelle zu werfen? Lernte man als Gendarmin, es ganz allein mit Männern aufzunehmen?

»Ich weiß nicht, wie viel du über David wusstest. Was mit ihm geschehen ist. Doch wir haben die Wahrheit herausgefunden. Pierre Pinet hat David über einen längeren Zeitraum hinweg sexuell missbraucht. Und als deine Schwester Anzeige erstattete, kaufte der alte Pinet ihr das Haus, von dem sie behauptete, ihr Ex-Mann habe es ihr geschenkt. Und David erklärte, er habe gelogen wegen der schlechten Noten. Er kam aber nicht darüber hinweg. Du weißt über die Depressionen Bescheid, an denen er in den folgenden Jahren gelitten hat.«

Nun weinte die Mutter laut. »Ich war so dumm. Ich hätte damals meiner Schwester nicht glauben sollen. Ich fand das mit dem Haus seltsam, weil mein Ex-Schwager eigentlich nicht so viel Geld hatte, aber ...«

Amélie wollte sich die Ohren zuhalten. Es war schrecklich, die Mutter weinen und diese Worte stammeln zu hören. Was wohl Sylvie und der Mann in diesem Fall taten? Gaben sie ihr ein Taschentuch, wie die Leute das in den Filmen machten? Amélie war froh, nicht unten in der Küche zu sein. Doch auch sie hatte Lust zu heulen. Sie hatte verstanden, dass der Direktor Pinet mit ihrem Cousin, den sie nie kennengelernt hatte, dasselbe gemacht hatte wie mit Paul. Oder war es etwa noch etwas Schlimmeres gewesen?

» ... und als das mit Paul Lagoc passierte und Carine bemerkte, dass Pierre Pinet wieder seinen Kopf aus der Schlinge ziehen konnte, da tat sie das Unausweichliche ... Und damit war es nicht genug. Sie tötete auch den Vater des Direktors, weil sie Angst hatte, dass er dem Staatsanwalt etwas über David erzählen könnte.«

Nun schluchzte die Mutter leise. »Warum hat sie das nur getan? Warum hat sie nicht euch um Hilfe gebeten?«

Sylvie sagte irgendetwas, was Amélie nicht verstand.

Sie hatte genug gehört. Sie begriff nun, warum Carine hatte sterben müssen: weil sie Paul und ihren Bruder gerächt hatte. Weil ihr Liebster, der Capitaine, und ihr Boss, der Kommandant, nicht aufgehört hatten, nach dem zu suchen, der die Bösen getötet hatte. Warum hatten diese dummen Leute so lange nachgebohrt, bis Carine keine Wahl mehr geblieben war? Amélie wusste, dass man Carine ins Gefängnis gesteckt hätte, wenn sie noch am Leben gewesen wäre. Aber im Gefängnis hätte Amélie sie wenigstens besuchen können!

Doch jetzt ... jetzt würde sie Carine nie mehr wiedersehen! Jemanden, der tot war, konnte man nicht mehr kontaktieren. Der Tod war endgültig. Amélie verstand nun, warum Carine zwei Tage vorher am Abend gekommen war und so komisch geredet hatte. Sie hatte sich von ihr verabschiedet! Sie hatte gewusst, dass sie sterben würde!

Amélie hastete in ihr Zimmer. Sie warf sich auf ihr Bett und weinte bitterlich.

Der Tag danach

Marielle hatte es natürlich tief getroffen, sie war untröstlich gewesen. Doch Rémys Anwesenheit hatte sich als sehr wertvoll erwiesen. Er hatte ruhig erklärt, getröstet und war jederzeit Herr der Situation, während Sylvie emotional zu sehr in das Ganze verwickelt war. Nun brachte sie Rémy zu seiner Kaserne zurück. Sie unterhielten sich kurz, und Rémy versprach Sylvie, sie am nächsten Tag anzurufen, um zu erfahren, wie es ihr ging. Er war ein Juwel von einem Mann. Er hatte behauptet, keine Kinder zu haben und nicht verheiratet zu sein, doch gewiss lebte er nicht mehr allein. So ein Mann war sicher längst unter der Haube! Der Gedanke an ihn spendete Sylvie Trost, doch das war das Einzige, was ihrer gequälten Seele ein wenig Erleichterung verschaffte. Sie dachte an die letzten Tage mit Carine. Immer wieder fragte sie sich, wieso ihr nicht aufgefallen war, dass etwas nicht stimmte. Und wie hatte Carine nur so ruhig sein können nach den beiden grausamen Morden, die sie begangen hatte? Rémy hatte Sylvie erklärt, Carine habe die Tat abgespalten. Sie habe sie vor sich selbst gerechtfertigt und sich dann auf andere Dinge konzentriert.

Mit Jean Calcin und Luis durchsuchte Sylvie noch am selben Abend Carines Wohnung. Dabei erinnerte sie sich an die vielen angenehmen Stunden, die sie mit Carine hier verbracht hatte, und wieder flossen Tränen über ihre Wangen.

Die Kollegen fanden in Carines Wohnung, in ihrem Kleiderschrank unter den Pullovern, nur einen Gegenstand, der von Bedeutung war: das MacBook, das Carine wahrscheinlich gleich bei der ersten Durchsuchung von Pierre Pinets Arbeitszimmer entwendet hatte. Nun würden sie am Morgen mithilfe des Informatikers sehen, welche verbotenen Dateien sich auf diesem mit einem Passwort geschützten Computer befanden.

Sylvie kam erst gegen Mitternacht nach Hause. Lange Zeit schlaflos im Bett herum, bis sie endlich eine Schlaftablette nahm. Als am folgenden Morgen der Wecker läutete, fuhr sie erschrocken auf, und die Erinnerung an den Vortag traf sie wie ein Hammerschlag. Mühsam und mit bleischweren Gliedern kroch sie aus dem Bett, zog sich an, trank einen Kaffee und ging zur Arbeit.

Luis und der Kommandant waren bereits in Jean Calcins Büro und sahen sich den Inhalt des Laptops an. Als Sylvie eintrat, schlug Luis wütend mit der Faust auf den Tisch.

»Verdammt!«, schrie er. Auf seiner Stirn trat eine Vene hervor.

Erschrocken fuhr sie zusammen.

»Entschuldigung, aber ...«, presste der Adjutant hervor. »Diese Schweine, diese elenden Schweine! Man kann Carine verstehen.«

Der Kommandant war weiß wie ein Laken und sah aus, als hätte er die ganze Nacht kein Auge geschlossen. Er deutete auf den Computer. Sylvie ging hinter den Schreibtisch. Es handelte sich bei dem Porno um einen verbotenen Film schlimmster Art. Ein Kind und ein Erwachsener mittleren Alters unbekleidet in einem Raum. Der Junge, der ungefähr zehn Jahre alt war, musste den Mann oral befriedigen. Sylvie spürte, wie ihr schlecht wurde. Sie stürzte aus dem Büro in die Toilette und erbrach dort den Kaffee, den sie soeben getrunken hatte. Tränen rannen über ihre Wangen.

Als sie zurück ins Büro kam, murmelte Luis: »Diese Saukerle. Und ich habe ihnen geglaubt. Als die Anzeige zurückgezogen worden ist, hätten wir trotzdem eine Untersuchung einleiten und Pierre Pinet betreffend ermitteln sollen.«

Jean Calcin nickte düster. »Wir stehen blöd da. Ein Skandal für die Gendarmerie! Ein Riesenversagen für mich als Kommandant. Carine hätte nie Gendarmin sein dürfen. Und ich hätte sie genauer beobachten sollen. Ich wusste ja über ihre Familie Bescheid.«

Sylvie meinte seufzend: »Es nützt jetzt nichts mehr. Wir machen uns alle Vorwürfe. Aber es hat keinen Sinn.«

»Du hast recht, Sylvie«, gab der Kommandant zu. »Wir müssen sehen, was nun zu tun ist. Wir müssen uns um François Pinet kümmern. Der Untersuchungsrichter soll ihn ins Gefängnis stecken. Die beiden Damen, die wegen der Waffe in Untersuchungshaft waren, haben wir gestern schon freigelassen. Ihr wisst, dass es eine interne Ermittlung geben wird. Wir alle werden versetzt werden. Darauf müsst ihr euch gefasst machen.«

Luis lachte freudlos. »Je schneller, desto besser für mich und meine Familie. Irgendwohin, wo keiner weiß, dass ich mit Pädophilen und Verbrechern verwandt bin.«

»Dann will ich noch mit einigen Personen sprechen, die Carine nahegestanden haben«, fuhr Jean fort. »Sylvie, du rufst mir bitte die Tante und ihren Freund an. Mal sehen, was die zu erzählen haben. Du hast wohl schon mit ihnen gesprochen?«

Sylvie sah ihn starr an. »Sie haben gar nichts zu sagen. Sie sind komplett entsetzt und hoffnungslos.«

In diesem Moment betrat Mathieu das Büro des Kommandanten.

Er sah vollkommen entmutigt aus, hatte dunkle Ringe unter den Augen. Allein an seiner Haltung konnte Sylvie sehen, dass er mit den Nerven am Ende war. Sein linker Arm steckte in einer Schlinge, doch Gips trug er keinen. Er nickte dem Kommandanten, Luis und Sylvie zu.

Jean Calcin zeigte auf den Computer. »Wir haben ihn in Carines Wohnung gefunden«, erklärte er.

Mathieu trat hinter den Schreibtisch und klickte auf die Sequenz, die Sylvie so sehr geekelt hatte.

»Dieses Schwein«, stieß er hervor.

»Es sind üble Kinderpornos. Komplett verbotene. Hunderte.

Kein Wunder, dass der Computer durch ein Passwort geschützt war. Keine Ahnung, wie Carine hineingekommen ist.«

Der Kommandant fuhr sich über die Stirn.

»Vielleicht hat sie die Filme nie gesehen. Nur geahnt, was auf dem Computer zu finden war. Es ging ihr ja nach dem Mord darum, zu vertuschen, dass Pierre Pinet pädophil gewesen war«, mutmaßte Sylvie.

Mathieu nickte nur. Er sah Sylvie an. »Habt ihr in ihrer Wohnung sonst noch etwas entdeckt? Ein Geständnis? Einen Abschiedsbrief?«

Sylvie schüttelte den Kopf. »Nein, sie hat nichts hinterlassen. Für niemanden.«

Er tat ihr unendlich leid. Natürlich hoffte er auf eine weitere Erklärung, auf eine letzte Botschaft. Doch auch Marielle, Amélie und sie selbst hätten sich einen Abschiedsbrief erhofft.

Der Kommandant fragte Mathieu: »Und Sie? Was ist mit Ihrem Arm?«

»Ach!«, Mathieu lächelte gezwungen. »Das ist nichts. Nur ein einfacher Oberarmbruch. Keine Operation und kein Gips. Die Schiene reicht aus.«

»Krankenstand?«, fragte Calcin.

Mathieu zuckte mit den Schultern. »Ja. Im Moment schließe ich hier ab, und dann geht es heute Abend zurück nach Marseille. Meine Leute bleiben dort. Sie werden im Kommissariat gebraucht. Unsere Ermittlung ist ja beendet.«

»Ja, das ist sie. Wir werden diesen verdammten François Pinet ins Gefängnis stecken. Wegen Mordversuchs, Körperverletzung und Widerstand gegen die Staatsgewalt. Es wird eine Gerichtsverhandlung geben, und Luis und Sie werden als Zeugen aussagen müssen. Sie können François Pinet auch auf Schadenersatz verklagen, wenn Sie das wollen. Und vor allem müssen wir uns heute noch der Presse stellen. Können Sie das mit dem Staatsanwalt machen?«

Mathieu sah Jean verzweifelt an und nickte. »Ich werde keine Wahl haben. Aber ihr solltet euch ebenfalls der Presse stellen. Einer von euch dreien oder ein anderer Gendarm. Ansonsten wird über euch hergezogen.«

»Das wird es ohnehin.«

Mathieu lächelte traurig. »Es wird über alle hergezogen werden.«

»Nun, über Sie wohl weniger. Wir sind es, die versagt haben, nicht Sie.«

»Tja.« Mathieu räusperte sich, und Sylvie wusste, was nun kommen würde.

»Wenn ich wirklich professionell gearbeitet hätte, dann wäre es so. Leider ist das aber nicht der Fall. Ich stecke genauso tief in der Scheiße wie Sie. Wenn nicht noch tiefer.«

»Wa... Warum?« Calcin schien nicht zu verstehen.

Doch in Luis' Augen blitzte Erkenntnis auf. Er hatte sich gewiss schon am Vorabend Fragen gestellt.

»Sie hatten keine Ahnung, und es hätte natürlich keine Rolle spielen sollen, aber Carine und ich, wir waren seit einer Woche ein Paar.« Mathieus Stimme brach.

Der Kommandant sah ihn ungläubig an. Es hatte ihm die Sprache verschlagen. Mit so etwas hatte er nicht gerechnet.

»Es tut mir leid«, sagte Mathieu leise unter Tränen. »Ich werde natürlich meinem Vorgesetzten davon berichten und die Folgen meines Handelns in Kauf nehmen. Ich habe mich reinlegen lassen. Etwas, was als Ermittler nicht geschehen darf.«

»Sie hat geglaubt, mit dir in Sicherheit zu sein«, knirschte Luis. »Die Ermittlung steuern zu können.«

»Genau. Und ich bin ihr in die Falle gegangen.«

Sylvie schüttelte heftig den Kopf. Carine hatte das alles nicht geplant. Sie hatte sich wirklich in Mathieu verliebt. Er war ihr wichtig gewesen. Doch keiner sah Sylvie an. Mathieu hatte den Blick gesenkt, der Kommandant war noch immer sprachlos, und Luis schüttelte traurig den Kopf. Sylvie würde später mit Mathieu allein darüber sprechen.

»Okay«, sagte Jean Calcin schließlich. »Es bleibt unter uns.

Wenn man Sie im Ort nicht miteinander gesehen hat und niemand anderer redet, dann soll die Presse nichts davon erfahren!«

»Danke«, sagte Mathieu leise. »Aber ... vielleicht könnte diese Sache sie ein wenig von Ihnen abbringen. Wir teilen uns die Schande.«

Jean Calcin schüttelte den Kopf. »Egal, ob Sie nun von der Presse zerrissen werden oder nicht, ich werde ohnehin die Gendarmerie verlassen. Daher lohnt es sich nicht, die ganze Wahrheit an die Öffentlichkeit zu bringen. Sie haben so schon hart genug daran zu kauen.«

Sylvie zuckte zusammen. Jean Calcin die Gendarmerie verlassen? Das war doch nicht möglich!

»Nein, Jean«, sagte Luis bestimmt. »Du kannst nicht einfach gehen! Was geschehen ist, ist nicht deine Schuld. Es hätte jedem mit einem seiner Mitarbeiter passieren können.«

Jean sah ihn hart an. »Aber mir hätte es nicht passieren dürfen. Ich kann nach dem, was geschehen ist, nicht mehr Kommandant sein. Keine Gendarmen mehr managen. Außerdem habe ich meine Jahre schon zusammen. Es ist Zeit, auf etwas anderes zu schauen!«

Und Sylvie wusste, dass Jean Calcin sich von niemandem zum Bleiben überreden lassen würde.

»Ich werde auch kündigen«, sagte Mathieu leise. »Ich habe keine Wahl.«

»Nun ja«, meinte Luis. »Wenn deine Vorgesetzten nicht ganz blöd sind, werden sie deine Kündigung nicht annehmen, denn du bist ein verdammt guter Ermittler.«

Mathieu zuckte mit den Schultern. Seine Zukunft schien ihm ziemlich egal zu sein. Er war am Boden zerstört. Er hatte es gewagt, mit Carine sehr hoch zu fliegen. Und war tief gefallen.

Als Sylvie ein wenig später vor ihrem Computer saß, kam Dominique ins Büro.

»Sylvie, da ist jemand, der dich sprechen will!«

Sylvie hob den Kopf. Es war Rémy, der auf sie zukam. Ihr

Herz tat einen Sprung. Sie empfand fast so etwas wie Glück. Sie erhob sich.

»Hallo, ich wollte nur sehen, wie es dir heute geht«, sagte Rémy und küsste sie zur Begrüßung auf beide Wangen.

Sylvie zuckte mit den Schultern. »Jetzt, wo ich dich sehe, etwas besser.«

Er lächelte.

Sylvie bemerkte, dass Dominique und Simon ihnen von ihren Schreibtischen aus aufmerksam zuhörten.

»Wenn das so ist, dann wirst du vielleicht einverstanden sein, mit mir heute Abend essen zu gehen. Ich kenne ein gutes Restaurant im Luberon. Das bringt dich auf andere Gedanken.« Er sah sie bittend an.

Sylvie hielt einen Augenblick erstaunt inne. Dass er sie zum Essen einlud, hieß wohl, dass er doch noch frei war! Und dass er etwas für sie übrighatte. Aber wie konnte er ...?

»J... Ja ... gerne, danke, das ist nett«, gelang es ihr zu stottern. Mensch, sie wusste nicht, wie man in einem solchen Fall reagierte. Niemand lud sie je ein!

»Gut, dann hole ich dich heute um halb acht hier vor der Gendarmerie ab. Ist dir das recht?«

Sylvie gelang es zu nicken. Sicher war sie vollkommen rot im Gesicht!

»Bis später!« Er lächelte ihr zu.

»Auf Wiedersehen, die Herren«, sagte er zu Dominique und Simon gewandt, drehte sich um und verließ den Raum.

Sylvie fuhr sich über die Wangen. Sie spürte, wie heiß sie waren. Sie konnte es kaum glauben. Was hatte Carine gesagt? *In dem Moment, in dem du überhaupt nicht daran denkst, wirst du jemanden kennenlernen ...*

Sie bemerkte die vielsagenden Blicke, die ihre Kollegen einander zuwarfen. Wenn sie nicht alle drei so deprimiert gewesen wären, hätten die beiden Kollegen sie gewiss geneckt und ihr neugierige Fragen gestellt. So aber arbeiteten sie schweigend weiter. Die gesamte Brigade war komplett bestürzt. Sylvie ahnte, dass die Versetzungen innerhalb ihres Teams sehr bald stattfinden würden.

Sie dachte an die Annonce, die sie in der Zeitung gesehen hatte. Die Notarin von Isle-sur-la-Sorgue suchte eine Bürokraft. War das nicht die geeignete Arbeit für eine junge Frau, die vielleicht einmal eine Familie gründen wollte? Sie war nicht mit der Gendarmerie verheiratet und wollte auf jeden Fall in der Gegend bleiben. Außerdem ging es ihr wie dem Kommandanten. Ihr Vertrauen in ihren Ermittlerinstinkt hatte einen Knacks bekommen, und sie war sich überhaupt nicht mehr sicher, ob sie noch bei der Gendarmerie Karriere machen wollte.

Ende der Ermittlung

Der Tag verging langsam und schleppend. Mathieu hatte Schwierigkeiten, seine Tränen zu unterdrücken. Er hatte in der Nacht lange geweint, die Trauer und das Grauen hatten ihn nicht aus den Klauen lassen wollen. Carine war tot und die Carine, in die er sich verliebt hatte, hatte es nicht gegeben. Er hatte sie geliebt, sie hatte ihn jedoch nur benützt, um der Ermittlung näher zu sein. Und trotzdem war sie keine kaltblütige Mörderin. Sie war eine verletzte und verstörte junge Frau, der die Pinets ihre Kindheit und Jugend gestohlen hatten. Doch Mathieu hatte nicht bemerkt, wie es um sie bestellt gewesen war. Warum hatte er ihr seltsames Benehmen in den vorhergehenden Tagen nicht genauer hinterfragt? Warum war er nicht wachsamer gewesen? Die Worte, die er im Halbschlaf gehört hatte, hatte er für einen Traum gehalten. *Mathieu, ich wünsche dir ein gutes Leben. Bitte verzeih mir!* Es waren ihre Abschiedsworte gewesen. Mathieus Gefühle schwankten ständig zwischen brennender Schuld, abgrundtiefer Trauer und unbändiger Wut auf Carine und die Pinets. Er hatte irgendwann nach Mitternacht eine Schlaftablette genommen und war in einen schweren Schlaf gefallen, der von wehmütigen Träumen heimgesucht worden war. Nun konnte er den Tag nur mit den Beruhigungsmitteln überstehen, die ihm der Arzt, der seinen Arm begutachtet hatte, am Vorabend verschrieben hatte.

Die Pressekonferenz managten Mathieu, Robert Fréchel und Jean Calcin so gut sie konnten. Sie hielten sich an das, was sie abgemacht hatten. Der Staatsanwalt Fréchel gab eine ausführlichere Erklärung zum Tathergang und all seinen Verwicklungen ab. Mathieu erzählte in knappen Worten, was bei Claude Lantier geschehen war, betonte, dass er sich wegen seines gebrochenen Armes nicht wohlfühle, auch Schmerzmittel nahm und sich deshalb sehr kurz fasse.

Der Kommandant gab nur eine kurze Stellungnahme ab: »Ich bin sehr schockiert und werde mein Amt niederlegen. Daher werde ich keine Gendarmerie-internen Fragen beantworten. Dafür müssen Sie den Pressesprecher der Armee kontaktieren.«

Der Staatsanwalt würgte die meisten Fragen ab, und nach genau zwanzig Minuten wurde die Pressekonferenz als beendet erklärt.

Mathieu und Jean Calcin lehnten es ab, für das 19/20, die regionalen Nachrichten, vor den Kameras zu ihrem Fall Stellung zu beziehen. Der Staatsanwalt Fréchel opferte sich und verlieh in wenigen Sätzen seiner Bestürzung über diese tragische Geschichte Ausdruck.

Nachdem Mathieu sich in der Nähe des Justizpalastes von Avignon vom Staatsanwalt und vom Kommandanten verabschiedet und sich in sein Auto gesetzt hatte, atmete er auf. Es war zu Ende. Die Ermittlung war abgeschlossen. Und seine Karriere als Capitaine ebenfalls. Er konnte nach diesem schweren Fehler nicht mehr als Ermittler arbeiten. Mathieu hatte den Staatsanwalt über seine Beziehung zu Carine informiert. Dieser hatte ihn betrübt angesehen und ihn daran erinnert, dass Frauengeschichten im Laufe von Ermittlungen immer gefährlich seien. Doch Robert Fréchel war der Meinung, dass Mathieus Kündigung absolut unangebracht war, weil seine Beziehung zu Carine die Geschehnisse nicht beeinflusst hatte. Mathieu hatte auch noch kurz mit Carines Tante Marielle Pontier gesprochen, die an diesem Morgen zur Brigade gekommen war. Die Frau war verzweifelt, Carine war für sie wie eine Tochter gewesen. Sie hatte es offensichtlich nicht verstehen können, warum Carine sich ausgerechnet in den Ermittlungsleiter verliebt hatte, dessen Aufgabe es gewesen war, ihr Verbrechen aufzuklären.

Sylvie hatte Mathieu getröstet, ihn zum Abschied umarmt und ihm zugeflüstert: »Carine wollte dich nicht benützen. Sie hat dich wirklich geliebt!« Doch daran wollte Mathieu im Moment nicht denken.

Nun fuhr er aus Avignon hinaus Richtung Autobahn.

Das Wetter war noch immer wundervoll, viel zu warm für die Jahreszeit. Der Mont Ventoux leuchtete ihm in der Nachmittagssonne entgegen. Voller Unmut wandte Mathieu den Blick vom *kahlen Berg*. Nie wieder wollte er ihn sehen! Mathieu wollte diese Gegend vergessen. Carine vergessen. Er wünschte sich, dass sie ganz einfach aus seiner Erinnerung verschwand, so plötzlich, wie sie in sein Leben getreten war. Doch er dachte immer wieder an Sylvies Worte. Laut Sylvie hatte Carine der Ermittlung fernbleiben wollen. Mathieu erinnerte sich an ihr Telefongespräch, bei dem er ihr mitgeteilt hatte, dass sie miteinander an dem Fall arbeiten würden. Carine hatte damals gar nicht erbaut gewirkt. Natürlich hatte sie keine Lust gehabt, gegen sich selbst zu ermitteln.

Der Capitaine schüttelte den Kopf. Es war ein fürchterlicher Fall gewesen. Es hatte dabei nur Verlierer gegeben.

Sein Telefon läutete. Es war sein Freund Luc. Gewiss wusste er schon Bescheid. Mathieu hatte am Morgen Damien angerufen und ihm alles erzählt. Der Kollege war sprachlos gewesen. Und Mathieu hatte ihm auch keine Möglichkeit gelassen, irgendetwas zu erwidern, sondern sich verabschiedet und rasch aufgelegt, bevor Damien Zeit hatte zu reagieren.

»Mathieu, wie geht es dir?«, fragte Luc.

»Den Umständen entsprechend«, erwiderte Mathieu.

»Ja, schlimme Sache ... Und soviel ich verstanden habe, warst du mit ihr zusammen.«

»Leider ... ein Riesenfehler. Den ich bitter bereue und für den ich auch beruflich bezahlen werde.«

»Der Kommissar weiß von nichts. Keiner hat ihm was gesagt.«

»Ich werde es selbst tun. Und kündigen.«

Luc fuhr auf. »Spinnst du? Wegen so etwas zu kündigen?«

»Luc, ich habe während einer Ermittlung mit der Täterin geschlafen. Und ich war der Ermittlungsleiter.«

»Aber du konntest nicht wissen ... niemand wusste ... Überleg dir das mit der Kündigung!«

»Luc, ich kann und will nicht mehr Ermittler sein.«

»Aber was willst du denn tun?« Der Kollege klang vollkommen ratlos.

»Etwas anderes. Es gibt viele Möglichkeiten für jemanden, der ein Masterdiplom in Jura hat.«

»Sei nicht dumm, Mathieu! Du bist auch noch körperlich verletzt, deshalb bist du so negativ. Du gehst jetzt eine Woche oder zwei in den Krankenstand und dann siehst du alles in einem anderen Licht.«

Mathieu seufzte: »Ich vertraue meinem Ermittlerinstinkt überhaupt nicht mehr. Du kannst dir das nicht vorstellen!«

Luc schwieg. »In der Tat hatte ich noch nie so einen Fall«, meinte er dann.

Mathieu verabschiedete sich von seinem ziemlich bekümmerten Freund und beendete das Gespräch, dann drosselte er sein Tempo.

Er war müde, die Tabletten versetzten ihn in einen Zustand, in dem er sich wie in Watte gebettet fühlte. Trotzdem spürte er, dass ihm leichter zumute wurde, je näher er seiner Stadt und der Küste kam. Als er hinter dem Tunnel der Estaque-Hügelkette die Großstadt vor sich liegen sah, atmete er erleichtert auf. Er war wieder dort, wo er hingehörte. Dort, wo er wusste, woran er sich halten musste. Wo die Erinnerungen an die beiden vergangenen Wochen ihm nicht an jeder Hausecke auflauerten.

Es herrschte an diesem frühen Abend seltsamerweise nicht besonders viel Verkehr, so konnte er ohne Stau die Fährenterminals entlang bis zur Kathedrale und zum *Évêché* fahren. Mathieu begab sich auf den Parkplatz des Kommissariats, stellte sein Auto ab, atmete tief durch und betrat das Gebäude. Einige Bürokräfte und Polizisten kamen ihm im Gang entgegen und nickten ihm zu.

In seiner Abteilung war es ruhig, seine Kollegen hatten das Kommissariat offensichtlich schon verlassen.

Kommissar Léautier saß in seinem Büro. »Mathieu! Alles erledigt? Kapitel Vaucluse abgeschlossen?«

Mathieu nickte. »Christophe, ich bin gekommen, um dir etwas zu geben.«

Léautier horchte auf. »Setz dich erst mal. Und dann erzähle mir ... schlimme Sache ... die Gendarmen stehen wohl blöd da.«

Mathieu zog den Brief, den er zu Mittag vorbereitet hatte, aus seiner Aktentasche und reichte ihn seinem Vorgesetzten.

»Nicht nur die Gendarmen stehen blöd da, sondern auch ich. Das ist meine Kündigung. Ich kann nicht mehr als Capitaine arbeiten.«

Léautier nahm das Papier wie in Zeitlupe entgegen und faltete es langsam auseinander. Dann sah er Mathieu an.

»Ich verstehe nicht.«

Die Kündigung schien ihn nicht zu betrüben. Er glaubte ganz offensichtlich, es handle sich um einen schlechten Scherz.

Mathieu atmete tief durch. »Ich habe zwar die Ermittlung zu Ende geführt und durch meine Aktion gestern die Gendarmen und den alten Lantier gerettet. Aber ich habe einen Fehler gemacht. Einen kleinen Fehler, der sich als schwerer Fehler entpuppt hat. Ich war seit einer Woche, seit ich mich von meiner Freundin getrennt habe, mit Carine zusammen. Mit der Täterin. Ich war in sie verliebt. Und ich habe nichts bemerkt. Ich, als Ermittlungsleiter.«

Léautier sah ihn erschrocken an. »Ach! Warum ...?«

Mathieu betrachtete seinen Vorgesetzten schweigend. Dieser war so überrascht, dass er nicht einmal eine Frage formulieren konnte.

Der Capitaine seufzte. »Zwischen Martha und mir hat es schon seit Monaten gekriselt. Und als ich nach Isle-sur-la-Sorgue aufbrach, da hat sie mir zu verstehen gegeben, dass sie mich verlassen will. Dort habe ich dann Carine kennengelernt. Sie schien vollkommen auf mich abzufahren. Aber im Nachhinein denke ich, dass sie der Ermittlung näher sein wollte und deshalb mit mir diese Beziehung begonnen hat. Und ich bin ihr in die Falle gegangen wie ein Anfänger.«

»Nun, es hat ja bis gestern Abend keiner geahnt, dass sie die Täterin sein könnte. Obwohl ich euch vorgestern geraten habe, auch sie und ihre Kollegin genau unter die Lupe zu nehmen, erinnere dich! Und zu deiner Verteidigung muss ich sagen, dass sie ja absolut umwerfend aussah. Wir Männer fallen eben auf solche Dinge trotz guter Vorsätze herein. Du bist nicht der Erste und du wirst auch nicht der Letzte sein.«

»Okay, Christophe. Ich gehe jetzt. Ich räume mein Büro aus; wenn es etwas zu unterschreiben gibt, dann komme ich morgen herein.«

Léautier schüttelte langsam den Kopf. »Nein, du räumst gar nichts aus. Das ist meine Antwort auf deine Kündigung. Schau gut hin.«

Er nahm den Brief und zerriss ihn vor Mathieus Augen in kleine Papierschnitzel, die er in seinen Papierkorb rieseln ließ.

»Diesen Brief hat es für mich nie gegeben. Du begibst dich jetzt in den Krankenstand. Zwei Wochen zu Hause, und dann kommst du wieder in gewohnter Frische zu uns zurück oder du kündigst, wenn du wirklich nicht mehr ermitteln willst. Aber das jetzt zu entscheiden scheint mir überstürzt. Ich auf jeden Fall wünsche nicht, dass du gehst. Dein Fehler hat auf das Fortschreiten der Ermittlung keinen Einfluss gehabt. Er hat nichts geändert. Die Täterin hat sich auf dieselbe Art umgebracht wie ihr Bruder, wahrscheinlich hatte sie das von Anfang an vor. Ihr habt aufgedeckt, was diese Pinets gemacht haben, und du hast den dritten Pinet daran gehindert, auf Claude Lantier und die Gendarmen zu schießen.«

Der Kommissar nahm ein Formular und begann es auszufüllen.

»Zweimal pro Woche zu unserem Psychologen!«, befahl er. »Du warst noch nie dort. Die Gespräche mit Roland helfen. Er hat zwar diesen schrecklichen belgischen Akzent, aber abgesehen davon ist er eine Perle. Kopf hoch, Mathieu! Jeder hat in seiner Karriere solche Momente.«

»Danke, Christophe«, murmelte Mathieu. Er wusste nicht, ob er über Kommissar Léautiers Reaktion erleichtert oder besorgt sein sollte.

»Nun erklär mir bitte noch genau, was dort in Isle-sur-la-Sorgue alles geschehen ist, und sag mir auch, wie viel die Presse weiß und ob du Interviews gegeben hast. Sie werden uns in den nächsten Tagen gewiss ein wenig quälen. Die Sache hat bereits nationale Dimensionen angenommen.«

Léautier drehte seinen Bildschirm zu Mathieu und zeigte ihm den Artikel aus der Zeitung *Libération*. Mathieu erkannte auf dem Bild neben dem Artikel ein Wasserrad und die Sorgue. Es war von *Morden in Bilderbuchkulisse,* einer *Mörderin mit Engelsgesicht* und einem *Wolf im Schafspelz* die Rede. Natürlich, die Sache würde die Journalisten einige Tage lang beschäftigen! Alle Aspekte dieses Dramas würden von der Presse durchgekaut werden: Die Institutionen Schule und Gendarmerie würden von gewissen Journalisten kritisiert, von anderen verteidigt und von Soziologen seziert werden. Zum hundertsten Mal würde man die üblichen Fragen über Pädophilie wälzen, und das traurige Schicksal Carine Ferrières' und ihres Bruders würde für Reportagen sorgen.

Der Trüffelkönig würde als teuflischer Kapitalist dastehen, der sich über die Justiz hinweggesetzt hatte. Und wenn Mathieu Pech hatte, dann würde er selbst ebenfalls in den Reportagen erwähnt werden. Es brauchte nur wenig, damit ein Journalist herausfand, was sich zwischen Carine und ihm abgespielt hatte. Allerdings waren sie sehr diskret gewesen, und es war nicht einmal sicher, dass Jean Calcin, Luis und Sylvie die anderen Gendarmen über ihre Affäre informiert hatten. Mathieu erzählte Léautier im Detail, was geschehen war, und versicherte ihm, dass die Presse bisher nichts über seine Beziehung zu Carine berichtet hatte.

»Aber das kann noch kommen«, seufzte er.

»Gut, danke, Mathieu. Du kannst jetzt deinen wohlverdienten Krankenstand antreten. Und vergiss bitte Roland nicht!«

»Danke, Christophe, ich weiß ...«

Mathieu verabschiedete sich von seinem Chef und verließ dessen Büro. Auf dem Weg nach draußen begegnete ihm niemand, und er war froh darüber. Bald stand er im wohlbekannten Stau an der Küstenstraße. Der zähe Verkehr war ihm gleichgültig. Niemand erwartete ihn zu Hause. Er würde eine leere Wohnung vorfinden. Nun betrauerte er zwei Beziehungen. Die langjährige mit Martha, die Beziehung der Gewohnheiten, der Erinnerungen und des Zusammenlebens.

Und die einwöchige mit Carine, die Beziehung der Leidenschaft, der Romantik und der optimalen Lust.

Seit Langem war er wieder allein. Allein mit seiner Trauer, seiner Reue und den Zweifeln, was seine berufliche Zukunft anging.

Würde er es schaffen, irgendwann wieder als Ermittlungsleiter zu arbeiten?

ENDE